UMA HISTÓRIA DOS ÚLTIMOS DIAS

COMANDO TRIBULAÇÃO

NICOLAE

COLHEITA DE ALMAS

APOLIOM

ASSASSINOS

O POSSUÍDO

A MARCA

PROFANAÇÃO

O REMANESCENTE

ARMAGEDOM

GLORIOSA MANIFESTAÇÃO

DEIXADOS PARA TRÁS

COMANDO TRIBULAÇÃO

TIM LAHAYE

JERRY B. JENKINS

Título original: *Left Behind: Tribulation Force*

As citações bíblicas são da *Nova Versão Internacional*, a menos que seja especificada outra versão da Bíblia Sagrada..

PUBLISHER	*Samuel Coto*
EDITORES	*André Lodos e Bruna Gomes*
TRADUÇÃO	*Marcelo Siqueira Gonçalves*
COPIDESQUE	*Mirela Favaretto*
REVISÃO	*Giuliana Castorino e Manuela Gonçalves*
CAPA E PROJETO GRÁFICO	*Maquinaria Studio*
DIAGRAMAÇÃO	*Julio Fado*

Dados Internacionais de Catalogação na Publicação (CIP)

L11d LaHaye, Tim
1.ed. Deixados para trás, v. 2 : comando tribulação / Tim LaHaye, Jerry B. Jenkins; tradução de Marcelo Siqueira Gonçalves. –
1.ed. – Rio de Janeiro: Thomas Nelson Brasil, 2019.
416 p.; 15,5x23 cm.

Tradução de: Tribulation force: the continuing drama of those left behing (Left Behing 2)
ISBN: 978-85-78608-11-8

1. Literatura americana. 2. Ficção. 3. Suspense. 4. Apocalipse.
5. Religião. I. Gonçalves, Marcelo Siqueira. II. Título.
CDD 810

Bibliotecária responsável: Aline Graziele Benitez CRB-1/3129

Rua da Quitanda, 86, sala 218 – Centro
Rio de Janeiro, RJ – CEP 20091-005
Tel.: (21) 3175-1030
www.thomasnelson.com.br

Aos leitores de Deixados para Trás,
que nos escreveram para contar
sobre o impacto causado pela obra.

PRÓLOGO

O que aconteceu anteriormente

Em um momento cataclísmico, no mundo inteiro, milhões de pessoas desapareceram. Elas simplesmente sumiram, deixando para trás todos os seus bens materiais: roupas, óculos, lentes de contato, cabelos postiços, aparelhos auditivos, próteses, joias, sapatos e, até mesmo, marca-passos e pinos cirúrgicos. Todos os bebês, inclusive os que estavam para nascer, também desapareceram — alguns, aliás, durante o trabalho de parto.

O caos instaurou-se no mundo. Aviões, trens, ônibus e carros colidiram, navios afundaram, casas incendiaram e, aflitos, sobreviventes se suicidaram. A paralisia total nos meios de transporte e de comunicação, somada ao desaparecimento de vários funcionários que cuidavam desses serviços, deixou muitos se debatendo sozinhos até que a ordem começasse a ser lentamente restabelecida.

Alguns diziam que o mundo havia sido invadido por seres extraterrestres; outros, que os desaparecimentos resultavam de ataques causados por um inimigo misterioso. Contudo, todos os países do mundo tinham sido afetados.

O comandante de aviação Rayford Steele, que pilotava um Boeing 747 sobre o Atlântico no momento em que muitos de seus passageiros desapareceram, disse à chefe das comissárias, Hattie Durham, que não sabia explicar o que tinha acontecido, mas a verdade apavorante era que ele sabia. Ou, pelo menos, desconfiava. Sua esposa, Irene, já o havia alertado para esse acontecimento: Cristo retornara para levar consigo os escolhidos, e o restante havia ficado. Sua desconfiança ficou ainda mais forte quando, ao chegar em casa, descobriu que a esposa e o filho, o pequeno Raymie, também haviam desaparecido. Sua filha mais velha, no entanto, ainda estava aqui. No entanto, ela, assim como ele, também levava uma vida longe de Deus. Parecia fazer sentido. Seria verdade que todas aquelas pessoas foram deixadas para trás?

Rayford tornou-se obstinado em descobrir a verdade e ter certeza de que ele e Chloe não perderiam uma segunda chance, se houvesse uma. Ele se sentia responsável pelo ceticismo da filha e por sua atitude de "somente acreditar no que era possível ver e sentir".

Essa busca o conduziu até a igreja da esposa, onde algumas pessoas também haviam ficado. Dentre elas, um pastor. Bruce Barnes tinha perdido a esposa e os filhos. Ele, de modo mais intenso do que os outros, logo compreendeu que sua fé frágil e corrompida não tinha resistido ao momento mais crítico de sua vida. Porém, num piscar de olhos, passou a ser a pessoa mais convincente da terra, tornando-se um evangelista entusiasta e confiante.

Sob a orientação de Bruce e a influência de um DVD que o pastor titular havia deixado exatamente para aquela ocasião, primeiro Rayford, e depois Chloe, entregaram suas vidas a Cristo. Ao lado do seu novo pastor, criaram o Comando Tribulação, um grupo determinado a resistir às forças do mal durante o período de tribulação profetizado na Bíblia.

Nesse ínterim, Cameron — "Buck" — Williams, jornalista sênior da renomada revista *Semanário Global*, começava sua busca pessoal por respostas. Ele estava a bordo do avião pilotado por Rayford Steele quando o arrebatamento ocorreu e foi designado a encontrar uma explicação para todos aqueles desaparecimentos. Suas entrevistas o puseram em contato com uma das personalidades mais poderosas e carismáticas que o mundo já conheceu, o misterioso líder romeno

Nicolae Carpathia. Duas semanas após os desaparecimentos, Carpathia foi rapidamente promovido a um cargo internacional de poder como chefe maior da Organização das Nações Unidas, com a promessa de unir o mundo devastado e transformá-lo em uma pacífica aldeia global.

Buck apresentou Hattie Durham, a comissária de bordo, a Carpathia, que imediatamente a nomeou como sua assistente pessoal. Depois de aceitar a Cristo por influência de Rayford, Chloe e Bruce, Buck sentia-se responsável por Hattie e passou a lutar desesperadamente para tirá-la das garras de Carpathia.

Rebaixado de cargo por ter, supostamente, se recusado a cumprir uma ordem importante, foi transferido de Nova York para Chicago, onde se uniu a Rayford, Chloe e Bruce como o quarto membro do Comando Tribulação. Juntos, os quatro decidiram continuar firmes e lutar, mesmo contra todas as expectativas, e jamais desistir. Representando milhões de pessoas que perderam a oportunidade de ter um encontro com Cristo, eles decidiram não abrir mão de sua nova fé, independentemente do que o futuro reservasse para eles.

Buck Williams havia testemunhado o poder maligno e sanguinário de Nicolae Carpathia; e Bruce Barnes sabe, com base em seus estudos sobre a Bíblia, que dias ainda mais sombrios estariam por vir. Por mais estranho que pareça, somente um dos quatro membros do Comando Tribulação sobreviverá aos sete anos que se seguirão, mas apenas Bruce compreende a dimensão exata do horror que virá. Se os outros também soubessem, talvez não se aventurassem tão corajosamente rumo ao futuro.

* * *

"Pois nos dias anteriores ao Dilúvio, o povo vivia comendo e bebendo, casando-se e dando-se em casamento, até o dia em que Noé entrou na arca; e eles nada perceberam, até que veio o Dilúvio e os levou a todos. Assim

acontecerá na vinda do Filho do homem. Dois homens estarão no campo: um será levado e o outro deixado. Duas mulheres estarão trabalhando num moinho: uma será levada e a outra deixada. Portanto, vigiem, porque vocês não sabem em que dia virá o seu Senhor."

MATEUS 24:38-42

CAPÍTULO 1

Chegou a hora de Rayford Steele fazer uma pausa e descansar. Com os fones de ouvido no pescoço, procurou a bíblia de Irene em sua maleta, maravilhado com a rapidez da mudança ocorrida na sua vida. Quantas horas ele tinha desperdiçado em momentos ociosos como este, absorto em meio a jornais e revistas que nada tinham a dizer? Depois de tudo o que havia acontecido, somente a Bíblia poderia ganhar sua atenção.

O Boeing 747 seguia no piloto automático, depois de decolar de Baltimore, rumo ao Aeroporto Internacional O'Hare, em Chicago, onde pousaria às quatro da tarde de sexta-feira, mas Nick, seu novo copiloto, continuava olhando fixamente para frente, como se estivesse pilotando a aeronave. "Ele não quer mais conversar comigo", pensou Rayford, "pois sabe o que está por vir e cortou a conversa antes mesmo de eu abrir a boca."

— Você não se importa de eu ficar aqui lendo por alguns instantes, não é? — perguntou Rayford.

O jovem copiloto virou-se e retirou o fone do ouvido.

— O quê?

Rayford repetiu a pergunta, apontando para a bíblia de sua esposa, a quem ele não via há mais de duas semanas e, provavelmente, não veria nos próximos sete anos.

— Desde que você não espere que eu ouça...

— Entendi, Nick. Você acha que eu não me preocupo com o que você pensa a meu respeito, não é?

— Não entendi, senhor.

Rayford, então, aproximou-se dele e, inclinando-se, falou mais alto:

— O que você pensa de mim teria sido muito mais importante algumas semanas atrás — disse ele —, mas...

— Ah, sim, já sei, OK? Você e muitas outras pessoas pensam que tudo foi causado por Jesus. Só que eu não entro nessa. Pode continuar na sua ilusão, só me deixe fora disso.

Rayford ergueu as sobrancelhas e deu de ombros.

— Você não me respeitaria se eu não tivesse tentado.

— Eu não teria tanta certeza disso.

Quando Rayford ia retomar a leitura, reparou no *Chicago Tribune* dentro de sua maleta.

O *Tribune,* como todos os outros jornais do mundo, estampava na primeira página a seguinte chamada:

> Durante uma reunião fechada na Organização das Nações Unidas, pouco antes da entrevista coletiva dada pelo novo secretário geral, Nicolae Carpathia, à imprensa, ocorreu um terrível assassinato/suicídio. Após empossar dez novos membros do novo Conselho de Segurança da ONU, Carpathia pareceu ter cometido um erro ao nomear dois homens para a mesma posição de embaixador dos Estados Unidos da Grã-Betanha na ONU. Segundo testemunhas, diante desse quadro, o bilionário Jonathan Stonagal, amigo e consultor financeiro de Carpathia, subitamente rendeu um segurança, tomou-lhe a arma e atirou na própria cabeça. O projétil atravessou o crânio de Stonagal e atingiu mortalmente Joshua Todd-Cothran, um dos novos embaixadores britânicos. A ONU manteve as portas fechadas nesse dia, e Carpathia ficou muito abalado com a perda trágica de seus dois queridos amigos e fiéis conselheiros.

Rayford Steele era uma das únicas quatro pessoas do planeta que sabiam a verdade sobre aquela história é sobre Nicolae Carpathia: ele era mentiroso, fazia lavagem cerebral por técnicas de hipnose e era o próprio anticristo. Outras pessoas até poderiam suspeitar que ele fosse um farsante, mas somente Rayford, sua filha Chloe, seu pastor Bruce e seu novo amigo, Buck Williams, tinham certeza disso.

Buck havia sido uma das dezessete pessoas presentes naquela sala de reunião, e havia testemunhado algo completamente diferente — não se tratava de um assassinato/suicídio, mas um duplo assassinato. Segundo ele, o próprio Carpathia tomou a arma das mãos do segurança, obrigou seu velho amigo Jonathan Stonagal a se ajoelhar e, em seguida, matou ele e o embaixador britânico com um único tiro.

Carpathia executara os assassinatos e, depois, enquanto as testemunhas permaneciam sentadas e paralisadas pelo horror do que haviam presenciado, contou-lhes calmamente o que elas tinham visto — a mesma história que os jornais agora estampavam. Todas as testemunhas naquela sala, com exceção de uma, confirmaram aquele relato, e o mais arrepiante é que elas realmente acreditavam nele. Até mesmo Steve Plank, ex-chefe de Buck e agora assessor de imprensa de Carpathia. Até mesmo Hattie Durham, ex-chefe do serviço de bordo de Rayford e agora assistente pessoal de Carpathia. Todas as testemunhas, menos Buck Williams.

Rayford havia ficado em dúvida quando Buck contou sua versão no escritório de Bruce Barnes, duas noites antes.

— Você foi o único na sala a ver as coisas dessa forma? — perguntou ele, desafiando o jornalista.

— Comandante Steele — respondeu Buck —, todos nós presenciamos o que houve. O que aconteceu foi que, logo em seguida, Carpathia descreveu calmamente o que ele desejava que tivéssemos visto; e todos, menos eu, imediatamente aceitaram sua nova versão como verdade. Gostaria de saber como ele explica o fato de o sucessor do homem morto já estar lá, inclusive empossado no cargo, quando o assassinato ocorreu. Mas agora não temos sequer evidências de que eu estive lá. É como se Carpathia tivesse me apagado da memória de todos os outros. Pessoas que conheço juram de pé junto que eu não estava na sala, e elas não estão brincando.

Chloe e Bruce Barnes se entreolharam e, depois, voltaram a fixar os olhos em Buck, que finalmente se tornara cristão pouco antes de entrar na reunião da ONU.

— Tenho certeza absoluta de que se eu tivesse entrado naquela sala sem Deus — disse Buck —, eu também teria sido vítima dessa lavagem cerebral.

— Só que, agora, basta você contar a verdade para o mundo...

— Comandante Steele, fui rebaixado de cargo e transferido para Chicago porque meu chefe simplesmente não acredita que eu tenha participado dessa reunião. Steve Plank me perguntou por que eu não aceitei seu convite. Ainda não conversei com Hattie, mas o senhor sabe que ela também não se lembrará de ter me visto lá.

— A questão — disse Bruce Barnes — é o que Carpathia acha que você sabe, Buck. Será que ele acredita que apagou a verdade da sua mente? Se ele suspeitar que você sabe o que realmente aconteceu ali naquela sala, sua vida corre um grande risco.

Enquanto Rayford lia aquela história absurda no jornal, lembrando-se do dia em que Buck lhes contou toda a verdade, notou Nick mudar do piloto automático para o controle manual da aeronave.

— Início da descida — disse Nick. — Quer assumir o comando?

— Claro — respondeu Rayford.

Nick até poderia aterrissar o avião, mas Rayford sentia que esta era sua responsabilidade. Ele era o comandante. Precisava prestar contas pelos passageiros. E ainda que o avião tivesse tecnologia para pousar sozinho, ele jamais deixou de sentir a empolgação de estar no comando de um pouso. Poucas coisas o faziam se lembrar de como era a vida poucas semanas atrás, e aterrissar um 747 era uma delas.

***

Buck Williams passou o dia à procura de um carro para comprar — algo que nunca tinha precisado em Nova York — e de um lugar para morar. Acabou encontrando um belo apartamento, num local onde já se anunciava internet sem fio, situado entre a sede do *Semanário Global* de Chicago e a Igreja Nova Esperança de Mount Prospect. Buck tentou se convencer de que tinha sido a igreja que o levara a procurar moradia na zona oeste da cidade, e não Chloe, a filha de Rayford Steele. Ela era dez anos mais nova, e ele sabia que por maior que fosse a atração que sentia por ela, não passaria de uma espécie de mentor mais velho.

Buck adiou sua ida ao escritório. Na verdade, ele só precisaria estar lá na segunda-feira seguinte, e não gostava muito da ideia de ter de lidar com Verna Zee. Quando foi encarregado de encontrar uma substituta para a veterana Lucinda Washington, chefe do escritório de Chicago e que havia desaparecido no dia do arrebatamento, Buck disse à bélica Verna que ela havia se precipitado ao se mudar para a sala de sua ex-chefe. Agora ele tinha sido rebaixado de cargo; e Verna, promovida. Subitamente, ela passou a ser chefe dele.

Buck, porém, não queria passar o fim de semana inteiro com medo daquela reunião e nem parecer ansioso demais para reencontrar Chloe. Resolveu, então, dar uma passada no escritório pouco antes do fim do expediente. Será que Verna o faria pagar por seus anos de celebridade, como repórter premiado, ou faria ainda pior, humilhando-o e fingindo agir com bondade?

Buck percebeu os olhares e sorrisos dos funcionários enquanto passava pelo corredor externo do escritório. Àquela altura, é claro que todos já sabiam o que havia acontecido. As pessoas tinham pena dele, e estavam impressionadas com sua falta de juízo. Como Buck Williams poderia ter faltado a uma reunião que certamente seria uma das mais marcantes na história da imprensa? Apesar disso, todos ali conheciam a capacidade de Buck. Muitos, sem dúvida, ainda consideravam um privilégio trabalhar com ele.

Não era surpresa Verna já ter retornado à sala principal. Buck piscou para Alice, a jovem secretária de cabelos espetados, e espiou dentro da sala. Verna parecia trabalhar ali há anos. Reorganizou os móveis e pendurou seus próprios quadros e placas de homenagem. Era visível que ela estava bem à vontade e amando cada minuto naquele local.

Uma pilha de papéis entulhava a mesa, e a tela do computador estava ligada, mas Verna parecia olhar distraída para fora da janela. Buck intrometeu-se pelo vão da porta e pigarreou. Ele percebeu que ela o reconheceu e, rapidamente, se recompôs em posição de alerta.

— Cameron — disse ela com voz seca, ainda sentada — achei que você só viria na segunda-feira.

— Só vim conhecer o local — disse ele. — E pode me chamar de Buck.

— Vou chamá-lo de Cameron, se não se importar...

— Claro que me importo. Por favor, me chame de...

— Vou chamá-lo de Cameron mesmo que você *não* queira. Você avisou alguém que viria?

— Como assim?

— Marcou horário?

— Marcar horário?

— Sim! Comigo. Tenho muitos compromissos, você sabe.

— E não há um espaço para mim no meio dos seus compromissos?

— Então você está me pedindo para marcar um horário?

— Se não for pedir demais, só quero conhecer o meu local de trabalho e saber quais tarefas você tem em mente para mim, o tipo de...

— Estas parecem ser as coisas sobre as quais conversaremos na segunda-feira — disse Verna. — Alice! Veja se eu tenho um horário livre daqui a vinte minutos, por favor!

— A senhora tem — gritou Alice. — E terei satisfação em mostrar ao sr. Williams sua nova sala enquanto ele aguarda, se a senhora...

— Prefiro eu mesma fazer isso, Alice. Obrigada. Você poderia fechar a porta, por favor? Cameron, aguarde lá fora.

Enquanto se levantava para fechar a porta, Alice olhou para Buck desconsolada, e ele teve a impressão de que ela revirou os olhos em sinal de pesar.

— Você pode me chamar de Buck — sussurrou no ouvido dela.

— Obrigada — respondeu Alice timidamente, apontando para uma cadeira ao lado de sua mesa.

— Terei de esperar aqui, como se fosse me encontrar com o diretor da escola?

Ela assentiu com a cabeça.

— Alguém ligou procurando por você mais cedo. Uma mulher, mas ela não quis se identificar. Eu disse a ela que você só estaria aqui na segunda-feira.

— Ela não deixou recado?

— Infelizmente, não.

— Então, onde fica a minha salinha?

Alice olhou de relance para a porta fechada, como se temesse que Verna pudesse vê-la. Então levantou-se e apontou, por cima de várias divisórias, para um canto no fundo sem janelas.

— Na última vez em que estive aqui, aquele era o lugar onde ficava o bule de café — disse Buck.

— E ainda é — retrucou Alice com uma risadinha. O interfone tocou.

— Pois não, senhora?

— Se realmente precisarem continuar com essa conversinha, vocês se importariam de falar mais baixo enquanto trabalho?

— Desculpe! — Desta vez, Alice revirou os olhos de verdade.

— Vou dar uma olhada — sussurrou Buck, levantando-se.

— Não faça isso, por favor! — ela pediu. — Você vai acabar me colocando em maus lençóis com a chefona.

Buck balançou a cabeça em tom de conformismo e voltou a se sentar. Pensou nos lugares por onde tinha andado, nas pessoas com quem havia se encontrado e nos perigos que enfrentara em sua carreira. Agora, estava ali, de cochichos com uma secretária para que ela não tivesse problemas com uma pretensa chefe que jamais conseguiu sequer escrever um bilhete num papel de pão.

Suspirou. Pelo menos estava em Chicago, perto das únicas pessoas que realmente se importavam com ele.

***

Apesar da sua nova fé, partilhada com Chloe, Rayford Steele continuava sujeito a profundas variações de humor. Enquanto atravessava o aeroporto de O'Hare, passou quieto e abruptamente por Nick. De repente, sentiu-se triste. Como sentia falta de Irene e Raymie! Ele não tinha dúvidas de que os dois estavam no céu e que, talvez, até sentissem pena dele ali, mas o mundo havia mudado tão dramaticamente desde os desaparecimentos que pouquíssimas pessoas haviam recuperado o equilíbrio. Ele, contudo, estava grato pelas instruções que Bruce dera a ele e a Chloe e por ter, agora, Buck ao seu lado trabalhando firme na missão. A perspectiva, no entanto, às vezes o levava ao desespero.

Foi por isso que sentiu-se aliviado ao ver o rosto sorridente de Chloe aguardando no fim do corredor. Em duas décadas como piloto, ele havia se acostumado a se misturar aos passageiros que recebiam as boas-vindas no terminal. A maioria dos pilotos costumava, simplesmente, desembarcar da aeronave e seguir solitariamente para casa.

Chloe e Rayford começaram a compreender um ao outro como nunca antes. Rapidamente, estavam se tornando amigos e confidentes e, mesmo não concordando em tudo, permaneciam juntos naquele momento de angústia e perda, unidos pela nova fé e como companheiros de equipe na missão agora chamada de Comando Tribulação.

Rayford abraçou a filha.

— Algum problema, querida?

— Não, mas Bruce está tentando falar com você. Ele convocou uma reunião de emergência do núcleo para o início desta noite. Ele está muito atarefado, mas gostaria que levássemos Buck também.

— Como você chegou até aqui?

— Peguei um táxi. Eu sabia que seu carro estava aqui.

— E você sabe onde o Buck está?

— Só sei que hoje ele iria sair para procurar um carro e um apartamento.

— Você já ligou para o escritório do *Semanário*?

— Falei com Alice, a secretária, no início da tarde. Buck só deve aparecer por lá na segunda-feira, mas posso ligar novamente do carro. Bom... você pode. Quem deveria ligar para ele é você, e não eu, não acha?

Rayford deu um sorriso contido.

* * *

Sentada à sua mesa, Alice estava inclinada para frente, com a cabeça erguida, olhando para Buck, esforçando-se para não cair na gargalhada, enquanto ele sussurrava piadas. O tempo inteiro ele se perguntava: de toda a quinquilharia que havia trazido de sua sala enorme no escritório de Nova York, o que conseguiria acomodar naquela salinha que dividiria com o bule de café coletivo? O telefone tocou, e Buck conseguiu ouvir a conversa dos dois lados da linha pelo viva-voz. Da outra extremidade da sala, a recepcionista disse:

— Alice, o Buck Williams ainda está aí?

— Bem aqui na minha frente.

— Tem uma ligação para ele.

Era Rayford Steele, telefonando do carro.

— Às sete e meia da noite? — disse Buck. — Certo! Estarei lá. O que houve? Ah... Sim, mande outro abraço a ela. A gente se encontra na igreja hoje à noite.

Buck já estava quase desligando quando Verna apareceu na porta de sua sala e olhou para ele com a testa franzida.

— Algum problema? — perguntou ele.

— Em breve você terá seu próprio telefone de trabalho — disse ela. — Vamos lá. Entre logo!

Tão logo Buck se acomodou na cadeira, Verna lhe informou calmamente que ele não seria mais o principal jornalista do *Semanário Global* para manchetes mundiais.

— Aqui em Chicago, nós desempenhamos um papel importante, só que limitado, na revista — disse ela. — Nós interpretamos as notícias nacionais e internacionais a partir de uma perspectiva local e regional e enviamos nossas reportagens a Nova York.

Buck ficou quase paralisado na cadeira.

— Quer dizer que estou sendo enviado para cobrir o agronegócio de Chicago?

— Isso não tem graça, Cameron. Não me venha com esse tipo de coisa. Você cobrirá qualquer matéria que precisarmos semanalmente. Seu trabalho passará por um editor-chefe e por mim, e eu decidirei se o conteúdo tem qualidade para ser enviado a Nova York ou não.

Buck suspirou.

— Não perguntei ao chefão o que fazer com as minhas matérias em andamento. Não acho que você saiba.

— De agora em diante, o seu contato com Stanton Bailey passará por mim. Entendeu?

— Você está perguntando se eu entendi ou se eu concordo?

— Nem uma coisa nem outra. Só estou perguntando se você irá se submeter a essa diretriz.

— É pouco provável — disse Buck, sentindo seu pescoço enrubescer e sua pulsação repentinamente aumentar. Ele não queria entrar numa discussão acalorada com Verna, mas também não se submeteria por muito tempo a uma pessoa que sequer pertencia ao ramo jornalístico e que ocupava a velha cadeira de Lucinda Washington como supervisora dele.

— Falarei sobre isso com o sr. Bailey — disse ela. — Como você pode imaginar, tenho todos os tipos de recursos à minha disposição para lidar com empregados insubordinados.

— Eu sei disso. Então por que você não liga para ele agora mesmo?

— Para quê?

— Para descobrir qual será minha função. Eu aceitei ser rebaixado de cargo e transferido. Você sabe tanto quanto eu que me restringir ao nível regional é um desperdício tanto dos meus contatos quanto da minha experiência.

— E também do seu talento. Imagino que isto também esteja implícito, não é mesmo?

— Pense como quiser. Só que, antes de me descartar, saiba que dediquei horas para a reportagem de capa sobre a teoria dos desaparecimentos... Ora, por que estou falando disso com você?

— Porque eu sou sua chefe e é pouco provável que um jornalista da sucursal de Chicago ganhe uma reportagem de capa.

— Nem mesmo um que já ganhou várias outras reportagens? Desafio você a ligar para o Bailey. A última vez que ele comentou algo sobre uma reportagem minha foi para dizer que seria um sucesso.

— Ah, é mesmo? Na última vez em que nos falamos, ele me contou a última conversa que vocês dois tiveram.

— Tudo não passou de um mal-entendido.

— Você mentiu. Disse ter estado em um lugar, mas todo mundo afirma não tê-lo visto. No lugar dele, eu o teria demitido.

— Se você tivesse autoridade para me demitir, eu é que pediria demissão!

— Quer ir embora?

— Vou dizer a você o que quero, Verna. Eu quero...

— Eu exijo que todos os meus subordinados me chamem de srta. Zee.

— Você não tem subordinados neste escritório! — disse Buck, espantado com a petulância de Verna — E não...

— Você está se aproximando perigosamente do meu limite, Cameron.

— Não acha que ser chamada de srta. Zee é um tanto quanto juvenil?

Ela se pôs de pé.

— Venha comigo. — Irritada, passou por ele, saiu abruptamente da sala e caminhou pelo longo corredor com passos firmes.

Buck parou diante da mesa de Alice.

— Obrigado por tudo, Alice — disse rapidamente. — Tenho um monte de quinquilharias que estão sendo enviadas para cá e precisaria que você as encaminhasse para meu novo apartamento.

Alice começou a assentir com a cabeça, mas seu sorriso congelou quando Verna gritou no fundo da sala:

— *Agora,* Cameron!

Buck se virou lentamente.

— Falamos outra hora.

Buck caminhou lentamente, de propósito, só para irritar Verna. Algumas pessoas dentro das suas estações de trabalho observavam a cena, fingindo nada ver, mas sorrindo maliciosamente.

Verna marchou até o canto destinado ao café e apontou para uma pequena mesa, com um telefone e um arquivo. Buck sorriu com desdém.

— Você receberá um computador em mais ou menos uma semana — disse ela.

— Faça com que ele seja entregue no meu apartamento.

— Sinto muito, mas isso está fora de cogitação.

— Não, Verna, o que está fora de cogitação é você tentar jogar toda sua frustração, sabe-se lá por que, de forma tão violenta em cima de uma pessoa. Você sabe tanto quanto eu que ninguém com um pingo de dignidade suportaria isso. Se eu tiver de trabalhar em Chicago, farei isso em casa, com um computador, uma impressora e conexão de internet decentes. E se você quiser me ver outra vez neste escritório, por qualquer motivo que seja, terá de ligar para Stanton Bailey agora mesmo.

Verna parecia preparada para não recuar, portanto Buck tomou a iniciativa de se dirigir até a sala dela. Verna o seguiu contrariada. Ele passou por Alice, que parecia apavorada, e aguardou diante da mesa de Verna até ela chegar.

— Você vai ligar para ele ou quer que eu ligue? — exigiu ele.

***

A caminho de casa após uma pausa para comerem algo, Rayford e Chloe e viram no celular de Rayford uma mensagem urgente de seu superior: "Ligue para mim assim que chegar em casa". Na mesma hora, Rayford retornou a ligação.

— Earl, o que houve?

— Obrigado por ligar tão rápido, Ray. Você e eu nos conhecemos há muito tempo, certo?

— Tempo suficiente para você ir direto ao assunto, Earl. O que eu fiz desta vez?

— Este não é um telefonema oficial, está bem? Não se trata de uma repreensão, nem de uma advertência, nada disso. O que vou falar é papo de amigo para amigo.

— Se é de amigo para amigo, então eu posso me sentar?

— Não, mas deixe-me dizer uma coisa, amigo, você precisa parar de fazer proselitismo.

— O quê?

— Precisa parar de falar de Deus no trabalho, cara!

— Earl, eu sempre paro de falar quando alguém retruca, e você sabe que não deixo essas coisas interferirem no meu trabalho. A propósito, qual a sua opinião sobre todos esses desaparecimentos?

— Já esgotamos esse assunto, Ray. Só estou dizendo que Nick Edwards reclamou de você. Eu disse a ele que nós dois já conversamos sobre isso e que você concordou em parar de falar sobre essas coisas no trabalho.

— Ele reclamou de mim? Por acaso eu desobedeci alguma norma, violei algum procedimento, cometi algum crime?

— Não sei que nome ele dará a isso, mas você já foi advertido, certo?

— Eu achei que esse telefonema não era oficial.

— E não é, Ray. Você quer que seja? Quer que eu ligue amanhã e o arraste até aqui para uma reunião e redija um memorando para seu prontuário, ou prefere que eu contorne a situação e diga que tudo não passou de um mal-entendido, que você já esfriou a cabeça e isso não irá se repetir?

Rayford ficou mudo num primeiro momento.

— Ah, pare com isso Ray! Também não vamos ficar procurando chifres em cabeça de cavalo. Acho que esse não é um assunto que deva deixar você tão preocupado.

— Eu *preciso* me preocupar com isso, sim, Earl. Obrigado pelo alerta, mas ainda não consigo aceitar essas coisas.

— Não faça isso comigo, Ray.

— Não estou fazendo nada com você, Earl. Estou fazendo comigo mesmo.

— Está bem, mas sou eu quem vai precisar encontrar um piloto substituto certificado para o 747 e para o 777.

— Você está falando sério? Eu poderia perder o emprego?

— Falo sério.

— Bom, então preciso pensar mais um pouco sobre isso.

— Você não está entendendo, Ray. Preste atenção: se você cair em si e o assunto for encerrado, precisará refazer o seu certificado para o Boeing 777 em breve. A empresa está comprando mais uns seis aviões em mais ou menos um mês e não teremos pilotos suficientes. Você não vai querer ficar de fora dessa lista, vai? Mais dinheiro no nosso bolso, sabe como é...

— Isso já não é o mais importante para mim, Earl.

— Eu sei.

— Mas a ideia de pilotar um 777 é atraente. Voltaremos a conversar, então. Está certo?

— Não me deixe muito tempo na expectativa, Ray.

* * *

— Ligarei para o Bailey se eu quiser — disse Verna —, mas agora já é bem tarde em Nova York.

— Ele está sempre lá, você sabe. Ligue direto para o ramal dele ou, se preferir, para o celular.

— Eu não tenho esses números.

— Não seja por isso, eu tenho. Vou passar para você. Neste momento, é provável que ele esteja entrevistando um substituto para mim.

— OK, eu vou ligar, Cameron, e vou deixar que você lhe diga o que pensa, mas antes preciso conversar com ele a sós, e me reservo o direito de contar o quanto você tem sido insubordinado e desrespeitoso. Por favor, espere lá fora.

Alice estava arrumando suas coisas para encerrar o expediente quando Buck apareceu com um olhar maroto. Os outros funcionários já estavam indo embora.

— Você ouviu a conversa toda? — cochichou Buck.

— Eu ouço tudo — disse ela em voz baixa. — Sabe esses aparelhos de viva-voz? Daqueles que você não precisa esperar até a outra pessoa terminar de falar?

Ele assentiu com a cabeça.

— Esses aparelhos também não deixam claro se a outra pessoa está ouvindo. Se eu desligar a tecla de comunicação deste jeito e, por acaso, algo bater sem querer no viva-voz... *Voilà*! Você consegue ouvir a conversa sem que ninguém saiba. Não é demais?

Do aparelho viva-voz na mesa de Alice ouviu-se o som do telefone tocando em Nova York.

— Stanton. Quem fala?

— Sr. Stanton, desculpe incomodá-lo a esta hora.

— Se você tem este número é porque tem algo importante a me dizer. Quem está falando?

— Verna Zee, de Chicago.

— Ah, sim, Verna, o que houve?

— Estou com um problema aqui: Cameron Williams.

— Ah, sim, eu ia mesmo dizer a você para deixá-lo em paz. Ele está trabalhando em duas matérias importantes para mim. Você já conseguiu um bom local para ele ficar ou devemos deixá-lo trabalhar em seu próprio apartamento?

— Temos um lugar para ele aqui, senhor, mas ele foi grosseiro e insubordinado comigo hoje e...

— Preste atenção, Verna, não quero que você se preocupe com Williams. Ele foi designado a encontrar uma explicação para algo que não compreendo, mas quero enfrentar. Ele continua sendo a nossa estrela e vai fazer aí mais ou menos a mesma coisa que fazia aqui. Receberá menos dinheiro, terá um cargo com menos prestígio e não voltará a trabalhar em Nova York, mas suas instruções partirão daqui. Simplesmente não se preocupe com ele, está certo? Na verdade, acho que seria melhor para vocês dois se ele *não* trabalhasse no seu escritório.

— Mas, senhor...

— Mais alguma coisa, Verna?

— Bem, seria melhor se tivesse me informado isso com antecedência. Preciso de seu apoio. Ele agiu de modo inadequado comigo e...

— O que você quer dizer com isso? Ele assediou você, chegou a atacá-la, algo assim?

Buck e Alice cobriram a boca com as mãos para não caírem na gargalhada.

— Não, senhor, ele não fez isso, mas deixou claro que não vai se subordinar a mim.

— Sinto muito, Verna, mas ele não vai mesmo, está bem? Não vou desperdiçar o talento de Cameron Williams em matérias regionais. Não estou dizendo com isso que eu não aprecie cada linha de texto que seu escritório produz, entenda bem.

— Mas, senhor...

— Lamento, Verna. Mais algum assunto a tratar? Não fui suficientemente claro ou temos outro problema? Diga a ele apenas para solicitar o equipamento necessário, debitar as despesas na conta da sucursal de Chicago e trabalhar diretamente aqui conosco. Entendido?

— Mas ele não deveria, pelo menos, pedir desc...

— Verna, você precisa mesmo que eu atue como mediador de um conflito de egos, estando a 1.500 quilômetros de distância? Se você não conseguir resolver esta questão sozinha...

— Eu consigo, senhor, vou resolver. Obrigada. Desculpe o incômodo.

O interfone tocou.

— Alice, mande-o entrar.

— Sim, senhora, e depois posso...

— Sim, pode ir embora.

Buck percebeu que Alice arrumava suas coisas lentamente, ainda com vontade de ouvir a conversa. Ele entrou abruptamente na sala de Verna, fingindo esperar que falaria com Stanton Bailey ao telefone.

— Ele não precisa falar com você. Deixou claro que não devo me envolver nas suas molecagens. Você vai trabalhar no seu apartamento.

Buck sentiu vontade de dizer que seria difícil deixar passar em branco a forma como ela o havia tratado, mas já estava se sentindo culpado o suficiente por ter escutado sua conversa às escondidas. Eis um sentimento que era inusitado para ele: culpa.

— Tentarei ficar fora de seu caminho — disse ele.

— Ficarei grata se assim for.

Quando Buck chegou ao estacionamento, Alice estava à sua espera.

— O que foi aquilo? — disse ela radiante.

— Você não tem vergonha mesmo, hein? — retrucou ele com um sorriso largo.

— Mas você também ouviu.

— Claro que sim. Até amanhã, Alice.

— Vou perder o metrô das seis e meia — disse ela —, mas valeu muito a pena.

— Posso lhe dar uma carona até a estação, se quiser. Mostre-me onde fica.

Alice aguardou enquanto ele abria a porta do carro.

— Belo carro!

— Novinho em folha! — respondeu ele. Era exatamente assim que ele se sentia.

* * *

Rayford e Chloe chegaram cedo à Igreja Nova Esperança. Bruce estava lá, terminando de comer o sanduíche que havia pedido. Depois de cumprimentá-los, ajeitou os óculos no lugar e recostou-se na sua cadeira estridente.

— Conseguiram localizar o Buck? — perguntou.

— Ele disse que estaria aqui — respondeu Rayford. — Qual é o assunto urgente?

— Você viu as notícias de hoje?

— Acho que sim. Alguma coisa importante?

— Provavelmente. Vamos aguardar do Buck.

— Enquanto isso — disse Rayford —, deixe-me contar a você o que aconteceu comigo hoje.

Quando terminou, Bruce estava sorrindo.

— Aposto que você jamais imaginou passar por algo assim!

Rayford balançou a cabeça e mudou de assunto.

— Parece muito estranho Buck fazer parte do grupo, principalmente por ele ser tão novato no assunto.

— Somos todos novatos, não é mesmo? — disse Chloe.

— É verdade, tem razão.

Bruce levantou o olhar e sorriu. Rayford e Chloe viraram-se e avistaram Buck junto à porta.

CAPÍTULO 2

Buck não soube como reagir quando Rayford Steele o cumprimentou afetuosamente. Ele apreciava o carinho e a franqueza de seus três novos amigos, mas algo o incomodou e ele se retraiu um pouco. Ainda não se sentia muito à vontade com esse tipo de demonstração de afeto. E qual seria o tema dessa reunião? O Comando Tribulação tinha um programa regular de encontros; assim, uma reunião convocada com urgência deveria ter algum significado importante.

Ao cumprimentá-lo, Chloe olhou para ele com expectativa, mas não o abraçou como Rayford e Bruce fizeram. A conduta discreta de Chloe era, naturalmente, por culpa de Buck. Eles mal se conheciam, mas estava claro que havia química entre os dois. Ambos já tinham deixado transparecer entre si os indícios de um possível relacionamento. Em um bilhete a Chloe, Buck confessou que se sentia atraído por ela. Ele precisava, porém, agir com cautela. Os dois eram recém-convertidos e só agora estavam aprendendo o que o futuro lhes prepararia. Somente um louco iniciaria um relacionamento em tempos como aquele.

No entanto, ele não era exatamente isso — um louco? Como pôde ter demorado tanto para conhecer a Cristo tendo sido um aluno tão brilhante, um jornalista renomado internacionalmente e um suposto intelectual?

E, agora, o que estava lhe acontecendo? Sentira culpa por escutar escondido seus chefes falando sobre ele ao telefone? No passado, jamais sentiria remorso. Os truques, esquemas e mentiras que ele preparava e contava só para conseguir uma matéria encheriam um livro. Mas, com Deus em sua vida, conseguiria ele ser um jornalista tão bom, apesar da consciência lhe pesando por coisas tão pequenas?

* * *

Rayford percebeu o desconforto de Buck e a hesitação de Chloe. Contudo, o que mais lhe chamou a atenção foi a mudança quase instantânea no semblante de Bruce, que havia sorrido com a história de Rayford a respeito do problema no trabalho e também quando Buck chegou, mas subitamente mudou de expressão, passado os cumprimentos. Seu sorriso havia ido embora e ele sentia dificuldade para se recompor.

Rayford ainda não estava acostumado com esse tipo de sensibilidade. Antes do desaparecimento da esposa e do filho, havia anos que não chorava. Ele sempre considerava as emoções um sinal de fraqueza e de falta de virilidade. No entanto, desde os desaparecimentos, viu muitos homens começarem a chorar. Estava convencido de que os sumiços no mundo tinham sido ocasionados por Cristo, ao arrebatar sua Igreja, mas para aqueles que foram deixados para trás o evento havia sido catastrófico.

Mesmo para ele e Chloe, que se converteram por causa disso, a dor de perder membros da família foi avassaladora. Houve dias em que Rayford se sentia tão aflito e com tanta saudade de Irene e Raymie que tinha dúvidas se conseguiria seguir adiante. Como pôde ser tão cego? Que fracasso havia sido como marido e pai!

Por sorte, Bruce era um sábio conselheiro. Ele também havia perdido a esposa e os filhos, e, mais do que todos os outros, deveria estar preparado para a vinda de Cristo. Com o apoio dele e a ajuda das duas outras pessoas na sala, Rayford soube que poderia seguir em frente. Contudo, havia algo mais na mente de Rayford do que a simples preocupação com a sobrevivência: ele começava a acreditar que era preciso partir para a ação, e que talvez ele e todos os presentes devessem arriscar as próprias vidas. Se havia alguma ponta de dúvida ou hesitação quanto a isso, ela se dissipou quando Bruce finalmente conseguiu falar. O jovem pastor cerrou os lábios para impedir que tremessem. Seus olhos estavam ficando marejados.

— Bem... É.... Eu preciso conversar com todos vocês — começou ele, inclinando-se para frente e fazendo uma pausa para se recompor. — Nesses últimos dias, diante de tantas informações vindas de Nova York, minuto após minuto, resolvi deixar a televisão ligada na CNN o tempo todo. Rayford, você disse que não ouviu as últimas notícias. E você, Chloe?

Ela sacudiu a cabeça negativamente.

— Buck, acho que você tem acesso a todos os pronunciamentos de Carpathia assim que eles são feitos, não é?

— Hoje não — disse Buck. — Só estive no escritório no fim do expediente e não ouvi nada.

O semblante de Bruce pareceu se fechar novamente, e ele deu um sorriso pesaroso.

— Não que as notícias sejam devastadoras — disse ele. — Acontece que estou sentindo uma enorme responsabilidade por todos vocês. Tenho tentado dirigir esta igreja, vocês sabem, mas isso parece totalmente irrelevante quando comparo com os estudos que faço das profecias. Passo a maior parte de meus dias e noites debruçado sobre a Bíblia e sobre comentários teológicos, e sinto a pressão de Deus sobre mim.

— A pressão de Deus? — repetiu Rayford. E Bruce caiu em prantos. Chloe estendeu o braço sobre a mesa e segurou sua mão. Rayford e Buck também tocaram em Bruce.

— Isso é triste demais — disse Bruce, lutando para se expressar em meio às lágrimas —, e sei que não só para mim, mas também para vocês e todos os que frequentam esta igreja. Todos nós estamos sofrendo muito, todos nós perdemos entes queridos e nenhum de nós enxergou a verdade.

— Só que agora nós sabemos — disse Chloe —, e Deus usou você para isso.

— Eu sei. É que são tantas emoções misturadas que não sei como vou me sentir daqui a pouco. Sem minha família, minha casa ficou tão grande, fria e vazia que, às vezes, nem me animo de ir para lá à noite. Fico aqui estudando até pegar no sono e só vou para casa de manhã para tomar um banho, trocar de roupa e vir para cá novamente.

Sentindo-se desconfortável, Rayford encarou o nada. Se fosse ele quem estivesse tentando conversar com os amigos, teria gostado que alguém interferisse e mudasse o rumo da conversa para fazê-los retomar o assunto principal da reunião. Mas Bruce era diferente. Ele sempre se comunicava de modo peculiar e precisava de tempo para expressar-se.

Enquanto os outros se sentavam, Bruce pegou um lenço de papel para se recompor. Quando voltou a falar, sua voz ainda estava rouca.

— Sinto um peso enorme sobre mim — disse ele. — Nunca foi meu ponto forte ler a Bíblia diariamente. Eu fingia ser cristão, supostamente um obreiro em tempo integral, mas não me importava muito com a Bíblia. Agora não há nada que faça eu me separar dela.

* * *

Buck se identificava com Bruce. Ele desejava conhecer os detalhes de tudo o que Deus havia tentado lhe comunicar ao longo dos anos. Além de Chloe, esse foi um dos motivos de ele não ter se importado com a transferência para Chicago. Queria frequentar esta igreja e ouvir Bruce explicar a Bíblia sempre que as portas estivessem abertas. Como membro daquele pequeno grupo, queria aprofundar-se nos ensinamentos de Bruce.

Embora continuasse em seu emprego e estivesse escrevendo uma matéria importante, aprender a conhecer a Deus e a ouvir sua voz parecia, agora, ser sua principal função. Todo o resto não passava de um meio para atingir um fim.

Bruce levantou a cabeça.

— Agora entendo a expressão "alegrar-se na Palavra". Às vezes, sento-me e passo horas me alimentando dela. Perco a noção do tempo, esqueço até de comer, chorando e orando. Outras vezes, saio da minha cadeira e caio de joelhos, clamando a Deus por mais esclarecimento, e o mais incrível é que ele está fazendo exatamente isso!

Buck percebeu que Rayford e Chloe confirmavam aquilo com o movimento da cabeça. Ele era mais inexperiente do que ambos no assunto, mas sentia a mesma fome e sede pela Bíblia. Mas aonde Bruce queria chegar com toda aquela história? Estaria ele dizendo que Deus tinha lhe revelado algo?

Bruce deu um longo suspiro e colocou-se de pé. Caminhou até um dos cantos da mesa e ali se sentou, olhando para os três.

— Preciso que vocês orem por mim — disse ele. — Deus está me mostrando coisas, incutindo tantas verdades dentro de mim que mal consigo me conter. Se eu as tornar públicas, serei ridicularizado e, talvez, até morto.

— É claro que oraremos — disse Rayford. — Mas o que isso tem a ver com as notícias de hoje?

— Tem tudo a ver, Rayford — Bruce balançou a cabeça. — Você não percebe? Sabemos que Nicolae Carpathia é o anticristo. Mesmo que não levássemos em consideração a história de Buck sobre o poder hipnótico sobrenatural dele e o assassinato dos dois homens, ainda assim teríamos grandes evidências de que Carpathia se encaixa nas descrições proféticas. Ele é enganador, é sedutor. As pessoas estão se unindo para apoiá-lo. Ele foi elevado ao poder, aparentemente, contra sua vontade. Está pressionando no sentido de termos um só governo mundial, uma única moeda, um tratado com Israel e quer transferir a sede da ONU para a Babilônia. Isso basta como prova. Qual seria a probabilidade de um homem promover todas essas coisas e não ser o anticristo?

— Nós sabíamos que isso ia acontecer — disse Buck —, mas todos esses planos já se tornaram públicos?

— Todos hoje.

Buck deu um leve assovio.

— O que Carpathia falou exatamente?

— Na verdade, o anúncio foi feito por meio do assessor de imprensa, seu ex-chefe, Buck. Como é mesmo o nome dele?

— Plank.

— Isso. Steve Plank. Na entrevista coletiva, ele informou que Carpathia estaria fora de circulação por alguns dias, conduzindo reuniões estratégicas de alto nível.

— E ele disse do que se tratavam essas reuniões?

— Disse que Carpathia, mesmo sem a ambição de ser líder, sentia-se na obrigação de tomar rápidas providências para unir o mundo em direção à paz. Ele organizou equipes de trabalho para implementar o desarmamento das nações e para averiguar se isso realmente está sendo feito. Parece que 10% dos armamentos de cada país não estão sendo destruídos, mas embarcados para a Babilônia, à qual, agora, ele está chamando de Nova Babilônia. A comunidade financeira internacional, cujos representantes já estavam em Nova York para as reuniões, recebeu a responsabilidade de instaurar uma moeda única.

— Eu jamais teria acreditado numa coisa dessas — disse Buck, franzindo a testa. — Há muito tempo, um amigo chegou a tentar me alertar.

— E isso não é tudo — prosseguiu Bruce. — Vocês acham coincidência os líderes das principais religiões estarem em Nova York quando Carpathia chegou na semana passada? O que mais isso seria senão o cumprimento da profecia? Carpathia está insistindo para eles se unirem e chegarem a um amplo acordo de tolerância que englobe o respeito a todas as crenças em comum.

— Crenças em comum? — estranhou Chloe. — Algumas religiões são tão diferentes umas das outras que jamais poderiam chegar a um acordo.

— Só que elas estão — disse Bruce. — Aparentemente, Carpathia está negociando. Não sei o que ele ofereceu, mas espera-se um pronunciamento dos líderes religiosos até o final da semana. Suspeito que teremos uma religião mundial.

— Quem se deixaria seduzir por isso?

— A Bíblia indica que muitos.

***

A mente de Rayford girava. Ele sentia dificuldade em se concentrar desde o dia dos desaparecimentos. Em certas ocasiões, ainda se perguntava se tudo aquilo não havia sido um terrível pesadelo do qual acordaria para, em seguida, mudar sua maneira de viver. Seria ele o Scrooge,[1] que precisou ter um sonho horripilante para ver o mal que havia praticado? Ou seria George Bailey, personagem interpretado por James Stewart no filme *A felicidade não se compra*, que conseguiu ter seus desejos realizados e depois se arrependeu?

Rayford conhecia duas pessoas — Buck e Hattie — que viram pessoalmente o anticristo. Como isso era bizarro! Sentiu um calafrio de terror dentro de si. A batalha cósmica entre Deus e Satanás tinha se abatido sobre sua própria vida. Num piscar de olhos, ele, que sempre foi um pai cético e negligente, um marido lascivo e galanteador, tornou-se um cristão fanático em Cristo.

— Por que o noticiário de hoje causou-lhe tanto mal-estar, Bruce? — perguntou Rayford. — Acredito que nenhum de nós tinha dúvidas quanto à história do Buck; todos já sabiam que Carpathia era mesmo o anticristo.

— Não sei, Rayford. — Bruce voltou a se sentar na cadeira. — É que quanto mais me aproximo de Deus, quanto mais me aprofundo no estudo da Bíblia, mais pesada vai ficando a carga sobre meus ombros. O mundo precisa saber que está sendo enganado. Eu sinto urgência de falar sobre Cristo em todos os lugares, não só aqui. Esta

[1] Personagem do livro *Canção de Natal*, de Charles Dickens. [N. do T.]

igreja está cheia de pessoas apavoradas e sedentas de Deus. Estamos tentando satisfazer suas necessidades, mas só vejo mais sofrimentos pela frente. Hoje, a notícia que chegou aos meus ouvidos foi o comunicado de que a próxima grande ordem de Carpathia será o que ele chama de um "entendimento" entre a comunidade global e Israel, e um "acordo especial" entre a ONU e os Estados Unidos.

Buck endireitou-se na cadeira.

— O que devemos deduzir disso?

— Não sei qual é o papel dos Estados Unidos porque, por mais que eu estude, não vejo a América desempenhando uma função importante nesse período da história. Mas todos nós sabemos que haverá o "entendimento" com Israel. Não sei de que forma acontecerá, nem que benefícios isso trará à Terra Santa, mas este é claramente o tratado dos sete anos.

Chloe ergueu os olhos.

— Então, isso, na verdade, significa o início do período de sete anos de tribulação.

— Exatamente — Bruce olhou para o grupo —, se nesse comunicado houver uma promessa feita por Carpathia de que Israel será protegido nos próximos sete anos, isso anuncia oficialmente o início da tribulação.

Buck fazia anotações.

— Então o episódio dos desaparecimentos, o arrebatamento, não foi o que iniciou o período de sete anos?

— Não! — respondeu Bruce. — Uma parte de mim esperava que algo postergasse o tratado com Israel. Nada na Bíblia leva a crer que isso viesse a acontecer imediatamente. Só que tão logo ocorra, a contagem regressiva começará.

— A contagem regressiva que marcará o tempo em que Cristo estabelecerá seu reino na Terra? — perguntou Buck.

Rayford estava impressionado que Buck tivesse aprendido tanto em tão pouco tempo.

Bruce assentiu.

— Isso mesmo. Esse é o motivo deste encontro. Preciso dizer uma coisa para vocês. Uma vez por semana, faremos uma reunião de duas horas, aqui neste gabinete, das oito às dez da noite. Só nós.

— Você sabe que eu viajo muito — disse Buck.

— Eu também — emendou Rayford.

Bruce levantou a mão.

— Não posso forçar vocês a virem, mas devo insistir. Sempre que estiverem na cidade, venham. Nesses estudos, vou apresentar o que Deus revelou nas Escrituras. Algumas coisas vocês já sabem por meu intermédio, mas se o tratado com Israel for mesmo firmado nos próximos dias, não temos tempo a perder. Precisamos fundar novas igrejas, novas células de cristãos. Quero viajar para Israel e ouvir as duas testemunhas no Muro das Lamentações. A Bíblia fala do surgimento de 144 mil judeus que viajarão pelo mundo todo. Haverá um grande número de pessoas que se converterão a Cristo, talvez mais de um bilhão.

— Isso parece fantástico — disse Chloe. — Será de cair o queixo!

— Eu já estou de queixo caído — disse Bruce. — Só que não teremos muito tempo para festas, nem para descanso. Você lembra que o livro de Apocalipse fala dos sete juízos selados?

Ela assentiu com um movimento de cabeça.

— Se eu estiver certo, os juízos começarão imediatamente. Haverá um período de 18 meses de paz, mas nos três meses seguintes, o restante dos juízos cairá sobre a Terra. Um quarto da população mundial será extinta. Não quero parecer piegas, mas deem uma olhada ao redor desta sala e me digam o que isso significa para vocês.

Rayford não precisou olhar ao redor. Ele estava sentado ao lado das três pessoas mais próximas a ele no mundo. Será que em menos de dois anos poderia perder outro ente querido?

***

Buck fechou seu caderno de anotações. Não quis deixar registrado que alguém daquela sala poderia morrer em breve. Lembrou-se de seu primeiro dia de aula na faculdade, quando o professor pediu para olhar para a direita e depois para a esquerda. O professor havia dito: "Um de vocês três não estará aqui depois de um ano." Aquilo foi quase engraçado quando comparado à experiência que vivia agora.

— Só que nós não queremos apenas sobreviver — disse Buck. — Nós queremos agir.

— Eu sei — disse Bruce. — Acho que estou sofrendo por antecipação. Vai ser uma caminhada longa e difícil. Todos estaremos ocupados e sem tempo para nada, mas precisamos fazer planos para o futuro.

— Eu estava pensando em voltar para a universidade — disse Chloe pensativa. — Claro que não para Stanford, mas para outra aqui perto. Agora estou na dúvida se isso valeria mesmo a pena.

— Você poderá frequentar uma aqui mesmo, se quiser — disse Bruce. — Todos os dias às oito da noite, e mais uma coisa...

— Eu sabia que faltava alguma coisa — disse Buck.

— Precisaremos de um abrigo.

— Um abrigo? — espantou-se Chloe.

— No subsolo — respondeu Bruce. — Durante o período de paz, poderemos construir sem levantar suspeitas. Quando começarem os juízos, não conseguiremos fazer mais nada parecido.

— Do que você está falando? — perguntou Buck.

— Estou falando de conseguirmos uma escavadeira para nos preparar um refúgio subterrâneo. A guerra vai acontecer e, com ela, teremos fome, pragas e morte.

Rayford levantou a mão.

— Mas eu achei que não iríamos dar as costas e fugir.

— E não vamos — disse Bruce. — Só que se não planejarmos nosso futuro, se não tivermos um lugar para nos refugiar, para reorganizar os grupos, escapar da irradiação e das doenças, morreremos tentando provar que somos corajosos.

Buck estava impressionado pelo fato de Bruce ter um plano, um plano de verdade. Bruce disse que encomendaria um enorme tanque d'água para ser entregue ali. Ele ficaria instalado no canto do estacionamento durante semanas, e as pessoas pensariam que se tratava apenas de mais um tanque qualquer para armazenamento de água. Depois, chamaria uma escavadeira para abrir um fosso com tamanho suficiente para comportar o tanque.

Enquanto isso, os quatro membros do grupo levantariam as paredes, passariam a fiação elétrica e os canos de água e preparariam o local para servir de esconderijo. Passado certo tempo, Bruce removeria o tanque dali. As pessoas que vissem o tanque sendo retirado imaginariam que ele não tinha o tamanho certo ou que estava com defeito. As pessoas que não o viram ser removido, imaginariam que ele havia sido alojado naquele lugar, debaixo da terra.

O Comando Tribulação faria uma ligação entre o abrigo no subsolo e a igreja por meio de uma passagem secreta, mas só a utilizariam em caso de necessidade. Todas as reuniões seriam feitas no gabinete de Bruce.

A reunião daquela noite terminou com uma oração. Os três novos convertidos oraram por Bruce e por sua responsabilidade como líder. Buck insistiu para Bruce ir para casa dormir um pouco. Ao sair, virou-se para Chloe.

— Eu ia mostrar para você o meu carro novo, mas, a esta altura do campeonato, ele já não parece mais um grande negócio.

— Eu entendo — sorriu ela. — De qualquer forma, ele é bonito. Você não gostaria de jantar conosco?

— Pra falar a verdade, não estou com fome. E preciso começar a me instalar no meu novo apartamento.

— Você já comprou a mobília? — ela perguntou. — Se não, poderia ficar conosco até comprar alguns móveis. A nossa casa é bem ampla.

Ele pensou na ironia do convite.

— Obrigado — respondeu ele. — O apartamento está mobiliado.

Rayford apareceu, vindo detrás.

— Onde você vai morar, Buck?

Buck descreveu o apartamento que ficava a meio caminho da igreja e do *Semanário.*

— Não é muito longe.

— Não — disse Buck. — Convidarei todos vocês para me visitarem assim que estiver tudo organizado.

Rayford abriu a porta do carro, do lado do motorista, e Chloe esperou junto à porta do passageiro. Os três permaneceram de pé em silêncio e um pouco incomodados com a parca iluminação das lâmpadas da rua.

— Bem — disse Buck —, é melhor eu seguir meu caminho.

Rayford entrou no carro. Chloe permaneceu ali fora.

— Até logo.

Chloe deu um breve aceno e Buck foi embora. Então sentiu-se um idiota. Como deveria ter agido? Ele sabia que ela estava aguardando algum sinal de que ele ainda estivesse interessado nela. E ele estava, mas tinha dificuldade em expressar seus sentimentos. Não sabia se era porque o pai de Chloe estava ali ou se era pelas muitas coisas que estavam acontecendo, naquele momento, na vida de todos eles.

Buck pensou no comentário de Chloe ao dizer que não valeria mais a pena frequentar a universidade. Será que essa atitude também se aplicava a um romance? Ele, certamente, sentia-se atraído por ela e estava claro que ela sentia o mesmo. Mas um relacionamento com uma mulher naquele momento não seria um pouco trivial, considerando tudo o que Bruce tinha acabado de dizer?

Buck já havia aprendido a amar a Deus. Esta deveria ser sua paixão até a volta de Cristo. Seria certo, ou mesmo prudente, concentrar, ao mesmo tempo, sua atenção em Chloe Steele? Tentou afastá-la de seus pensamentos. Pouco provável que conseguiria.

* * *

— Você gosta dele, não gosta? — perguntou Rayford ao tirar o carro do estacionamento.

— Ele é um cara legal.

— Estou falando do Buck.

— Eu sei de quem você está falando, papai. Ele é um cara legal, mas não se importa comigo.

— Ele está com a cabeça cheia.

— Até o Bruce se preocupa mais comigo, e é ele quem tem a cabeça mais cheia entre nós.

— Deixe-o primeiro se instalar no apartamento novo. Ele vai ligar.

— Será mesmo? — disse Chloe. — Você está parecendo otimista demais.

— Bom, desculpe, é que...

— De qualquer forma, acho que Buck Williams já está cansado de ligações.

***

Sem seus pertences, o apartamento de Buck estava completamente vazio. Ele tirou os sapatos e ligou para o seu correio de voz em Nova York. Queria deixar um recado para Marge Potter, sua ex-secretária, perguntando quando as caixas despachadas chegariam, mas ela já havia se adiantado. O primeiro dos três recados era dela.

— Como eu não sabia para onde enviar suas coisas, mandei tudo ontem à noite para a sucursal de Chicago. Elas devem chegar segunda-feira de manhã.

O segundo recado era do chefão, Stanton Bailey.

— Ligue para mim na segunda-feira, Cameron. Quero receber sua matéria até o fim da próxima semana e precisamos conversar.

O terceiro era de seu ex-editor-executivo, Steve Plank, agora porta-voz de Nicolae Carpathia.

— Buck, ligue para mim assim que puder. Carpathia quer falar com você.

Buck fungou, deu uma risadinha e apagou os recados. Então gravou um agradecimento para Marge e uma confirmação de recebimento para Bailey. Anotou o número do telefone de Steve e decidiu esperar para retornar sua ligação. "Carpathia quer falar com você." Que forma tranquila de dizer "O inimigo de Deus está à sua caça!" Buck não tinha certeza se Carpathia sabia que a lavagem cerebral não havia surtido efeito nele. O que aquele homem faria, ou tentaria fazer, se soubesse que a memória de Buck não havia sido alterada? E se percebesse que Buck sabia que ele era um assassino, um mentiroso, a besta?

* * *

Rayford estava sentado, assistindo o noticiário na TV, prestando atenção nas análises dos comentaristas a respeito dos comunicados vindos da ONU. A maioria considerava a transferência da sede da ONU para as ruínas de Babilônia, localizada ao sul de Bagdá, algo positivo. Um deles disse:

— Se Carpathia estiver sendo sincero quanto ao desarmamento mundial e ao armazenamento dos 10% restantes do equipamento bélico, prefiro que armazene no Oriente Médio, nas proximidades de Teerã, e não em uma ilha na costa de Nova York. Gostaria também que o edifício da ONU, que está prestes a ser abandonado, transforme-se em um museu, em homenagem à arquitetura mais horrorosa que este país já produziu.

Os especialistas previram frustração e fracasso nos resultados propostos para as conversas que ocorreriam tanto entre os líderes religiosos, quanto entre os especialistas do mercado financeiro. Um deles disse:

— Não será possível ter uma única religião mundial, por mais sedutora que essa ideia possa parecer; nem uma moeda mundial única, por mais prática que a proposta seja. Estes serão os primeiros reveses que Carpathia enfrentará, e talvez, a partir daí, as pessoas abrirão os olhos em relação a ele. A lua de mel terminará em breve.

— Aceita uma xícara de chá, papai? — ofereceu Chloe da cozinha. Ele recusou. Ela apareceu logo em seguida trazendo uma para si mesma. Sentou-se na outra ponta do sofá e ajeitou os pés por baixo do roupão. Seus cabelos recém-lavados estavam envoltos em uma toalha.

— Você tem algum encontro este fim de semana? — perguntou Rayford no intervalo dos comerciais.

— Deixe de gracinhas — disse ela.

— Não foi essa a minha intenção. O que haveria de tão estranho em alguém convidar você para sair?

— A única pessoa que eu gostaria que me convidasse para sair parece ter mudado de ideia a meu respeito.

— Que bobagem — disse Rayford. — Não consigo imaginar o que se passa na mente de Buck.

— Pensei que ele pensasse em *mim*, papai. Agora fico aqui sentada como uma menininha do colegial, cheia de dúvidas e expectativas. É tudo tão estranho... Mas por que eu deveria me preocupar? Acabei de conhecê-lo. Não sei nada sobre ele. Acho que só sinto admiração, nada mais.

— Você sente admiração por ele?

— Claro que sim! Quem não o admiraria? Ele é inteligente, objetivo, talentoso.

— Famoso.

— Ah, sim, um pouco. Só que eu não vou me atirar nos braços dele. Só pensei que estivesse interessado em mim, nada mais. O bilhete que ele me mandou aquele dia dizia que se sentia atraído por mim.

— E como você reagiu?

— A ele?

Rayford assentiu com a cabeça.

— Não reagi. O que você acha que eu deveria ter feito? Eu também me senti atraída por ele, mas não queria afugentá-lo.

— Talvez seja ele quem pense que afugentou você. Talvez acredite que se expôs demais, muito cedo. Mas você não se sentiu dessa maneira?

— De certa forma sim, mas no meu coração havia algo de certo nisso. Por isso achei que se eu fosse sincera e me tornasse amiga dele, as coisas aconteceriam naturalmente.

Rayford deu de ombros.

— Talvez ele precise de um empurrãozinho.

— Ele não receberá nenhum empurrãozinho da minha parte. Isso não faz o meu estilo, papai. Você sabe disso.

— Eu sei, querida — disse Rayford —, mas você mudou muito nesses últimos tempos.

— Sim, mas meu estilo não mudou. — Ao dizer isso, ela sorriu. — Papai, o que faço agora? Não quero desistir dele, mas você notou que ele já não é mais o mesmo? Deveria ter me convidado para jantar fora, mas sequer aceitou o nosso convite.

— *Nosso* convite? *Eu* estava incluído nisso?

— Bem, achei que não seria certo o convite partir de mim.

— Eu sei. Mas talvez ele não quisesse sair com você sabendo que eu estaria junto.

— Se ele sentisse por mim o mesmo que sinto por ele, teria aceitado. Na verdade, ele mesmo teria me chamado para sair e deixado você de fora. Quero dizer... não me interprete mal, papai.

— Sei o que você quis dizer. Acho que está sendo um pouco precipitada, querida. Dê um tempo a ele. Você verá a diferença que uma boa noite de sono pode fazer.

Terminado o intervalo dos comerciais, Chloe passou a bebericar seu chá. Rayford sentia-se privilegiado pela filha se abrir com ele sobre este tipo de assunto. Até onde ele conseguia lembrar, ela não falava nem com Irene sobre seus relacionamentos. Ele sabia que era o único porto seguro da filha e que contava com sua confiança.

— Posso desligar a TV, se você quiser conversar mais — disse ele. — Não há nada além do que Bruce já nos contou.

— Não — disse ela, levantando-se. — Francamente, estou chateada comigo e cansada de ficar aqui sentada falando da minha vida amorosa ou de minha carência afetiva. Tudo isso parece muito infantil para o momento em que estamos vivendo, não acha? E não é como se eu não tivesse mais nada para ocupar minha mente, caso eu não volte para a universidade. Eu quero memorizar os livros de Ezequiel, Daniel e do Apocalipse.

Rayford riu.

— Você só pode estar brincando!

— Claro que estou! Mas você entende o que quero dizer? Jamais imaginei que a Bíblia pudesse despertar o menor interesse em mim, mas agora passei a estudá-la como se não houvesse amanhã.

Rayford permaneceu em silêncio e percebeu que Chloe ficou chocada com sua própria ironia não intencional.

— Eu também — ele disse. — Já aprendi muito mais do que pensei que pudesse existir sobre as profecias do fim dos tempos. Estamos vivendo aqui e agora. Não haverá mais muitos amanhãs, não é mesmo?

— Certamente não para perder o meu tempo correndo atrás de um cara.

— Ah, mas ele é um cara muito interessante, Chlo.

— Você está querendo me dar uma mãozinha. Mas é melhor esquecê-lo, está bem?

Rayford sorriu.

— Se eu não mencionar o nome dele, será mesmo que você o esquecerá? Devemos dispensá-lo do Comando Tribulação?

Chloe sacudiu a cabeça.

— A propósito, há quanto tempo você não me chama de *Chlo?*

— Você gostava quando eu a chamava assim, não?

— Sim, quando eu tinha uns nove anos. Boa noite, papai.

— Boa noite, querida. Amo você.

Chloe foi andando em direção à cozinha, mas parou e voltou rapidamente para abraçar o pai, sempre cuidando para não derramar o chá da xícara.

— Eu também amo muito você, papai. Mais do que nunca e de todo o meu coração.

* * *

Buck Williams deitou-se de bruços pela primeira vez em sua nova cama. A sensação era estranha. Seu belo apartamento era parte de um excelente edifício, mas o subúrbio de Chicago em nada se parecia com Nova York. Tudo era muito quieto. Ele havia comprado uma sacola de frutas frescas, mas deixou-as de lado. Assistiu ao noticiário na TV e depois ouviu um pouco de música. Depois, decidiu ler o Novo Testamento até pegar no sono.

Buck procurava absorver tudo o que podia de Bruce Barnes sobre o que ainda estava por vir, porém achou mais interessante ler os Evangelhos, em vez do Antigo Testamento ou das profecias do Apocalipse. Que cara revolucionário havia sido Jesus! Buck sentia-se fascinado por seu caráter, sua personalidade, sua missão como homem. O Jesus que ele sempre imaginara ou que pensava ter conhecido era um impostor. O Jesus da Bíblia era radical, um homem de paradoxos.

Buck colocou a bíblia em cima do criado-mudo e virou-se de costas, protegendo os olhos da luz com o braço. "Se você quiser ser rico, desfaça-se de seu dinheiro," disse ele a si mesmo. "É isso o que importa. Se você quiser ser exaltado, humilhe-se. A vingança parece lógica, mas é errada. Ame seus inimigos, ore por quem o despreza. Que bizarro!"

Seus pensamentos divagaram para Chloe. O que ele estava fazendo? Ela não era cega. Era jovem, mas não estúpida. Ele não poderia investir nela e, depois, mudar de ideia sem ser grosseiro. Estaria ele mudando de ideia? Queria realmente esquecê-la? Claro que não. Ela era uma pessoa maravilhosa, agradável para conversar. Era uma colega cristã e sua compatriota. Seria uma boa amiga, independentemente de qualquer outra coisa.

Então a situação havia chegado a esse ponto? Será que ele delimitaria o relacionamento a nada mais do que uma boa amizade? Era isso o que queria?

"Deus, o que devo fazer?", orou silenciosamente. "Para ser franco, estou adorando estar apaixonado. Adoraria iniciar um relacionamento com Chloe. Será que ela é muito jovem? A época é propícia para pensar nisso? Sei que tu esperas muito de nós em termos de trabalho. E o que acontecerá se nos apaixonarmos? Deveríamos nos casar ou ter filhos, se tu voltarás em apenas sete anos? Se já existiu uma época em que deveríamos pensar muito sobre colocar filhos no mundo, essa época é agora."

Buck afastou o braço dos olhos e fechou-os para fugir da luz. E agora? Deus responderia à sua oração com voz audível? Ele sabia que não. Por certo que não. Sentou-se à beira da cama, levando as mãos à cabeça.

O que estaria acontecendo com ele? Tudo o que queria saber era se deveria continuar a cortejar Chloe. Começou orando por isso e, de repente, passou a pensar em casamento e filhos. Maluquice. "Talvez seja assim que Deus aja", pensou ele. "Quem sabe ele leve a pessoa a tirar conclusões lógicas ou ilógicas."

Com base nisso, achou que, talvez, fosse melhor não dar esperanças a Chloe. Ela estava interessada, ele sabia. Se ele demonstrasse o mesmo interesse, o relacionamento dos dois tomaria um único rumo. No mundo caótico em que estavam vivendo, acabariam ficando desesperados um pelo outro. Seria certo permitir isso?

Nada daquilo fazia sentido. Como ele poderia deixar que alguma outra coisa competisse com a sua devoção a Deus? Mesmo assim, não conseguia ignorá-la, nem tratá-la como uma irmã. Não, ele deveria fazer a coisa certa. Conversaria com Chloe. Por certo, ela merecia que tudo fosse esclarecido. Ele marcaria um encontro informal e bateriam um papo. Seria franco com ela e diria que se dependesse dele, os dois deveriam se conhecer mais. Isso, talvez, pudesse fazer com que ela se sentisse bem, não? Mas será que ele teria coragem para dizer o que realmente pensava, que nenhum dos dois deveria levar adiante um relacionamento amoroso numa época como aquela?

Buck não sabia. Mas de uma coisa tinha certeza: se ele não resolvesse a situação imediatamente, talvez nunca mais o fizesse. Olhou para o relógio. Passava um pouco das dez e meia. Será que ela ainda estava acordada? Resolveu arriscar.

* * *

Rayford estava subindo a escada quando o telefone tocou. Ele ouviu Chloe se mexer na cama, mas a luz de seu quarto estava apagada.

— Deixe que eu atendo, querida — disse ele, ao correr até o criado-mudo para atender.

— Sr. Steele, aqui é o Buck.

— Oi, Buck, pare de me chamar de *senhor.* Você faz com que eu me sinta um velho.

— E você não é mesmo velho? — disse ele em tom de brincadeira.

— Engraçadinho. Pode me chamar de Ray. O que você deseja?

— Gostaria de saber se Chloe já está deitada.

— Bom... Acho que ela já deitou, mas posso ver se ainda está acordada.

— Imagina, não precisa. Só peça a ela que me ligue quando puder — disse Buck, deixando com Rayford o seu novo número.

— Papai? — disse Chloe alguns minutos depois. — Você sabia que eu estava acordada!

— Você não disse nada quando eu falei que ia atender — retrucou ele. — Eu não tinha certeza. Você não acha que foi melhor assim? Deixar ele esperar até amanhã cedo?

— Ah, papai, não sei — disse ela. —Você sabe o que ele queria?

— Não faço a menor ideia.

— Ai, eu detesto isso!

— Já eu estou amando.

— Eu conheço você, papai.

CAPÍTULO 3

No sábado de manhã, Buck foi de carro até a Igreja Nova Esperança na expectativa de encontrar Bruce Barnes no gabinete pastoral. A secretária disse que Bruce estava terminando de preparar um sermão, mas com certeza iria querer vê-lo.

— Você faz parte do grupo de amigos de Bruce, não é? — perguntou ela.

Buck assentiu com a cabeça. Ele achava que sim. Seria isso uma honra? Sentia-se tão novato, uma espécie de bebê, como seguidor de Cristo. Quem poderia ter previsto que isso ocorreria? E quem teria sonhado que o arrebatamento aconteceria? Buck balançou a cabeça. "Só os milhões de pessoas que estavam preparados", concluiu ele.

Ao saber que Buck o aguardava, Bruce imediatamente abriu a porta e o cumprimentou com um abraço. Aquele gesto também era novidade para Buck: abraços fortes, principalmente entre homens. Bruce parecia cansado.

— Mais uma noite longa? — perguntou Buck.

Bruce concordou com um movimento de cabeça.

— Na verdade, mais um longo deleite em cima da Palavra. Estou recuperando o tempo perdido, sabe como é. Tive esses recursos na mão durante anos, mas nunca aproveitei. Estou tentando decidir como direi à congregação, provavelmente no mês que vem, que senti um chamado de Deus e vou viajar. As pessoas daqui terão que se unir e ajudar na liderança.

— Você tem medo que eles se sintam abandonados?

— Exatamente. Mas não vou sair da igreja. Estarei presente o máximo que puder. Como eu disse ontem, trata-se de um peso que Deus colocou sobre meus ombros. Sinto-me feliz por isso, estou aprendendo tanto! Mas também estou assustado, e sei que não estarei à altura se não contar com o poder do Espírito Santo. Acho que este é só mais um preço que devo pagar por não ter percebido a verdade da primeira vez. Mas você não veio até aqui para ouvir minhas queixas, veio?

— Gostaria de tratar de dois assuntos rápidos com o senhor e já o libero para os seus estudos. O primeiro é que tenho tentado afastar esses pensamentos de minha mente nos últimos dias, mas continuo me sentindo horrível pelo que fiz com Hattie Durham. O senhor se lembra dela? A comissária de bordo de Rayford...

— A mulher que você apresentou a Carpathia? Claro. Aquela com quem Rayford quase teve um caso.

— Sim. E acho que ele também está se sentindo mal com tudo isso.

— Não posso falar por ele, Buck, mas, até onde sei, você tentou alertar Hattie sobre Carpathia.

— Eu disse que ela poderia se transformar numa marionete nas mãos dele, só que, naquela época, eu não tinha ideia de quem ele era de verdade.

— Ela foi para Nova York porque quis, Buck. A escolha foi dela.

— Mas, Bruce, se eu não a tivesse apresentado a ele, Carpathia não teria pedido para encontrá-la novamente.

Bruce se recostou na cadeira e cruzou os braços:

—Você quer salvá-la do domínio de Carpathia, certo?

— Quero.

— Não vejo como você pode fazer isso sem arriscar sua vida. Ela, sem dúvida, já está encantada com sua nova posição. Passou de comissária de bordo para assistente pessoal do homem mais poderoso do mundo.

— Assistente pessoal e sabe-se lá mais o que...

Bruce concordou com a cabeça.

— Provavelmente sim. Não consigo imaginar que ele a tenha escolhido por causa dos seus dotes religiosos. E depois, o que você pretende fazer? Ligar para ela e dizer que seu novo chefe é o anticristo e que ela deve abandoná-lo?

— É por isso que estou aqui. Eu não sei o que fazer — disse Buck.

— E você acha que eu sei?

— Eu tinha esperança de que soubesse.

Bruce deu um sorriso forçado.

— Agora entendo o que meu ex-pastor, Vern Billings, sentia ao dizer que as pessoas acham que o pastor da igreja deve saber de todas as coisas.

— O senhor não tem nenhum conselho para me dar, então?

— O que vou dizer pode até parecer banal, Buck, mas você precisa fazer o que precisa fazer.

— E o que isso significa?

— Significa que se você já orou e sente um impulso real da parte de Deus para conversar com Hattie, então deve fazer isso. Mas você sabe as consequências. A próxima pessoa a saber disso será Carpathia. Veja o que ele já está fazendo com você.

— Esse é o problema — disse Buck. — Preciso arrumar um jeito de descobrir o que Carpathia sabe a meu respeito. Será que ele acha que conseguiu apagar de minha memória que estive naquela reunião, como fez com todas as outras pessoas? Ou ele sabe que me lembro de tudo e por isso tentou me prejudicar, levando-me a ser rebaixado de cargo e transferido para outro local de trabalho e tudo o mais?

— Sabe qual é a minha maior preocupação? — perguntou Bruce. — Minha intuição diz que, se Carpathia souber que você agora é cristão e que não foi influenciado pela lavagem cerebral, vai matá-lo. Mas se ele achar que ainda exerce domínio sobre você, como faz com todas as pessoas que não têm Cristo no coração, tentará usá-lo.

Buck recostou-se na cadeira e olhou para o teto.

— Interessante o que disse. Isso me leva ao segundo assunto que desejo conversar com você.

***

Rayford passou a manhã ao telefone finalizando os procedimentos para a renovação da sua certificação para pilotar o Boeing 777. Na segunda-feira de manhã, ele deveria voar de O'Hare a Dallas, como simples passageiro, para treinar decolagens e aterrissagens em pistas militares a alguns quilômetros do aeroporto Dallas-Fort Worth.

— Desculpe, Chloe — disse ele quando finalmente desligou o telefone. — Só agora lembrei que você queria ligar hoje cedo para o Buck. Eu deveria ter ligado do meu celular.

— Só uma correção — disse ela. — Eu já queria ter ligado ontem mesmo. Ou melhor, queria falar com Buck quando ele ligou.

Rayford levantou as duas mãos, como quem estava se rendendo.

— O erro foi meu — disse ele. — A culpa foi minha. Pode ligar para ele.

— Não, obrigada.

Rayford olhou para a filha com a testa franzida.

— O quê? Agora você vai castigar o Buck por minha causa? Ligue para ele!

— Não é isso, só acho que foi melhor assim. Eu queria conversar com ele ontem à noite, mas você provavelmente estava certo. Eu iria parecer muito ansiosa, seria muita precipitação. E ele disse que eu deveria retornar a ligação quando pudesse. Bem, ligar para ele logo cedo não seria conveniente. É melhor eu me encontrar com ele amanhã na igreja, certo?

Rayford balançou a cabeça.

— Era só o que faltava. Agora você resolveu fazer joguinho? Você estava preocupada em não parecer uma menininha do colegial correndo atrás dele e agora está agindo como uma.

Chloe pareceu magoada.

— Oh, obrigada, papai. Só não se esqueça de que a ideia de fazê-lo esperar foi sua.

— Eu disse que só durante a noite. Não me envolva nisso, se tudo der errado.

* * *

— Bem, Buck, esta é a sua oportunidade para falar com Hattie — disse Bruce Barnes. — O que você acha que Carpathia quer?

Buck sacudiu a cabeça.

— Não faço ideia.

— Você confia nesse tal de Steve Plank?

— Ah, sim, confio. Trabalhei muitos anos para ele. O que mais me assusta é que Steve me deu as boas-vindas na reunião que antecedeu a entrevista coletiva de Carpathia à imprensa; ele me disse onde sentar e me apresentou a várias pessoas. Porém, mais tarde, perguntou-me por que eu não compareci à reunião. Contou-me que Carpathia ficou um pouco irritado com a minha ausência.

— E você o conhece suficientemente bem a ponto de saber se ele está sendo sincero?

— Francamente, Bruce, ele é o principal motivo para eu acreditar que Carpathia seja o cumprimento dessas profecias que estamos estudando. Steve é um profissional rígido da velha guarda do jornalismo. O fato de ele abandonar o jornalismo legítimo para ser porta-voz de um político de fama mundial é uma amostra do poder de persuasão de Carpathia. Até eu recusei a função. E ele assistir a toda àquela carnificina e depois se esquecer de que eu estava lá é um tanto...

— Estranho.

— Exato. E vou lhe contar uma coisa ainda mais estranha. Alguma coisa dentro de mim queria acreditar em Carpathia quando ele explicou o que aconteceu. Imagens começaram a se formar na minha mente, como se Stonagal estivesse atirando em si mesmo, assassinando Todd-Cothran a seguir.

Bruce balançou a cabeça.

— Confesso que, quando você nos contou pela primeira vez sua versão, eu pensei que você estivesse ficando maluco.

— E eu teria concordado com você, exceto por um detalhe.

— Qual?

— Todas as pessoas lá presentes lembram-se da cena de uma só maneira. Eu me lembro de tudo completamente diferente. Se Steve tivesse me dito que não vi o que realmente aconteceu, talvez eu pensasse que havia ficado maluco e também me rendesse àquela versão. Só que ele me disse que eu não estive lá! Bruce, *ninguém* se lembra de que eu estive lá! Você pode até achar que estou em negação, mas isso é tolice. No momento em que a imprensa ouvia a versão de Carpathia, eu tinha voltado ao meu escritório e estava registrando todos os detalhes que presenciei no meu computador. Se eu não estive lá, como poderia saber que os corpos de Stonagal e Todd-Cothran foram retirados da sala dentro de sacos funerários?

— Você não precisa tentar me convencer, Buck — disse Bruce —, eu estou do seu lado. A questão agora é a seguinte: o que Carpathia deseja? Você acha que, conversando com você, ele vai lhe revelar sua verdadeira identidade? Ou vai lhe ameaçar? Ou, ainda, vai dizer que está ciente de que você conhece a verdade?

— Para que ele faria isso?

— Para intimidar e usar você.

— Talvez. Ou, quem sabe, ele só quer descobrir o que restou na minha mente para saber se conseguiu ou não fazer a lavagem cerebral em mim.

— É uma situação muito perigosa, e isso é tudo o que tenho a declarar.

— Sinceramente, espero que isso não seja tudo o que você tem a me dizer, Bruce. Eu tinha esperança de receber mais algumas orientações.

— Vou orar por isso — disse Bruce. — Só que, agora, não sei mais o que posso lhe dizer.

— Bem, eu preciso, pelo menos, retornar a ligação de Steve. Não sei se Carpathia quer conversar comigo por telefone ou pessoalmente.

— Será que você pode esperar até segunda-feira?

— Claro. Posso dizer a ele que entendi que deveria lhe telefonar durante o horário de expediente, mas não posso garantir que ele não vá me ligar nesse meio tempo.

— Ele tem seu número novo?

— Não. Steve costuma ligar para minha secretária eletrônica em Nova York.

— Então é bem fácil dar a desculpa de que você não recebeu o recado.

Buck deu de ombros e assentiu com a cabeça.

— Se é isso o que você acha que devo fazer...

— Desde quando passei a ser seu conselheiro?

— Desde o dia em que se tornou meu pastor!

***

Depois de voltar do serviço naquela manhã, Rayford percebeu, pela postura da filha e seus comentários secos, como havia magoado Chloe.

— Precisamos conversar — disse ele.

— Sobre o quê?

— Sobre você pegar mais leve comigo. Nunca fui muito bom nesse negócio de ser pai, e agora estou tendo problemas em tratá-la como uma mulher adulta. Desculpe ter chamado você de "colegial". Trate Buck como achar correto, e não leve em conta o que falei, pode ser?

Chloe sorriu.

— Eu já não estava levando em conta o que você disse, papai. Não preciso da sua permissão para isso.

— Então você me perdoa?

— Nem se preocupe com isso. Não consigo mais ficar chateada com você por muito tempo. Parece que precisamos um do outro. Ah, e a propósito, eu já liguei para o Buck.

— Mesmo?

Ela assentiu com a cabeça.

— Ninguém atendeu. Acho que ele não estava de plantão, esperando minha ligação!

— E você deixou recado?

— Achei melhor não. A gente se encontra na igreja amanhã.

— E você vai contar a ele que ligou?

Chloe sorriu maliciosamente:

— Provavelmente não.

* * *

Buck passou o restante do dia acertando os detalhes da sua reportagem de capa para o *Semanário Global* sobre as teorias surgidas para explicar os desaparecimentos. Ele estava se sentindo bem com esse trabalho, pensando que poderia ser a melhor matéria de toda sua carreira até ali. As teorias incluíam as mais variadas versões: desde um ataque feito pelo fantasma de Hitler, OVNIs e seres extraterrestres até a ideia de que teria ocorrido uma espécie de limpeza evolucionária cósmica, uma redução na população mundial pelo método de sobrevivência dos mais aptos.

No meio da matéria, Buck incluiu o que acreditava ser, obviamente, a verdade, mas não se posicionou sobre o assunto. Como sempre, a matéria seria uma análise direta, imparcial, escrita em terceira pessoa. Ninguém, a não ser seus novos amigos, saberia que ele concordava com a história do piloto, do pastor e de diversas outras pessoas que havia entrevistado — que os desaparecimentos aconteceram como resultado do arrebatamento da Igreja feito por Cristo.

O mais interessante para Buck foi a interpretação do evento por parte de outros líderes religiosos. Uma grande parte dos católicos estava confusa porque, apesar de muitos terem ficado para trás, alguns desapareceram — inclusive o novo papa, escolhido poucos meses antes. Ele tinha criado polêmica na igreja com uma nova doutrina mais parecida com a "heresia" de Martinho Lutero do que com a histórica ortodoxia a que os católicos estavam acostumados. Quando o papa desapareceu, alguns estudiosos católicos concluíram que o evento fora verdadeiramente um ato de Deus.

— Aqueles que se opuseram aos ensinamentos ortodoxos da Santa e Madre Igreja foram separados de todos nós — declarou Peter Cardinal Matthew, um influente arcebispo de Cincinnati. — A Bíblia relata que os últimos dias serão semelhantes aos de Noé. E vocês lembram que na época dele as pessoas boas ficaram e as más pereceram.

— Então — concluiu Buck —, o fato de ainda estarmos aqui prova que somos pessoas boas?

— Eu não generalizaria de forma assim tão grosseira — respondeu o Arcebispo Mathews —, mas, sim, esta é a minha posição.

— E como o reverendíssimo explica o desaparecimento de tantas pessoas maravilhosas?

— Talvez não fossem tão maravilhosas assim.

— E quanto às crianças e aos bebês?

O arcebispo ficou um pouco incomodado com as perguntas.

— Isso eu deixo para Deus — declarou o arcebispo. — Devo acreditar que ele, talvez, estivesse protegendo os inocentes.

— Protegendo do quê?

— Não tenho certeza. Não interpreto literalmente os livros apócrifos, mas existem profecias horríveis sobre o que ainda está por vir.

— Então o senhor não afasta a ideia de que as crianças e os lactentes desaparecidos foram separados do mal?

— Não. Muitos dos pequeninos que desapareceram foram batizados por mim, portanto sei que estão em Cristo e com Deus.

— E mesmo assim desapareceram.

— Sim, desapareceram.

— E nós ficamos aqui.

— Devemos encontrar um grande consolo nisso.

— Pouquíssimas pessoas encontram consolo nisso, reverendíssimo.

— Eu entendo. Estamos atravessando uma época muito difícil. Eu mesmo estou em luto pela perda de uma irmã e de uma tia. Mas elas haviam abandonado a igreja.

— Como assim, "abandonado a igreja"?

— Elas se opuseram à nossa doutrina. Eram mulheres maravilhosas, muitíssimo gentis. E também fervorosas na sua fé, devo acrescentar. Mas receio que tenham sido separadas como o joio do trigo. Apesar disso, nós, os que ficamos, devemos ter confiança na nossa posição em relação a Deus como nunca tivemos antes.

Buck foi bastante ousado, chegando a pedir ao arcebispo para comentar certas passagens da Bíblia, principalmente Efésios 2:8,9: "Pois vocês são salvos pela graça, por meio da fé, e isto não vem de vocês, é dom de Deus; não por obras, para que ninguém se glorie".

— Agora você entende — declarou o arcebispo — que este é, precisamente, o meu ponto de vista. Ao longo dos séculos, as pessoas têm tirado versículos como este do contexto, tentando estabelecer doutrinas a partir deles.

— Mas há outras passagens bem semelhantes a essa — afirmou Buck.

— Entendo que sim, mas diga-me uma coisa, você não é católico, é?

— Não, senhor.

— Bem, então veja, você não compreende a amplitude da Igreja histórica.

— Desculpe, o senhor poderia explicar por que tantos não católicos continuam aqui, no caso de sua hipótese estar correta?

— Deus sabe o porquê — respondeu o arcebispo Mathews. — Ele conhece os corações. Ele conhece muito mais do que nós.

— Com certeza — confirmou Buck.

Evidentemente Buck deixou seus comentários e opiniões pessoais fora do artigo, mas conseguiu se aprofundar no estudo das Escrituras e na tentativa do arcebispo de se desfazer da doutrina da graça. Buck planejava enviar a versão final do artigo à sede do *Semanário Global* em Nova York na segunda-feira.

Enquanto trabalhava, mantinha-se alerta ao telefone. Pouquíssimas pessoas tinham seu novo número. Somente a família Steele, Bruce e Alice, a secretária de Verna Zee. Ele ainda estava esperando chegar seu segundo *notebook*, o computador de mesa, a impressora e outros equipamentos, que deveriam estar na sucursal de Chicago na segunda-feira, juntamente com os arquivos. Só depois ele se sentiria mais à vontade e equipado para terminar de mobiliar o outro quarto.

Buck ainda tinha esperança de receber uma ligação de Chloe, pois deixou um recado com Rayford para ela ligar assim que pudesse. Talvez ela fosse do tipo que não liga para rapazes, mesmo quando eles deixam recado. Por outro lado, Chloe não tinha sequer 21 anos, e ele reconhecia não fazer a menor ideia dos costumes dessa geração. Talvez ela só o considerasse um irmão mais velho ou uma figura paterna e rejeitasse a ideia de que ele pudesse estar interessado nela. Isso não condizia com a linguagem corporal de Chloe na noite anterior, mas ele também não havia incentivado nada.

Ele só queria fazer o que era certo: conversar com ela para esclarecer que a época não era apropriada para ambos e que eles poderiam se tornar bons amigos e companheiros em uma causa comum. Só que ele mesmo sentiu-se um tolo agindo assim. E se ela não tivesse imaginado nada mais além disso? Ele teria dado explicações para algo que não existia.

Talvez Chloe tivesse ligado de manhã, enquanto ele estava com Bruce. Ele poderia, simplesmente, ligar para ela e convidá-la para conhecer seu novo apartamento quando ela tivesse um tempo disponível. Então, eles poderiam conversar e ele trataria de ouvi-la com atenção, a fim de descobrir quais eram suas expectativas. Desse modo, poderia recusar um relacionamento com delicadeza ou mesmo ignorar um assunto que nem precisaria ser abordado.

Rayford atendeu o telefone.

— Chloe! — gritou ele. — Buck Williams para você!

Buck ouviu a voz dela ao fundo.

— Você pode dizer a ele que retorno a ligação. Ou melhor, diga que nos falamos na igreja amanhã.

— Já ouvi — disse Buck.

— Ótimo.

— Vejo vocês amanhã.

"Parece que ela não está fazendo questão nenhuma de falar comigo", concluiu Buck. Ele ligou para seu correio de voz em Nova York. O único recado era de Steve Plank.

"Buck, qual é o problema? Quanto tempo você vai levar para se instalar? Devo ligar para a sucursal de Chicago? Deixei recados, mas Bailey me disse que você está trabalhando em casa.

Recebeu meu recado de que Carpathia quer falar com você? As pessoas não costumam deixá-lo esperando, meu amigo. Estou distraindo o homem, dizendo que você está viajando, cuidando da mudança, essas coisas. Mas ele espera conversar com você ainda neste fim de semana. Honestamente, não sei o que ele quer, mas deseja muito lhe falar. Ele não está zangado por você não ter comparecido à reunião, se é isso que te preocupa.

Para falar a verdade, Buck, sei que o jornalista dentro de você gostaria muito e deveria ter estado lá. Mas você teria ficado tão chocado quanto eu. Um suicídio violento diante de nossos olhos não é fácil esquecer.

Escute só, ligue para mim para que eu possa marcar a reunião entre vocês. Bailey me disse que você está dando os retoques finais no artigo sobre as teorias dos desaparecimentos. Então, se você puder se encontrar logo com Carpathia, poderá também incluir o ponto de vista dele. Ele não faz segredo disso, mas uma ou duas citações exclusivas não fariam mal a ninguém, certo? Você sabe onde me encontrar a qualquer hora do dia ou da noite."

Buck gravou o recado. O que deveria fazer? Parecia que Carpathia queria encontrá-lo frente a frente, em uma reunião particular. Poucos dias antes, Buck teria pulado de alegria diante dessa oportunidade. Não seria ótimo entrevistar uma personalidade de projeção mundial na véspera da edição da sua reportagem de capa mais importante? Só que agora ele era um novo convertido e estava convencido de que Carpathia era o próprio anticristo. Buck presenciou o poder daquele homem. E estava apenas iniciando sua caminhada na fé. Não sabia muita coisa sobre o anticristo. Seria ele onisciente como Deus? Conseguiria ler seus pensamentos?

Carpathia, obviamente, conseguia manipular as pessoas e fazer lavagens cerebrais. Mas isso significaria que ele também sabia o que se passava na mente das pessoas? Será que Buck seria capaz de resistir a Carpathia simplesmente pelo fato de ter o Espírito de Cristo habitando dentro dele? Buck gostaria que houvesse uma explicação mais específica na Bíblia sobre os poderes do anticristo. Só assim ele saberia com o que estava lidando.

Carpathia deveria estar, no mínimo, curioso a respeito de Buck. Ao vê-lo sair rapidamente da sala de reuniões onde os assassinatos foram cometidos, Carpathia deve ter ficado curioso para saber se falhara no controle da mente de Buck. Caso contrário, por que apagar da memória de todas as outras pessoas não apenas os assassinatos, substituindo-os pela cena de um suicídio bizarro, mas também a lembrança de que Buck estava presente?

Parecia claro que Nicolae tentava se proteger fazendo todos se esquecerem da presença de Buck naquela reunião. Se esse truque objetivava fazer com que Buck duvidasse da própria sanidade mental, não funcionou. Deus esteve com ele naquele dia. Buck tinha certeza do que viu e nada poderia abalar sua convicção. Uma coisa era certa: ele não contaria a Carpathia o que sabia. Se Carpathia tivesse certeza de que Buck não fora ludibriado, não teria outra escolha senão assassiná-lo. Se Buck conseguisse fazê-lo acreditar que teve êxito, eles teriam uma pequena vantagem na luta contra as forças do mal. O que Buck — ou o Comando Tribulação — faria com essa vantagem, ainda não conseguia imaginar. De qualquer forma, não retornaria a ligação de Steve Plank antes da segunda-feira.

* * *

Rayford estava feliz por ele e Chloe terem decidido chegar cedo na igreja. O templo lotava todas as semanas. Rayford sorriu ao ver a filha. Chloe estava magnificamente vestida; ela nunca esteve assim tão linda desde que retornara da universidade. Pensou em brincar com ela, perguntar se estava vestida assim para agradar a Buck Williams ou a Deus, mas mudou de ideia.

Rayford conseguiu uma das últimas vagas no estacionamento e viu uma enorme fila de carros ao redor da quadra, aguardando um lugar para estacionar na rua. As pessoas estavam angustiadas, completamente aterrorizadas e buscavam esperança. Elas sentiam a presença de Deus naquela igreja, e a notícia estava se espalhando.

Poucas pessoas ao ouvirem as palavras sinceras e comoventes de Bruce Barnes ficavam com dúvidas de que os desaparecimentos haviam sido obra de Deus. A Igreja fora arrebatada e todos eles haviam sido deixados para trás. A mensagem de Bruce enfatizava o que a Bíblia chama de gloriosa manifestação, ou seja, a volta de Jesus sete anos depois do início da tribulação. Até então, dizia ele, três quartos do restante da população mundial seriam exterminados — incluindo, provavelmente, uma grande porcentagem dos cristãos. A exortação de Bruce não se dirigia aos tímidos. Era um desafio aos convictos, àqueles que tinham sido persuadidos pela maior e mais dramática invasão de Deus na vida da humanidade desde a encarnação de Jesus Cristo como um bebê sujeito à morte.

Bruce já havia dito à família Steele e a Buck que um quarto da população mundial morreria durante o segundo, o terceiro e o quarto juízos do livro selado com sete selos. Ele citou Apocalipse 6:8, onde o apóstolo João escreveu: "Olhei, e diante de mim estava um cavalo amarelo. Seu cavaleiro chamava-se Morte, e o Hades o seguia de perto. Foi-lhes dado poder sobre um quarto da terra para matar pela espada, pela fome, por pragas e por meio dos animais selvagens da terra."

Contudo, o que viria depois disso seria ainda pior.

Alguns minutos depois de Rayford e Chloe terem encontrado um assento, Rayford sentiu um tapinha no ombro. Os dois se viraram juntos para trás. Buck Williams estava sentado bem atrás deles na quarta fileira de cadeiras e tinha batido no ombro de ambos ao mesmo tempo.

— Olá, estranhos — disse ele.

Rayford levantou-se e o abraçou. Só esse gesto já era suficiente para comunicar o quanto ele havia mudado em questão de semanas. Chloe foi cordial e apertou a mão de Buck.

Quando eles se sentaram novamente, Buck inclinou-se para frente e sussurrou:

— Chloe, eu liguei porque queria saber se...

Foi quando a música de abertura do culto começou.

* * *

Buck levantou-se para cantar com todos os demais. Muitos pareciam conhecer as músicas e as letras. Ele acompanhava as palavras projetadas na parede e tentava entender as melodias. As músicas eram simples e fáceis de memorizar, mas tudo era novo para ele. Muitas daquelas pessoas, pensou, haviam tido muito contato com a igreja — muito mais do que ele. Por que não compreenderam a verdade?

Depois de algumas músicas, um Bruce Barnes desajeitado dirigiu-se apressado ao púlpito — não ao púlpito principal da plataforma, mas a um menor no mesmo nível da congregação. Ele levava consigo uma Bíblia, dois livros grandes e um maço de papéis que manuseava com dificuldade. Bruce esboçou um sorriso.

— Bom dia — ele deu início à mensagem. — Penso que seria apropriado dar a vocês uma pequena explicação. Geralmente cantamos mais músicas, mas hoje não temos tempo para isso. Costumo me apresentar com a gravata alinhada, a camisa bem engomada e o paletó abotoado, porém isso não parece importante nesta manhã. Geralmente recolhemos as ofertas. Podem ter certeza de que ainda necessitamos delas, e vocês poderão deixá-las nos cestos colocados perto da porta quando saírem do templo ao meio-dia, se é que sairão daqui tão cedo.

E prosseguiu:

— Quero aproveitar o tempo adicional desta manhã porque sinto uma urgência ainda maior do que nas últimas semanas. Não quero que se preocupem comigo. Não me tornei um velho lunático, nem adepto de nenhuma seita, nem outra coisa além do que tenho sido desde o momento em que me dei conta de que não fui levado no arrebatamento. Contei a meus conselheiros mais próximos que Deus fez sua mão pesar forte sobre mim nesta semana, e eles estão orando comigo para eu ser sábio e perspicaz e para não sair precipitadamente disparando fogo contra alguma nova e estranha doutrina. Nesta semana, tenho lido, orado e estudado mais do que nunca e estou ansioso para lhes contar o que Deus me disse. Deus fala comigo de forma audível? Não. Gostaria que falasse. Se isso tivesse acontecido, provavelmente eu não estaria aqui hoje. Entretanto Deus quis que eu o aceitasse pela fé, sem que ele precisasse provar sua existência de alguma maneira mais dramática do que simplesmente enviando seu Filho para morrer por mim. Ele nos deixou sua Palavra e ela contém tudo o que precisamos saber.

Buck sentiu um nó na garganta ao observar a maneira como seu novo amigo pedia, suplicava e persuadia sua plateia a ouvir, compreender e se render à instrução que Deus desejava que todos recebessem. Bruce contou mais uma vez sua história, descrevendo a falsa vida de piedade que levou na igreja durante anos e como foi achado em falta, quando Deus veio chamar seu povo, e, então, deixado para trás, sem a esposa e os filhos preciosos. Buck já tinha ouvido essa história mais de uma vez, porém sempre voltava a se comover. Algumas pessoas soluçavam alto. Aqueles que ouviam a história de Bruce pela primeira vez ouviam uma versão abreviada.

— Nunca mais quero parar de contar o que Cristo fez por mim — disse ele. — Contem suas histórias. As pessoas poderão se identificar com o sofrimento, com as perdas e com a solidão de vocês. Jamais me envergonharei do evangelho de Cristo. A Bíblia diz que a cruz escandaliza. Se vocês estão escandalizados, estou fazendo meu trabalho. Caso se sintam atraídos por Cristo, é porque o Espírito Santo está fazendo seu trabalho.

E prosseguiu:

— Nós já perdemos nossa chance no arrebatamento, e agora vivemos uma época que, em breve, se tornará o período mais perigoso da história. Os evangelistas costumavam advertir as pessoas nas igrejas de que elas poderiam ser atropeladas por um carro ou morrer queimadas e que, portanto, não deveriam adiar sua conversão a Cristo. Eles insistiam que Cristo fosse aceito imediatamente. Já eu estou dizendo que se vocês forem atropelados por um carro ou morrerem queimados, essas poderão ser as maneiras mais misericordiosas de morrer. Estejam preparados para o tempo que se aproxima. Estejam preparados. Vou lhes dizer como deverão se preparar.

O silêncio era total. Todos o ouviam com atenção.

— O tema de meu sermão de hoje é "Os quatro cavaleiros do Apocalipse", e quero me concentrar no primeiro, o cavaleiro que monta o cavalo branco. Se vocês sempre acharam que os quatro cavaleiros do Apocalipse eram os zagueiros do time de futebol de Notre Dame, então Deus tem uma lição para ensinar hoje a vocês.

Buck nunca viu Bruce ser tão sincero e inspirado. Enquanto falava, ele citava suas anotações, os livros de referência e a Bíblia. Começou a transpirar e, a toda hora, enxugava o suor da testa com um lenço, o que ele mesmo admitia ser um gesto impróprio. Buck percebia que todas as pessoas da igreja sorriam para Bruce, procurando incentivá-lo a prosseguir. A maioria fazia anotações. Quase todos acompanhavam o sermão fazendo uso das suas bíblias, ou de bíblias que estavam à disposição nos bancos.

Bruce explicou que o livro de Apocalipse, o relato feito por João do que Deus lhe revelou sobre os últimos dias, falava sobre o que aconteceria depois de Cristo arrebatar sua igreja.

— Alguém aqui duvida que estamos vivenciando os últimos dias? — declarou ele, com ênfase. — Milhões desapareceram, e o que virá em seguida? O que acontecerá depois?

Bruce elucidou que primeiro a Bíblia profetiza um tratado entre um líder mundial e Israel.

— Alguns acreditam que o período de sete anos de tribulação já começou no momento do arrebatamento. Já estamos sentindo as provações e as tribulações desde o desaparecimento de milhões de pessoas, inclusive de nossos amigos e entes queridos, não é mesmo? Mas isso não é nada quando comparado à tribulação que está por vir. Durante esses sete anos, Deus derramará consecutivamente três tipos de juízo: os juízos selados; o soar das sete trombetas; e as sete taças. A finalidade, creio eu, é acabar com qualquer resto de confiança que, porventura, ainda tenhamos em nós mesmos. Se o arrebatamento não foi suficiente para chamar nossa atenção, os juízos de Deus certamente serão. E se eles não chamarem, morreremos mesmo assim, só que longe de Deus. Por mais horríveis que os juízos possam ser, exorto vocês para que os entendam como advertências finais de um Deus amoroso que não deseja que nenhuma alma pereça.

Captando a atenção de todos, continuou:

— Quando o livro for aberto e os selos rompidos, revelando os juízos, os primeiros quatro serão representados pelos cavaleiros: os quatro cavaleiros do Apocalipse. Se vocês já tinham ouvido falar dessa passagem, provavelmente consideravam tudo simbolismo, assim como eu. Mas será que ainda há alguém aqui que considere os ensinamentos proféticos da Bíblia meros simbolismos?

Bruce fez uma pausa dramática.

— Acho que não. Prestem atenção a esses ensinamentos. Os juízos selados durarão 21 meses a partir da assinatura do tratado com Israel. Nas próximas semanas, falarei sobre os catorze juízos restantes que durarão até o fim do período de sete anos, mas, por ora, vamos nos concentrar nos quatro primeiros selos de sete.

Enquanto Bruce prosseguia, Buck se sentiu perplexo, porque o último orador que ele ouviu falar de modo tão cativante foi Nicolae Carpathia. Porém, a impressão deixada por Carpathia foi de algo coreografado, manipulado. Bruce, por sua vez, só tentava impressionar as pessoas com a verdade contida na Palavra de Deus. Será que ele diria àquela igreja que sabia quem era o anticristo? De certa forma, Buck esperava que sim. Só que mencionar publicamente alguém como o arqui-inimigo de Deus Todo-poderoso poderia ser considerado uma calúnia.

Ou será que Bruce simplesmente repetiria as palavras da Bíblia e deixaria as pessoas chegarem às suas próprias conclusões? O noticiário já falava de vários rumores sobre um iminente acordo entre Carpathia — ou pelo menos entre a ONU, que era liderada por ele — e Israel. Se Bruce tinha profetizado um pacto que seria confirmado nos próximos dias, quem poderia duvidar dele?

***

Rayford estava mais do que fascinado, estava pasmo. Parecia que Bruce lera seus pensamentos. Há pouquíssimo tempo, ele teria tirado sarro desse tipo de ensinamento. Mas o que Bruce explicava, de fato, fazia sentido. Aquele jovem pastor havia começado a pregar fazia poucas semanas. Ele não tinha chamado e nem treinamento para isso, no entanto, suas pregações eram verdadeiras aulas, e a paixão com que Bruce fazia aquilo, bem como a forma pela qual ele mergulhava de corpo e alma no assunto, tornava tudo muito interessante.

— Nesta manhã, não tenho tempo para falar do segundo, terceiro e quarto cavaleiros — disse Bruce —, a não ser para dizer que aquele com cavalo vermelho significa guerra; o do cavalo preto, fome; e o do amarelo, morte. Essas são apenas algumas das coisas que enfrentaremos nos dias que estão por vir — disse ele com uma expressão fechada, e algumas pessoas soltaram uma risadinha nervosa. — Mas vejam que eu lhes alertei de que essas palavras não são dirigidas aos fracos de coração.

Apressando-se para chegar ao tema que desejava para concluir o sermão, Bruce leu Apocalipse 6:1,2: "Observei quando o Cordeiro abriu o primeiro dos sete selos. Então ouvi um dos seres viventes dizer com voz de trovão: 'Venha!' Olhei, e diante de mim estava um cavalo branco. Seu cavaleiro empunhava um arco, e foi-lhe dada uma coroa; ele cavalgava como vencedor determinado a vencer."

Bruce deu um passo para trás de forma dramática e começou a retirar suas coisas do pequeno púlpito.

— Não se preocupem — disse ele —, ainda não terminei.

Para surpresa de Rayford, as pessoas começaram a aplaudir. Bruce disse:

— Vocês estão batendo palmas porque querem que eu conclua ou porque querem que eu continue com esse estudo todas as tardes?

A congregação aplaudia de forma cada vez mais intensa. Rayford não entendeu bem o que estava acontecendo. Aplaudiu também enquanto Chloe e Buck faziam o mesmo. Eles estavam absorvendo os ensinamentos com toda sua alma e queriam mais.

Bruce parecia, claramente, em sintonia com o que Deus estava lhe mostrando. Ele mencionou repetidas vezes que essa verdade não era novidade, que os comentários por ele citados existiam havia décadas e que a doutrina do fim dos tempos era muito, muito mais antiga do que isso. Aqueles que relegaram esse tipo de ensinamento aos intelectuais, aos fundamentalistas e aos evangélicos de mente obtusa foram deixados para trás. Subitamente, passou a ser correto levar a Bíblia ao pé da letra! Se nada mais tinha servido para convencer o povo, a perda de tantas pessoas por ocasião do arrebatamento, finalmente, havia atingido esse objetivo. Bruce continuou de pé diante do púlpito vazio, dessa vez somente com a Bíblia na mão.

— Agora quero dizer a vocês que creio no que a Bíblia fala a respeito do cavaleiro do cavalo branco, o primeiro cavaleiro do Apocalipse. Não darei a minha opinião, nem vou tirar nenhuma conclusão precipitada. Deixarei Deus os ajudar a traçar quaisquer paralelos que sejam necessários para que vocês mesmos cheguem a essa conclusão. Vou lhes dizer apenas uma coisa de antemão: esse relato, escrito há milênios, me parece tão recente quanto o jornal de amanhã.

CAPÍTULO 4

Sentado no banco atrás de Rayford e Chloe, Buck olhou de relance para o relógio. Já tinha passado mais de uma hora desde que conferiu o horário pela última vez. Seu estômago dizia que ele estava com fome, ou pelo menos que já era hora de comer alguma coisa. Sua mente dizia que ele poderia continuar sentado ali o dia inteiro, ouvindo Bruce Barnes explicar, com base na Bíblia, o que estava acontecendo hoje e o que aconteceria amanhã. Seu coração dizia que ele estava à beira de um precipício. Buck sabia onde Bruce queria chegar com seus ensinamentos, com as figuras retiradas do livro do Apocalipse. Sabia também quem era o cavaleiro do cavalo branco; Buck o conhecia pessoalmente. Ele já havia vivenciado o poder do anticristo.

Buck havia passado tempo suficiente com Bruce e com os Steeles, debruçado sobre as passagens bíblicas, para não ter qualquer dúvida de que Nicolae Carpathia era a encarnação do inimigo de Deus. Mesmo assim, ele não poderia levantar e confirmar o relato de Bruce; assim como o pastor também não poderia dizer que Buck sabia exatamente quem era o anticristo, nem que alguém daquela igreja já havia tido contato com ele.

Durante anos, Buck sempre gostou de citar pessoas famosas. Ele frequentou as rodas da alta sociedade por tanto tempo que era fácil dizer: "Ah, eu me encontrei com fulano", "Já entrevistei sicrana", "Conheço beltrano", "Já estive com aquela em Paris" e até mesmo "Hospedei-me na casa daquele figurão".

Porém, esse jeito egocêntrico foi sendo deixado de lado depois dos desaparecimentos e das suas experiências na linha de frente, observando acontecimentos sobrenaturais. O velho Buck Williams teria apreciado dizer aos quatro ventos que ele conhecia bem certo líder mundial, que também era o próprio anticristo profetizado na Bíblia. Entretanto ele agora estava contente em só se sentar ali e prestar atenção ao que o amigo pregava.

— Permitam-me um esclarecimento — disse Bruce. — Não creio que a intenção de Deus fosse caracterizar indivíduos com as figuras desses cavaleiros, mas as condições do mundo. Nem todos eles se referem a pessoas específicas, porque, por exemplo, o quarto cavaleiro representa a morte. "Ah, mas e o primeiro cavaleiro?", você deve estar se perguntando. Observem que é o Cordeiro quem abre o primeiro selo e o revela. O Cordeiro é Jesus Cristo, o Filho de Deus, que morreu pelos nossos pecados, ressuscitou e recentemente arrebatou sua Igreja.

E disse mais:

— Na Bíblia, o primeiro de uma série sempre desempenha um papel importante: o primogênito, o primeiro dia da semana, o primeiro mandamento... Portanto, o primeiro cavaleiro, o primeiro dos quatro cavalos dos primeiros sete juízos, é importante! Ele é quem dá o tom. Na verdade, ele é a chave para entendermos todos os outros cavaleiros, o restante dos juízos selados, ou seja, o restante de todos os juízos que estão por vir. E sabem quem é o primeiro cavaleiro? Ele representa, claramente, o anticristo e seu reino. Seu propósito é "vencer e conquistar". Leva um arco na mão, símbolo de combate agressivo, mas não há menção a uma flecha. Então como ele vencerá? Outras passagens bíblicas indicam que se trata de um "rei obstinado" que triunfará por meio da diplomacia. Ele anunciará uma falsa paz, prometendo unidade ao mundo. Será que ele conseguirá a vitória? Sim! Ele tem uma coroa.

***

De certa forma, tudo isso era novidade, tanto para Rayford, quanto para Chloe. Só que eles estiveram tão imersos nesses ensinamentos desde que se converteram a Cristo, haviam mergulhado tanto nesse estudo com Bruce, que Rayford já tinha antecipado todos os detalhes. Ele parecia estar se transformando em um especialista instantâneo na matéria e não se lembrava de ter absorvido nenhum outro assunto com tanta rapidez. Sempre foi um bom aluno, principalmente em ciências e matemática. Aprendeu rapidamente suas funções na aviação. Só que o assunto atual tinha consequências cósmicas. Referia-se à vida, ao mundo real. Explicava o que acontecera com sua esposa e seu filho, o que ele e a filha sofreriam e o que ocorreria no dia seguinte e nos próximos anos.

Rayford admirava Bruce. Aquele jovem havia compreendido instantaneamente que sua forma falsificada de Cristianismo o havia feito fracassar justamente no momento mais importante da história da humanidade. Ele, logo, se arrependeu e passou a se dedicar à tarefa de salvar o maior número possível de pessoas. Bruce Barnes entregou-se de corpo e alma à causa.

Em outras circunstâncias, Rayford teria se preocupado com Bruce, temendo que ele estivesse se desgastando ou exaurindo completamente suas forças. Só que Bruce parecia energizado e realizado naquilo que fazia. Com certeza ele precisaria dormir mais, mas naquele momento a verdade da Palavra de Deus transbordava e ele estava ansioso por compartilhá-la. Se os outros vissem as coisas pelo ângulo de Rayford, não teriam nada na mente além de ficar ali sentadas e receber aquela instrução.

— Nas próximas duas semanas, falaremos dos outros três cavaleiros do Apocalipse — disse Bruce —, mas antes vou deixar algo para vocês refletirem. Aquele que monta o cavalo branco é o anticristo, que vem como um impostor, prometendo paz e união ao mundo. O livro de Daniel, no Antigo Testamento, capítulo 9, versículos 24 a 27, diz que ele assinará um acordo com Israel. Ele parecerá amigo e protetor de Israel, mas, no fim, lhes conquistará e destruirá. Devo encerrar o estudo desta semana, mas em breve veremos mais detalhes sobre por que isso acontece e quais serão as consequências. Vou encerrar explicando a vocês por que podem ficar seguros de que *eu* não sou o anticristo.

Essa última afirmação chamou a atenção de todos na igreja, inclusive de Rayford. Houve um riso coletivo de constrangimento.

— Não estou insinuando que vocês devam suspeitar de mim — disse Bruce, provocando ainda mais risadas. — No entanto, devemos partir do ponto de que todo líder é suspeito. Lembrem-se, contudo, de que vocês nunca ouvirão promessas de paz partindo deste púlpito. A Bíblia diz claramente que teremos, talvez, um ano e meio de paz após o pacto com Israel. Porém, ao longo do tempo, prevejo o oposto da paz. Os outros três cavaleiros estão chegando e trarão consigo guerra, fome, pragas e morte. Essa não é uma mensagem fácil de transmitir, nem algo que cairá bem aos ouvidos e trará conforto ao longo da semana. Nossa única esperança está em Cristo e, mesmo assim, provavelmente também não seremos poupados do sofrimento. Portanto, até a semana que vem.

Rayford percebeu a aflição das pessoas enquanto Bruce encerrava a reunião com uma oração, como se todos estivessem sentindo o que ele sentia. Queria ouvir mais e tinha mil perguntas a fazer.

Normalmente, o organista começaria a tocar perto do fim da oração de Bruce, e ele imediatamente seguiria até a porta da igreja onde cumprimentaria os que saíam. Só que, nesse dia, mal Bruce chegou à linha do corredor e já foi parado por pessoas que o abraçavam, agradeciam e faziam perguntas.

Rayford e Chloe estavam sentados em uma das fileiras da frente, e ele, mesmo percebendo que Buck conversava com Chloe, também ouvia as perguntas que as pessoas faziam a Bruce.

— Você está dizendo que Nicolae Carpathia é o anticristo? — perguntou alguém.

— Você me ouviu dizer isso? — respondeu Bruce.

— Não, mas ficou bem claro. O noticiário já fala de seus planos e de uma espécie de acordo com Israel.

— Continue lendo e estudando — disse Bruce.

— Mas não pode ser o Carpathia, não é mesmo? Você acha que ele é um mentiroso?

— Qual é a sua impressão dele? — perguntou Bruce.

— Ele parece um salvador.

— Quase um Messias? — pressionou Bruce.

— Sim!

— Mas existe apenas um Salvador, um Messias.

— Eu sei, espiritualmente falando, sim, mas estou falando no sentido político. Não me diga que Carpathia não é o que parece ser!

— Só posso dizer o que está nas Sagradas Escrituras — afirmou Bruce —, e insisto para que você ouça o noticiário com atenção. Devemos ser sábios como serpentes e simples como pombas.

— É assim que eu descreveria Carpathia — disse uma mulher.

— Cuide — retrucou Bruce — para não atribuir qualidades que são somente de Cristo a uma pessoa que não se alinhe com ele.

***

No fim do culto, Buck segurou o braço de Chloe, mas ela não foi tão receptiva quanto ele esperava. Ela virou-se lentamente para saber o que ele queria, sem demonstrar a expectativa de sexta-feira à noite. Estava claro que ele a havia magoado de alguma maneira.

— Tenho certeza de que você deve estar curiosa para saber por que liguei — começou ele.

— Achei que você acabaria me contando em algum momento.

— Eu só queria saber se você gostaria de conhecer meu novo apartamento. — Ele lhe passou o endereço. — Que tal você passar lá amanhã perto da hora do almoço para conhecê-lo? A gente pode almoçar juntos.

— Não sei — disse Chloe. — Acho que não poderei almoçar, mas se estiver por perto, passo lá.

— Tudo bem — respondeu Buck desolado. Aparentemente não seria difícil dissuadi-la gentilmente de ideias românticas. O coração dela não parecia correr o risco de se partir.

***

Enquanto Chloe se misturava à multidão, Rayford cumprimentava Buck com um aperto de mão.

— Como vai, meu amigo?

— Tudo bem — respondeu Buck. — Estou arrumando minhas coisas no novo apartamento.

Uma pergunta martelava a mente de Rayford. Ele olhou para o teto, depois para Buck. Na sua visão periférica, conseguia avistar centenas de pessoas andando de um lado para outro, aguardando um momento para conversar com Bruce Barnes a sós.

— Buck, preciso perguntar algo. Você se arrepende de ter apresentado Hattie Durham a Carpathia?

Buck cerrou os lábios e os olhos, passando a mão na testa.

— Todos os dias — sussurrou ele. — Eu estava mesmo conversando com Bruce sobre isso.

Rayford assentiu e se ajoelhou em um dos bancos, ficando de frente para Buck.

— Foi o que imaginei — disse Rayford. — Tenho muita pena dela. Como você deve saber, nós fomos amigos. Colegas de trabalho, mas amigos também.

— Imagino — disse Buck.

— Nunca tivemos um caso ou coisa parecida — Rayford assegurou —, mas que eu me preocupo com o que possa acontecer com ela.

— Ouvi dizer que ela tirou uma licença de trinta dias da Pancontinental.

— Ah, sim — disse Rayford —, mas foi só para disfarçar. Você sabe que Carpathia vai querer tê-la por perto e ele arrumará dinheiro para pagar muito mais do que ela está ganhando conosco.

— Sem dúvida.

— Ela se apaixonou pelo trabalho, para não dizer que se apaixonou por ele. E quem sabe os rumos que esse relacionamento pode tomar?

— Como diz o Bruce: "Acho que ele não a contratou por causa dos seus dotes religiosos" — disse Buck.

Rayford assentiu com a cabeça. Ambos concordavam. Hattie Durham passaria a ser um dos brinquedinhos de Carpathia. Se um dia houve alguma esperança de sua alma ser salva, agora era remota, já que ela estava diariamente na companhia dele.

— Eu me preocupo com ela — prosseguiu Rayford — e, apesar de nossa amizade, não me sinto à vontade para adverti-la. Hattie foi a primeira pessoa a quem tentei falar de Cristo, mas ela se interessou. Antes disso, demonstrei mais interesse por ela do que deveria, e agora, naturalmente, ela não tem um conceito muito positivo a meu respeito.

Buck inclinou-se para frente.

— Quem sabe eu tenha uma oportunidade de conversar com Hattie em breve.

— E o que você dirá a ela? — perguntou Rayford. — Por tudo o que sabemos, os dois já devem ser íntimos. Ela vai contar a ele tudo o que sabe. Se ela disser a Carpathia que você se tornou cristão e que está tentando salvá-la, ele terá certeza de que a lavagem cerebral coletiva não surtiu efeito em sua mente.

Buck assentiu com a cabeça.

— Tenho pensado nisso. Mas me sinto responsável por Hattie. A culpa de ela estar lá é minha. Podemos orar por ela, mas vou me sentir um inútil se não fizer algo concreto. Precisamos trazê-la para cá, onde poderá conhecer a verdade.

— Talvez ela tenha até se mudado para Nova York — disse Rayford.

— Quem sabe possamos pensar em um motivo para Chloe ligar para ela.

Depois de se despedirem e saírem do templo, Rayford começou a se perguntar até que ponto deveria incentivar o relacionamento entre Chloe e Buck. Ele gostava bastante do rapaz, mas o conhecia muito pouco. Acreditava e confiava nele, já o tinha como um irmão. Considerava-o um jovem inteligente e perspicaz, porém a ideia de que sua filha começasse a namorar ou viesse a se apaixonar por um homem que conhecia pessoalmente o anticristo ia além de sua compreensão. Se o relacionamento dos dois seguisse adiante, Rayford teria de ser franco com ambos.

Porém, ao se encontrar com Chloe no carro, ele percebeu que aquilo não seria motivo de preocupação, pelo menos não por ora.

— Não me diga que você convidou Buck para almoçar conosco — disse ela.

— Nem me passou pela cabeça. Por quê?

— Ele está me tratando como uma irmã mais nova e, mesmo assim, quer que eu passe lá para conhecer seu apartamento amanhã.

Rayford teve vontade de dizer "E daí?" e perguntar à filha se ela não estaria exagerando ao interpretar as palavras e ações de um homem que mal conhecia. Na mente de Chloe, Buck poderia estar loucamente apaixonado por ela sem saber como se expressar. Rayford não disse nada.

— Você tem razão — disse Chloe. — Acho que estou obcecada.

— Eu não disse nada, filha.

— Você sabe que consigo ler seus pensamentos — retrucou ela. — De qualquer modo, estou com raiva de mim. Não dei a menor atenção àquele recado e depois fico pensando o tempo todo em um sujeito que deixei escapar por entre os dedos. Mas que diferença faz? Não é como se devesse me preocupar com isso.

— Pelo que estou vendo... você está se preocupando.

— Mas não deveria me preocupar. "As coisas antigas já passaram e eis que tudo se fez novo" — disse ela. — Preocupar-se com rapazes, com certeza, deve ser algo do passado. No momento, não há tempo para banalidades.

— Siga o seu coração.

— É exatamente o que eu não quero fazer. Se seguisse meu coração, visitaria Buck hoje mesmo para esclarecer nossa situação.

— E você não vai passar lá?

Ela balançou a cabeça negativamente.

— Então pode me fazer um favor e tentar localizar Hattie Durham para mim?

— Por quê?

— Estou curioso para saber se ela já se mudou para Nova York.

— E por que ela ainda não teria se mudado? Carpathia não a contratou para trabalhar com ele?

— Não sei. Ela tirou trinta dias de licença. Gostaria que você ligasse para ela. Pode ser que ainda não tenha se decidido.

— E por que *você* não liga para Hattie?

— Acho que já me intrometi demais na vida dela.

* * *

Buck buscou seu almoço em um restaurante de comida chinesa, sentou-se em casa e comeu sozinho, olhando pela janela. Ligou a TV em um jogo de futebol, mas não conseguiu prestar atenção, deixando o volume baixo. Sua mente estava cheia de conflitos. Seu artigo estava pronto para ser enviado a Nova York e ele estava ansioso para saber a reação de Stanton Bailey. Também estava ansioso pela chegada dos seus equipamentos de escritório e dos seus arquivos, que deveriam estar na sucursal de Chicago na manhã do dia seguinte. Seria bom ter tudo à mão para se organizar.

Ele também não conseguia parar de pensar na mensagem de Bruce. Não tanto pelo assunto em si, mas pela paixão com que Bruce fez aquele sermão. Ele precisava conhecê-lo melhor. Talvez isso fosse a cura para sua solidão — e para a solidão de Bruce. Se o próprio Buck se sentia assim sozinho, deveria ser pior para um homem que teve mulher e filhos. Buck estava acostumado a uma vida solitária, mas tinha um círculo de amigos em Nova York. Em Chicago, salvo se alguém do escritório ou da célula do Comando Tribulação ligasse, seu telefone jamais tocava.

Ele, com certeza, não estava sabendo lidar muito bem com a situação gerada com Chloe. Quando foi transferido, pensou que a mudança de Nova York para Chicago seria algo bom — ele teria condições de se encontrar mais vezes com Chloe, frequentaria uma boa igreja, receberia bons ensinamentos, teria um círculo íntimo de amigos. Pensou também que estava agindo certo por não ter se apressado em correr atrás dela. A época não era apropriada. Quem se ocuparia com um namoro no fim dos tempos?

Buck sabia — ou pelo menos acreditava — que Chloe não estava brincando com ele. Não estava se fazendo de durona só para aguçar seu interesse. Intencional ou não, a atitude dela estava funcionando, e ele se sentia um tolo por estar se deixando levar.

Independentemente do que tivesse ocorrido, do que ela estivesse fazendo, ele se sentia na obrigação de conversar com ela. Ele poderia se arrepender de ficar na zona da simples amizade, mas sabia que não tinha outra escolha. Sentia que era sua obrigação buscar primeiro uma amizade e ver, talvez, o que poderia acontecer dali em diante. Mas ao que percebia, o interesse dela não passaria disso mesmo.

Buck tirou o fone do gancho, mas quando o colocou no ouvido, escutou um som estranho e, em seguida, uma gravação. "Você tem um recado. Aperte 'asterisco + 2' para ouvi-lo".

"Um recado? Eu nunca contratei um serviço de correio de voz." Buck apertou o botão. Era Steve Plank.

"Buck, onde você se meteu, cara? Se você não quer falar comigo, vou parar de deixar recados. Sei que você está com um número novo que quase ninguém tem mas se pensa que Nicolae Carpathia é alguém com quem se possa brincar, pergunte a si mesmo como consegui o seu telefone. Como jornalista, você vai precisar desses tipo de contato agora. E outra coisa, Buck, de amigo para amigo: sei que você costuma verificar seus recados com frequência e já sabe que Carpathia deseja conversar com você. Por que não me ligou? Desse jeito você está me prejudicando. Eu disse a ele que consegui localizá-lo e que você vai vir encontrá-lo. Disse a ele que não entendi por que você não aceitou o convite dele para a reunião de posse, mas que o conheço como a um irmão e que você não tem nada contra ele.

Agora ele quer se encontrar com você. Não sei do que se trata, nem mesmo se estarei junto. Desconheço o protocolo, mas com certeza você poderá pedir a ele algumas declarações para o seu artigo. Basta vir até aqui. Você poderá entregar pessoalmente sua reportagem ao Semanário, *cumprimentar sua velha amiga, srta. Durham, e descobrir o que Nicolae deseja. Há uma passagem de primeira classe aguardando por você no O'Hare sob o nome de McGillicuddy para o voo das nove horas de amanhã. Uma limusine vai estar à sua disposição no aeroporto e você almoçará com Carpathia. Faça isso, Buck. Talvez ele queira agradecer o fato de você ter-lhe apresentado Hattie. Parece que os dois estão se dando bem. E, Buck, se você não me ligar, entenderei que virá. Não me decepcione."*

* * *

— E então, conseguiu algum furo de reportagem? — perguntou Rayford.

Chloe imitou a voz da gravação: "O número para o qual você ligou está desativado. O novo número é..."

— É qual?

Ela entregou um pedaço de papel ao pai. O código de área era da região de Nova York. Rayford suspirou.

— Você tem o novo número do Buck?

— Está fixado na parede perto do telefone.

* * *

Buck ligou para Bruce Barnes.

— Odeio ter que lhe perguntar isso, Bruce — disse ele —, mas poderíamos marcar uma reunião para esta noite?

— Eu estava prestes a tirar um cochilo — respondeu Bruce.

— Você está precisando mesmo dormir um pouco. Podemos nos encontrar em outro momento, então.

— Não, não! Também não preciso dormir tanto assim. Você quer uma reunião com os quatro ou só comigo?

— Só com você.

— Que tal se eu for ao seu apartamento, então? Estou ficando cansado de olhar para o gabinete e para a casa vazia.

Eles marcaram para as sete da noite, e Buck decidiu que desligaria seu celular depois de fazer mais uma ligação. Ele não queria correr o risco de falar com Plank, ou pior, com Carpathia, antes de ter a oportunidade de conversar e orar com Bruce a respeito dos seus planos.

Buck telefonou para Alice, a secretária da sucursal de Chicago.

— Preciso de um favor — disse ele.

— No que puder ajudá-lo — respondeu ela.

Ele contou que pegaria um voo para Nova York na manhã seguinte, mas não queria que Verna Zee soubesse.

— Também não quero guardar as minhas coisas aí por muito tempo, portanto, antes de seguir para o aeroporto, gostaria de deixar uma cópia da chave do meu apartamento com você. Se você não se importar, poderia trazer tudo para cá e trancar a porta? Eu ficaria imensamente grato.

— Sem problemas. Tenho que passar aí perto no fim da manhã mesmo. Vou buscar meu noivo no aeroporto. E Verna não precisa saber que estarei levando suas coisas.

* * *

— Você não quer ir para Dallas comigo amanhã cedo, Chlo? — perguntou Rayford.

— Acho que não. Você vai ficar o dia todo dentro do Boeing 777, é isso?

Rayford assentiu com a cabeça.

— Vou ficar por aqui. Talvez aceite o convite de Buck para conhecer o apartamento dele.

Rayford balançou a cabeça.

— Não consigo acompanhar seu raciocínio — disse ele. — Agora você quer ir até lá para ver o sujeito que trata você como uma irmã?

— Não vou até lá para me encontrar com ele — retrucou ela. — Só vou conhecer o apartamento dele.

— Ah, está bom! — disse Rayford. — Falha minha.

* * *

— Você está com fome? — perguntou Buck antes mesmo de Bruce alcançar a porta naquela noite.

— Um pouco — respondeu Bruce.

— Vamos jantar fora, então — sugeriu Buck. — Você poderá conhecer o apartamento quando voltarmos.

Eles se sentaram em um canto mais escuro de uma pizzaria barulhenta, e Buck contou a Bruce todas as últimas novidades sobre Steve Plank.

— Você está pensando em ir? — perguntou Bruce.

— Não sei o que pensar, e, se você me conhecesse melhor, saberia o quanto isso é estranho para mim. Meu instinto de jornalista diz que sim, para ir sem dúvida. Quem não iria? Mas eu sei quem é esse sujeito, e na última vez que o encontrei, ele meteu uma bala em dois caras.

— Eu gostaria muito que você também pedisse a opinião de Rayford e Chloe sobre isso.

— Sei que você gostaria — disse Buck —, mas quero lhe pedir que não fale nada sobre esse assunto a ninguém. Se eu resolver ir, prefiro que ninguém saiba.

— Buck, se você for, vai precisar de muita oração mesmo!

— Bem, pode contar a eles depois que eu partir. Devo almoçar com Carpathia ao meio-dia ou um pouco mais tarde, horário de Nova York. Diga, simplesmente, que estou em uma viagem importante.

— Se é o que você quer, tudo bem. Mas não é assim que você deveria lidar com o nosso grupo-base.

— Eu sei e concordo. Mas os dois poderão considerar a minha ida imprudente, e talvez seja mesmo. Se eu for, não quero desapontá-los até ter a chance de me explicar.

— E por que você não faz isso com antecedência?

Buck ergueu a cabeça e deu de ombros.

— Porque ainda não consegui explicar nem para mim mesmo.

— Parece que você já decidiu seguir viagem, então...

— Acho que devo.

— Quer saber minha opinião sobre isso?

— Sinceramente, não. Mas você tem algo a me dizer?

— Estou tão perdido quanto você, Buck. Não consigo ver nada de positivo nesse encontro. Ele é um homem perigoso e um assassino. Poderá apagar você sem deixar provas. Já fez isso diante de uma sala cheia de testemunhas. Por outro lado, por quanto tempo você conseguirá evitar esse encontro, não é? Ele terá acesso a todos os seus telefones, mesmo que você não os divulgue. Ele sempre conseguirá encontrá-lo, e continuar fugindo só o deixará furioso.

— Eu sei. Se for encontrá-lo agora, ainda poderei dizer que estive ocupado com a mudança e com a mobília do novo apartamento...

— O que não deixa de ser verdade.

— Sim, e ainda garantir que fui encontrá-lo assim que me chamou, usando, inclusive, a passagem que ele me deu, e curioso para saber o que ele deseja de mim.

— Ele tentará ler seus pensamentos e descobrir o que você se lembra daquele dia.

— Ainda não sei o que vou dizer. Assim como não sabia como agir na reunião de posse. Percebi a presença do maligno naquela sala, mas sabia que Deus estava comigo. Quando penso nisso, acredito que Deus me fez permanecer em silêncio e deixar Carpathia tirar as próprias conclusões.

— Agora você também poderá confiar em Deus, Buck. Só precisa de algum tipo de plano, pensar no que poderá ou não falar, esse tipo de coisa.

— Em outras palavras, ficar sem dormir esta noite?

Bruce sorriu.

— Não sei sequer se conseguirei dormir essa noite!

— Nem eu.

Quando Buck levou Bruce para conhecer seu apartamento, decidiu que seguiria para Nova York na manhã seguinte.

— Por que você não telefona para seu amigo...? — Bruce começou a dizer.

— Para Plank?

— Sim, Plank, e diga-lhe que você está indo. Assim não terá de se preocupar com a ligação dele e poderá liberar a linha para mim ou qualquer outra pessoa que queira falar com você.

Buck assentiu com a cabeça.

— Ótima ideia!

Depois de deixar um recado para Steve, Buck não recebeu mais nenhuma ligação naquela noite. Pensou em ligar para Chloe e pedir para ela não vir na manhã seguinte, mas não queria ter de contar o motivo nem inventar uma história. De qualquer forma, ele estava convencido de que ela não viria, já que definitivamente não parecera muito interessada de manhã.

***

Buck teve um sono agitado. Felizmente, na manhã seguinte, não cruzou com Verna quando entregou as chaves do apartamento para Alice, só ao sair de carro do estacionamento. Como Verna estava chegando, não o viu.

Buck não tinha nenhum documento com o nome de *McGillicuddy*. Em O'Hare, pegou um envelope com esse nome fictício e constatou que nem mesmo a jovem do balcão percebeu que havia uma passagem dentro.

No portão de embarque, apresentou-se para o *check-in* uma hora e meia antes do previsto para o voo.

— Sr. McGillicuddy — disse um homem de meia-idade que o atendeu no balcão —, o senhor poderá ser o primeiro a embarcar, se quiser.

— Obrigado — disse Buck.

Ele sabia que os passageiros de primeira classe, os que voavam com frequência, os idosos e as pessoas com crianças de colo tinham prioridade no embarque. Mas quando se dirigiu para a sala de espera, o homem perguntou:

— O senhor não deseja embarcar imediatamente?

— Como assim? — perguntou Buck.

— Agora?

— Sim, senhor.

Buck olhou ao redor, curioso para saber se não tinha esquecido de nada. Havia ainda poucas pessoas na fila; ninguém estava se dirigindo ao embarque prioritário.

— O senhor tem o privilégio exclusivo de embarcar no momento em que desejar, mas não se sinta obrigado a isso. A escolha é sua.

Buck deu de ombros.

— Claro que sim. Vou embarcar imediatamente.

Somente a comissária de voo estava na aeronave. O compartimento da classe econômica ainda estava sendo limpo. Mesmo assim, a comissária ofereceu a ele champanhe, suco ou refrigerante e entregou o cardápio do café da manhã.

Buck nunca apreciou bebida alcoólica, portanto recusou o champanhe. Além disso, estava muito ansioso, o que o deixava sem fome. A comissária disse:

— O senhor tem certeza? Há uma garrafa ao seu lado. — Ela olhou para a prancheta que tinha nas mãos. — Cortesia de um tal de N. C.

— De qualquer maneira, obrigado.

Buck balançou cabeça. Será que não havia limites para o que Carpathia podia — ou queria — fazer?

— O senhor não vai aceitar a garrafa?

— Não, senhora. Obrigado. Gostaria de ficar com ela?

A comissária lançou a ele um olhar perplexo.

— O senhor está de brincadeira? É uma *Dom Pérignon*!

— Não estou brincando, não.

— Sério?

— Estou falando sério. Pode ficar com ela.

— Bem, o senhor poderia assinar essa papeleta indicando que aceitou o champanhe para eu não ter problemas por tê-lo levado?

Buck assinou. O que aconteceria em seguida?

— Senhor? — disse a comissária. — Qual é o seu nome?

— Desculpe-me — disse Buck —, eu estava distraído. — Ele, então, pegou a papeleta, anulou sua assinatura verdadeira e rabiscou "B. McGillicuddy".

Normalmente os passageiros da classe econômica lançavam olhares de inveja sobre os da primeira classe, mas agora até mesmo os demais passageiros da primeira viam Buck como uma pessoa da mais alta distinção. Buck tentou não ostentar, mas evidentemente estava recebendo tratamento preferencial. Ele já estava aguardando a bordo quando os demais passageiros chegaram. Durante o voo, as comissárias o paparicaram o tempo todo, completando seu copo e perguntando se ele precisava de mais alguma coisa. A quem Carpathia pagou para que ele recebesse tal tratamento, e quanto isso havia custado?

No JFK, Buck não precisou procurar por ninguém carregando um cartaz com seu nome. Um motorista uniformizado caminhou diretamente em sua direção assim que ele apareceu no terminal, pegou sua maleta e perguntou se ele tinha outras bagagens.

— Não.

— Ótimo, senhor. Acompanhe-me até o carro, por favor.

Buck era um homem acostumado a viajar pelo mundo e já havia sido tratado como rei e como mendigo ao longo dos anos. Mesmo assim, sentiu-se desconfortável com o atual tratamento. Atravessou o aeroporto acompanhando humildemente o motorista até avistar uma enorme limusine preta estacionada junto ao meio-fio. O motorista abriu a porta e Buck entrou, saindo da luz do sol para a escuridão no interior do carro.

Ele não havia mencionado seu nome e o motorista também não perguntou. Buck entendeu que tudo fazia parte da hospitalidade de Carpathia. Mas e se ele tivesse sido confundido com outra pessoa? E se tudo não passasse de um grande engano?

Enquanto acostumava sua vista ao ambiente pouco iluminado por causa do vidro fumê, Buck notou um homem de terno escuro olhando para ele, sentado de costas para o motorista.

— Você é da ONU — perguntou Buck — ou trabalha diretamente para o sr. Carpathia?

O homem não respondeu, tampouco se moveu. Buck se inclinou para frente.

— Desculpa a insistência — disse ele. — Você...

O homem colocou o dedo nos lábios em sinal de silêncio. "Tudo bem", pensou Buck. "Não é da minha conta". Mas ele estava curioso para saber se a reunião com Carpathia seria na ONU ou em algum restaurante. E seria muito bom saber se Steve Plank também estaria presente.

— Posso falar com o motorista? — perguntou Buck.

Nenhuma reação.

— Com licença, senhor motorista.

No entanto, havia uma divisória de vidro transparente entre o banco da frente e o restante do veículo. O homem, que parecia um guarda-costas, continuava olhando, e Buck começou a se perguntar se aquela seria sua última viagem de carro. Estranhamente, não sentiu o mesmo pavor que o dominara da última vez. Não sabia se isso procedia de Deus ou se estava sendo ingênuo. Pelo que entendia, poderia estar a caminho de sua própria execução. O único registro de sua viagem era uma assinatura que ele mesmo havia anulado na papeleta da comissária de bordo.

* * *

Rayford Steele estava sentado na cabine de um Boeing 777 na pista da base militar anexa ao Aeroporto Internacional de Dallas . Um avaliador autorizado, sentado no banco do primeiro-piloto, já havia esclarecido que estava ali só para tomar notas. Rayford deveria fazer o *checklist* preliminar de todos os itens do voo, comunicar-se com a torre, aguardar a liberação, decolar, seguir as instruções da torre sobre a rota, adotar os procedimentos padronizados e, a seguir, aterrissar. Não lhe disseram quantas vezes deveria repetir a sequência completa, nem se haveria necessidade de algo mais.

— Lembre-se — disse o avaliador — de que não estou aqui para ensinar você e nem prejudicá-lo. Não respondo a perguntas nem mexo nos controles.

O *checklist* inicial ocorreu sem nenhum problema. Taxiar o 777 era diferente do enorme e pesado 747, mas Rayford conseguiu. Depois de receber autorização da torre, acelerou para levantar voo e sentiu a propulsão violenta daquela maravilha da aerodinâmica. Enquanto a aeronave se movimentava ruidosamente pela pista como um cavalo de corridas, Rayford disse ao avaliador:

— Este é o Porsche dos aviões, não é mesmo?

O avaliador sequer olhou para ele, muito menos responderia à sua pergunta. A decolagem foi potente e segura, e Rayford lembrou-se de seus tempos de militar, quando pilotava aeronaves de guerra potentes, porém muito menores.

— Ou quem sabe um Jaguar? — perguntou ao avaliador, que desta vez se dispôs a dar um breve sorriso, fazendo um movimento afirmativo com a cabeça.

A aterrissagem de Rayford foi perfeita. O avaliador aguardou até que ele taxiasse de volta à posição de parada e desligasse os motores. Então, disse:

— Vamos refazer esses procedimentos mais duas vezes, depois, você poderá pilotar por conta própria.

***

A limusine que conduzia Buck Williams logo ficou presa no trânsito congestionado. Ele gostaria de ter trazido algo para ler. Por que tanto mistério? Não compreendia o motivo desse tratamento nem antes, nem depois do voo. A única vez que alguém sugeriu a ele que usasse um pseudônimo foi quando uma revista concorrente fez uma oferta considerada irrecusável pelos proprietários e eles não queriam que o *Semanário Global* soubesse que Buck estava considerando mudar de emprego.

Buck avistou a sede da ONU a distância, mas só soube que este não era seu destino quando o motorista passou pela frente do prédio a toda velocidade. Ele esperava ser conduzido a um local agradável para almoçar. Apesar de ter recusado o café da manhã, preferia mil vezes a ideia de uma refeição do que a da morte.

***

Enquanto Rayford era conduzido à *van* gentilmente cedida pela Pancontinental e que o conduziria de volta ao aeroporto de Dallas o avaliador entregou a ele um envelope comercial.

— Então, passei no exame? — perguntou Rayford.

— Você só saberá daqui a mais ou menos uma semana — respondeu o avaliador.

"Então, o que seria isso?", perguntou Rayford a si mesmo, ao entrar na *van* e abrir o envelope. Dentro havia uma única folha de papel com o timbre da ONU e que já constava impresso: *Hattie Durham, Assistente Pessoal do Secretário-geral.* A mensagem escrita à mão só dizia:

> Comandante Steele,
> Suponho que já saiba que o Air Force One novinho em folha é um 777.
> Sua amiga,
> Hattie Durham

CAPÍTULO 5

Buck começou a se sentir mais seguro de que não corria risco de vida. Muitas pessoas estavam envolvidas em sua viagem de Chicago a Nova York, e agora até o centro da cidade. Por outro lado, se Nicolae Carpathia era capaz de escapar de uma acusação de assassinato diante de mais de uma dezena de testemunhas, certamente poderia eliminar um certo jornalista sem qualquer dificuldade.

A limusine seguiu em direção ao cais do porto, onde parou em um estacionamento circular diante do magnífico Manhattan Harbor Iate Clube. Quando o porteiro se aproximou, o motorista abaixou o vidro da porta dianteira direita e fez um sinal com o dedo, como se estivesse advertindo o homem a se manter afastado do carro. Em seguida, o segurança desceu e segurou a porta aberta para que Buck também pudesse descer.

— Siga-me, por favor — disse o segurança.

Buck teria se sentido à vontade no Iate Clube se não tivesse passado à frente de uma longa fila de clientes à espera de uma mesa vaga. O *maître* olhou de relance e fez um movimento afirmativo com a cabeça enquanto Buck acompanhava o segurança até a entrada do restaurante. Ali o homem parou e sussurrou:

— O senhor almoçará com o cavalheiro que está na mesa perto da janela.

Buck olhou. Alguém acenava vigorosamente para ele, atraindo a atenção dos presentes. Como o sol batia nas costas da pessoa, Buck avistou apenas a silhueta de um indivíduo de estatura baixa, meio corcunda e de cabelos ralos despenteados.

— Voltarei para buscá-lo a uma e meia em ponto — disse o segurança. — Não saia do restaurante sem mim.

— Mas...

O segurança se afastou rapidamente, e Buck olhou para o *maître*, que fez de conta que não o viu. Sem perder o autocontrole, Buck caminhou pelas inúmeras mesas em direção àquela que ficava junto à janela, onde foi saudado efusivamente por seu velho amigo Chaim Rosenzweig. Embora ele conhecesse as boas maneiras e soubesse que deveria falar baixo em público, não conseguiu conter seu entusiasmo ao ver Buck.

— Cameron! — gritou o israelense, com um forte sotaque. — Que bom reencontrar você! Sente-se, sente-se! Esse lugar não é lindo? Só para os melhores amigos do secretário-geral.

— E ele estará conosco, senhor?

Rosenzweig pareceu surpreso.

— Não, não! Ele é um homem muito ocupado, não tem tempo para isso. Está hospedando chefes de estado, embaixadores, todos querem estar perto dele. Eu mesmo mal consigo conversar com ele mais do que cinco minutos por dia!

— Quanto tempo o senhor ficará em Nova York? — perguntou Buck, pegando o cardápio que lhe foi oferecido e permitindo que o garçom estendesse um guardanapo de linho em seu colo.

— Por pouco tempo. No fim desta semana Nicolae e eu vamos finalizar os preparativos para a visita dele a Israel. Será um dia memorável!

— Conte-me mais sobre isso, doutor.

— Claro que contarei! Só que antes precisamos colocar alguns assuntos em dia!

Subitamente, o semblante do velho Rosenzweig mudou e ele começou a falar num tom de voz sombrio. Estendeu o braço sobre a mesa e cobriu a mão de Buck com a sua.

— Cameron, eu sou seu amigo. Você precisa ser franco comigo. Por que não compareceu a uma reunião tão importante? Sou um cientista, sim, mas também me considero uma espécie de diplomata. Eu trabalhei arduamente nos bastidores ao lado de Nicolae e do seu amigo, o sr. Plank, para garantir que você seria convidado. Realmente não entendi o que se passou.

— Nem eu — disse Buck.

O que mais ele poderia dizer? Rosenzweig era o idealizador da fórmula que fez os desertos de Israel florescerem como uma estufa verde e seu amigo há pouco mais de um ano, quando Buck o colocou na categoria "Personalidade do Ano" do *Semanário Global*. Rosenzweig foi um dos primeiros a mencionar o nome de Nicolae Carpathia a Buck. Carpathia era um político de baixo escalão da Romênia, que solicitou uma reunião particular com ele após a fórmula ter ficado famosa.

Chefes de estado do mundo todo haviam tentado se aproximar servilmente de Israel para ter acesso à fórmula. Inúmeros países enviaram diplomatas com o intuito de bajular Rosenzweig, depois de não conseguirem nada com o primeiro-ministro de Israel. Curiosamente, Carpathia foi um dos que mais o impressionou. Ele organizou a visita e viajou por conta própria e, na ocasião, parecia não ter poderes para oficializar qualquer acordo, apesar de Rosenzweig estar aberto a isso. Carpathia só precisava da boa vontade dele. E conseguiu. Buck, agora, entendia como tudo estava valendo a pena.

— Onde você estava? — indagou o sr. Rosenzweig.

— Esta é a pergunta que vale um milhão de dólares — respondeu Buck. — Onde está cada um de nós?

Rosenzweig piscou os olhos. Apesar de Buck estar se sentindo um tolo falando bobagem, não sabia mais o que dizer. Ele não poderia contar àquele homem: "Eu estava lá! Vi o mesmo que o senhor viu, mas Carpathia fez uma lavagem cerebral em todos vocês porque ele é o anticristo!"

Rosenzweig era um homem brilhante, esperto e adorava uma intriga.

— Então, você não quer me contar. Tudo bem. Quem perdeu foi você por não ter comparecido. Evidentemente, foi poupado do horror em que aquilo tudo se transformou, mas aquela foi, sem dúvida, uma reunião histórica. Peça o salmão. Você vai ficar encantado com o sabor.

Buck sempre teve o hábito de não aceitar a recomendação de pratos em restaurantes. Provavelmente, essa era uma das razões para o seu apelido.[2] Percebeu, então, o quanto estava confuso ao pedir o prato sugerido por Rosenzweig, mas realmente o achou delicioso.

— Gostaria de fazer uma pergunta ao senhor, dr. Rosenzweig.

— Por favor, pode me chamar de Chaim.

— Como eu poderia me dirigir dessa maneira a um ganhador do Prêmio Nobel?

— Será uma honra para mim.

— Está bem, Chaim — disse Buck mal conseguindo pronunciar o nome. — Por que estou aqui? Qual é o objetivo disso tudo?

O velho homem pegou o guardanapo do colo, limpou toda a barba com ele, enrolou-o em formato de bola e atirou-o no prato. Depois, empurrou o prato para o lado, endireitou-se na cadeira e cruzou as pernas. Buck já havia visto muita gente demonstrar profundo interesse por um determinado assunto, mas não com a avidez de Chaim Rosenzweig.

— Então é assim que o jornalista que existe aí dentro vem à tona, hein? Vou começar dizendo que hoje é o seu dia de sorte. Nicolae quer conceder a você uma honraria tão grande que não posso sequer contar.

— Mas o senhor vai falar o que é, não vai?

— Só vou contar o que estou autorizado a falar e nada mais. O resto ficará por conta de Nicolae. — Rosenzweig olhou para seu reló-

---

[2] Buck, em inglês, tem a conotação de alguém aventureiro, impetuoso e arrojado, que não tem medo de se opor. Na revista, tanto seus admiradores quanto seus detratores o chamavam assim porque, segundo eles, ele estava sempre lutando contra as tradições e as autoridades. [N. do R.]

gio de plástico, de vinte dólares, que parecia não combinar com seu *status* internacional.

— Bom, temos tempo. Ele separou trinta minutos para vê-lo, não se esqueça disso. Sei que vocês são amigos e que, talvez, queira se desculpar por não ter ido àquela reunião, mas se lembre de que Nicolae tem muito a oferecer e pouco tempo para conversar. Ele viaja no fim da tarde para Washington, onde terá uma reunião com o presidente. A propósito, o próprio presidente propôs vir para Nova York encontrar Nicolae, mas ele, em sua humildade, não aceitou de jeito nenhum.

— Você realmente considera Carpathia uma pessoa humilde?

— Talvez tão humilde quanto qualquer líder que já conheci, Cameron. Evidentemente, conheço muitos homens no serviço público e também na iniciativa privada que são humildes e têm o direito de ser, mas os políticos, chefes de estado e líderes mundiais são, em geral, cheios de si. Grande parte deles tem muito do que se orgulhar e, de certa forma, suas realizações são movidas por seus próprios egos. Mas um homem como Nicolae eu nunca vi.

— Ele tem uma personalidade muito marcante — admitiu Buck.

— Isso é o mínimo que se pode falar dele — insistiu o dr. Rosenzweig. — Pense um pouco, Cameron. Ele não buscou essa posição. Começou em cargo de baixo escalão no governo da Romênia e tornou-se presidente daquele país quando sequer havia uma eleição programada. Ele resistiu a tudo isso!

"Com certeza", pensou Buck.

— E quando foi convidado a falar na ONU pouco menos de um mês atrás, sentiu-se tão intimidado e indigno que quase recusou. Mas você esteve lá! Ouviu o discurso. Eu o teria nomeado primeiro-ministro de Israel se soubesse que ele aceitaria o cargo. Logo em seguida, o secretário-geral renunciou ao cargo e insistiu para Nicolae o substituir. E ele foi eleito por unanimidade, entusiasticamente, e contando com o apoio dos chefes de estado de quase todos os países.

Cameron, ele tem uma ideia atrás da outra! É um diplomata por excelência. Fala tantos idiomas que raramente necessita de intérpretes, mesmo quando conversa com caciques de tribos remotas da América do Sul ou da África. Outro dia, pronunciou algumas frases que só foram compreendidas por um aborígine da Austrália!

— Permita-me interrompê-lo por alguns instantes, Chaim — disse Buck. — Evidentemente, você sabe que em troca de ter renunciado ao cargo de secretário-geral da ONU, Mwangati Ngumo recebeu a promessa de que teria acesso à sua fórmula para ser usada em Botsuana. Essa não foi uma atitude tão altruísta como pareceu e...

— É claro. Nicolae me falou tudo. Só que isso não fez parte de nenhum acordo. Foi um gesto de gratidão pessoal pelo que o presidente Ngumo fez pela ONU ao longo dos anos.

— Mas como ele pode demonstrar gratidão pessoal cedendo uma fórmula que pertence ao senhor? Ninguém mais teve acesso a ela e...

— Eu fiquei muito satisfeito em cedê-la.

— Ficou? — A mente de Buck girava rapidamente. Haveria limites para o poder de persuasão de Carpathia?

O velho homem descruzou as pernas e inclinou-se para frente, colocando os cotovelos sobre a mesa.

— Cameron, todas as peças se encaixam. Isso faz parte do motivo de você estar aqui. O acordo com o ex-secretário-geral foi um experimento, um modelo.

— Estou ouvindo, doutor.

— Claro que ainda é muito cedo para falar, mas se a fórmula funcionar tão bem quanto funcionou em Israel, Botsuana em breve se transformará em um dos países mais férteis da África, e talvez do mundo. O presidente Ngumo já percebeu o crescimento de seu prestígio no país. Todos concordam que ele andava distraído quanto às suas funções na ONU e que o mundo melhorou após a posse do novo líder.

Buck deu de ombros, mas aparentemente Rosenzweig não percebeu.

— Carpathia planeja, então, fazer isso mais vezes, negociar a sua fórmula em troca de favores?

— Não, não! Você não está entendendo. Sim, eu convenci o governo de Israel a ceder o uso da fórmula ao secretário-geral da ONU.

— Ora, Chaim! Para que isso? Para conseguir bilhões de dólares que Israel não necessita mais? Não faz sentido! Por causa de sua magnitude, a fórmula transformou vocês em uma das nações mais ricas do mundo e solucionou inúmeros problemas, mas só deu certo em razão da exclusividade! Por que você acha que os russos atacaram seu país? Eles não precisam de suas terras. Lá não existe petróleo a ser explorado. Eles queriam a fórmula! Imagine se todos os recantos daquela imensa nação fossem férteis!

Dr. Rosenzweig levantou a mão.

— Entendo, Cameron, mas o dinheiro não tem nada a ver com isso. Eu não preciso de dinheiro, nem Israel.

— Então, o que Carpathia ofereceu que justificasse o troca-troca?

— Você sabe pelo que Israel tem orado desde o início de sua existência, Cameron? E não estou falando de seu renascimento, em 1948. Desde o início dos tempos, como o povo escolhido de Deus, sabe pelo que temos orado?

O sangue de Buck gelou nas veias. Ele ficou paralisado no lugar, movendo a cabeça em sinal de resignação. Rosenzweig respondeu à própria pergunta.

— *Shalom.* Paz. "Ore pela paz de Israel". Somos um país frágil e vulnerável. Sabemos que o Deus Todo-poderoso nos protegeu de maneira sobrenatural do ataque violento dos russos. Você sabia que houve tantas mortes nas tropas russas que os corpos precisaram ser enterrados em uma vala comum, em uma cratera aberta em nosso solo precioso por uma das bombas deles, e que Deus não permitiu que nada nos acontecesse? Tivemos até de incinerar alguns corpos e ossos dos russos. E os escombros de suas armas de destruição eram tantos que foram utilizados por nós como matéria-prima e transformados em mercadorias negociáveis. Cameron — complementou ele de forma sinistra —, grande parte dos aviões deles se espatifou. Bem, todos, é claro. Esses aviões ainda tinham tanto combustível utilizável que, de acordo com nossos cálculos, poderemos usá-lo por mais cinco ou oito anos. Agora você entende por que a paz é tão importante para nós?

— Chaim, você mesmo disse que o Deus Todo-poderoso protegeu vocês. Não poderia haver outra explicação para o que aconteceu na noite daquela invasão. Com Deus ao lado, por que vocês precisam barganhar proteção com Carpathia?

— Cameron, Cameron — respondeu Rosenzweig melancolicamente —, a história tem provado que Deus é caprichoso quando se trata de nosso bem-estar. Desde a época em que os filhos de Israel perambularam quarenta anos pelo deserto até a Guerra dos Seis Dias, mesmo nesta recente invasão russa, não conseguimos compreendê-lo. Ele nos favorece quando a situação convém ao seu plano eterno, o que não somos capazes de entender. Oramos, buscamos a presença de Deus, tentamos agradá-lo. Mas, ao mesmo tempo, acreditamos que ele ajuda àqueles que se ajudam. E é claro que você sabe que é este o motivo de você estar aqui.

— Não sei de nada — disse Buck.

— Bem, este é em parte o motivo de sua presença aqui. Você compreende que tal acordo precisa ser muito bem costurado...

— De que acordo estamos falando?

— Desculpe, Cameron, pensei que você estivesse acompanhando meu raciocínio. Não pense que foi fácil, apesar do prestígio de que gozo em meu país, persuadir os poderosos a concederem licença para a fórmula mesmo para um homem tão sedutor quanto Nicolae.

— Claro que não.

— E você tem razão. Algumas reuniões atravessaram a noite, e cada vez que eu imaginava ter convencido alguém, surgia outro. Precisei persuadir um a um. Muitas vezes, eu quase desisti por desespero. Mas, finalmente, após muitas negociações, fui autorizado a fazer um acordo com a ONU.

— Com Carpathia, você quer dizer.

— Claro! Não tenha dúvidas. Ele agora é a ONU.

— Você disse bem — respondeu Buck.

— Parte do acordo diz que passo a ser membro da sua equipe principal; serei um conselheiro. Vou assessorar o comitê que decide onde a fórmula será licenciada.

— Não haverá dinheiro envolvido nisso tudo?

— Nenhum.

— E Israel receberá proteção da ONU contra os países vizinhos?

— Ah, este é um assunto muito mais complexo, Cameron. Veja só, agora a fórmula está vinculada à política global de desarmamento de Nicolae. A nação suspeita de resistir à destruição de 90% do seu arsenal ou de não entregar os 10% restantes a Nicolae, ou melhor, à ONU, sequer receberá a permissão para ser candidata a obter a licença de uso. Nicolae garantiu, e estarei presente para me certificar disso, que será muito criterioso ao conceder autorizações aos nossos vizinhos mais próximos e aos inimigos em potencial.

— Deve haver mais do que isso.

— Ah, sim, mas o ponto crucial é esse, Cameron. Assim que o mundo estiver desarmado, Israel não terá de se preocupar com a proteção das suas fronteiras.

— Isso é ingenuidade.

— Não tanto quanto parece, porque de uma coisa eu tenho certeza: Nicolae não tem nada de ingênuo. Prevendo que algumas nações possam não declarar ou resolvam esconder ou produzir novos armamentos, no acordo entre o Estado soberano de Israel e o Conselho de Segurança da ONU, com o aval de Nicolae Carpathia, consta uma promessa solene. Qualquer nação que ameaçar Israel será imediatamente extinta, usando-se para isso todo o armamento que estará disponível à ONU. Com cada país entregando 10% do seu arsenal, você consegue imaginar o poderio bélico que isso dá?

— O que não consigo imaginar, Chaim, é um reconhecido pacifista, um ávido proponente do desarmamento global durante toda a sua carreira política, ameaçar a completa extinção de países da face da terra.

— Isso é apenas uma questão de semântica, Cameron — disse Rosenzweig. — Nicolae é um homem pragmático. Evidentemente possui uma boa dose de idealismo, mas sabe que a melhor maneira de manter a paz é ter os recursos para implementá-la.

— E esse acordo durará por...?

— Pelo tempo que desejarmos. Propusemos dez anos, mas Nicolae argumentou que não precisará da licença de uso da fórmula por tanto tempo. Disse que pedirá apenas sete e depois todos os direitos da fórmula retornarão para nós. Muita generosidade da parte dele. E se quisermos renovar o acordo a cada sete anos, teremos liberdade para isso.

"Você não vai precisar de nenhum tratado de paz daqui a sete anos, Chaim", pensou Buck.

— E então, o que isso tem a ver comigo? — perguntou.

— Essa é a melhor parte! — disse Rosenzweig. — Pelo menos para mim, porque lhe favorece. Não é segredo para ninguém que Nicolae considera você o jornalista mais talentoso do mundo. E para provar que não guarda nenhum rancor por você ter desdenhado do convite dele, pedirá que vá a Israel para a assinatura do tratado.

Buck balançou a cabeça.

— Sei que isso é demais para você — disse Rosenzweig.

* * *

A aeronave de Rayford tocou na pista do Aeroporto Internacional O'Hare à uma da tarde, horário de Chicago. Ele ligou para casa e a secretária eletrônica estava ligada.

— Oi, Chloe — ele disse —, voltei antes do que imaginava. Só queria avisar que estarei em casa daqui a...

Subitamente, Chloe pegou o telefone. Ela parecia mal-humorada.

— Oi, papai — resmungou.

— Você está indisposta?

— Não. Apenas aborrecida. Você sabia que Buck Williams está morando com uma moça?

— O quê!?

— É verdade. E eles estão noivos! Eu a vi. Ela estava levando caixas para o apartamento dele. Uma moça magrinha, de cabelos espetados, que usava minissaia.

— Talvez você tenha errado o número do apartamento, querida.

— O número estava certo.

— Acho que você está tirando conclusões precipitadas.

— Papai, ouça-me. Eu fiquei tão furiosa que dei uma volta de carro, depois me sentei em um estacionamento e chorei. Por volta do meio-dia, resolvi visitá-lo no escritório do *Semanário Global* e ela estava lá, descendo do carro. Eu perguntei: "Você trabalha aqui?" Ela respondeu: "Sim, posso ajudá-la?" Então, eu disse: "Acho que a vi hoje cedo." Sabe o que ela respondeu? "Talvez. Estive com meu noivo. Tem alguém aqui com quem você deseje falar?" Olha, papai... eu virei as costas e fui embora!

— E depois, você falou com Buck?

— Você está brincando? Talvez nunca mais fale com ele. Espere um minuto. Alguém está batendo na porta.

Instantes depois, Chloe voltou a falar com o pai.

— Não posso acreditar. Se ele acha que isso fará alguma diferença...

— O que foi?

— Flores! E, é claro, vindas de alguém anônimo. Ele deve ter me visto passar de carro por ali e percebeu como me senti. A menos que você queira essas flores, vai encontrá-las na lata do lixo quando chegar!

* * *

Poucos minutos depois das duas da tarde em Nova York, Buck e Chaim Rosenzweig aguardavam na suntuosa sala de espera do secretário-geral das Nações Unidas. Chaim falava alegremente de um assunto qualquer, e Buck fingia prestar atenção. Ele orava silenciosamente, sem saber se o mau pressentimento que tinha era psicológico, por saber que Nicolae Carpathia estava perto, ou se aquele homem realmente emitia alguma espécie de aura demoníaca, perceptível aos seguidores de Cristo. Buck sentia-se fortalecido por saber que Bruce orava por ele naquele momento e refletia sobre não ter avisado Rayford e Chloe sobre a viagem. Sua passagem de volta estava marcada para as cinco da tarde, portanto chegaria a tempo de assistir aos estudos planejados por Bruce, às oito da noite. Buck já ansiava por eles. Quem sabe Chloe não gostaria de jantar com ele antes disso?

— Então, o que você acha? — perguntou o dr. Rosenzweig.

— Desculpe-me, doutor — respondeu Buck. — Minha mente estava em outro lugar.

— Não há motivos para ficar nervoso, Cameron. É verdade que Nicolae ficou aborrecido, mas agora só tem coisas boas preparadas para você.

Buck deu de ombros e assentiu com a cabeça.

— Eu estava dizendo que meu querido amigo, o rabino Tsion Ben-Judá, concluiu seu estudo de três anos e não me surpreenderei se ele ganhar o Prêmio Nobel.

— Por seu estudo de três anos?

— Você não estava prestando atenção mesmo, não é, meu amigo?

— Desculpe.

— Você precisará estar mais atento quando falar com Nicolae, prometa-me.

— Prometo, sim. Me perdoe.

— Tudo bem. Mas, ouça: o rabino Ben-Judá foi designado pelo Instituto Hebraico de Pesquisas Bíblicas para fazer um estudo de três anos.

— Um estudo sobre o quê?

— Algo relacionado às profecias do Messias, para nós, os judeus, reconhecermos Jesus quando ele vier.

Buck estava pasmo. O Messias já tinha vindo, mas os judeus que foram deixados para trás não o identificaram. Quando ele veio pela primeira vez, a maioria não o reconheceu. O que Buck deveria dizer ao amigo? Se ele se declarasse um "santo da tribulação", como Bruce gostava de se referir aos novos cristão após o arrebatamento, quais seriam as consequências? Rosenzweig era confidente de Carpathia. Buck gostaria de dizer que um estudo autêntico das profecias messiânicas só poderia conduzir a Jesus. No entanto, disse apenas:

— Quais são as principais profecias que apontam para o Messias?

— Para lhe dizer a verdade — disse o dr. Rosenzweig —, eu não sei. Só passei a ser um judeu praticante depois que Deus destruiu a Força Aérea Russa e não posso afirmar que sou agora um devoto. Sempre considerei as profecias messiânicas da mesma forma que considero o restante do Torá: simbólicas. O rabino do templo que eu frequentava de vez em quando em Tel Aviv dizia que não era importante saber se Deus era um ser literal ou apenas um conceito. Isso condiz com o meu ponto de vista humanístico do mundo. Os religiosos, judeus ou não, raramente me impressionaram mais do que um ateu de bom coração.

E continuou:

— O dr. Ben-Judá foi meu aluno 25 anos atrás. Sempre foi um judeu destemido, um ortodoxo, mas longe de ser um fundamentalista. Ele se tornou um rabino, mas não por causa do que ensinei a ele, disso tenho certeza. Sempre gostei dele. Recentemente, ele me contou que havia terminado o estudo, comentando que aquela foi a coisa mais satisfatória e gratificante que ele já havia feito na vida.

Rosenzweig fez uma pausa.

— Imagino que você esteja curioso para saber por que estou contando isso.

— Sinceramente, sim.

— Estou agindo nos bastidores para que o rabino Ben-Judá seja incluído no grupo de assessores de Carpathia.

— Incluído como?

— Como conselheiro espiritual.

— Carpathia está procurando um?

— Ele sequer sabe disso! — Rosenzweig soltou uma alta gargalhada e deu uma palmada no joelho. — Mas até agora ele tem confiado em meu julgamento. É por isso que você está aqui.

Buck levantou uma sobrancelha.

— Imaginei que fosse porque Carpathia pensasse que sou o melhor jornalista do mundo.

Dr. Rosenzweig inclinou-se para frente e sussurrou em tom de conspiração:

— E por que você acha que ele acredita nisso?

***

Rayford teve dificuldade de falar com Chloe pelo telefone enquanto dirigia, mas finalmente conseguiu.

— Queria saber se você está disposta a jantar fora com seu velho pai hoje à noite — sugeriu ele, imaginando que a filha precisava se animar um pouco.

— Não sei — disse ela. — Obrigada pelo convite, papai, mas você não acha que deveríamos ir à reunião convocada por Bruce?

— Sim, eu gostaria muito.

— Então é melhor jantarmos em casa. Eu estou bem. Acabei de falar com Bruce por telefone. Queria saber se Buck também vai.

— E?

— Ele não tem certeza. Espera que sim. Eu espero que não.

— Chloe!

— Só estou com medo do que vou dizer, papai. Não é de se admirar que ele tenha sido tão frio comigo por causa daquela... daquela... sei lá o que ela é dele. Mas as flores! Por que ele me mandaria flores?

— Você nem sabe se as flores vieram mesmo dele.

— Ora, papai! Se não foram enviadas por você, elas só podem ter vindo do Buck.

Rayford riu.

— Queria ter pensado nisso!

— Teria sido melhor.

***

Hattie Durham aproximou-se de Buck e Chaim Rosenzweig, e os dois se colocaram de pé.

— Sr. Williams! — disse ela, abraçando-o. — Eu não vejo o senhor desde que comecei a trabalhar aqui.

"Sim, você me viu", pensou Buck. "Apenas não se lembra".

— O secretário-geral e o sr. Plank irão recebê-lo agora — disse ela a Buck. A seguir, virou-se para o dr. Rosenzweig.

— Doutor, o secretário-geral solicitou que o senhor esteja preparado para participar da reunião daqui a 25 minutos.

— Pois não — disse o velho doutor, piscando para Buck e apertando seu ombro.

Buck acompanhou Hattie, passando por várias mesas e a seguindo por um corredor em declive, todo revestido de mogno. Ele percebeu que nunca havia visto Hattie sem uniforme. Nesse dia, ela trajava um elegante conjunto que dava a aparência de mulher fina, rica e sofisticada. Esse visual só realçava sua extraordinária beleza. Até sua linguagem parecia mais refinada. Aparentemente, a companhia de Carpathia ajudara a melhorar seus modos. Hattie deu uma leve batida na porta da sala, entreabriu-a e anunciou pela fresta:

— Sr. Secretário-Geral e sr. Plank, Cameron Williams, do *Semanário Global,* está aqui.

Hattie abriu totalmente a porta e saiu discretamente, enquanto Nicolae se aproximava para cumprimentá-lo com as duas mãos. Buck pareceu estranhamente calmo diante do sorriso daquele homem.

— Buck! — disse ele. — Posso chamá-lo assim?

— O senhor sempre me chamou de Buck — respondeu ele.

— Venha! Venha! Sente-se! Você e Steve já se conhecem, é claro.

Buck impressionou-se mais com a aparência de Steve do que com a de Carpathia. Nicolae sempre se vestia formalmente, combinando muito bem os acessórios, mantendo o paletó abotoado, tudo dentro dos conformes. Mas Steve, apesar de sua posição de editor-executivo de uma das revistas mais famosas do mundo, nem sempre usava as roupas mais adequadas a um jornalista. Sempre, é claro, trajava os obrigatórios suspensórios surrados e as camisas, mas com o laço da gravata afrouxado e as mangas compridas enroladas, parecendo um jovem riquinho americano de meia-idade ou um aluno das escolas da Ivy League.

Nesse dia, contudo, Steve parecia um clone de Carpathia. Segurava uma pasta fina de couro preto e, da cabeça aos pés, parecia ter saído da capa da edição 500 da revista *Fortune,* especial para executivos. Até mesmo seu cabelo tinha um leve estilo europeu — cortado à navalha e muito bem penteado, preparado com escova e secador. Usava óculos de armação moderna, terno quase preto, camisa branca com as pontas da gola presas por um pino e gravata que provavelmente custou mais do que ele costumava pagar por um paletó esportivo. Os sapatos eram de couro macio, talvez italianos, e, se Buck não estava enganado, havia um novo anel de diamante em sua mão direita.

Carpathia pegou uma das cadeiras da mesa de reunião, colocou-a ao lado das duas que estavam diante de sua mesa e sentou-se perto de Buck e Steve. "Dica do manual do bom gestor", pensou Buck. "Derrubar a barreira entre o superior e o subordinado."

Mas, apesar dessa tentativa, estava claro que a reunião tinha a finalidade de impressionar Buck. E impressionou. Hattie e Steve já tinham mudado o suficiente para se tornarem praticamente irreconhecíveis. Ao olhar para as feições firmes, longilíneas e penetrantes de Carpathia, seu sorriso aparentemente sincero e apaziguador, Buck desejou de todo o coração que aquele homem fosse o que aparentava ser, e não o que sabia que ele era de verdade.

Em nenhum momento Buck se esqueceu ou perdeu de vista o fato de que estava na presença da personalidade mais sagaz e convincente da história. Ele só queria conhecer alguém tão sedutor quanto Carpathia, mas que fosse autêntico.

Buck sentia pena de Steve, porém não foi consultado antes de ele sair do *Semanário Global* para trabalhar com Carpathia. Agora, por mais que desejasse falar ao amigo sobre sua nova fé, não podia confiar em ninguém. A menos que Carpathia tivesse poderes sobrenaturais para conhecer todas as coisas, Buck esperava e orava para que aquele homem não percebesse que ele era um agente inimigo dentro de seu território.

— Vou começar com uma expressão idiomática engraçada — disse Carpathia. — Depois, pediremos que Steve saia da sala para termos uma conversa franca, só entre você e eu, que tal?

Buck assentiu.

— Há uma expressão que só fui conhecer depois de ter chegado a este país: "o elefante na sala". Você já ouviu essa, Buck?

— O senhor se refere a pessoas que se encontram e evitam falar de coisas óbvias, como, por exemplo, o fato de uma delas ter acabado de saber que está com uma doença terminal?

— Exatamente. Então, vamos começar falando do elefante na sala e encerrar esse assunto. Depois poderemos falar de outras questões. Tudo bem?

Buck assentiu novamente, sentindo a pulsação aumentar.

— Confesso que fiquei confuso e um pouco magoado por você não ter comparecido à reunião de posse dos novos embaixadores. No entanto, da maneira como tudo terminou, o episódio teria sido tão traumático para você quanto foi para o resto de nós que compareceu.

Buck não queria de maneira nenhuma ser sarcástico naquele momento. Também não queria — e nem iria — se desculpar. Como dizer que lamentava não ter comparecido a uma reunião sendo que, de fato, lá estava?

— Gostaria de ter comparecido e não queria perder a reunião de jeito nenhum — disse Buck. Carpathia o fitava com olhar penetrante e permaneceu em silêncio, como se estivesse aguardando o restante da história. — Francamente — prosseguiu Buck —, aquele dia foi nebuloso para mim, quase não me lembro de nada.

Nebuloso com detalhes tão vívidos que ele jamais esqueceria.

Carpathia pareceu relaxar. Abandonou a postura formal, inclinou-se para frente, com os cotovelos apoiados nos joelhos, e desviou o olhar de Buck para Steve, e depois para Buck novamente, demonstrando irritação.

— Tudo bem — disse —, aparentemente não há nenhuma desculpa, nenhuma explicação.

Buck olhou de relance para Steve, que parecia estar tentando se comunicar com os olhos e com um leve sinal de cabeça, como se dissesse: "Fale alguma coisa, Buck! Peça desculpas! Explique-se!"

— O que posso dizer? — prosseguiu Buck. — Aquele dia foi horrível para mim. — Isso foi o mais perto que ele chegaria do que os dois interlocutores queriam ouvir. Sabia que Steve era inocente. Steve acreditava piamente que Buck não havia estado naquela reunião. Carpathia, evidentemente, tinha planejado e coreografado toda aquela situação. "Ele atua com perfeição ao parecer aborrecido por não ter recebido uma desculpa ou explicação plausível", pensou Buck. Carpathia estava claramente tentando obter alguma evidência de que ele sabia, de fato, o que havia ocorrido. Então, tudo o que podia fazer era fingir-se de bobo, ser evasivo e orar para que Deus impedisse Carpathia de enxergar a verdade, ou seja, que Buck era cristão e que havia sido protegido do seu poder.

— Tudo bem — disse Carpathia, recostando-se na cadeira e se recompondo. — Todos ficamos muito abalados, não é? Eu lamento a perda de dois compatriotas, um deles amigo de muitos anos. — Buck sentiu o estômago revirar. — Agora, quero conversar com Buck, o jornalista, e peço ao amigo Steve que tenha a bondade de nos deixar a sós.

Steve colocou-se de pé e bateu de leve no ombro de Buck, saindo da sala em silêncio. Buck compreendeu dolorosamente que a partir daquele momento só ele e Deus estariam sentados lado a lado com Carpathia.

Só que o "lado a lado" não durou muito. De repente, Nicolae levantou-se e se dirigiu à cadeira executiva atrás de sua mesa. Pouco antes de sentar-se, apertou o botão do interfone. Buck ouviu a porta abrir atrás de si.

— Com licença — sussurrou Hattie Durham, pegando a terceira cadeira que estava diante da mesa e colocando-a, novamente, na mesa de reuniões. Antes de sair, ajeitou a cadeira que Steve tinha usado. Sem nenhum ruído, saiu discretamente da sala. Buck achou aquilo muito estranho. A reunião toda parecia cuidadosamente planejada, desde o anúncio formal de sua presença até a encenação de quem participaria e onde cada um se sentaria. Agora que a sala voltava a ser o que era quando Buck ali entrou, e com Carpathia protegido atrás de sua imensa mesa, toda a simulação de poder igualitário havia desaparecido.

Mas Carpathia ainda mantinha todo o seu poder de encantamento. Cruzou as mãos e olhou para Buck, sorrindo.

— Cameron Williams — disse ele vagarosamente. — Qual é a sensação de ser o jornalista mais famoso da sua época?

Que tipo de pergunta era aquela? Exatamente por não fazer esse tipo de pergunta que Buck era um jornalista respeitado.

— Neste momento, sou apenas um simples jornalista rebaixado de cargo — disse ele.

— E, além de tudo, é humilde — disse Carpathia, com um sorriso. — Daqui a pouco vou mostrar a você que, apesar de seu prestígio ter diminuído no *Semanário Global*, ele não diminuiu diante do resto do mundo e nem diante de mim, com certeza. Eu deveria estar mais aborrecido do que seu editor por você não ter comparecido àquela reunião, mas, mesmo assim, ele se irritou em excesso. Vamos deixar tudo para trás. Um erro não anula uma vida inteira de conquistas.

Carpathia fez uma pausa como se esperasse algum tipo de reação de Buck, mas ele estava preferindo cada vez mais permanecer em silêncio. Esta parecia ser a maneira certa de lidar com Carpathia, e certamente foi a forma que Deus usou para guiá-lo na fatídica reunião em que Carpathia perguntou a cada um o que tinham visto. Buck acreditava que o silêncio havia salvado sua vida.

— A propósito — prosseguiu Carpathia, quando ficou claro que Buck não tinha nada a dizer —, você trouxe sua matéria de capa sobre as teorias por trás dos desaparecimentos?

Buck não conseguiu esconder sua surpresa.

— Para ser franco, sim, eu trouxe.

Carpathia deu de ombros.

— Steve me falou sobre a reportagem. Adoraria vê-la.

— Sinto muito, mas não posso mostrá-la a ninguém antes de entregar a versão final ao *Semanário Global.*

— Certamente eles já viram o rascunho.

— Claro que sim.

— Steve disse que você gostaria de incluir uma ou duas declarações minhas.

— Sinceramente? Só se o senhor tiver algo novo a acrescentar, mas acho que suas opiniões já foram tão amplamente divulgadas que não despertariam mais interesse em nossos leitores.

Carpathia pareceu magoado.

— Quero dizer — prosseguiu Buck —, o senhor ainda se apega à ideia de uma reação nuclear acompanhada de forças naturais, não é mesmo? Aquele relâmpago deve ter acionado de forma espontânea todo o estoque de armas nucleares e...

— Você sabe que seu amigo, o dr. Rosenzweig, também concorda com essa teoria, não é mesmo?

— Entendo que sim, senhor.

— Mas ela não será mencionada em seu artigo?

— Claro que será. Achei que a pergunta era se eu precisava de uma nova declaração do senhor. A não ser que seu ponto de vista tenha mudado, não precisarei.

Carpathia olhou para seu relógio.

— Como você sabe, tenho uma agenda lotada. Correu tudo bem com sua viagem? Foi bem tratado? O almoço estava bom? Dr. Rosenzweig adiantou parte do assunto com você?

Buck assentiu após cada pergunta.

— Presumindo que ele tenha falado sobre o tratado da ONU com Israel e que a assinatura será daqui a uma semana em Jerusalém, gostaria de fazer a você um convite pessoal para estar lá.

— Duvido que o *Semanário* enviaria um simples jornalista da sucursal de Chicago para um evento internacional de tal magnitude.

— Não estou convidando você para fazer parte do grupo de milhares de jornalistas do mundo inteiro que solicitarão credenciais assim que a notícia for divulgada. O meu convite é para você fazer parte da minha delegação, sentar-se à mesa comigo. Será um privilégio que nenhuma outra pessoa dos meios de comunicação do mundo inteiro terá.

— A política de trabalho do *Semanário Global* é que seus jornalistas jamais aceitem favores que possam...

— Buck, Buck — disse Carpathia. — Lamento cortá-lo, mas ficarei muito surpreso se, daqui a uma semana, você continuar a ser funcionário do *Semanário Global*. Muito surpreso.

Buck levantou as sobrancelhas e olhou para Carpathia com ceticismo.

— O senhor sabe de algo que eu não sei?

Tão logo disse essas palavras, Buck se deu conta de que havia perguntado involuntariamente o motivo principal daquela reunião.

Carpathia deu um sorriso.

— Não sei de nenhum plano do *Semanário* para despedi-lo. Acho que o castigo por ter faltado ao seu compromisso já foi o suficiente. E, apesar de você ter recusado minha oferta anterior de emprego, creio que tenho uma oportunidade a oferecer que mudará sua mente.

"Não conte com isso", pensou Buck, e disse:

— Estou ouvindo.

CAPÍTULO 6

Procurando ganhar tempo, uma característica irritante da sua personalidade que sempre enfureceu Buck.

Carpathia falou:

— Deixe-me pensar um pouco. Lembra-se de quando eu assegurei a você que poderia livrá-lo de um problema?

Se Buck se lembrava? Até o dia dos assassinatos, esse tinha sido o contato mais apavorante que tivera com Carpathia. O informante de Buck, um galês, colega dos tempos de universidade, apareceu morto depois de chegar muito perto de um esquema internacional de transações bancárias envolvendo seu chefe, Joshua Todd-Cothran, presidente da Bolsa de Valores de Londres.

Buck havia pegado um voo para a Inglaterra com o objetivo de fazer uma investigação junto de um amigo, agente da Scotland Yard. Ele, porém, quase foi assassinado quando esse agente foi morto por uma bomba deixada no carro. Buck concluiu que o suposto suicídio do amigo tinha sido, na verdade, um homicídio. Diante disso, precisou fugir da Inglaterra usando um nome falso. Quando voltou a Nova York, ninguém menos que o próprio Nicolae Carpathia prometeu a ele que tomaria conta do assunto se Cothran estivesse envolvido em qualquer atividade ilícita. Pouco tempo depois, Todd-Cothran morreu pelas mãos de Carpathia diante dos olhos de Buck em um duplo assassinato do qual apenas Buck parecia recordar.

— Sim, eu me lembro — disse Buck categoricamente, em uma frase que valia sua própria vida.

— Eu deixei claro que não toleraria falsidade ou desonestidade em minha administração na ONU. E a situação com Todd-Cothran resolveu-se sozinha, não foi?

"Resolveu-se sozinha?" Buck permaneceu em silêncio.

— Você acredita em sorte, sr. Williams?

— Não.

— Você não acredita em sorte para aqueles que fazem as coisas certas?

— Não.

— Eu acredito. Sempre tenho sorte. Os desastrados, e até mesmo os criminosos, de vez em quando, têm sorte. Entretanto, geralmente, quanto melhor uma pessoa executa seu trabalho, mais sorte ela parece ter. Você está me entendendo?

— Não.

— Deixe-me simplificar. Você correu um perigo terrível. Viu pessoas morrerem ao seu redor. Eu disse a você que tomaria conta do assunto, apesar de, pessoalmente, não ter nada a ver com aquilo. Confesso que quando assegurei que o livraria de problemas, ainda não tinha muita certeza de como faria isso. E, por não ser uma pessoa religiosa, posso dizer que a lei do carma estava ao meu lado. Você não concorda?

— Para ser franco, senhor, não faço a menor ideia do que o senhor está falando.

— E quer saber por que eu gosto tanto de você? — Carpathia deu um sorriso aberto. — Você é a pessoa de quem preciso! O que quero dizer é que você e eu tínhamos um problema. Você estava na mira de alguém e eu tinha duas pessoas de minha confiança envolvidas em crimes graves. Ao matar Todd-Cothran e em seguida suicidar-se, meu velho amigo Jonathan Stonagal resolveu os nossos problemas. Isso é o que eu chamo de carma bom, se é que entendo os meus amigos das religiões orientais.

— Então, quando diz que lamenta a morte de seus amigos, o senhor está, na verdade, feliz porque ambos morreram?

Carpathia recostou-se na cadeira, parecendo impressionado.

— Exatamente. Feliz por sua causa. Lamento a morte deles. Eram velhos amigos meus e conselheiros de confiança, até mesmo mentores. Mas, como agiram mal, eu teria de tomar alguma medida a respeito. E não tenha dúvida de que faria! Stonagal, porém, acabou fazendo isso por mim.

— Posso imaginar — disse Buck. O olhar de Carpathia parecia invadir sua mente, como se quisesse ler seus pensamentos.

— Eu sempre me surpreendendo — prosseguiu Carpathia — com a forma rápida com que as coisas mudam.

— Concordo com o senhor.

— Há menos de um mês eu era senador da Romênia. No minuto seguinte, fui nomeado presidente daquele país, e uma hora depois, passei a ser secretário-geral das Nações Unidas.

Buck sorriu diante da tentativa de Carpathia de ilustrar a situação por meio de uma hipérbole; mesmo assim, sua ascensão ao poder tinha sido, de fato, muito rápida. O sorriso de Buck desapareceu quando ele complementou:

— É quase o suficiente para fazer com que um ateu acredite em Deus.

— Mas o senhor atribui seu sucesso ao bom carma — disse Buck.

— Francamente — disse Carpathia —, isso só me leva à humildade. De certa forma, esse parece ter sido o meu destino, mas nunca sonhei, nem imaginei e muito menos planejei tal coisa. Não procurei ocupar nenhum cargo público desde que me candidatei a senador da Romênia e, ainda assim, cheguei onde estou. Não posso fazer nada a não ser dedicar-me de corpo e alma e esperar ser digno da confiança que me foi depositada.

Um mês antes, Buck teria amaldiçoado Carpathia na cara dele e estava em dúvida se esse sentimento era perceptível. Aparentemente não.

— Buck — prosseguiu Carpathia —, eu preciso de você. E dessa vez não aceitarei um *não* como resposta.

* * *

Rayford desligou o celular depois de falar com Bruce Barnes. Tinha perguntado a ele se poderia chegar um pouco antes do início da reunião à noite para lhe mostrar algo, mas não contou o que era. Ele pegou o bilhete de Hattie no bolso da camisa e abriu-o em cima do volante. O que aquilo poderia significar? Como Hattie, ou melhor, o chefe dela, sabia onde encontrá-lo?

Seu celular tocou. Rayford atendeu.

— Ray Steele — disse ele.

— Papai, você estava usando o telefone?

— Sim, por quê?

— Earl está tentando falar com você.

— O que aconteceu?

— Não sei, mas parece coisa séria. Eu disse a ele que você estava a caminho de casa e ele ficou surpreso. Resmungou que ninguém o mantinha informado sobre nada. Pensou que você voltaria de Dallas mais tarde e...

— Eu também pensei.

— De qualquer forma, ele tinha esperança de encontrá-lo em O'Hare antes de você sair de lá.

— Pode deixar que eu ligo para ele. Vejo você à noite. Vou sair de casa um pouco mais cedo para conversar com Bruce. Se quiser, pode vir comigo e esperar na antessala ou, então, podemos ir com dois carros.

— Está bem, papai. Não sei se quero esperar na antessala e ter de encarar Buck. Acho que não. Vá na frente. Chegarei um pouco depois.

— Ah, Chloe...

— Não comece, papai!

* * *

Buck sentia-se ousado. Curioso, mas ousado. Ele com certeza queria ouvir o que Carpathia tinha em mente, mas o homem pareceu mais impressionado quando Buck usou de franqueza. Buck não estava preparado para dizer tudo o que sabia e o que de fato pensava; provavelmente, jamais faria isso, mas sentiu que chegara a hora de se posicionar, para seu próprio bem.

— Talvez eu não devesse ter vindo sem saber o que o senhor desejava — disse Buck. — Na verdade, eu quase não vim. Passei um bom tempo dando explicações a Steve.

— Ora, vamos falar com franqueza e seriedade — disse Carpathia. — Sou diplomata e sou sincero. Agora você já me conhece o suficiente para saber disso. — Fez uma pausa como se estivesse aguardando confirmação. Buck sequer assentiu com a cabeça. — Mas convenhamos! Você não se desculpou, nem explicou o motivo de ter feito pouco caso de meu convite, mas, mesmo assim, não guardo nenhum rancor. Você não vai me decepcionar de novo, vai?

— Decepcioná-lo de novo? O que me aconteceria?

— Isso poderia chegar aos ouvidos de Stanton Bailey e provavelmente você seria rebaixado ainda mais de cargo. Ou, quem sabe, até demitido. De qualquer maneira, cairia em desgraça. Não sou ingênuo, Buck. Conheço a origem de seu apelido, e esse é um dos motivos por que o admiro tanto. Mas você não pode continuar a me dar coices. Não que eu me considere uma pessoa especial, mas o mundo e os meios de comunicação sim. As pessoas que me desprezam correm perigo.

— Então devo ter medo do senhor e é por isso que devo aceitar qualquer cargo que venha a me oferecer?

— Ah, não! Medo de fazer pouco caso de mim, sim, mas só pelos motivos óbvios e práticos que acabei de expor. Mas esse medo deveria motivá-lo a estar presente quando peço e aponto qual caminho a seguir. O medo, contudo, jamais deveria ser o motivo principal para você decidir se deve ou não trabalhar comigo. Não é necessário impor medo para persuadi-lo nessa questão.

Buck desejava perguntar o que seria necessário, mas sabia que Nicolae esperava por essa pergunta; portanto, mais uma vez, preferiu ficar calado.

— Qual é mesmo aquela velha expressão, que vocês, americanos, gostam muito de usar? "Uma proposta irrecusável"? É isso o que tenho a oferecer.

* * *

— Rayford, detesto agir assim com você, mas precisamos conversar pessoalmente hoje à tarde.

— Earl, já estou quase em casa.

— Me desculpe, eu jamais pediria isso se não fosse importante.

— O que está acontecendo?

— Se eu pudesse contar a você por telefone, não estaria insistindo para conversarmos pessoalmente, certo?

— Você quer que eu dê meia-volta?

— Lamento muito, mas, sim, é necessário.

* * *

— Existem leis e existem regras — dizia Carpathia. — Leis às quais obedeço. Quanto às regras, não me importo em desprezá-las, desde que possa justificar a razão. Por exemplo, em seu país não é permitido levar lanche a um estádio de futebol. A administração quer arrecadar sozinha todo o dinheiro da concessão. Muito bem. Entendo por que essas regras são estabelecidas e, se eu fosse o proprietário, provavelmente tentaria fazer com que fossem cumpridas. Mas não consideraria crime alguém entrar no campo com o seu lanche escondido. Você me entende?

— Acho que sim.

— Há uma regra que é pertinente aos chefes de estado e às instituições oficiais como a ONU. Entende-se que somente em um regime ditatorial repressor o governante seria o proprietário ou teria algum interesse financeiro em um meio de comunicação de grande influência.

— Concordo plenamente com o senhor.

— Mas isso é uma lei?

— Nos Estados Unidos, é.

— E no âmbito internacional?

— Não existe uniformidade.

— É a isso que me refiro.

Estava na cara que Carpathia queria induzir Buck a perguntar onde ele queria chegar, mas Buck não faria isso.

— Vocês gostam muito de usar a expressão "no fim das contas" — disse Nicolae. — Já ouvi você usá-la. Sei o que significa. A verdade é que, no fim das contas, sou eu quem irá adquirir os principais veículos de comunicação e quero que você faça parte disso.

— Parte do quê?

— Parte da equipe administrativa. Eu serei o único proprietário dos grandes jornais do mundo, das redes de TV e dos serviços de comunicação. Você poderá dirigir o que quiser.

— O secretário-geral da ONU será o proprietário dos principais órgãos de comunicação? Como o senhor poderia sequer justificar isso?

— Se as leis precisarem ser modificadas, elas serão. Se já houve uma época em que o correto seria exercer uma influência positiva sobre os meios de comunicação, a época é agora, Buck! Você não concorda?

— Não.

— Milhões de pessoas desapareceram. O povo está apavorado. Eles estão cansados de guerras, cansados de carnificinas, cansados do caos. Precisam saber que temos condição de trazer a paz. Meu plano de desarmamento mundial foi recebido de bom grado quase de forma unânime.

— Mas não pelo Movimento das Milícias Norte-americanas.

— Que Deus abençoe e guarde as milícias — disse Carpathia, em tom irônico. — Se levarmos a cabo minha proposta, você acha realmente que um bando de fanáticos perambulando pelas matas, usando fardas surradas e dando tiros de espingarda será considerado ameaça à comunidade global? Buck, estou simplesmente atendendo aos anseios dos cidadãos decentes do mundo. É claro que as laranjas podres não serão erradicadas, e jamais proibirei os veículos de comunicação de divulgarem notícias razoáveis; faço isso com a mais sincera das intenções. Não preciso de dinheiro. Tenho rios de dinheiro.

— A ONU tem tanto dinheiro assim?

— Buck, vou contar a você uma coisa que poucas pessoas sabem e, como confio em você, sei que guardará segredo. Jonathan Stonagal me nomeou como seu único herdeiro.

Buck não conseguia esconder sua surpresa. Se o multibilionário tivesse nomeado Carpathia para receber parte de sua fortuna, ninguém se surpreenderia, mas ser o único herdeiro? Isso significava que Carpathia era, agora, proprietário dos principais bancos e instituições financeiras do mundo.

— Mas, mas, a família dele... — balbuciou Buck ainda chocado.

— Já fiz um acordo judicial com eles. Eles se comprometeram a guardar silêncio e jamais contestar a vontade de Jonathan. Cada um receberá 100 milhões de dólares.

— Essa quantia realmente me faria fechar a boca — disse Buck, surpreso com a quantia. — Mas e o quanto se sacrificaram por não receber a parte justa que caberia a cada um deles?

Carpathia sorriu.

— E você ainda quer saber por que o admiro? Você sabe que Jonathan era o homem mais rico de toda a História. Para ele, dinheiro não era nada. Ele sequer carregava carteira. A simplicidade fazia parte de seu charme. Permitia que um homem de poucas posses lhe pagasse um jantar e, em seguida, comprava uma empresa por centenas de milhões de dólares. Tudo para ele era só uma questão de números.

— E o que será para o senhor?

— Buck, digo isso do fundo do coração. Esses recursos incríveis me darão a oportunidade de concretizar um sonho que tenho alimentado ao longo de toda a vida. Eu quero a paz. Quero o desarmamento global. Quero que os povos do mundo vivam em unidade. O mundo já deveria ter se transformado em uma comunidade global décadas atrás, quando fomos unidos por transportes aéreos e comunicação via satélite. Mas foram os desaparecimentos, talvez a melhor coisa que já aconteceu a este planeta, que, finalmente, conseguiram nos unir. Quando falo, sou ouvido em quase todos os cantos do mundo. Não estou interessado em riqueza pessoal — prosseguiu. — Minha história prova isso. Conheço o valor do dinheiro. Não me importo em usá-lo como forma de persuasão, se servir para motivar uma pessoa. Porém, toda a minha preocupação está voltada para a humanidade.

Buck sentia-se enojado; sua mente estava repleta de imagens. Carpathia encenou o "suicídio" de Stonagal e conseguiu mais testemunhas do que qualquer tribunal precisaria. Agora, estaria aquele homem tentando impressioná-lo com seu altruísmo, sua generosidade?

A mente de Buck foi transportada para Chicago e, de repente, sentiu falta de Chloe. O que seria isso? Algo dentro dele o fazia ansiar por uma conversa com ela. O fato de serem "apenas bons amigos" nunca o agradou, mas desta vez a sensação foi pior. Teria sido somente a confissão chocante de Carpathia o motivo para fazer Buck sentir falta de alguma coisa ou de alguém que proporcionasse a ele conforto e segurança? Havia pureza e frescor em Chloe. Como ele pôde confundir seus sentimentos por ela com um mero fascínio por uma mulher mais jovem?

Carpathia olhava firme para ele.

— Buck, você jamais deve comentar com quem quer que seja o que eu lhe contei hoje. Ninguém pode saber. Você trabalhará para mim e terá privilégios e oportunidades que irão além da sua imaginação. Você vai pensar sobre isso, mas no fim das contas acabará aceitando minha proposta.

Buck lutava para manter sua mente concentrada em Chloe. Ele admirava o pai dela e começava a sentir uma grande amizade por Bruce Barnes, uma pessoa com quem nunca teria algo em comum se não tivesse se tornado seguidor de Cristo. Só que o objeto de sua atenção era Chloe, e Buck se deu conta de que Deus havia fixado esses pensamentos em sua mente para ajudá-lo a resistir ao poder hipnótico e persuasivo de Nicolae Carpathia.

Será que ele amava Chloe Steele? Não sabia dizer. Mal a conhecia. Estaria ele atraído por ela? Claro. Estaria ele com vontade de iniciar um relacionamento com ela? Com certeza.

— Buck, se você pudesse escolher um lugar no mundo para morar, qual seria?

Buck ouviu a pergunta de Carpathia e procurou ganhar tempo. Cerrou os lábios como se estivesse pensando na resposta. Mas ele só pensava em Chloe. O que ela diria se soubesse disso? Sentado diante do homem mais poderoso do mundo, oferecendo-lhe um cheque em branco, Buck não conseguia parar de pensar em uma moça de 20 anos que abandonou os estudos e vivia em Chicago.

— Que lugar você escolheria, Buck?

— Eu já moro nesse lugar — respondeu ele.

— Chicago?

— Sim, Chicago.

Na verdade, subitamente, Buck percebeu que não poderia viver longe de Chloe. O comportamento e as atitudes dela nos dois últimos dias evidenciavam que ele não havia dado a atenção devida a ela, mas Buck acreditava que ainda havia tempo de reverter a situação. Quando ele demonstrou interesse, ela fez o mesmo. Quando demonstrou incerteza, ela fez o mesmo. Ele teria de deixar claro seu interesse e esperar pelo melhor. Havia ainda graves questões a considerar, mas, no momento, só sabia que sentia uma imensa saudade de Chloe.

— Por que razão alguém desejaria morar em Chicago? — perguntou Carpathia. — É verdade que a cidade tem um aeroporto central, mas o que mais oferece? Estou pedindo que amplie seus horizontes, Buck. Pense em Washington, Londres, Paris, Roma, Nova Babilônia. Você morou aqui durante anos e sabe que esta cidade é a capital do mundo, pelo menos até transferirmos a nossa sede.

— O senhor me perguntou onde eu gostaria de morar se pudesse escolher — disse Buck. — Francamente, eu poderia morar em qualquer lugar. Com a internet sem fio, consigo enviar uma matéria estando até mesmo no Polo Norte. Eu não escolhi Chicago, mas agora não gostaria de sair de lá.

— E se eu oferecesse a você alguns milhões de dólares para se mudar?

Buck encolheu os ombros e deu uma risadinha.

— O senhor é dono da maior fortuna do mundo e afirma não ser motivado por dinheiro. Bem, eu tenho pouco dinheiro, e com certeza também não sou motivado por ele.

— Então você é motivado pelo quê?

Buck orou rápido e silenciosamente. Deus, Cristo, a salvação, a tribulação, o amor, os amigos, as almas perdidas, a Bíblia, o aprendizado, a preparação para a gloriosa manifestação, a Igreja Nova Esperança, Chloe. Essas eram as principais motivações da sua vida, mas como Buck poderia dizer isso? E será que deveria? "Deus, coloca as palavras na minha boca!"

— Sou motivado pela verdade e pela justiça — respondeu Buck sem titubear.

— Ah, esse é bem o jeito dos norte-americanos! — disse Carpathia. — Bem como o *Superman!*

— Sim, e mais parecido com o Clark Kent — Buck rebateu. — Sou um simples repórter de um grande jornal metropolitano.

— Tudo bem, você quer mesmo morar em Chicago. Então, o que gostaria de fazer, se pudesse escolher qualquer coisa?

De repente, Buck voltou à realidade. Ele gostaria de continuar a se refugiar em seus pensamentos secretos a respeito de Chloe, mas sentiu-se pressionado pelo relógio. Sua viagem, por mais estranha que tivesse sido, valera a pena só por aquela informação que Carpathia deixara escapar sobre a herança de Stonagal. Buck não queria discutir com ele, e ficou preocupado com o campo minado que sua última pergunta representava.

— Se eu pudesse escolher? Acho que sempre me imaginei na posição de editor quando estivesse velho demais para viajar pelo mundo correndo atrás de matérias. Seria muito divertido ter uma grande equipe de gente talentosa para treinar e fazê-los mostrar suas habilidades. Mas eu sentiria falta de bater pernas, pesquisar, entrevistar e escrever.

— E se você pudesse fazer as duas coisas? Ser um editor com funcionários para comandar e, ao mesmo tempo, ter o privilégio de escolher para si os trabalhos que mais aprecia?

— Creio que seria o máximo.

— Buck, antes de contar como posso fazer isso acontecer, diga-me: por que você usa o verbo condicional quando fala de seus sonhos, como se os considerasse difíceis de serem realizados?

Buck não foi cauteloso. Quando confiou em Deus para obter uma resposta, recebeu-a. Quando se aventurou a emitir uma por conta própria, escorregou. Ele sabia que o mundo duraria apenas sete anos a partir da assinatura do tratado entre Carpathia e Israel.

— Acho que falo assim porque não sei quanto tempo o mundo ainda vai durar — disse Buck. — Ainda estamos nos recuperando da devastação causada pelos desaparecimentos e...

— Buck! Assim você me ofende! Estamos mais perto de alcançar a paz mundial do que jamais estivemos nos últimos cem anos! Minhas humildes propostas encontraram muita receptividade e acho que estamos perto de anunciar uma sociedade global quase utópica. Confie em mim! Fique comigo! Junte-se a mim! Você poderá realizar todos os seus sonhos. Você não é motivado por dinheiro? Pois bem, nem eu sou. Deixe que eu lhe ofereça os recursos para que você nunca mais tenha de pensar, ou se preocupar com dinheiro. Posso oferecer um cargo, uma publicação, uma equipe, um escritório-sede e, até mesmo, um refúgio onde você poderá fazer o que sempre quis, mesmo morando em Chicago.

Como sempre, Carpathia fez uma pausa, aguardando Buck morder a isca. E ele mordeu.

— Isso me parece interessante — disse ele.

— Desculpe-me, só um momentinho, Buck — disse Carpathia, apertando o botão do interfone para chamar Hattie. Aparentemente ele deu um sinal diferente do que normalmente fazia, porque em vez de atender o interfone, ela surgiu na porta atrás de Buck. Ele se virou para ver quem era, e ela piscou para ele.

— Srta. Durham — disse Carpathia —, por favor, avise o dr. Rosenzweig, o sr. Plank e o presidente Fitzhugh que estou um pouco atrasado na minha agenda de hoje. Minha estimativa é que passarei mais uns dez minutos aqui, e outros dez com Chaim e Steve. Estaremos em Washington por volta das cinco horas.

— Perfeitamente, senhor.

***

Rayford estacionou o carro no Aeroporto Internacional O'Hare e atravessou rapidamente o terminal em direção ao centro de controle no subsolo, rumo ao escritório de Earl Halliday. O comandante Earl era seu chefe havia anos e acompanhou Rayford deixar de ser um de seus jovens pilotos mais eficientes para tornar-se um dos seus pilotos mais brilhantes e experientes. Agora, Rayford se sentia feliz por estar em uma posição na qual poderia conversar francamente com Earl, eliminando as formalidades burocráticas e entrando direto no assunto.

Earl o aguardava do lado de fora da sala e olhou para o relógio quando Rayford se aproximou.

— Ótimo — disse Earl. — Entre.

— Estou muito feliz em encontrá-lo — disse Rayford, colocando o quepe debaixo do braço e sentando-se.

Earl sentou-se na outra cadeira daquela sala apertada, a que estava atrás de sua mesa.

— Estamos com um problema — começou ele.

— Obrigado por ir direto ao assunto — disse Rayford. — Será que Edwards escreveu algo a meu respeito no relatório por eu ter feito... como é mesmo o nome que você chama isso? Proselitismo?

— Essa é apenas uma parte do problema. Se não fosse isso, eu estaria aqui para lhe dar uma notícia extraordinária.

— Que notícia?

— Antes de tudo, diga-me se entendi bem o que você disse. Quando eu o repreendi por estar falando de Deus no trabalho, você me disse que precisava pensar no assunto. Eu disse que se você me garantisse que pararia de falar nisso, eu convenceria Edwards a desistir do relatório. Certo?

— Certo.

— Bem, quando você concordou em ir a Dallas hoje para renovar sua certificação, eu entendi que você tinha entrado no jogo, certo?

— Não totalmente. E acho que você também quer saber como foi o teste de renovação da certificação.

— Eu já sei como foi tudo, Ray — retrucou Earl —, agora responda à minha pergunta! Você está querendo dizer que foi até lá obter autorização para pilotar o 777, mas que em nenhum momento teve a intenção de parar de falar de religião no trabalho?

— Eu não disse isso.

— Então seja claro! Você nunca fez joguinhos comigo, e estou muito velho para isso. Você veio para cima de mim com toda aquela história de igreja e arrebatamento, e eu fui educado, não fui?

— É... nem tanto.

— Mas ouvi como amigo, da mesma forma que você me ouve quando eu me gabo de meus filhos, certo?

— Eu não estava me gabando de nada.

— Não, mas estava empolgado. Você encontrou algo que lhe trouxe consolo e o ajudou a explicar as perdas que sofreu, e eu fico feliz por isso, seja qual for o motivo que faça você seguir em frente. Você começou a me pressionar para ir à igreja e para a ler Bíblia. Eu lhe disse, tentando ser gentil, que considerava isso um assunto de natureza pessoal e que seria melhor encerrarmos tudo por ali mesmo.

— E foi o que fiz. Apesar de continuar orando por você.

— Ah, muito obrigado. Eu também disse para tomar cuidado no trabalho, mas você ainda era muito novo na coisa e estava obcecado. Estava tão empolgado quanto um cara que acabou de encontrar a fórmula para enriquecer num piscar de olhos. Então, o que você fez? Dentre tantas pessoas, começou a pressionar justamente Nick Edwards. Ele é novato aqui, Ray, e os nossos superiores gostam dele.

— Eu também gosto. É por isso que me preocupo com o futuro dele.

— Ah, sim, tudo bem, mas ele deixou claro que não queria mais ouvir sobre o assunto, assim como eu também deixei. Você parou de me pressionar, então por que não fez o mesmo com ele?

— Pensei que tinha parado.

— Só pensou. — Earl pegou uma pasta na gaveta e folheou-a até encontrar uma determinada página. — Então você nega ter dito a ele: "Eu não me importo com o que você pensa de mim"?

— Essa frase está um pouco fora de contexto, mas não nego que falei algo assim. Eu só estava dizendo que...

— Eu sei o que você estava dizendo, Ray. Tudo bem porque também me disse a mesma coisa! Eu o alertei que não queria vê-lo transformar-se em um daqueles fanáticos de olhar furioso que se acha melhor do que todos os outros e tenta salvá-los. Você disse que se preocupava comigo, o que muito me alegra, mas eu falei que você estava quase perdendo o meu respeito.

— E eu disse que não me importava.

— Bem, você não percebe como essa atitude é ofensiva?

— Earl, como posso ofendê-lo quando me preocupo tanto com sua alma a ponto de por em risco a nossa amizade? Eu disse a Nick a mesma coisa, que não me importo mais com o que as pessoas pensam de mim. Parte de mim ainda se preocupa, é claro. Ninguém quer ser visto como um tolo. Mas se eu não falasse de Cristo a você só por estar preocupado com o que você pensaria de mim, que tipo de amigo eu seria?

Earl suspirou e balançou a cabeça, lançando novamente seu olhar para a pasta.

— Então, você afirma que Nick tirou a frase do contexto, mas tudo o que você acabou de dizer é o que está aqui no relatório.

— Está aí?

— Sim, é o que está aqui!

Rayford ergueu a cabeça.

— O que você sabe sobre isso? Ele me ouviu. Entendeu o ponto principal.

— Tenho certeza de que ele não deve ter concordado com o que você falou. Caso contrário, qual a razão de tudo isso?

Earl fechou a pasta e empurrou-a com força.

— Earl, na noite anterior aos desaparecimentos, eu via as coisas exatamente como você e o Nick. Eu...

— Eu já ouvi isso antes, Ray — disse Earl.

— Só estou dizendo que entendo o seu ponto de vista. Eu estava quase me desentendendo com minha esposa por pensar que ela também havia se tornado uma fanática.

— Você me contou.

— Mas agora posso afirmar que embora ela tenha se tornado uma fanática, ela estava certa! Foi provado que ela estava certa!

— Rayford, se você quer pregar, por que não cai fora da aviação e vira pastor?

— Você está me demitindo?

— Espero não precisar fazer isso.

— Então você quer que eu me desculpe com Nick, diga a ele que sei que o pressionei muito, mas minhas intenções eram boas?

— Gostaria que fosse assim fácil.

— Mas não foi o que você me propôs outro dia?

— Sim! E eu cumpri com a minha parte do trato. Não enviei cópia desse relatório para o Departamento Pessoal, nem para meus superiores, mas contei isso para o Nick. Disse a ele que, você sendo meu subordinado, eu guardaria o relatório em meu arquivo pessoal...

— O que não significa nada.

— É claro que você e eu sabemos disso. Nick também não é nada bobo, mas aparentemente ficou satisfeito. Entendi que sua ida a Dallas para renovar a certificação era uma forma de me dizer que tinha ouvido meus conselhos e que estávamos cooperando um com o outro.

Rayford assentiu.

— Eu tinha planejado ser mais prudente e não lhe criar problemas já que estava me defendendo.

— Não me importei em fazer isso, Ray. Você merece. Mas, de repente, hoje de manhã você pisa outra vez na bola. O que você tinha na cabeça?

Espantado, Rayford se recostou rigidamente na cadeira. Ele colocou o quepe sobre a mesa e ergueu as mãos, com as palmas para cima.

— Hoje de manhã? Do que você está falando? Pensei que tudo tivesse corrido bem. Na verdade, tudo correu perfeitamente bem. Você está querendo dizer que eu fui reprovado?

Earl curvou-se sobre a mesa e lançou um olhar zangado a Rayford.

— Então você não fez com o avaliador a mesma coisa que fez comigo, com Nick e com todos os outros colegas com quem trabalhou nas últimas semanas?

—Falar com ele sobre Deus?

— Sim!

— Claro que não, Earl. Na verdade, até me senti um pouco culpado por isso. Nós quase nem conversamos. Ele foi muito severo e veio com uma conversa fiada sobre o que ia ou não fazer.

— Você não pregou para ele?

Rayford balançou a cabeça, tentando lembrar se havia feito ou dito algo que pudesse ter sido mal interpretado.

— Não. Só não escondi minha Bíblia. Normalmente eu a carrego dentro da minha maleta de voo, mas ela estava fora quando nos encontramos porque eu a estava lendo na *van*. Ei, você tem certeza de que a queixa não partiu do motorista da *van*? Ele me viu lendo e fez perguntas. Conversamos sobre o que havia acontecido.

— Como você sempre faz.

Rayford assentiu.

— Mas não percebi nenhuma reação negativa da parte dele.

— Não foi ele. A queixa partiu do seu avaliador.

— Também não estou entendendo — disse Rayford. — Você acredita em mim, não é, Earl?

— Gostaria de acreditar — respondeu Earl. — Não me olhe desse jeito. Sei que somos amigos há muito tempo e nunca duvidei de que você jamais mentiu para mim. Você se lembra daquela vez que manteve a aeronave em solo propositalmente por ter tomado uns drinques a mais?

— Cheguei até a me oferecer para pagar outro piloto.

— Eu sei. Mas o que devo pensar agora, Ray? Você diz que não discutiu com aquele cara e eu quero acreditar nisso. Mas você também fez o mesmo comigo, com Nick e com outros. Sou obrigado a pensar que você também agiu da mesma forma hoje de manhã.

— Bem, então sou obrigado a ter uma conversa com esse sujeito — disse Rayford.

— Não! Você não vai falar com ele.

— O quê? Não posso confrontar meu acusador? Earl, eu não disse uma só palavra a respeito de Deus para aquele homem. Gostaria de ter dito, especialmente agora que sei que estou sendo prejudicado. Só quero saber por que ele fez isso. Deve ter sido algum mal-entendido, talvez alguma queixa indireta do motorista da *van*, mas, como eu disse a você, não senti nenhum desconforto da parte dele. Pode ser que o motorista tenha dito alguma coisa para o avaliador. Do contrário, de onde ele tiraria a ideia de que eu já fiz isso antes? Será que foi porque ele viu minha Bíblia?

— Não consigo imaginar como o motorista da *van* teria algum contato com o avaliador. Não faz sentido, Ray.

— Estou confuso, Earl. Não tenho certeza se deveria me desculpar por essas acusações. Não posso me justificar por algo que realmente não fiz.

***

Buck lembrou-se de Rosenzweig ter-lhe dito que o presidente se ofereceu para ir a Nova York se encontrar com Carpathia, mas, em sua imensa humildade, Nicolae insistiu em encontrá-lo em Washington. Agora, Carpathia pediu casualmente à sua assistente pessoal para avisar o presidente que ele estava um pouco atrasado... Teria ele planejado tudo isso? Seria essa a maneira de Carpathia mostrar a todos como deveriam se portar na sua presença?

Poucos minutos depois, Hattie bateu na porta e entrou.

— Senhor secretário-geral — disse ela —, o presidente Fitzhugh vai enviar o Air Force One para buscá-lo.

— Ah, diga a ele que não será preciso — disse Carpathia.

— Ele disse que a aeronave já decolou e que o senhor poderá embarcar quando desejar. O piloto informará à Casa Branca quando o senhor estiver a caminho.

— Obrigado, Srta. Durham — respondeu Carpathia. Para Buck, ele disse: — Que homem gentil! Você já conversou com ele pessoalmente?

Buck assentiu.

— Ele foi a primeira "Personalidade do Ano" que indiquei.

— Foi na primeira ou na segunda vez que ele recebeu esse título?

— Na segunda.

Buck ficou novamente maravilhado com a memória enciclopédica daquele homem. Haveria alguma dúvida de quem seria a próxima "Personalidade do Ano"? Escolher essa pessoa era uma atribuição que não agradava muito a Buck.

* * *

Earl pareceu bastante nervoso.

— Bem, devo dizer que esse incidente aconteceu no pior momento possível. O novo Air Force One, que está programado para voar na próxima semana, é um 777.

Rayford ficou desconcertado. O bilhete de Hattie Durham, dizendo a mesma coisa, continuava no seu bolso.

CAPÍTULO 7

Rayford ajeitou-se na cadeira e observou a feição de seu chefe.

— Sim, eu já tinha ouvido falar — disse ele na defensiva. — Existe alguém nos Estados Unidos que ainda não tenha ouvido falar do novo avião? Por tudo o que dizem que ele tem, eu gostaria muito de conhecê-lo.

— Ele é mesmo o *top* de linha, com certeza — disse Earl. — A última palavra em tecnologia, comunicação, segurança e acomodações.

— Você é a segunda pessoa que me fala desse avião hoje. Qual será o motivo?

— O motivo é que a Casa Branca entrou em contato com a nossa diretoria. Aparentemente, eles acham que já é tempo de despedir o atual piloto e querem que recomendemos um para substituí-lo. O pessoal de Dallas reduziu a lista a meia dúzia de pilotos veteranos, e ela veio parar em minhas mãos porque o seu nome consta nela.

— Não estou interessado.

— Não seja tão precipitado! Como você pode falar assim? Quem não gostaria de pilotar um dos aviões mais modernos que existe, com todos aqueles equipamentos, para o homem mais poderoso do mundo? Ou, talvez, eu deva dizer o segundo homem mais poderoso, agora que temos esse tal de Carpathia na direção da ONU.

— O motivo é simples: eu teria de me mudar para Washington.

— E o que lhe prende aqui? Chloe vai voltar para a faculdade?

— Não.

— Então ela não tem nada que a prenda aqui também. Ou ela está trabalhando?

— Não, ela está procurando um emprego.

— Então deixe que ela procure um emprego em Washington! Nesta nova função você ganhará o dobro do que ganha agora, e olha que você já está na lista dos 5% mais bem remunerados da companhia!

— O dinheiro não importa tanto para mim — disse Rayford.

— Pare com isso, Ray! — rebateu Earl. — Quem é o primeiro a me ligar quando temos um aumento de salário à vista?

— No meu caso, isso já não é mais verdade, Earl. E você sabe o motivo.

— Ah, sim, me poupe de um sermão. Mas Ray, pense na independência financeira para comprar uma casa maior e mais bonita, frequentar outros círculos...

— É o círculo que estou frequentando que me prende a Chicago. A minha igreja.

— Ray, o salário...

— Não me importo com dinheiro, Earl. Agora eu só penso na Chloe e em mim, você se lembra?

— Me desculpe.

— Talvez nós só estejamos optando por um estilo de vida mais simples. Temos uma casa maior do que precisamos e, com certeza, mais dinheiro do que podemos gastar.

— Então aceite a função como desafio! Não haverá rotas regulares, nem um grupo de comandantes e navegadores. Você viajará pelo mundo inteiro, conhecerá um lugar diferente a cada vez. É o sonho de qualquer piloto, Ray.

— Mas você disse que havia outros cinco nomes na lista.

— Sim, e são todos bons. Mas se eu interferir a seu favor, você será o indicado. O problema é que não posso fazer isso com o relatório de Nick Edwards na sua ficha.

— Mas você disse que ele só fazia parte de seu arquivo pessoal.

— Sim, mas depois da confusão de hoje, não posso mais correr o risco de esconder essas informações. Imagine se eu conseguir o cargo na Casa Branca para você e o avaliador abrir a boca? Assim que a notícia se espalhar, Edwards ficará sabendo e confirmará a história. O cargo não será seu e eu parecerei um idiota por ter acobertado a queixa e defendido você. E aí, já era.

— De qualquer forma, já era mesmo — disse Rayford. — Não posso me mudar para Washington.

Earl levantou-se.

— Rayford — disse ele vagarosamente —, tenha calma e me escute. Abra um pouco a sua mente. Deixe-me contar a você o que tenho ouvido, me dê somente uma chance de convencê-lo.

Rayford começou a protestar, mas Earl o interrompeu.

— Por favor, Ray! Eu não posso tomar uma decisão por você e nem vou tentar, mas só me deixe concluir. Mesmo que eu não concorde com sua opinião sobre os desaparecimentos, estou satisfeito por você ter encontrado consolo na sua religião.

— Não se trata de...

— Eu sei. Eu sei. Você já me contou e eu ouvi com atenção. Para você, não se trata de uma religião, mas de Jesus Cristo. Será que entendi bem ou tem mais alguma coisa? Admiro sua dedicação, Ray. Você é um homem piedoso. Não duvido disso. Mas não dê as costas para uma posição que milhares de pilotos dariam tudo para conseguir. Para ser franco, não tenho certeza absoluta de que você precisará mesmo mudar de cidade. Com que frequência vemos o presidente dos Estados Unidos viajar aos domingos? Com certeza, menos vezes do que você tem voado ultimamente.

— Por ser um piloto veterano, eu dificilmente faço voos aos domingos.

— Você poderá designar outro piloto para voar em seu lugar aos domingos. Você será o comandante, o mais experiente, o responsável, o chefe. Não precisará mais prestar contas a mim.

— Se é assim, aceito! — disse Rayford sorrindo. — Estou brincando.

— Claro! Faria mais sentido você morar em Washington, mas, se sua única condição for continuar morando em Chicago, aposto que eles a aceitarão.

— Não posso de jeito nenhum.

— Por quê?

— Porque minha igreja não tem trabalhos apenas aos domingos. Temos reuniões frequentes. Eu trabalho ao lado do pastor e nós nos reunimos quase todos os dias.

— E você não consegue viver sem isso?

— Não consigo.

— Ray, e se isso que você está vivendo for apenas uma fase? E se, depois, você acabar deixando de lado todo esse fervor? Não estou dizendo que você está sendo falso ou que dará as costas ao que encontrou, mas a novidade pode acabar, e você tem a chance de trabalhar em outro lugar e voltar para Chicago nos finais de semana.

— Por que isso é tão importante para você, Earl?

— Você não imagina?

— Não, não imagino.

— Porque é uma coisa com a qual eu sonhei a vida inteira — ele respondeu. — Depois que assumi esse cargo, passei a acompanhar de perto todos os concursos e concorri para ser o piloto oficial de cada presidente que foi eleito.

— Não sabia disso.

— Claro que não. Quem costuma contar para todo mundo que se remoía por dentro toda vez que outros pilotos conquistavam o cargo que tanto queria? Se você conseguir a vaga, será uma espécie de realização para mim. Eu ficarei imensamente feliz por você.

— Só por esse motivo, eu já gostaria muito de poder aceitar o cargo.

Earl voltou a se sentar.

— Obrigado por me conceder essa migalha.

— Eu não quero que você entenda assim, Earl. Estou falando sério.

— Sei que está. A verdade é que conheço dois idiotas da lista e eu não permitiria sequer que eles dirigissem meu carro.

— Pensei ter ouvido você dizer que todos eram bons pilotos.

— O que quero dizer é que se você não aceitar, alguém vai.

— Earl, eu realmente não acho...

Earl levantou a mão.

— Ray, você pode me fazer um favor e não tomar essa decisão agora? Sei que você está bastante convicto, mas será que sua posição final pode vir depois de uma boa noite de sono?

— Vou orar por isso — consentiu Rayford. — Você me proíbe mesmo de falar com o avaliador?

— Absolutamente. Mas se quiser fazer uma queixa, faça-a por escrito, por meio dos canais competentes, da maneira certa.

— Você tem mesmo certeza de que deseja recomendar um sujeito como eu, em quem não acredita, para ocupar uma função como esta?

— Se você está me dizendo que não pressionou o cara, serei obrigado a acreditar.

— Eu sequer puxei assunto, Earl.

— Isso é estranho. — Earl balançou a cabeça.

— Quem recebeu a reclamação?

— A minha secretária.

— E ela partiu de quem?

— Da secretária dele, eu acho.

— Posso ver a reclamação?

— Não posso mostrá-la.

— Deixe-me vê-la, Earl. Você acha que vou prejudicá-lo?

Earl chamou a secretária pelo interfone.

— Francine, traga-me suas anotações sobre a reclamação que recebeu de Dallas nesta manhã.

Ela trouxe uma única folha de papel impressa. Earl a leu e a colocou sobre a mesa diante de Rayford. Ela dizia:

> Recebi um telefonema às 11:37 da manhã de uma mulher que se identificou como Jean Garfield, secretária do avaliador Jim Long, da Pancontinental de Dallas. Ela me perguntou como poderia protocolar uma reclamação contra Rayford Steele por ter molestado Long com assunto de natureza religiosa durante o teste dele nesta manhã. Eu disse que retornaria

a ligação dela mais tarde. A secretária não deixou o número do telefone, mas respondeu que ligaria novamente.

Rayford pegou o papel.

— Earl, você costumava ser melhor detetive.

— Não entendi.

— Isso não está cheirando bem.

— Você acha que é uma denúncia falsa?

— Em primeiro lugar, o sobrenome do meu avaliador tinha duas sílabas, de acordo com seu crachá, e não uma. E desde quando um avaliador tem secretária particular?

Earl fez uma careta.

— Tem razão. Parece uma pista...

— E por falar em pistas —disse Rayford —, eu gostaria de saber de onde partiu essa ligação. É muito difícil descobrir?

— Não é. Francine! Chame alguém da segurança para mim, por favor.

— Você pode pedir a ela que verifique mais uma coisa para mim? — perguntou Rayford. — Peça a ela que ligue para o Departamento Pessoal e veja se existe algum Jim Long ou uma Jean Garfield trabalhando na Pancontinental.

* * *

— Se você não se importar — disse Carpathia —, gostaria de convidar seus amigos para se juntarem a nós.

"Justo agora?", perguntou Buck a si mesmo. "Na hora exata da grande notícia, seja ela qual for?"

— O espetáculo é seu — disse Buck, surpreso com a expressão aflita de Carpathia. — Quero dizer, a reunião é sua. Portanto, claro. Convide-os para entrar.

Buck não sabia se aquilo era fruto de sua imaginação, mas parecia que Steve Plank e Chaim Rosenzweig estavam perplexos quando entraram, seguidos por Hattie. Ela pegou uma cadeira da mesa de reunião e colocou-a do outro lado de Buck. Os dois se sentaram, e Hattie se retirou novamente.

— O sr. Williams tem uma condição — anunciou Carpathia, provocando um murmúrio entre Plank e Rosenzweig.

— Ele gostaria de permanecer em Chicago.

— Isso já reduz as possibilidades — disse o dr. Rosenzweig. — Não é mesmo?

— Sim, reduz — disse Carpathia. — Buck olhou de relance para Steve, que balançava a cabeça afirmativamente. O secretário-geral virou-se para Buck.

— Minha proposta é a seguinte: você passará a ser presidente e editor do *Chicago Tribune*, que vou adquirir da família Wrigley nos próximos dois meses. O nome será alterado para *The Midwest Tribune*; e o jornal, publicado sob o patrocínio do Grupo Comunidade Global. A sede continuará na Tribune Tower, em Chicago. Você terá uma limusine com motorista, assistente pessoal, a equipe que julgar necessária, uma casa em North Shore com empregados domésticos e uma casa de lazer no Lake Geneva, ao sul de Wisconsin. Não vou interferir em suas decisões, a não ser mudar o nome do jornal e da editora. Você terá total liberdade para dirigir o jornal como desejar. — A voz de Carpathia adquiriu um tom sarcástico. — Com as duas torres, a da verdade e a da justiça, reforçando cada palavra.

Buck sentiu vontade de rir alto. Sem dúvida Carpathia tinha condição de fazer tal aquisição, mas não seria possível a um homem de tanta notoriedade esconder-se atrás do nome de uma editora e romper com todas as regras da ética jornalística, ao se tornar proprietário de um meio de comunicação tão importante ao mesmo tempo em que atua como secretário-geral das Nações Unidas.

— O senhor jamais conseguirá sair ileso disso — disse Buck. Mas não abriu a boca para falar a verdade: que Carpathia jamais daria liberdade total a alguém sob seu comando, a menos que acreditasse ter o domínio completo sobre a mente dele.

— Este será um problema *meu* — disse Carpathia.

— Mas se eu tiver liberdade total — disse Buck —, também serei problema seu. Parto do princípio de que o público tem o direito de ser bem informado. Portanto, a primeira matéria de investigação que eu atribuiria a um funcionário, ou escreveria por conta própria, seria sobre a propriedade do jornal.

— E eu adoraria tal publicidade — disse Carpathia. — Que mal haveria se as Nações Unidas fossem proprietária de um jornal dedicado a publicar notícias a respeito da comunidade global?

— Mas o senhor não seria pessoalmente o proprietário do jornal?

— Trata-se de uma questão de semântica. Se for melhor que a ONU seja a proprietária, e não eu, eu doarei o dinheiro, ou comprarei a empresa e doarei à ONU.

— Só que, dessa forma, o *Tribune* se transformaria em um folhetim interno a serviço dos interesses da ONU.

— O que não deixa de estar de acordo com a lei.

— Mas torna o jornal impotente como um veículo independente.

— Bom, aí já será um problema seu.

— O senhor está falando sério? Permitiria que seu próprio jornal o criticasse? Discordasse da ONU?

— Eu respeito a responsabilidade. Sei que meus motivos são puros, meus objetivos, pacíficos e meu público, global.

Buck lançou um olhar de frustração para Steve Plank, mesmo sabendo que seu antigo chefe era um dos que provaram ser suscetíveis ao poder de Carpathia.

— Steve, você é o assessor de imprensa dele! Diga a ele que isso não vai dar certo. Ninguém levaria esse jornal a sério.

— A princípio, não seria levado a sério pelos outros meios de comunicação, Buck — admitiu Steve. — Mas em breve a Editora Comunidade Global também será dona de deles.

— Então, por meio de um monopólio do ramo editorial, elimina-se a concorrência e o público não perceberia a diferença?

Carpathia assentiu com a cabeça.

— Esta é uma forma de colocar a questão. E se meus motivos não fossem movidos só por idealismo, eu também teria problemas. Porém que mal há em controlar os noticiários mundiais quando estamos nos esforçando para conseguir a paz, a harmonia e a união dos povos?

— E como ficará o poder das pessoas de pensarem por elas mesmas? A discussão de ideias diferentes? O que acontecerá com a opinião pública?

— A opinião pública — disse Steve — está exigindo mais do que o secretário-geral tem a oferecer.

Buck tinha sido derrotado e sabia disso. Não podia esperar que Chaim Rosenzweig entendesse a ética do jornalismo, mas, quando um veterano como Steve Plank era capaz de defender um embuste jornalístico em nome de um ditador benevolente, que esperança havia?

— Não consigo me imaginar envolvido nesse tipo de aventura — disse Buck.

— Eu adoro esse cara! — exclamou Carpathia entusiasmado. Plank e Rosenzweig sorriram e assentiram com a cabeça.

— Pense no assunto. Medite sobre ele. Darei um jeito de torná-lo legal de forma que seja aceito até mesmo por você, e, quando isso acontecer, não aceitarei um *não* como resposta. Quero comprar o jornal e vou conseguir. Quero que você o dirija e vou conseguir você para mim. Liberdade, Buck Williams. Liberdade total. O dia em que você achar que estou me intrometendo, poderá se demitir e receber sua indenização completa.

***

Depois de agradecer a confiança de Earl Halliday e prometer pensar no assunto — embora a ideia de aceitar o cargo nem passasse pela sua cabeça —, Rayford permaneceu de pé, no terminal, em frente a uma fileira de telefones públicos desativados. Francine, a secretária de Earl, havia confirmado que a Pancontinental não tinha nenhuma funcionária chamada Jean Garfield. E, apesar de haver cerca de meia dúzia de pessoas com o nome "James Long," quatro deles eram descarregadores de bagagem e os outros dois funcionários administrativos de nível médio. Ninguém trabalhava em Dallas, nenhum deles era avaliador e nenhum tinha secretária.

— Quem estaria perseguindo você? — perguntou Earl. — Não consigo imaginar.

Francine informou que a chamada recebida pela manhã partira de Nova York.

— Precisaremos de algumas horas para descobrir o número exato do telefone — disse ela.

Só que Rayford descobriu num piscar de olhos quem estava por trás disso. Ele não tinha certeza do motivo, mas apenas Hattie Durham seria capaz de tal façanha. Somente ela tinha acesso ao pessoal da Pancontinental e que, portanto, saberia onde ele estava e o que fazia naquela manhã. Mas o que tudo aquilo tinha a ver com o Air Force One?

Rayford ligou para o serviço de informações e conseguiu o número da ONU. Depois de passar pela telefonista e pelo setor administrativo, finalmente chegou até Hattie, a quarta pessoa a atender o telefone.

— Aqui é Rayford Steele — disse ele secamente.

— Olá, comandante Steele! — A vivacidade na voz dela fez com que ele se retraísse.

— Eu desisto — disse Rayford. — Seja lá o que você estiver fazendo... você venceu.

— Não estou entendendo.

— Ah, Hattie, não se faça de boba.

— Ah! O meu bilhete! Achei engraçado porque, há alguns dias, quando eu estava conversando com uma amiga do setor de tráfego da Pancontinental, ela mencionou que meu velho amigo estaria renovando a certificação para pilotar o 777 em Dallas hoje cedo. Você não achou divertido receber um bilhete meu?

— Ah, sim, divertido demais. Mas o que você quer com isso?

— Com o bilhete? Ora, nada. Com certeza você já sabia, não? Todo mundo já sabe que o novo Air Force One é um 777, não é mesmo?

— Sim, e qual a razão de você me lembrar disso?

— Foi só uma brincadeira, Rayford. Quando eu soube da sua recertificação, fiz uma brincadeira achando que você seria o novo piloto do presidente. Você não entendeu?

Como era possível? Seria ela assim tão ingênua e inocente? Será que aquela brincadeira sem graça teria sido só uma coincidência? Rayford queria perguntar como ela soube que aquele posto seria oferecido a ele, mas caso ela não soubesse, ele certamente não poderia contar.

— Entendi. Muito engraçado. Então, qual foi o motivo por trás daquela falsa reclamação?

— Falsa reclamação?

— Não me faça perder tempo, Hattie. Você é a única pessoa que sabia onde eu estava e o que eu fazia. E, então, sou acusado falsamente de ter incomodado uma pessoa com assuntos religiosos.

— Ah, é isso? — ela riu. — Tudo não passou de um palpite! Você teve um avaliador, não teve?

— Sim, mas eu não...

— E você veio com aquele discursinho para cima dele, não foi?

— Não!

— Ora, Rayford. Você fez isso comigo, com a sua filha, com Cameron Williams, com Earl Halliday, com quase todas as pessoas com quem trabalhou desde então. Então não é verdade? Você não pregou para o avaliador?

— Com certeza, não!

— Então, está bem, acho que me enganei. Mas continua a ser engraçado, não acha? E as probabilidades estavam do meu lado. O que teria passado pela sua cabeça se você tivesse mesmo falado de religião para o seu avaliador e recebesse uma reclamação? Você teria que pedir desculpas e ele negaria. Adoro esse tipo de pegadinha! Ah, vamos lá, admita que foi bem bolada.

— Hattie, se você estiver tentando se vingar de mim pela maneira como a tratei, acho que mereço.

— Não, Rayford, não se trata disso! Esse assunto já foi superado. Se tivéssemos tido um relacionamento, eu jamais estaria onde estou hoje, e, pode acreditar, esse é o melhor lugar do mundo. Não foi uma vingança. Eu só quis mesmo fazer uma brincadeira. Se você não gostou, me desculpe.

— Você me criou um problema.

— Ora, pare com isso! Quanto tempo vai demorar para essa história ser esquecida?

— Tudo bem, você venceu. Por acaso tem mais alguma surpresa preparada para mim?

— Acho que não, mas fique alerta.

Rayford não acreditou em nada que ouviu de Hattie. Carpathia devia saber da proposta da Casa Branca. O bilhete de Hattie, aquela proposta e a brincadeira de mau gosto que quase estragou o negócio todo eram coincidências demais para serem consideradas uma simples brincadeira. Rayford estava mal-humorado quando voltou para o estacionamento. Ele esperava que Chloe não estivesse mais aborrecida. Se estivesse, os dois ambos devessem se acalmar um pouco antes da reunião daquela noite.

***

Chaim Rosenzweig pôs a mão enrugada no joelho de Buck.

— Insisto que você aceite esse cargo de tanto prestígio. Se não aceitá-lo, alguém aceitará, e o jornal também perderá com isso.

Buck não estava disposto a discutir com Chaim.

— Obrigado — disse ele. — Tenho muito a refletir. — Mas a ideia de aceitar a proposta estava fora de questão. Ele queria muito falar sobre o assunto, primeiro com Chloe, e depois com Bruce e Rayford.

Quando Hattie Durham se desculpou pela interrupção e aproximou-se da mesa para falar ao ouvido de Carpathia, Steve começou a cochichar algo para Buck. Ele, porém, tinha o dom de discernir o que valia a pena ouvir e o que valia a pena ignorar. Naquele momento, decidiu que seria mais interessante prestar atenção em Hattie e Nicolae do que escutar Steve. Mesmo assim, inclinou-se em direção ao amigo, fingindo interesse. Buck sabia que Steve tentaria convencê-lo a aceitar o cargo, assegurando-lhe que ele mesmo havia pressionado Carpathia e admitindo que, como jornalista, a história lhe parecera meio maluca no início, mas que este era um novo mundo e blá, blá, blá. Buck concordava com a cabeça e mantinha contato visual com o amigo, enquanto, na verdade, prestava atenção em Hattie Durham e Carpathia.

— Acabei de receber uma ligação do alvo — disse ela.

— Sim, e?

— Ele foi rápido em decifrar.

— E o Air Force One?

— Acho que ele não faz a mínima ideia.

— Bom trabalho. E o outro?

— Nenhuma resposta até o momento.

— Obrigado, querida.

O alvo. Aquilo não soava muito bem. O restante da conversa aparentemente estava relacionado à viagem de Carpathia naquela tarde no avião do presidente. Carpathia voltou a dirigir sua atenção ao seu convidado.

— No mínimo, Buck, converse sobre o assunto com as pessoas que se preocupam com você. E se pensar em sonhos mais específicos que você gostaria de realizar, se o problema não for dinheiro, lembre-se de que, neste momento, é você quem está no comando da situação. Você está na banca do vendedor. Eu sou o comprador e vou conseguir o homem que quero.

— Assim o senhor me obriga a recusar sua oferta só para mostrar que não estou à venda.

— É como eu lhe disse inúmeras vezes: este é o verdadeiro motivo por que você é o homem certo para o cargo. Não cometa o erro de desperdiçar a oportunidade de uma vida só para provar um ponto de vista insignificante.

Buck sentiu-se preso em uma armadilha. De um lado, o homem que ele admirava e com quem trabalhou durante anos, um jornalista de princípios. Do outro, o homem a quem ele amava como um pai, um brilhante cientista que, de certa forma, era ingênuo o suficiente para ser um perfeito peão no jogo de xadrez do fim do mundo. Do lado de fora, alguém que ele conhecera no avião quando Deus tomou conta do mundo. Foi o próprio Buck que apresentou Hattie a Carpathia só para se exibir, e vejam onde eles estavam agora.

Bem na sua frente, mostrando um sorriso belo e conciliatório, estava Carpathia. Das quatro pessoas com quem Buck tinha conversado naquela tarde, este era quem ele melhor compreendia. Ele também sabia que Carpathia era a pessoa com quem tinha menos prestígio. Seria tarde demais para conversar com Steve e adverti-lo sobre a situação em que ele havia se metido? Tarde demais para salvar Hattie pela tolice de tê-la apresentado a Carpathia? Estaria Chaim apaixonado demais pelas possibilidades geopolíticas, a ponto de deixar de ouvir a razão e a verdade?

Mas, se ele confiasse em qualquer um deles, seria o fim de qualquer esperança de proteger a verdade da influência de Carpathia, ou seja, de que Buck estava protegido do seu poder maligno por Deus?

Buck não via a hora de retornar a Chicago. Seu apartamento era novo e ainda lhe parecia um pouco estranho. Seus amigos também eram novos, mas não havia ninguém mais no mundo em quem ele confiasse tanto. Bruce ouviria com atenção, analisaria o assunto, oraria e o aconselharia. Rayford, com sua mentalidade científica, analítica e pragmática, daria sugestões, mas não imporia suas opiniões.

Mas era de Chloe que ele mais sentia falta. Seria isso um plano de Deus? Teria sido ele quem havia direcionado os pensamentos de Buck para Chloe no momento em que esteve mais vulnerável diante de Carpathia? Buck mal conhecia aquela mulher. Mulher? Ela era pouco mais do que uma garota, mas parecia... o quê? Madura? Mais do que madura. Magnética. Quando ela o ouvia falar, seus olhos pareciam sorvê-lo por inteiro. Chloe demonstrava compreensão, empatia. Ela era capaz de dar conselhos e orientações sem dizer uma única palavra.

Perto dela ele se sentia em uma zona de conforto, com uma sensação de segurança. Ele a tinha tocado apenas duas vezes. Uma para tirar um pedaço de biscoito que grudara perto de sua boca e a outra na igreja, na manhã do dia anterior, para que ela notasse sua presença. E agora, a uma distância de duas horas de voo, Buck sentia uma necessidade indescritível de abraçá-la.

Evidentemente, ele não podia fazer isso, pois mal a conhecia e não queria ser inconveniente. Mesmo assim, em sua mente, Buck aguardava com ansiedade o momento de poder segurar as mãos dela e abraçá-la. Ele imaginava os dois juntos, lado a lado, em um lugar qualquer, desfrutando a companhia um do outro — ela com a cabeça apoiada em seu peito, ele com os braços ao redor dela. Assim, ele percebeu como havia se tornado um homem desesperadamente solitário.

***

Ao chegar em casa, Rayford encontrou Chloe completamente desolada. Decidiu não contar a ela os acontecimentos daquele dia. Tudo tinha sido muito estranho e, aparentemente, ela também tivera um dia complicado. Rayford abraçou a filha e ela caiu em prantos. Ele percebeu um enorme buquê de flores dependurado na lata do lixo.

— Essas flores só serviram para piorar a situação, papai. Pelo menos isso me fez ver uma coisa: que Buck é muito importante para mim.

— Isso parece muito racional vindo de você — disse Rayford, arrependendo-se imediatamente de suas palavras.

— Então só porque sou mulher não posso ser racional?

— Desculpe! Eu não deveria ter dito isso.

— Se estou sentada aqui, chorando, é porque minha reação é totalmente emocional, certo? Não se esqueça, papai, dos meus cinco semestres na lista do reitor. Isso não é emocional; é racional. Sou mais parecida com você do que com a mamãe, esqueceu?

— Claro. E justamente por sermos assim é que ainda estamos aqui.

— Bem, estou feliz por termos um ao outro. Pelo menos estava até você me acusar de ser uma mulherzinha qualquer.

— Eu não disse isso.

— Não disse, mas pensou.

— Agora você também tem o poder de ler a mente das pessoas?

— Sim, sou uma adivinhadora emocional.

— Está bem, eu me rendo — disse Rayford.

— Ora, pare com isso, papai. Não entregue os pontos tão rápido. Ninguém gosta de um perdedor que desiste tão facilmente.

* * *

No avião, novamente afagado com uma viagem de primeira classe, Buck se continha para não dar uma gargalhada. Editor do *Tribune*. Dentro de 20 anos, talvez, se o jornal não fosse adquirido por Carpathia e se Cristo não tivesse voltado antes. Buck sentia-se como um ganhador da loteria, cujo prêmio já não tinha mais qualquer valor.

Depois de jantar, reclinou-se na poltrona e contemplou o pôr do sol. Havia anos, muitos anos desde a última vez em que foi atraído a uma cidade por causa de alguém. Será que voltaria a tempo de se encontrar com ela antes da reunião? Se o trânsito não estivesse muito congestionado, talvez eles tivessem tempo para conversar da maneira como ele tanto desejava.

Buck não queria ser muito específico e amedrontar Chloe, mas queria se desculpar por ter sido evasivo. Não desejava pressioná-la. Talvez ela não estivesse interessada, mas tinha certeza de uma coisa: não seria ele quem fecharia a porta a qualquer possibilidade. Talvez fosse melhor ligar para ela do avião.

***

— Bruce me ofereceu um emprego hoje — disse Chloe.

— Você está falando sério? — perguntou Rayford. — Que tipo de emprego?

— Algo que tem muito a ver comigo. Estudo, pesquisa, preparo, ensino.

— Onde? Como?

— Na igreja. Ele quer "multiplicar" seu ministério.

— Uma função remunerada?

— Sim, e em tempo integral. Poderei trabalhar em casa ou na igreja. Ele me passará as tarefas. Isso ajudará a ampliar meu currículo, essas coisas. Ele quer que eu vá devagar na parte de ensino porque ainda sou muito nova nessa área. Muitas pessoas para quem vou ensinar passaram a vida frequentando a igreja e a escola dominical.

— O que você vai lecionar?

— As mesmas coisas que ele. Minha pesquisa também o ajudará no preparo das aulas. Depois, passarei a lecionar nas classes da escola dominical e em pequenos grupos. Bruce vai pedir a você e ao Buck que façam o mesmo, mas evidentemente ele ainda não sabe da noivinha do Buck.

— E é claro que você teve a prudência de não contar nada disso a ele, não é mesmo?

— Por enquanto — disse Chloe. — Mas se ele não perceber que está errado, e talvez não perceba mesmo, alguém precisará contar ao Bruce.

— E você se candidata a essa tarefa.

— Sim, se ninguém mais quiser contar a ele, eu conto. Sou a única pessoa a saber de tudo desde o início.

— Mas você não acha que, no seu caso, existe um pequeno conflito de interesses?

— Papai, eu não fazia ideia do quanto queria que Buck e eu tivéssemos dado certo, só percebi depois. Mas, agora, eu não quero mais, mesmo que ele se atire em meus braços.

O telefone tocou. Rayford atendeu e, em seguida, cobriu o fone com a mão.

— Aqui está a oportunidade de provar o que acaba de dizer: Buck está ligando do avião.

Chloe semicerrou os olhos como se estivesse decidindo se devia atender ou não.

— Passa para mim — disse ela.

***

Buck tinha certeza de que Rayford havia dito à filha de quem era a ligação. Mas Chloe atendeu o telefone de uma maneira tão seca, fingindo não saber quem era, que ele foi obrigado a se identificar.

— Chloe, sou eu, Buck! Como você está?

— Já estive melhor.

— O que aconteceu? Você está doente?

— Estou bem. Você precisa de alguma coisa?

— Bem, sim, eu meio que gostaria de me encontrar com você hoje à noite.

— "Meio que gostaria"?

— Bem, quero dizer, gostaria sim. Será que posso?

— A gente vai se encontrar na reunião das oito, certo? — disse ela.

— Ah, sim, mas pensei que poderíamos conversar um pouco antes disso.

— Não sei, Buck. O que você quer?

— Só conversar com você.

— Estou ouvindo.

— Chloe, aconteceu alguma coisa? Eu fiz algo coisa de errado? Você parece irritada.

— As flores estão na lata do lixo, se isso lhe diz alguma coisa.

"As flores estão na lata do lixo", Buck repetiu para si mesmo. Essa era uma expressão que ele nunca tinha ouvido. Talvez significasse alguma coisa para as pessoas da geração dela. Ele era um jornalista famoso, mas com certeza nunca tinha ouvido essa expressão.

— Desculpe — disse Buck.

— É um pouco tarde para isso — ela retrucou.

— Quero dizer, desculpe, mas acho que não entendi o que você falou.

— Você não me ouviu?

— Ouvi, mas não entendi.

— Como não entendeu? Eu disse que "as flores estão na lata do lixo".

Buck esteve um pouco distante dela na sexta-feira à noite, mas o que seria isso? Achou que valia a pena prosseguir.

— Vamos começar pelas flores — disse ele.

— Sim, vamos — respondeu ela.

— De que flores estamos falando?

***

Rayford gesticulou com as duas mãos, pedindo para que Chloe se acalmasse. Ele temia que a filha explodisse, e, mesmo sem saber o que se passava do outro lado da linha, tinha certeza de que ela não estava dando a Buck uma oportunidade de se explicar. Se houvesse um pingo de verdade no que Chloe estava alegando, não ajudaria nada ela agir daquela maneira. Talvez Buck não tivesse se livrado de todos os problemas de sua vida pregressa. Talvez algumas situações precisassem ser enfrentadas imediatamente. Mas não acontecia o mesmo com todos eles, os quatro membros do Comando Tribulação?

— Acho que é melhor conversarmos hoje à noite, está bem? — disse Chloe. — Não. Antes da reunião, não. Também não sei se terei tempo depois... Acho que tudo vai depender da hora que terminar. Sim, é das oito às dez. Buck, você ainda não percebeu que não quero falar agora com você? E também não sei se vou querer conversar mais tarde... Sim, até à noite.

Ela desligou o telefone.

— Ai, que homem insistente! Estou conhecendo um lado dele que jamais imaginei.

— Ainda gostaria que algo pudesse ocorrer entre vocês? — perguntou Rayford.

Ela balançou a cabeça negativamente.

— Se havia alguma coisa, agora acabou de vez.

— Mas ainda dói.

— Claro que sim! Só não imaginei que tivesse tanta esperança de isso dar certo.

— Lamento muito, querida.

Ela se afundou no sofá e apoiou o rosto nas mãos.

— Papai, sei que não devemos satisfação um ao outro, mas você não acha que ele e eu nos conhecemos o suficiente para que ele me contasse sobre outra pessoa em sua vida?

— Me parece que sim, filha.

— Será que eu o interpretei totalmente errado? Será que ele acha certo dizer que sente atração por mim sem me contar que existe outra pessoa?

— Não sei dizer.

Rayford não sabia mais o que falar. Se houvesse alguma verdade no que Chloe dizia, ele também começaria a perder o respeito por Buck. E ele parecia um ótimo sujeito. Rayford somente esperava poder ajudá-lo.

***

Buck estava magoado. Ainda desejava ver Chloe, mas já não seria da maneira como ele sonhava. Tinha feito — ou deixado de fazer — algo e seria necessário mais do que um simples pedido de desculpa ou alguns gestos para chegar ao cerne da questão.

"As flores estão na lata do lixo", pensou ele. O que será que isso significava?

CAPÍTULO 8

A porta do apartamento bateu em uma pilha de caixas quando Buck entrou. Ele precisava agradecer a Alice. Gostaria de ter tempo para começar a organizar seu escritório em casa, mas precisava se apressar se quisesse ver Chloe antes da reunião.

Chegou à Igreja Nova Esperança com cerca de meia hora de antecedência e viu o carro de Rayford estacionado próximo ao de Bruce. "Ótimo", pensou. "Todos já chegaram." Olhou para o relógio. Será que ele havia esquecido a mudança de fuso horário? Estaria atrasado? Caminhou apressadamente até a sala de Bruce e bateu na porta ao entrar. Bruce e Rayford arregalaram os olhos, surpresos. Só os dois estavam ali.

— Desculpe, acho que cheguei um pouco adiantado.

— Ah, sim — disse Bruce. — Estamos conversando um pouco e nos encontraremos às oito, certo?

— Claro. Vou falar com Chloe. Ela já chegou?

— Virá um pouco mais tarde — respondeu Rayford.

— Tudo bem, ficarei esperando por ela aqui fora.

* * *

— Muito bem, antes de tudo — disse Bruce a Rayford —, meus parabéns. Independentemente do que você decidir, é uma grande honra e um grande feito. Imagino que poucos pilotos recusariam uma oferta como essa.

Rayford recostou-se na cadeira.

— Honestamente, não cheguei a pensar dessa maneira. Acho que deveria estar grato.

Bruce assentiu.

— Acho que sim. Você quer um conselho ou apenas alguém para escutá-lo? É claro que orarei com você por isso.

— Estou aberto a conselhos.

— Não me sinto em condições de aconselhá-lo, Rayford. Fico feliz de saber que você prefere ficar aqui em Chicago, mas também precisa refletir se essa oportunidade não vem de Deus. Também quero ficar aqui, mas sinto que ele está me direcionando para viajar, organizar outros pequenos grupos, visitar Israel. Sei que você não vai ficar aqui só por minha causa, mas...

— Isso também faz parte, Bruce.

— E eu agradeço, mas quem sabe por quanto tempo mais eu ficarei?

— Precisamos de você, Bruce. Penso que está claro que Deus o manteve aqui por um motivo.

— Acho que Chloe contou a você que estou à procura de mais professores.

— Sim, ela me contou, e está empolgada com a possibilidade. E eu também estou disposto a aprender.

— Normalmente, nenhuma igreja colocaria cristãos recém-convertidos na posição de líderes ou professores, mas agora não existe alternativa. Eu mesmo sou um desses. Sei que você será um bom professor, Rayford. O problema é que não consigo deixar de pensar que essa oportunidade de trabalhar com o presidente é realmente única, e você deveria levá-la muito a sério. Imagine a influência que você poderia ter sobre o presidente dos Estados Unidos.

— Ah, mas não acho que o presidente e seu piloto conversem muito, se é que conversam.

— Ele não entrevista o novo piloto?

— Duvido.

— Você não acha que ele desejaria conhecer o homem que tem a vida dele nas mãos todas as vezes que o avião levanta voo?

— Tenho certeza de que ele confia nas pessoas que tomam tal decisão.

— Mas com certeza haverá ocasiões em que vocês poderão conversar.

Rayford deu de ombros.

— Talvez.

— O presidente Fitzhugh, firme e independente como sabemos que é, também deve estar assustado e procurando explicações como todo mundo. Pense no privilégio que seria falar de Cristo para o líder do mundo livre.

— E depois perder o emprego por ter feito isso — disse Rayford.

— É claro que você terá de escolher a dedo as oportunidades. Mas o presidente também perdeu vários parentes no arrebatamento. Sabe o que ele respondeu quando lhe perguntaram sobre o assunto? Disse algo como estar certo de que não havia sido um ato divino, porque, afinal de contas, ele sempre acreditou em Deus.

— Você fala desse assunto como se eu fosse aceitar o emprego com naturalidade.

— Rayford, não posso tomar decisões em seu lugar, mas você precisa se lembrar de uma coisa: agora sua lealdade não deve mais pertencer a esta igreja, nem ao Comando Tribulação, nem mesmo a mim. Você deve ser leal a Cristo. Se você decidir não aceitar essa oportunidade, precisa ter certeza absoluta de que não é Deus quem está abrindo essa porta a você neste momento.

"Era típico de Bruce", pensou Rayford, "dar um tom completamente novo à conversa."

— Você acha que devo contar à Chloe ou ao Buck?

— Estamos todos juntos nisso — disse Bruce.

— Enquanto isso — disse Rayford —, deixe-me extrair algo mais de você. O que acha de um caso amoroso durante este período da história?

Subitamente, Bruce demonstrou certo desconforto.

— Boa pergunta — disse ele. — Francamente, eu sei por que você está me perguntando isto.

Rayford duvidou dessa afirmação.

— Eu sei o quanto você deve se sentir solitário. Pelo menos tem a companhia de Chloe, mas deve sentir o mesmo vazio que sinto depois de ter perdido minha mulher. Tenho pensado se conseguirei viver sozinho durante os próximos prováveis sete anos. Não gosto da ideia, mas estarei muito atarefado. Para ser franco, gostaria de acalentar alguma esperança de que Deus venha a me proporcionar uma companheira. Evidentemente, ainda é cedo demais. Vou chorar a perda de minha mulher por muito tempo, como se ela estivesse morta. Embora ela esteja no céu, está morta para mim. Há dias em que me sinto tão só que quase nem tenho forças para respirar.

Essa foi a história mais reveladora de Bruce desde que ele contou o motivo de não ter sido arrebatado, e Rayford estava perplexo por ser ele quem o instigou a se abrir dessa forma. Ele só tinha feito a pergunta por causa de Chloe. Ela estava apaixonada por Buck, mas se o relacionamento não fosse adiante, ela deveria se abrir para outras pessoas? Ou isso seria impróprio em razão dos poucos anos que ainda faltavam para a volta de Cristo?

— Sinto certa curiosidade em relação a como seria — explicou Rayford. — Se duas pessoas se apaixonassem, como deveriam proceder? A Bíblia diz alguma coisa sobre o casamento neste período?

— Não especificamente, até onde sei — respondeu Bruce. — Mas também não proíbe.

— E quanto aos filhos? Seria prudente um casal ter filhos nesta época?

— Não pensei nisso — disse Bruce. — Você gostaria de ter outro filho nesta idade?

— Não, Bruce! Eu não pretendo me casar novamente. Estou pensando em Chloe. Não que ela tenha alguém em vista, mas se tiver...

Bruce ajeitou-se na cadeira.

— Imagine ter um bebê agora — disse ele. — Vocês não precisariam pensar em como seria o Ensino Fundamental, o Ensino Médio, nem a faculdade. Essa criança teria de ser criada preparada para a volta de Cristo dentro de poucos anos. Você também estaria proporcionando a ela uma vida de medo e perigo, com 75% de chance de ela morrer durante os juízos que estão por vir.

Bruce apoiou o queixo em sua mão, firmando o cotovelo na mesa.

— A verdade — disse ele — é que eu aconselharia muita cautela, oração e exame de consciência antes de um casal considerar essa possibilidade.

* * *

Buck nunca gostou muito de esperar. Passou os olhos pela estante na antessala do gabinete de Bruce. Aparentemente, este era o lugar em que o ex-pastor guardava as obras de referência consultadas com menos frequência. Havia dezenas de livros sobre o Antigo Testamento. Buck folheou alguns deles, sem encontrar nada interessante.

De repente, deparou-se com um álbum de fotografias daquela igreja datado de dois anos antes. Ali, na letra B, havia a foto de um jovem Bruce Barnes, de cabelos bem mais longos. Seu rosto era um pouco mais cheio, o sorriso forçado, e ele estava ao lado da mulher e dos filhos. Que tesouro Bruce havia perdido! Sua mulher era uma gordinha simpática, que tinha um sorriso cansado, porém autêntico.

Na página seguinte estava o dr. Vernon Billings, o pastor titular que desapareceu. Ele parecia ter pouco mais de 60 anos e estava ao lado da sua pequenina esposa e dos três filhos, acompanhados dos respectivos cônjuges. O pastor Billings se parecia um pouco com Henry Fonda: tinha pés-de-galinha no rosto e um sorriso enrugado. Parecia ser um homem simpático e que Buck gostaria de ter conhecido.

Buck folheou a parte final do álbum e encontrou a família Steele. Lá estava Rayford, com seu uniforme de piloto e com a aparência muito semelhante à atual, talvez apenas com menos fios de cabelos brancos e as feições um pouco mais definidas. E Irene. Buck estava vendo sua fotografia pela primeira vez. Ela parecia inteligente e animada, e se alguém acreditasse nos excêntricos estudiosos da psicologia das fotos, notaria que ela parecia mais dedicada ao marido do que o contrário. Seu corpo estava inclinado em direção ao esposo, enquanto ele estava rigidamente sentado com o corpo ereto.

A foto também mostrava Rayford Júnior, identificado na legenda como "Raymie, 10 anos". Ele e a mãe tinham asteriscos ao lado de seus nomes. Rayford não tinha. Nem Chloe, que era descrita como "18 anos, caloura da Universidade Stanford, Palo Alto, Califórnia (não fotografada)".

Buck procurou as legendas e descobriu que um asterisco indicava um membro da igreja. As demais pessoas, segundo ele entendeu, eram simplesmente frequentadores.

Buck olhou para o relógio. Dez para as oito. Espiou pela janela em direção ao estacionamento. O outro carro da família Steele estava lá, perto dos carros de Rayford, Buck e Bruce. Buck esfregou a mão na vidraça para enxergar melhor e avistou Chloe sentada ao volante. Dez minutos não seriam suficientes para conversarem, mas ele poderia pelo menos cumprimentá-la e acompanhá-la até o interior da igreja.

Assim que Buck saiu pela porta, Chloe desceu do carro e caminhou apressada em direção à igreja

— Ei! — gritou ele.

— Olá, Buck — disse ela sem demonstrar nenhum entusiasmo.

— As flores continuam na lata do lixo? — ele tentou iniciar a conversa, em busca de uma pista para saber o que se passava com ela.

— Para ser sincera, sim, estão — disse ela, passando rente a ele e abrindo sozinha a porta. Ele subiu a escada atrás dela, passando pelo saguão até chegar à seção administrativa da igreja.

— Acho que eles ainda não terminaram a conversa — disse Buck, enquanto ela se dirigia à sala de Bruce e batia na porta.

Aparentemente Bruce disse a mesma coisa à Chloe e ela fechou a porta, desculpando-se. Era evidente que Chloe gostaria de estar em qualquer lugar, menos ali, e de olhar para qualquer coisa, menos para ele. Ela havia chorado e seus olhos estavam vermelhos e inchados. Ele desejava ansiosamente retomar o diálogo com ela. Algo lhe dizia que não se tratava simplesmente de mau humor, um aspecto de sua personalidade com o qual ele já tinha se habituado. Havia algo de errado e Buck tinha a ver com isso. Tudo o que ele desejava naquele momento era ir a fundo no assunto. Mas teria que esperar.

Chloe sentou-se com os braços e as pernas cruzados, balançando a perna que estava por cima.

— Veja só o que encontrei — disse Buck, colocando o álbum da igreja diante de seus olhos. Ela sequer estendeu a mão para pegá-lo.

— A-ham — ela resmungou.

Buck abriu o álbum na letra B e apontou as famílias de Bruce e do dr. Billings. De repente, ela aliviou a expressão, pegou o álbum e o analisou.

— A mulher de Bruce — disse ela suavemente. — E veja essas crianças!

— Sua família também está aí — disse Buck.

Chloe folheou o álbum lentamente até a letra S, analisando página por página como se estivesse procurando por mais alguém que conhecesse.

— Fiz o segundo grau com ele — disse ela sem expressão. — Eu e ela estudamos na mesma classe na quarta série. A sra. Schultz foi minha primeira professora de educação física.

Quando finalmente chegou à página de sua família, ela se emocionou. Com o rosto contorcido e em lágrimas, olhou fixamente para a fotografia.

— Raymie aos 10 anos de idade — ela conseguiu dizer.

Instintivamente, Buck colocou a mão sobre o seu ombro e ela ficou paralisada.

— Por favor, não faça isso.

— Desculpe — disse ele, enquanto a porta da sala de Bruce se abria.

***

— Estão prontos? — perguntou Rayford, percebendo que Buck parecia desconfortável e que Chloe tinha um aspecto desolador. Ele esperava que a filha ainda não tivesse começado a discutir com Buck.

— Papai, veja isso — disse ela, levantando-se e mostrando o álbum.

Rayford sentiu um nó na garganta e deu um longo suspiro quando viu a fotografia. Foi um suspiro de dor. Era difícil demais. Ele fechou o álbum e o entregou para Buck, mas, ao mesmo tempo, ouviu o rinchar da cadeira de Bruce.

***

— O que vocês estão olhando aí, pessoal?

— É só isso — disse Buck, mostrando a capa e tentando colocar o álbum novamente na prateleira. Mas Bruce o pegou.

— Já se passaram dois anos — complementou Buck.

— Cerca de um mês depois que passamos a frequentar esta igreja — disse Rayford.

Bruce abriu o álbum direto na fotografia de sua família, analisou-a por alguns segundos e perguntou:

— Você também está aqui, Rayford?

— Sim — respondeu Rayford, e Buck notou que ele tentava conduzir Chloe até o gabinete.

Bruce folheou as páginas até chegar à fotografia da família Steele e fez um movimento afirmativo com a cabeça, sorrindo. Levou o álbum consigo, colocou-o debaixo da sua bíblia e do caderno de anotações e deu início à reunião com uma oração.

Bruce estava um pouco emocionado no início, mas logo passou ao seu tema principal. Ele folheava a bíblia de Apocalipse a Ezequiel, depois a Daniel, e retomava a sequência, comparando as passagens proféticas com o que estava acontecendo em Nova York e no restante do mundo.

— Algum de vocês ouviu o noticiário sobre as duas testemunhas em Jerusalém hoje? — Buck e Rayford balançaram negativamente a cabeça. Chloe não esboçou reação. Ela não estava tomando notas, e nem fazia perguntas.

— Um repórter disse que um grupo de meia dúzia de bandidos tentou acusar os dois, mas todos acabaram mortos por fogo.

— Foram queimados? — perguntou Buck.

— Sim, e ninguém sabe de onde veio o fogo — disse Bruce —, mas nós sabemos, não é mesmo?

— Sabemos?

— Leiam Apocalipse 11, versos 3 a 5, onde o anjo diz ao apóstolo João: "Darei poder às minhas duas testemunhas, e elas profetizarão durante mil duzentos e sessenta dias, vestidas de pano de saco. Estas são as duas oliveiras e os dois candelabros que permanecem diante do Senhor da terra. Se alguém quiser causar-lhes dano, da boca deles sairá fogo que devorará os seus inimigos. É assim que deve morrer qualquer pessoa que quiser causar-lhes dano."

— E saiu fogo da boca deles, como se fossem dragões?

— É o que está escrito aqui — disse Bruce.

— Gostaria de ver isso ser noticiado pela CNN — disse Buck.

— Continue prestando atenção — disse Bruce. — Veremos mais do que isso.

* * *

Rayford perguntou a si mesmo se chegaria a se acostumar com as coisas que Deus estava revelando a ele. Mal conseguia compreender até onde tinha chegado e quanta coisa havia aceitado em menos de um mês. Havia algo sobre a dramática invasão de Deus na vida da humanidade, e especificamente da dele, que mudou seu modo de pensar. Ele sempre foi um homem que precisava ter tudo documentado e, de repente, passou a crer, sem questionar, nos relatos mais absurdos possíveis, desde que fossem corroborados pelas Escrituras Sagradas. O oposto também era verdadeiro: Rayford acreditava em todas as palavras da Bíblia. Mais cedo ou mais tarde os noticiários transmitiriam a mesma história.

Bruce voltou-se para Buck:

— Como foi seu dia?

Para Rayford, aquela parecia uma pergunta de natureza pessoal.

— Aconteceu tanta coisa que não daria tempo de contar aqui — disse Buck.

— Não brinque! — disparou Chloe. Foi a primeira vez que ela se manifestou.

Buck olhou de relance para ela e disse:

— Vou lhe contar tudo amanhã, Bruce, e então poderemos conversar sobre isso à noite.

— Ah, é melhor você falar agora — disse Chloe. — Estamos entre amigos aqui.

Rayford gostaria de poder mandar a filha ficar quieta, mas ela já era adulta. Se Chloe quisesse falar alguma coisa, independentemente de como a informação chegou a ela, a decisão era dela.

— Você sequer sabe onde estive hoje — disse Buck, dirigindo-se a ela claramente aturdido.

— Mas sei com quem você esteve.

Rayford notou o olhar de Buck em direção a Bruce, mas não entendeu. Evidentemente, algo entre os dois, que não era do conhecimento de todos, veio à tona.

— Você contou...?

Bruce meneou a cabeça.

— Acho que você não sabe, Chloe — disse Buck. — Conversarei com Bruce amanhã, e à noite contarei a vocês e oraremos juntos.

— Ah, sim, claro — disse Chloe. — Mas eu tenho uma pergunta e um pedido de oração para esta noite.

Bruce olhou para seu relógio.

— Está bem, diga.

— Gostaria de saber o que você acha de um relacionamento amoroso nesta época.

— Você é a segunda pessoa que me faz a mesma pergunta hoje — disse Bruce. — Devemos viver sozinhos.

Chloe riu com desdém e olhou zangada para Buck.

“Ela deve estar pensando que foi Buck quem fez essa pergunta a Bruce”, pensou Rayford.

— Farei deste assunto um dos temas das nossas reuniões — disse Bruce.

— Que tal na próxima? — pressionou Chloe.

— Pode ser. Podemos falar sobre isso amanhã à noite, então.

— E você poderia acrescentar quais são as regras para a conduta moral de novos convertidos? — perguntou Chloe.

— Como assim?

— Fale sobre como deve ser a nossa vida, agora que somos seguidores de Cristo. Você sabe, assuntos relacionados à moral, ao sexo, todas essas coisas.

Buck ficou espantado. Chloe não parecia mais a mesma pessoa.

— Está certo — disse Bruce. — Podemos falar sobre tudo isso. Mas não haverá grandes novidades, porque as mesmas regras que se aplicavam antes do arrebatamento continuam valendo. Não terei muito mais a acrescentar. Somos chamados a levar uma vida pura, e estou certo de que vocês não se surpreenderão...

— Talvez essas regras não sejam tão óbvias para todos nós — Chloe disparou.

— Trataremos do assunto amanhã à noite — encerrou Bruce. — Mais alguma coisa para hoje?

Antes que alguém dissesse qualquer coisa ou se oferecesse para encerrar a reunião com os pedidos finais de oração, Chloe disse:

— Não. Até amanhã. — E saiu.

Os três homens oraram e a reunião terminou de forma estranha, sem que nenhum deles quisesse falar sobre o "elefante na sala", para usar a expressão do próprio Carpathia.

Buck voltou para casa frustrado. Não estava acostumado a deixar assuntos pendentes, e o que mais o enfurecia era não saber o que estava errado. Trocou a roupa de viagem por uma calça cáqui, camisa de brim, botas de passeio e jaqueta de couro. Ligou para a casa da família Steele. Rayford atendeu e depois de alguns minutos retornou dizendo que Chloe estava ocupada. Era apenas uma suposição, mas Buck sentia que Rayford parecia tão frustrado quanto ele com a filha.

— Rayford, ela está aí perto?

— Sim, está.

— Você tem ideia de qual é o problema dela?

— Não completamente.

— Preciso descobrir o que está acontecendo — disse Buck.

— Concordo.

— Mas preciso resolver isso ainda hoje à noite.

—Com certeza. Você pode tentar falar com ela amanhã.

— Rayford, você está me dizendo que posso ir até aí agora?

— Sim, você está certo. Não posso prometer que ela estará aqui, mas tente novamente amanhã.

— Então se eu for até aí agora, você não ficará ofendido?

— Claro que não. Aguardaremos sua ligação amanhã.

— Estou indo para aí agora mesmo.

— Está bem, Buck. Nos falamos amanhã, então.

***

Rayford não gostava de enganar Chloe. Aquilo tinha sido quase uma mentira, mas ele se divertiu com a linguagem codificada usada por ele e Buck. Lembrou-se de um pequeno desentendimento que teve no passado com Irene. Ela havia ficado muito aborrecida por algo insignificante e pediu a ele que não a procurasse até segunda ordem. Ele obedeceu, e ela se zangou. Rayford não sabia o que fazer, mas sua mãe lhe dera um conselho. Ele ainda se lembrava dela lhe dizendo: "Vá agora mesmo atrás dela, encontre-a e a faça se sentir bem. Ela pode tê-lo rejeitado uma vez, mas, se fizer isso novamente, mesmo depois de você a procurar, então o problema é sério. Talvez ela esteja confusa, mas no fundo, se conheço bem as mulheres, ela preferirá que você vá atrás dela do que a deixe escapar."

E assim, de certa forma, ele estimulou Buck a fazer o mesmo com Chloe. Ele sabia que não havia nada sério entre eles, mas imaginou que ambos gostariam que houvesse. Rayford não fazia ideia do que aquela outra mulher representava na vida de Buck, mas estava certo de que, se o amigo cobrasse uma explicação, Chloe se abriria e o encurralaria até descobrir a verdade. Se Buck estivesse morando com alguém, seria um problema para Rayford, Bruce e também Chloe. Contudo, as evidências de Chloe pareciam bastante duvidosas.

— Então ele vai tentar me ligar amanhã? — perguntou Chloe.

— Foi o que recomendei.

— E como ele reagiu?

— Ele só estava tentando esclarecer as coisas.

— Você foi bem claro.

— Tentei ser.

— Bem, vou para a cama — disse ela.

— Não seria melhor conversarmos um pouco?

— Estou cansada, papai. Já esgotei o assunto — disse ela, dirigindo-se para a escada. Rayford insistiu.

— Então você vai atender a ligação dele amanhã, certo?

— Acho que não. Antes quero ver qual será a reação dele diante do que Bruce vai falar à noite.

— Como você acha que ele reagirá?

— Papai! Como posso saber? Tudo o que sei é o que vi hoje cedo. Agora me deixe dormir.

— Eu só quero entender a situação, querida. Fale comigo.

— Amanhã conversaremos, então.

— Bem, você ficaria acordada e conversaria comigo se eu contasse o que aconteceu hoje no meu trabalho em vez de falar sobre você e Buck?

— Papai, sequer mencione meu nome e o de Buck na mesma frase. E a minha resposta é não. A menos que você esteja sendo despedido ou transferido, ou outra coisa parecida, eu realmente prefiro conversar outra hora.

Rayford sabia que conseguiria prender a atenção da filha contando sobre o bilhete de Hattie, o incômodo da falsa acusação que sofrera e a reunião com Earl Halliday. Ele estava propenso a falar sobre o assunto, mas a filha não demonstrava disposição para ouvir.

— Você pode me ajudar a arrumar a cozinha?

— Papai, a cozinha está impecável. Qualquer coisa que você queira que eu faça, será feita amanhã, pode ser?

— O alarme da cafeteira já está programado para amanhã cedo?

— Está programado há muito tempo, papai. O que há com você?

— Estou apenas me sentindo um pouco solitário. Ainda não quero dormir.

— Se você quiser que eu fique aqui um pouco mais, eu fico. Mas por que você não liga a TV para relaxar um pouco?

Rayford não tinha mais argumentos com a filha.

— Farei isso — disse ele. — Ficarei aqui na sala de estar com a TV ligada, está bem?

Ela dirigiu a ele um olhar astuto e respondeu no mesmo tom.

— E eu estarei lá em cima, no meu quarto, com a luz apagada, está bem?

Ele assentiu com a cabeça.

Ela balançou a cabeça.

— Bem, agora que já sabemos onde cada um de nós estará e o que vai fazer, você me dá licença?

— Claro, claro, filha. Fique à vontade.

Rayford esperou Chloe subir a escada e, então, acendeu a luz da varanda. Buck conhecia a região e o endereço, mas nunca estivera ali antes.

Na TV o noticiário estava terminando e havia apenas alguns programas de entrevista, mas Rayford, na verdade, não estava interessado em nada. Ele estava sentado ali apenas para passar o tempo. Olhou através das cortinas, procurando avistar o carro de Buck.

— Papai! — gritou Chloe do andar superior. — Você poderia abaixar um pouco o som? Ou então assistir ao programa no seu quarto?

— Vou abaixar, querida — disse ele, enquanto as luzes de um carro invadiam a sala de estar vindas da rampa de acesso da casa. Antes disso, porém, ele correu até a porta a tempo de impedir Buck de tocar a campainha.

— Vou subir a escada para me deitar — cochichou ele. — Aguarde alguns instantes antes de tocar a campainha. Estarei debaixo do chuveiro, e ela vai precisar atender a porta.

Rayford trancou a porta, desligou a TV e subiu a escada.

Ao passar pelo quarto de Chloe, ela disse:

— Papai, você não precisava ter desligado a TV. Era só abaixar o volume.

— Está tudo bem — disse ele. — Vou tomar um banho e me deitar.

— Boa noite, papai.

— Boa noite, Chloe.

Rayford entrou no boxe do banheiro da suíte, sem ligar o chuveiro, deixando a porta aberta. Assim que ouviu o toque da campainha, abriu a torneira. Ouviu Chloe gritar:

— Papai! Tem alguém batendo na porta!

— Estou debaixo do chuveiro, filha!

— Ah, papai!

* * *

“Foi uma grande ideia!”, pensou Buck, impressionado por Rayford ter confiado nele a ponto de deixá-lo conversar com Chloe, mesmo diante do mal estar que surgiu entre os dois. Ele esperou alguns instantes e tocou novamente a campainha. Ela gritou:

— Um momento, estou indo!

O rosto de Chloe apareceu na janelinha no meio da porta decorada. Ela revirou os olhos.

— Buck! — disse ela com a porta fechada. — Ligue para mim amanhã, está bem? Eu já estava deitada!

— Chloe, eu preciso conversar com você! — disse Buck.

— Agora não.

— Agora sim — disse ele. — Não vou sair daqui enquanto você não conversar comigo.

— Não vai sair?

— Não, não vou.

Chloe deveria achar que ele estava blefando. A luz da varanda se apagou e ele ouviu os passos dela subindo a escada. Ele mal conseguia acreditar. Ela era mais durona do que ele havia imaginado. Mas depois de dizer que não ia sair dali, ele não poderia voltar atrás. Buck era um homem de palavra. Talvez a palavra *teimoso* fosse mais adequada neste caso. E foi isso que o levou a ser o jornalista que era.

Ele ainda não havia se livrado da saudade que sentiu de Chloe naquela tarde em Nova York. Decidiu que esperaria por ela ali fora. Ficaria na varanda até ela se levantar na manhã seguinte, se fosse necessário.

Buck sentou-se no último degrau da escada da varanda com as costas para a porta, encostando-se em um dos imponentes pilares.

Ele sabia que Chloe poderia vê-lo sentado ali se voltasse para verificar. Provavelmente ela ficaria atenta para ouvir o barulho do motor do carro partindo. Só que, desta vez, ele estava decidido a fazer com que ela não ouvisse nada.

* * *

— Papai! — gritou Chloe da porta do quarto de Rayford. — Você já terminou o seu banho?

— Ainda não! O que houve?

— Buck Williams está lá fora e disse que não vai embora!

— O que você quer que eu faça?

— Mande-o embora!

— Mande você! Isso é problema seu!

— Você é meu pai! É dever seu!

— Ele molestou você? Ameaçou?

— Não! Vá até lá agora, papai.

— Eu não quero que ele vá embora, Chloe! Se *você* quiser, dispense-o você mesma.

— Eu vou para a cama — disse ela.

— Eu também!

Rayford desligou o chuveiro e ouviu Chloe bater a porta do quarto dele. Depois a do quarto dela. Será que ela iria mesmo dormir deixando Buck na varanda? Buck ficaria ali? Rayford foi até a porta do quarto na ponta dos pés e abriu-a o suficiente para poder observar a filha. A porta do quarto dela permanecia fechada. Rayford deitou-se e ficou imóvel, ouvindo e contendo-se para não gargalhar. Ele havia sido incluído na seleta lista de candidatos a piloto do presidente dos Estados Unidos e agora estava espionando a própria filha. Havia muitas semanas que não se divertia tanto.

* * *

Buck não havia percebido como a noite estava fria até se encostar por alguns minutos no pilar gelado. Sua jaqueta de couro fez um ruído quando ele se movimentou e levantou a gola para proteger o pescoço. O cheiro do couro o fez lembrar os diversos lugares no mundo onde estivera com sua velha jaqueta. Por diversas vezes, pensou que morreria dentro dela. Buck esticou as pernas e colocou um pé sobre o outro, percebendo o quanto estava cansado. Se tivesse que dormir na varanda, estava decidido a fazer isso.

De repente, no silêncio da noite, ouviu um leve rangido nos degraus da escada interna. Chloe estava descendo devagar para ver se ele ainda continuava ali. Se fosse Rayford, os passos seriam mais firmes e mais barulhentos. Rayford provavelmente diria para ele desistir e voltar para casa, que seria melhor lidar com o problema no dia seguinte. Buck ouviu o piso de madeira ranger perto da porta. Para impressionar Chloe, encostou a cabeça no pilar e ajeitou o corpo como se estivesse cochilando.

O som dos passos na escada foi ficando mais alto. E agora?

***

Rayford ouviu Chloe abrir a porta do quarto e seguir em direção à escada no escuro. Agora ela estava subindo de volta. Abriu a porta do quarto dela com força e deu um tapa no interruptor de luz. Rayford inclinou um pouco o corpo e, minutos depois, viu a filha apagar a luz e sair do quarto. Ela estava com o cabelo preso no alto da cabeça e usava um roupão longo de tecido atoalhado. Depois de acender a luz no alto da escada, ela desceu com determinação. Se Rayford tivesse que dar um palpite, seria que ela não despacharia Buck.

***

Buck viu a sombra de Chloe no gramado e percebeu que havia uma luz atrás de si, mas não quis parecer muito confiante, nem muito ansioso. Permaneceu imóvel, como se já estivesse dormindo.

A porta foi destravada e aberta, mas ele não ouviu mais nenhum outro som. Movimentou os olhos sorrateiramente. Aparentemente ela o estava convidando para entrar. "Já que vim até aqui", pensou Buck, "não vou voltar atrás". E continuou na posição anterior, de costas para a porta.

Instantes depois, ouviu Chloe caminhando firme novamente até a porta de entrada da casa. Ela abriu somente a porta de proteção contra chuva e frio e disse:

— O que você quer? Um convite impresso em alto relevo?

— O quê? — disse Buck, fingindo ter levado um susto e virando-se para ela. — Já amanheceu?

— Engraçadinho. Venha até aqui. Você tem dez minutos.

Ele se levantou para entrar na casa. Chloe soltou a porta de proteção com força e sentou-se na ponta do sofá na sala de estar. Buck empurrou a porta e entrou.

— Está tudo bem — disse ele. — Não vou demorar.

— A visita foi ideia sua, não minha — disse ela. — Perdoe-me por não tratá-lo como um convidado.

Chloe sentou-se em cima dos pés e cruzou os braços como se estivesse concedendo com relutância alguns minutos de seu tempo a Buck. Ele colocou sua jaqueta em cima de uma espreguiçadeira e arrastou o banquinho, sentando-se diante de Chloe. Ficou olhando firme para ela, como se estivesse pensando por onde começar.

— Não estou vestida de modo adequado para receber visitas — disse ela.

— Você fica linda com qualquer roupa que estiver usando.

— Poupe-me desses comentários — respondeu ela. — O que você quer?

— Na verdade, pensei em trazer flores quando soube que as suas estavam na lata do lixo.

— Você achou que eu estava brincando? — perguntou ela, apontando para um canto da sala. Ele virou-se e olhou. De fato havia ali um enorme buquê que mal cabia na lata do lixo.

— Não achei que era brincadeira — disse Buck. — Só achei que você estava usando uma linguagem figurada que não consegui entender.

— Do que você está falando?

— Quando você me disse que as flores estavam na lata do lixo, pensei que fosse alguma forma de expressão que eu nunca tinha ouvido antes, mais ou menos como "uma andorinha sozinha não faz verão" ou "águas passadas não movem moinho", sei lá.

— Eu disse que as flores estavam na lata do lixo, e estão, Buck. Eu disse exatamente o que aconteceu.

Buck sentiu-se perdido. Os dois pareciam atuar em cenas completamente diferentes, e ele sequer sabia se os papéis se referiam ao mesmo roteiro.

— Hmm, você poderia me dizer por que as flores estão na lata do lixo? Talvez isso ajude a esclarecer as coisas para mim.

— Porque eu não quis as flores.

— Ah, mas como sou tolo. Isso faz sentido. E você não quis as flores porque... — Ele parou e balançou a cabeça, esperando que ela concluísse a frase.

— Fiquei ofendida por saber de onde vieram.

— E de onde elas vieram?

— Está bem, por saber de quem vieram.

— E de quem vieram?

— Ah, Buck, francamente! Não tenho tempo nem paciência para isso.

Chloe fez um movimento para se levantar e, de repente, Buck ficou zangado.

— Chloe, espere um pouco.

Ela voltou a se sentar com os braços cruzados, demonstrando incômodo.

— Você me deve uma explicação.

— Não, *você* é quem me deve uma explicação.

Buck suspirou.

— Explicarei o que você quiser, Chloe, mas chega de palhaçada. Ficou claro que estávamos atraídos um pelo outro, e sei que não demonstrei tanto interesse por você na sexta-feira à noite, mas hoje percebi...

— Hoje cedo — ela interrompeu, lutando contra as lágrimas — eu descobri por que você pareceu perder o interesse por mim de repente. Você estava se sentindo culpado por não ter me contado tudo, e se acha que essas flores serviram para reparar alguma coisa...

— Chloe! Dá para parar com isso, por favor? Eu não tenho nada a ver com essas flores.

Desta vez, Chloe ficou sem palavras.

CAPÍTULO 9

Chloe permaneceu sentada, olhando perplexa para Buck.

— Não foi você? — conseguiu finalmente verbalizar.

Ele balançou a cabeça negativamente.

— Não, não foi. Talvez você tenha outro admirador.

— Ah, sim — disse ela. — Outro? Quer dizer que tenho dois?

Buck estendeu as mãos na direção dela.

— Chloe, com certeza estamos diante de um mal-entendido.

— Com certeza.

— Você pode me chamar de presunçoso, mas tive a impressão de que houve uma espécie de atração entre nós desde o momento em que nos vimos. — Ele fez uma pausa, aguardando uma reação.

Ela assentiu com a cabeça.

— Nada sério — disse ela —, mas achei que gostássemos um do outro.

— E eu estava com você no avião quando você orou com seu pai — disse ele.

Ela assentiu com a cabeça, timidamente.

— Foi um momento especial — prosseguiu Buck.

— É verdade — concordou ela.

— Em seguida, passei por uma grande provação e não via a hora de voltar para contar tudo a você.

Chloe tremeu levemente os lábios.

— Essa foi a história mais incrível que já ouvi, Buck, e não duvidei de você em nada. Eu sabia que você estava enfrentando muitos problemas, mas achei que havia alguma ligação entre nós.

— Eu não sabia que nome dar a isso — disse Buck —, mas, como contei no bilhete que deixei para você naquele domingo, eu me senti atraído por você.

— Aparentemente, não só por mim.

Buck ficou boquiaberto.

— "Não só por você?" — repetiu ele.

— Continue com sua historinha.

"*Historinha*? Então ela pensa que estou contando uma *historinha*? E pensa que eu tenho outra pessoa? Há anos que não aparece outra pessoa na minha vida!" Buck sentiu-se completamente desanimado e, por um momento, pensou em desistir, mas decidiu que valia a pena lutar por ela. Chloe estava desorientada e, por alguma razão, tirando conclusões precipitadas; mesmo assim, valia a pena insistir.

— Chloe, entre domingo e sexta-feira à noite eu pensei muito em nós dois.

— Lá vem você de novo... — disse Chloe outra vez arrasada.

O que ela achava? Que ele estava disposto a dormir na varanda só para descartá-la por outra mulher, quando ela, finalmente, o deixasse entrar?

— Acho que na sexta à noite eu acabei não sendo muito claro — disse ele. —Talvez eu não tenha sido nem um pouco claro. Eu estava me afastando.

— Não havia muito do que se afastar.

— Mas estávamos começando a nos envolver, não é mesmo? — disse Buck.

— Você não achou que a coisa iria para frente?

— Até sexta à noite, não. Fico um pouco constrangido por admitir isso — disse ele hesitantemente.

— E deveria estar mesmo — retrucou ela.

— Mas percebi que estava agindo de forma um tanto prematura, tendo em vista o pouco tempo que nos conhecemos, a sua idade e...

— Então é isso. O problema não é a sua idade, é a minha?

— Sinto muito, Chloe. O problema não é a sua idade e nem a minha, mas a nossa diferença de idade. Só que quando me dei conta de que só teremos sete anos pela frente, isso deixou de ser um problema. Ainda assim, continuei confuso. Pensei em nosso futuro, em como ficaria nosso relacionamento, apesar de não termos ainda um relacionamento.

— E nem vamos ter, Buck. Não quero reparti-lo com outra pessoa. Se existe um futuro para nós, precisa haver exclusividade no relacionamento e... Quer saber? Deixe para lá. Estou falando de coisas que nenhum de nós sequer chegou a pensar.

— Aparentemente chegamos a pensar, sim — disse Buck. — Acabei de dizer isso e parece que você também andou pensando um pouco no futuro desse relacionamento.

— Não mais. Deixei de pensar nisso desde hoje cedo.

— Chloe, vou ter de perguntar uma coisa e não quero que você me leve a mal. Talvez eu possa parecer um pouco condescendente, até mesmo coisa de "paizão," mas não quero que você leve por esse lado.

Ela se endireitou no sofá, como se esperasse receber uma bronca.

— Vou pedir que não diga nada só por alguns instantes, está bem?

— Como assim? — perguntou ela surpresa. — Não posso falar nada?

— Não foi isso que eu disse.

— Foi o que você acabou de dizer, sim.

Por pouco Buck não alterou sua voz. Ele sabia que seu olhar e seu tom eram austeros, mas precisava fazer alguma coisa.

— Chloe, você não está me ouvindo com atenção. Não me deixa dizer tudo o que penso. Existe algum mal entendido por trás disso e eu não sei do que se trata. Não tenho condições de me defender de mistérios e fantasias. Você continua a dizer que não quer me dividir com ninguém. Existe algo que você queira me perguntar ou me acusar antes de eu prosseguir?

* * *

Rayford estava deitado quieto, quase prendendo a respiração para tentar ouvir a conversa. Entendeu muito pouco do que diziam até Buck levantar a voz. Rayford ouviu aquilo e se alegrou em silêncio. Chloe também levantou a voz.

— Quero saber se existe outra pessoa em sua vida antes que eu comece... Ah, Buck, do que estamos falando? Será que não existem muitas outras coisas mais importantes para pensarmos neste momento?

Rayford não entendeu a resposta sussurrada de Buck e desistiu. Foi até a porta do quarto e gritou:

— Será que dá para vocês falarem mais alto ou só cochicharem? Se eu não conseguir ouvir, vou acabar dormindo!

— Pode ir dormir, papai! — disse Chloe.

* * *

Buck sorriu. Chloe também estava contendo um sorriso.

— Chloe, passei o fim de semana inteiro pensando em todas as "coisas mais importantes" para pensar. Quase propus que continuássemos sendo somente bons amigos... até o momento em que senti sua presença ao meu lado, quando estava sentado naquele escritório hoje à tarde.

— Você sentiu minha presença? Você me viu no escritório do *Semanário Global?*

— Escritório do *Semanário Global*? Do que você está falando?

Chloe hesitou.

— A qual escritório você se refere?

Buck fez uma careta. Ele não tinha planejado falar de sua reunião com Carpathia.

— Será que podemos voltar a falar disso depois de resolver essa situação? Eu estava dizendo que de repente senti um desejo enorme de ver você, conversar com você, voltar para você.

— Voltar de onde? Ou seria melhor perguntar: voltar de quem?

— Bem, prefiro não falar desse assunto até que você esteja preparada para ouvi-lo.

— Estou preparada, Buck, porque já sei de tudo.

— Como você soube?

— Porque estive lá!

— Chloe, se você foi até a sucursal de Chicago, então sabe que não estive lá o dia todo, a não ser bem cedo.

— Então você *esteve* lá.

— Só passei, rapidamente, para deixar as chaves com Alice.

— Ah, Alice? Então esse é o nome dela?

Buck assentiu completamente perdido.

— Qual é o sobrenome dela, Buck?

— Sobrenome? Não sei. Eu sempre a chamei de Alice. Ela é nova na função e veio para substituir a secretária de Lucinda, que desapareceu.

— Você quer que eu acredite que não sabe o sobrenome dela?

— Por que eu mentiria para você sobre isso? Por acaso você a conhece, Chloe?

Os olhos de Chloe estavam fixos nos olhos dele. Buck finalmente percebeu que ela tentava chegar a algum lugar, mas ele não conseguia descobrir qual.

— Não posso afirmar exatamente que a conheço — disse Chloe. — Apenas conversei com ela, só isso.

— Você conversou com Alice — repetiu ele, tentando juntar as peças.

— Ela me disse que vocês estão noivos.

— Ah, ela não disse mesmo! — gritou Buck, acalmando-se em seguida e olhando em direção à escada. — Do que você está falando?

— Será que estamos falando da mesma Alice? — perguntou Chloe. — Magra, cabelos espetados, saia curta, funcionária do *Semanário Global*?

— Essa é a Alice — respondeu Buck, balançando a cabeça afirmativamente. — Mas você não acha que eu saberia o sobrenome dela se estivéssemos noivos? E mais, isso seria uma grande novidade para o noivo dela.

— Então ela está noiva, mas não de você? — perguntou Chloe com ar de dúvida.

— Alice me contou por alto que iria buscar seu noivo hoje, em algum lugar — disse ele.

Chloe parecia chocada.

— Você se importa de me contar o que aconteceu enquanto esteve no *Semanário* e conversou com ela? Você foi lá procurar por mim?

— Para ser sincera, fui sim — respondeu Chloe. — Eu tinha visto a Alice mais cedo e fiquei surpresa ao encontrá-la ali.

— Como já falei, Chloe, hoje eu não estive no *Semanário*.

— E onde esteve?

— Eu perguntei primeiro. Onde foi que você viu a Alice?

Chloe respondeu com voz tão baixa que Buck precisou inclinar a cabeça para ouvir.

— No seu apartamento.

Buck recostou-se na cadeira. Agora tudo fazia sentido. Ele sentiu vontade de rir, mas pobre Chloe! Ele se esforçou para manter a compostura.

— Foi culpa minha — disse Buck. — Eu convidei você para uma visita, mudei os planos e acabei não avisando.

— Ela tinha as chaves do seu apartamento — sussurrou Chloe.

Buck balançou a cabeça, demonstrando empatia.

— Claro que tinha! Eu entreguei as chaves para que ela levasse até lá alguns equipamentos que chegaram no escritório. Precisei viajar para Nova York hoje e não pude fazer isso.

A frustração de Buck com Chloe acabou se transformando em compaixão. Ela não conseguia olhar nos olhos dele e estava prestes a irromper em lágrimas.

— Então não foi você quem me enviou as flores? — perguntou ela em voz baixa.

— Se eu soubesse que precisava enviar flores, eu certamente enviaria.

Chloe descruzou os braços e cobriu o rosto com as mãos.

— Buck, estou tão envergonhada — lamentou ela, soluçando em seguida. — Não tenho como me desculpar. Fiquei aborrecida depois de sexta e acabei fazendo uma tempestade num copo d'água.

— Eu não sabia que você se importava tanto assim comigo — disse Buck.

— Claro que me importo. Mas agora não posso esperar que você entenda ou me perdoe por ter sido tão, tão... ah, se você não quiser mais saber de mim, eu vou entender.

Ela ainda escondia o rosto.

— É melhor você ir embora — complementou. — Eu já não estava bonita quando você chegou e agora com certeza estou pior.

— Tem algum problema para você se eu dormir na varanda? Gostaria de estar aqui quando você se sentir melhor.

Ainda com as mãos no rosto banhado em lágrimas, ela olhou para ele por entre os dedos e sorriu.

— Você não precisa fazer isso, Buck.

— Chloe, sinto muito. Eu causei todo esse mal-entendido por não ter avisado você sobre a minha viagem.

— Não, Buck. A culpa foi toda minha e quero pedir desculpas.

— Está bem — disse ele. — Você me pediu desculpas e está desculpada. Que tal nós encerrarmos esse assunto, então?

— Isso só vai me fazer chorar ainda mais.

— Então o que eu devo fazer agora?

— Você está sendo tão compreensivo!

— Eu desisto!

— Você pode me esperar um pouquinho?

Chloe pulou do sofá e saiu correndo escada acima.

* * *

Depois de pedir que os dois falassem mais alto ou apenas cochichassem, Rayford sentou-se no alto da escada, fora do ângulo de visão de ambos. Quando tentou sair dali, de mansinho, até seu quarto, deu de encontro com Chloe.

— Papai! — cochichou ela. — O que você está fazendo?

— Ouvindo às escondidas. O que mais poderia ser?

— Que coisa feia!

— Eu que estou fazendo feio? Veja o que você fez com Buck! Quase mandou o cara para a forca sem dar a ele a chance de se defender!

— Eu agi como uma idiota.

— Tudo não passou de um grande mal-entendido, querida. Como Buck disse, isso só serviu para mostrar o quanto você se importa com ele.

— Você sabia que ele estava vindo?

Rayford assentiu com a cabeça.

— Hoje? Você sabia que ele viria hoje?

— Sim, admito que sou culpado.

— E você me fez abrir a porta.

— Pode me matar.

— É o que eu deveria fazer.

— Não. Na verdade, você deveria me agradecer.

— Com certeza. Agora você pode ir para a cama. Vou trocar de roupa e ver se Buck quer dar uma caminhada.

— Então você está dizendo que não posso ir junto? Nem mesmo segui-los de longe?

* * *

Buck ouviu cochichos no andar superior e, depois, o barulho de água correndo e do abrir e fechar de gavetas. Chloe desceu a escada trajando calça jeans, camiseta, jaqueta com capuz e tênis.

— Que tal sairmos? — perguntou ela. — Você topa dar uma volta?

— Você não vai me dar um pé na bunda depois de tudo isso?

— Precisamos conversar em outro lugar para que papai possa dormir.

— Nós não deixamos ele pegar no sono?

— Mais ou menos isso.

* * *

Depois de ouvir a porta da frente se fechar, Rayford ajoelhou-se ao lado da cama e orou para que Chloe e Buck se acertassem, independentemente do que o futuro reservasse a eles. Mesmo que viessem a se tornar apenas bons amigos, ele ficaria feliz. Ajeitou-se na cama e dormiu um sono leve e agitado, aguardando a volta de Chloe e orando pela oportunidade oferecida a ele naquele dia.

* * *

A noite estava fria, porém clara por volta da meia-noite.

— Buck — disse Chloe assim que viraram a esquina e atravessaram a elegante região de Arlington Heights —, gostaria apenas de dizer novamente como...

Buck parou e tocou na manga da jaqueta de Chloe.

— Chloe, não faça isso. Nós só temos sete anos. Não podemos viver no passado. Nós dois erramos neste fim de semana e já nos desculpamos, portanto que tal encerrarmos este assunto?

— Sério?

— Com certeza. — Eles continuaram a caminhar. — Claro que vou precisar descobrir quem enviou as flores.

— Já pensei nisso, e tenho um suspeito.

— Quem?

— É um pouco constrangedor porque a culpa também pode ter sido minha.

— Seria o seu ex-namorado?

— Não! Eu já contei a você quando nos encontramos pela primeira vez, Buck. Nós namoramos quando eu era caloura e ele estava no último ano. Ele se formou e nunca mais o vi. Só sei que hoje ele é casado.

— Então não deve ter sido ele. Há algum outro rapaz de Stanford que poderia estar paquerando você?

— Ninguém que tenha o hábito de enviar flores.

— Poderia ter sido o seu pai?

— Ele disse que não.

— Então, por eliminação, quem poderia ser?

— Pense um pouco — disse Chloe.

Buck semicerrou os olhos e pensou.

— Bruce!? Ah, não, você não está pensando...?

— Quem mais poderia ser?

— Você deu alguma esperança a ele?

— Não sei. Gosto muito dele e o admiro. Sua honestidade me comove, e ele é muito fervoroso e sincero.

— Eu sei, e ele se sente solitário. Mas faz apenas algumas semanas que Bruce perdeu a família. Não consigo achar que tenha sido ele.

— Eu costumo dizer a ele que gosto de suas mensagens — disse Chloe. — Talvez eu tenha demonstrado mais amizade do que deveria. Só que nunca pensei nele dessa maneira, você entende?

— E por que não? Ele é jovem e inteligente.

— Buck! Ele é mais velho do que você!

— Não muito.

— Sim, mas você já está chegando bem perto da idade limite que eu consideraria adequada para um relacionamento.

— Ufa, muito obrigado! Quanto tempo até você me despachar de volta para casa?

— Ai, Buck, que situação constrangedora! Eu tenho Bruce como amigo e professor!

— Certeza de que não existe nada mais?

Ela balançou a cabeça afirmativamente.

— Não faz sentido para mim. Não consigo ver nós dois juntos. Bruce me convidou para trabalhar com ele em tempo integral, mas jamais imaginei que pudesse haver algum outro motivo.

— Não tire conclusões precipitadas, Chloe.

— Como você pode ver, eu sou boa nisso, não sou?

— Você está perguntando para a pessoa errada.

— O que devo fazer? Não quero magoar Bruce. Não posso dizer essas coisas a ele. Tudo isso deve ser uma reação por causa das perdas que ele sofreu. Talvez uma reação precipitada da parte dele.

— Não consigo imaginar o que significa perder uma esposa — disse Buck.

— E os filhos.

— Sim.

— Você disse uma vez que nunca teve um relacionamento sério com ninguém.

— Não mesmo. Quero dizer, duas vezes eu pensei que isso tivesse acontecido, mas me enganei. Uma garota, que estava um ano na minha frente na faculdade, me deu o fora porque eu era muito lerdo para me aproximar dela.

— Não!

— Acho que sou um pouco antiquado nessas coisas.

— Isso é animador.

— Eu perdi todo sentimento que tinha por ela bem rápido.

— Posso imaginar. Então você não foi um típico menininho de faculdade?

— Quer mesmo saber a verdade?

— Não sei. Devo saber?

— Depende. Você prefere ouvir que eu tive todos os tipos de experiência porque sou um cara muito legal ou que sou virgem?

— Você vai me dizer só o que eu quiser ouvir?

— Vou dizer a verdade. Eu só não me importaria em saber de antemão o que você gostaria de ouvir.

— Experiente ou virgem — repetiu Chloe. — Isso é fácil. Com certeza a segunda opção.

— Acertou — disse Buck com voz baixa, sentindo-se mais constrangido do que empolgado.

— O quê?! — exclamou Chloe. — Isso é meio difícil de acreditar nos dias de hoje.

— Devo dizer que sinto mais gratidão do que orgulho. Meus motivos não eram tão puros como agora. Isto é, quase todos os meus amigos dormiam com suas namoradas, e eu não me abstive porque tinha qualquer senso de moralidade. Eu até tive oportunidades, mas era com mulheres por quem eu não estava interessado. Não estou dizendo que não me senti tentado, nem que não quisesse ter dormido com ninguém. A verdade é que as pessoas sempre pensaram que eu viajava de um lado para outro porque tinha um caso em cada lugar. Mas eu era um tímido quando se tratava desse assunto. Eu era uma espécie de conservador.

— Você parece estar se desculpando.

— Não é isso. É que acho um tanto constrangedor chegar a essa idade e ainda ser virgem. Eu sempre estive à frente da minha geração em outras coisas.

— Eu acho que você está se subestimando — disse Chloe. — Você não acha que, talvez, Deus já estivesse lhe protegendo mesmo antes de sua conversão?

— Nunca pensei dessa forma, mas faz sentido. Nunca precisei me preocupar com doenças e problemas de natureza emocional que acompanham os relacionamentos amorosos.

Buck esfregou a nuca.

— Mas isso o constrange, não? — perguntou Chloe.

— Um pouco.

— Então suponho que você não queira saber se tenho ou não experiência sexual.

Buck fez uma careta.

— Se você não se importar. Veja só, tenho apenas 30 anos e me sinto um homem ultrapassado quando você usa a palavra... *sexo.* Portanto, talvez seja melhor você me poupar disso.

— Mas Buck, e se nosso relacionamento for adiante? Você não vai ficar curioso?

— Talvez eu faça essa pergunta algum dia.

— Mas e se, a essa altura, você já estiver perdidamente apaixonado por mim e vier a descobrir algo que não consegue aceitar?

Buck sentiu vergonha de si mesmo. Era difícil admitir sua virgindade diante de uma mulher já que isso o enquadrava dentro de uma pequena minoria no mundo. Mas Chloe era muito direta, muito franca. Buck não queria falar sobre o assunto, ouvir explicações, principalmente se ela fosse mais "experiente" do que ele. E, mesmo assim, ela era objetiva. Chloe parecia se sentir mais à vontade ao falar do futuro do que ele, mas havia sido ele quem decidira levar o relacionamento adiante. Ele não se importava.

— Vou poupar você do mistério — disse Chloe. — Os meus namoros no ensino médio e o meu namoro nos tempos de caloura na Stanford nunca foram aquilo que a minha mãe chamaria de "apropriado". Provavelmente é por isso que nunca tive um relacionamento que tivesse durado muito.

— Hmm, Chloe, que tal falarmos sobre outra coisa?

— Você já é um homem adulto, não é mesmo?

— Acho que sim — respondeu Buck com o rosto corado. — Sou capaz de entrevistar chefes de Estado, mas esse tipo de conversa franca é novidade para mim.

— Pare com isso, Buck! Você costuma ouvir coisas muito piores todos os dias nos programas de entrevistas.

— Mas você não é exatamente minha entrevistada.

— Sou direta demais?

— Só não estou acostumado a esse tipo de conversa e não sou bom nisso.

Chloe deu uma risadinha.

— Qual a probabilidade de haver duas pessoas solteiras passeando à meia-noite nos Estados Unidos falando se são ou não virgens?

— Especialmente depois de todos os cristãos terem sido arrebatados.

— Incrível — disse ela. — Mas você quer conversar sobre outro assunto.

— Eu quero?

— Me conte por que você precisou viajar para Nova York.

* * *

Já passava de uma da manhã quando Rayford se mexeu na cama ao ouvir um barulho na porta da frente. A porta foi aberta, mas não fechada. Ele ouviu Chloe e Buck conversando na entrada da casa.

— Preciso ir embora — disse Buck. — Estou aguardando uma resposta de Nova York amanhã cedo sobre meu artigo e quero estar bem disposto para argumentar.

Depois que Buck saiu, Rayford ouviu Chloe fechar a porta. Dessa vez, seus passos na escada pareciam mais leves do que no início da noite. Ela caminhou na ponta dos pés até o quarto dele e espiou.

— Estou acordado, querida — disse ele. — Está tudo bem?

— Melhor impossível — respondeu ela, aproximando-se e sentando-se na beira da cama de Rayford. — Obrigada, papai — disse ela na escuridão do quarto.

— E a conversa foi boa?

— Sim. Buck é uma pessoa incrível.

— Ele beijou você?

— Não! Papai!

— Segurou a sua mão?

— Não! Pare com isso! Nós só conversamos. Você não vai acreditar na proposta que ele recebeu hoje.

— Proposta?

— Não vou entrar em detalhes agora. Você tem voo amanhã?

— Não.

— Então conversaremos amanhã cedo.

— Tudo bem. Também quero falar sobre a proposta que eu recebi hoje — disse Rayford.

— Do que se trata?

— Muito complicada para explicar agora. De qualquer forma, não vou aceitá-la. Falamos disso amanhã.

— Papai, não foi mesmo você quem mandou aquelas flores, né? Só para me tranquilizar. Se foi, vou me sentir muito mal por tê-las jogado na lixeira.

— Não fui eu, Chloe.

— Isso é bom, eu acho. Só que elas também não foram enviadas pelo Buck.

— Tem certeza?

— Agora, sim. Ele disse que não foi ele.

— Xi...

— Você está pensando o mesmo que eu?

— Bruce?

— O que devo fazer, papai?

— Se você vai trabalhar com Bruce, precisará ter uma conversa com ele.

— Por que de repente isso virou minha responsabilidade? Não comecei nada! Não incentivei... pelo menos não tive a intenção.

— Bem, você pode deixar as coisas como estão. Quero dizer, ele enviou as flores anonimamente. Como você poderia saber de quem partiram?

— Sim! De fato eu não sei, não é mesmo?

— Claro que não.

— Vou me encontrar com ele amanhã à tarde — disse ela — para conversarmos sobre o emprego.

— Então converse sobre o emprego.

— E não toco no assunto das flores?

— De certo modo você já fez isso, não?

Chloe riu.

— Se ele tiver coragem de confessar que mandou as flores, então poderão conversar sobre o que elas significam.

— Parece uma boa ideia. Mas, papai, se Buck e eu continuarmos a nos encontrar, nosso relacionamento vai se tornar evidente.

— Você não quer que as pessoas saibam?

— Não quero atirar isso na cara de Bruce, sabendo o que ele sente em relação a mim.

— Mas você não sabe.

— É verdade. Se ele não disser, eu não sei.

— Boa noite, Chloe.

— Vai ser esquisito trabalhar para ele ou com ele, não vai?

— Boa noite, Chloe.

— Eu só não queria...

— Chloe! Daqui a pouco vai amanhecer!

— OK! Boa noite, papai.

***

Buck foi despertado no meio da manhã de terça-feira por uma ligação de Stanton Bailey.

— Cameron! — gritou ele. — Você já acordou?

— Sim, senhor.

— Não é o que parece!

— Totalmente acordado.

— A noite foi longa?

— Sim, mas agora estou acordado...

— Você sempre foi muito honesto, Cam. É por isso que não entendo por que continua insistindo em dizer que esteve naquela reunião quando...

— Ah, isso já é coisa antiga.

— Você está muito isolado. Gostaria que fosse o substituto de Plank aqui, mas o que está feito, está feito, não é mesmo?

— Sim, senhor.

— Mas você ainda está na parada.

— Como assim?

— Você ainda tem prestígio. Como você se sente sabendo que poderá conquistar mais um prêmio com seu artigo?

— Pois é, fico satisfeito em saber que gostou, mas não o escrevi pensando em receber uma premiação.

— Nunca escrevemos pensando em prêmio, não é mesmo? Você já fez algum artigo só para disputar uma categoria? Eu também não. No entanto, tenho visto alguns sujeitos tentarem, mas isso nunca funciona. Eles poderão aprender com você a fazer algo denso, abrangente, mas conciso, incluindo todas as citações, cobrindo todos os ângulos, imparcial diante de todas as opiniões. Gostei muito de você não ter feito aqueles alienígenas excêntricos e religiosos fanáticos parecerem imbecis. Todos têm direito de opinar, certo? E todos representam o coração dos Estados Unidos, não importando se acreditam que o responsável foi alguma criatura verde vinda de Marte ou Jesus montado num cavalo ou seja lá qual for a imagem representada. Você sabe do que estou falando.

— Não estou entendendo.

— De qualquer forma, este artigo é uma obra-prima e, como sempre, apreciei seu excelente trabalho e o fato de você não ter permitido que aquele outro assunto o abatesse. Você vai continuar fazendo um bom trabalho, Cameron. Fique aí em Chicago por algum tempo, para parecer que ainda exerço certo controle sobre meu jornalista de ouro, e você estará de volta aqui a Nova York antes do que imagina. Quando é que termina seu contrato?

— Em um ano, mas, para falar a verdade, estou gostando daqui e...

— Muito engraçado. Se eles começarem a pressioná-lo, fale comigo e trago você de volta para cá. Não sei se poderei contratá-lo como editor-executivo porque precisaremos preencher a vaga antes disso e provavelmente não faria sentido você trocar de uma posição subalterna para a chefia. Mas pelo menos faremos seu salário voltar ao valor que era, e você poderá fazer o que faz de melhor.

— Ah, muito obrigado.

— Ei, tire o dia de folga! Em uma semana, esse artigo chegará às bancas de jornal e você estará na boca do povo por alguns dias.

— Estou começando a gostar da sua proposta.

— E ouça, Cameron, fique longe daquela fulaninha. Qual o nome dela, mesmo?

— Verna Zee?

— Sim, Verna. Ela trabalha bem, só deixe-a em paz. Você não vai precisar ir até o escritório a menos que exista um bom motivo. Tem mais algum assunto que queira tratar comigo?

— Steve quer que eu vá até Israel na próxima semana para a assinatura do tratado entre Israel e a ONU.

— Temos um monte de gente indo para lá, Cameron. Eu ia dar a reportagem de capa para o nosso editor de assuntos religiosos.

— O Jimmy Borland?

— Algum problema?

— Bem, em primeiro lugar, eu não vejo essa reportagem como um assunto de natureza religiosa. Aliás, a reunião com intuito de unificar as religiões do mundo vai acontecer em Nova York ao mesmo tempo: os judeus vão falar sobre a reconstrução do Templo, e os católicos, escolher um novo papa. Em segundo lugar, embora vá parecer que estou trabalhando em causa própria, você realmente acha que Jimmy seria capaz de assumir a responsabilidade de uma reportagem de capa?

— Provavelmente não. Só achei que seria conveniente. Ele já esteve lá tantas vezes, e qualquer coisa que Israel faça pode ser considerada de natureza religiosa, não é mesmo?

— Não necessariamente.

— Sempre gostei de sua franqueza quando fala comigo, Cameron. Conheço muitas pessoas que não conseguem discordar de mim. Quer dizer que você não vê essa reportagem como de natureza religiosa só por estar acontecendo na chamada Terra Santa?

— Qualquer coisa em que Carpathia esteja envolvido é geopolítica, mesmo que tenha algumas ramificações religiosas. O grande assunto religioso na região, além da questão do Templo, são aqueles dois pregadores no Muro das Lamentações.

— Ah, sim, o que se passa na cabeça daqueles malucos? Eles disseram que não ia chover em Israel durante três anos e meio e até agora não choveu mesmo! A terra lá sempre foi seca, mas se ficar muito tempo sem chuva, tudo vai definhar e desaparecer. Aquela fórmula daquele cientista... como é mesmo o nome dele? Rosenzweig? Depende de uma quantidade muito grande de água para funcionar?

— Não tenho certeza. Sei que essa fórmula requer menos quantidade de chuva do que o cultivo tradicional, mas acho que, para dar certo, é necessário água, seja lá de onde venha.

— Eu gostaria que Jimmy conseguisse uma entrevista exclusiva com aqueles dois — disse Bailey —, mas eles deve ser perigosos, não?

— Como assim?

— Bem, dois sujeitos tentaram matá-los e caíram mortos no chão. E o que foi aquilo que aconteceu outro dia? Um grupo de gente foi queimado. O povo disse que eles invocaram fogo do céu!

— Já outras pessoas disseram que eles sopraram fogo no grupo.

— Também ouvi falar isso! — disse Bailey.

— Os caras não devem ter um hálito muito bom, não acha?

Bailey estava rindo, mas Buck não conseguia disfarçar arrebatamento na história do sopro de fogo porque ela constava na Bíblia. Ele também não enquadrava as pessoas que acreditavam no arrebatamento na mesma categoria das que acreditavam em óvnis.

— De qualquer forma — prosseguiu Bailey —, eu não disse ao Jimmy que ele ficaria com a reportagem de capa, mas creio que alguns rumores já o deixaram alerta. Eu poderia atribuir essa tarefa a você, e até preferia isso, mas precisarei tirar alguém da viagem porque já estouramos o orçamento. Talvez eu envie um fotógrafo a menos.

Buck estava ansioso para um fotógrafo captar alguma evidência sobrenatural.

— Não, não faça isso — disse ele. — Plank está me propondo viajar como parte da comitiva da ONU.

Houve um longo silêncio.

— Bailey?

— Não sei, Cameron. Estou impressionado por eles o terem perdoado depois do que aconteceu, mas como você poderá manter a objetividade se estiver sendo bancado por eles?

— Você precisa confiar em mim. Nunca negociei favores.

— Sei disso, e Plank também sabe. Mas será que Carpathia entende o que é jornalismo?

— Não tenho certeza.

— Nem eu. Você sabe do que tenho medo.

— Do quê?

— Que ele tente roubar você.

— É muito difícil eu querer ir para qualquer outro lugar — disse Buck.

— Mesmo assim. Achei que Carpathia estaria mais aborrecido com você do que eu, e agora ele quer que você o acompanhe na assinatura desse tratado?

— Na verdade, ele quer que eu esteja presente à mesa no momento da assinatura do tratado, como parte de sua delegação.

— Isso seria totalmente inapropriado.

— Eu sei.

— A menos que você deixe claro que não faz parte da delegação. Mas o ambiente seria perfeito! Você seria a única pessoa da imprensa sentada à mesa!

— Sim, mas como eu faria isso?

— Talvez seja simples. Que tal usar algum tipo de bordado no seu terno que deixe claro que você está ali representando o *Semanário*?

— Posso dar um jeito nisso.

— Você poderia carregar o terno consigo e exibi-lo só depois que todos estivessem sentados em seus lugares.

— Acho um pouco desonesto.

— Ora, não seja tolo. Carpathia é o político dos políticos e tem todos os motivos do mundo para querer você ao lado dele. Ele o está paparicando para que você queira sair do *Semanário Global.*

— Isso não está nos meus planos.

— Eu sei que não está. Mas, ouça, você acha que ainda conseguiria participar da assinatura do tratado, quero dizer, estar lá exatamente na hora em que tudo ocorrer, ao lado das partes envolvidas e não junto do pessoal da imprensa, mesmo que não faça parte da delegação da ONU?

— Não sei, mas posso perguntar.

— Então pergunte. Vou conseguir uma passagem extra em um voo comercial para que você não viaje por conta da ONU. Não quero que deva nenhum favor a Carpathia, mas faria de tudo para ver você espiando por cima do ombro dele quando Carpathia assinar esse tratado.

CAPÍTULO 10

Buck gostou da ideia de tirar um dia de folga, apesar de não ter planejado nada importante para aproveitá-lo. Arrumou com calma o quarto vago, instalando ali seu escritório. Depois de ligar todos os equipamentos e testá-los, verificou seu *e-mail* e encontrou uma longa mensagem de James Borland, o editor de religião do *Semanário Global.*

"Lá vem..." ele pensou.

> Eu pensei em ligar para você para tratar deste assunto diretamente por telefone. Só que achei melhor colocar tudo por escrito porque quero desabafar um pouco antes de receber suas desculpas de sempre. Você sabe muito bem que eu estava cotado para fazer a reportagem de capa sobre a assinatura do tratado. Isso vai acontecer na capital religiosa do mundo, Cameron. Quem você acha que deveria cuidar disso?
>
> Só porque não sou o seu tipo de jornalista e nunca escrevi a primeira capa não significa que eu seja incapaz de cumprir a tarefa a contento. Eu poderia ter pedido seus conselhos, mas com certeza você iria querer dividir a autoria da matéria comigo, com seu nome aparecendo em primeiro lugar.
>
> O velho me disse que foi ideia dele passar a matéria para você, mas não consigo imaginá-lo escrevendo o que bem entender, e eu fora disso. Também estou indo para Israel. Ficarei longe de você, desde que fique longe de mim.

Buck ligou imediatamente para ele.

— Jimmy — disse ele —, aqui é o Buck.

— Recebeu meu *e-mail?*

— Recebi.

— Não tenho mais nada a dizer.

— Imagino que não — disse Buck. — Você foi bem claro.

— Então o que você quer?

— Só esclarecer alguns pontos.

— Ah, sim, vai me dizer o mesmo que Bailey, que você sequer pediu essa reportagem?

— Para ser franco, Jim, eu disse ao Bailey que considerava essa matéria mais de natureza política do que religiosa, e cheguei a mencionar que não tinha certeza se ela dizia mesmo respeito à sua área.

— E por acaso isso não significa você me tirar do caminho para ser o autor da reportagem?

— Talvez, Jim, mas não foi minha intenção. Lamento muito, e se ela significa tanto para você, insisto para que a faça, então.

— Certo. Qual é o golpe?

— Que eu fique com as suas matérias, e uma inédita.

— Você quer tomar o meu lugar?

— Só por algumas semanas. Para mim, você conseguiu o cargo mais invejado do *Semanário.*

— Sabe por que eu não confio em você, Buck? Você parece o Tom Sawyer[3] tentando me fazer pintar sua cerca.

— Estou falando muito sério, Jim. Se você me deixar ficar com as reportagens sobre a religião mundial unificada, a reconstrução do Templo, os dois pregadores diante do Muro das Lamentações, a votação para o novo papa e uma que também faz parte de sua especialidade, mas que ainda não contei a ninguém, eu darei um jeito de você ganhar a reportagem de capa sobre o tratado.

— Vou morder sua isca. O que há de tão importante em uma das minhas matérias que deixei escapar?

---

[3] Personagem do livro *As Aventuras de Tom Sawyer,* de Mark Twain. [N. do T.]

— Você não deixou escapar. É que tenho um amigo que estava no lugar certo, na hora certa.

— Quem? O quê?

— Não vou revelar minha fonte, mas, por acaso, eu fiquei sabendo que o rabino Tsion Ben-Judá...

— Eu o conheço.

— Conhece?

— Bem, ouvi falar dele. Todo mundo ouviu. Um sujeito impressionante.

— Você está por dentro do que ele pretende fazer?

— Um projeto de pesquisas, não é isso? Algo tipicamente desatualizado?

— Então isso só prova que essa é outra matéria que você não está interessado. Parece que estou pedindo o Báltico e o Mediterrâneo e oferecendo em troca o Boardwalk e o Park Place.[4]

— É exatamente o que parece, Buck. Você acha que sou idiota?

— Claro que não, Jimmy. Você não está entendendo. Eu não sou seu inimigo.

— Apenas um concorrente que fica reservando as reportagens de capa para si mesmo.

— Eu acabei de lhe oferecer uma!

— Mas tem algo que não está fazendo sentido Buck. A reunião para criar uma religião mundial unificada é seca como pó, nunca vai dar certo. Nada vai impedir os judeus de reconstruírem seu Templo, porque ninguém mais, a não ser eles, se importa com isso. Garanto a você que aqueles dois diante do Muro das Lamentações dariam uma grande reportagem, só que mais de meia dúzia de pessoas tentaram se aproximar deles e caíram mortas. Acho que todos os jornalistas do mundo receberam a missão de entrevistá-los, mas nenhum teve a coragem de se aproximar. E outra coisa, todos já sabem quem vai

---

[4] Logradouros populares em Atlantic City. [N. do T.]

ser o novo papa. E, para finalizar, quem se importaria com a pesquisa do rabino?

— Opa, alto lá, Jim — disse Buck. — Agora você me passou a perna porque não faço a mínima ideia de quem será escolhido como papa.

— Ora, pare com isso, Buck. Onde você está com a cabeça? Todos estão apostando no arcebispo Mathews de...

— Cincinnati? Sério? Eu o entrevistei para o...

— Eu sei, Buck. Eu vi. Todos aqui viram sua próxima reportagem a receber o prêmio Pulitzer.

Buck calou-se. A dimensão da inveja não teria limites? Borland deve ter percebido que havia ido longe demais.

— Sinceramente, Buck, eu preciso dar o braço a torcer. Sua matéria foi realmente boa. Mas você não fazia ideia de que ele estava em vias de ser nomeado o próximo papa?

— Nenhuma.

— Ele é um indivíduo muito astuto. Recebeu apoio de todos os lados, e penso que será eleito. Muita gente pensa o mesmo.

— Então, já que o conheço e acho que ele confia em mim, você não vai se importar de eu ficar com essa reportagem como parte do nosso acordo, vai?

— Ah, agora você acha que eu aceitei o acordo, não é mesmo? — disse Jimmy.

— Por que não? Você não está doido para conseguir a reportagem de capa?

— Buck, você acha que eu não sei que você fará parte da delegação da ONU na assinatura do tratado e vai usar um distintivo qualquer do *Semanário Global* no paletó ou no chapéu para mostrar que estamos na liderança?

— Então inclua isto em sua reportagem de capa: "Substituto do editor de religião aparece ao lado do secretário-geral".

— Isso não tem graça nenhuma. Não há nada que me faça acreditar que Plank lhe dará essa oportunidade maravilhosa e depois indicará outra pessoa para escrever a matéria.

— Estou lhe dizendo, Jim, que vou insistir nisso.

— Você não deveria ter mais nenhum poder de barganha depois de deixar de comparecer àquela reunião com o Carpathia. O que faz você pensar que Bailey lhe dará ouvidos? Agora você não passa de um jornalista da sucursal de Chicago.

Buck sentiu um pontapé no ego, e as palavras brotaram antes que pudesse medi-las.

— Ah, sim, então eu não passo de um jornalista chinfrim da sucursal de Chicago que escreveu a reportagem de capa da próxima edição e que foi designado para escrever a da semana seguinte.

— *Touché!*

— Sinto muito, Jim. Passei do limite, mas eu falo sério. Não estou blefando para fazê-lo pensar que seu cargo é mais importante do que uma reportagem de capa. A verdade é que estou mesmo convencido de que as notícias sobre religião darão reportagens mais interessantes do que a assinatura do tratado.

— Espere um pouco, Buck. Você não é mais um daqueles trouxas que acreditam em todas aquelas teorias proféticas e apocalípticas que alegam já estar tudo previsto na Bíblia, né?

"É exatamente o que sou", pensou Buck, mas ele ainda não podia tornar isso público.

— Você sabe se esse ponto de vista tem ganhado força? — perguntou, esquivando-se da pergunta do colega.

— Você é quem devia saber. Foi você quem escreveu a reportagem.

— Minha reportagem reproduz todas as opiniões.

— Ah, sim, mas você foi fundo na tolice do arrebatamento. Eles adorariam ver um pouco de invencionice em todas essas histórias para enquadrá-las no tal plano de Deus.

— Você é o editor de religião, Jim. O que eles falam faz algum sentido?

— Isso não me parece ser obra de Deus.

— Então você admite que existe um Deus?

— É só força de expressão.

— Como assim, "força de expressão"?

— Deus está em todos nós, Buck. Você conhece a minha opinião.

— Sua opinião não mudou depois dos desaparecimentos?

— Não.

— Deus estava nas pessoas que desapareceram?

— Claro.

— Então uma parte de Deus foi embora?

— Você tem um jeito muito literal de falar, Buck. Daqui a pouco vai querer dizer que o tratado prova que Carpathia é o anticristo.

"Ah, como eu gostaria de convencê-lo disso!", pensou Buck. "Um dia, ainda vou tentar."

— Sei que o tratado é um assunto muito importante — retrucou Buck. — Provavelmente mais do que muita gente imagina, mas a assinatura é apenas o espetáculo. A história é o acordo em si, mas ela já foi contada.

— A assinatura talvez seja apenas o espetáculo, mas vale uma reportagem de capa, Buck. Por que você acha que não sou capaz de escrevê-la?

— Diga-me que ficarei com as outras reportagens, e conseguirei esta para você.

— Negócio fechado.

— Você está falando sério?

— Claro que sim. Tenho certeza de que você acha que conseguiu me iludir, mas não sou mais criança, Buck. Não me importo como essa reportagem de capa será classificada quando comparada com as que você já fez. Quero que ela faça parte de meu arquivo pessoal, para meus netos, essas coisas.

— Entendo.

— Ah, sim, entende. Você tem a vida inteira pela frente e fará o dobro de reportagens de capa que já fez até agora.

***

— Chloe! Desça aqui!

Rayford estava de pé na sala de estar, surpreso demais para sentar-se. Tinha acabado de ligar a TV e ouviu a chamada para o plantão de notícias extraordinárias.

Chloe desceu correndo a escada.

— Tenho que ir à igreja — disse ela. — O que está acontecendo?

Rayford pediu para Chloe se calar e ambos passaram a prestar atenção às notícias. Um correspondente da CNN na Casa Branca estava falando.

Aparentemente esse gesto raro foi resultado de uma reunião ocorrida no início da noite de ontem entre o secretário-geral da ONU, Nicolae Carpathia, e o presidente Gerald Fitzhugh. Fitzhugh já era conhecido entre os chefes de Estado por seu apoio incondicional à administração do novo secretário-geral, mas, ao ceder a ele o avião presidencial, estabeleceu um padrão completamente novo de conduta.

A Casa Branca enviou o atual Air Force One para Nova York no fim da tarde de ontem a fim de buscar Carpathia, mas hoje foi anunciado que o voo inaugural do novo Air Force One transportará Carpathia, e não o presidente.

— O quê? — perguntou Chloe.

— A assinatura do tratado em Israel — disse Rayford.

— Mas o presidente também não vai?

— Sim, mas no avião antigo.

— Não entendi.

— Nem eu.

O repórter da CNN prosseguiu.

Os céticos suspeitam de um acordo nos bastidores, mas foi o próprio presidente quem fez o pronunciamento na Casa Branca agora há pouco.

A CNN mostrou a imagem gravada anteriormente. O presidente Fitzhugh parecia perturbado enquanto falava.

A oposição vai ter muito o que falar sobre esse gesto mas os norte-americanos que amam a paz e todos os que estão cansados da velha política de sempre vão comemorar. O novo avião é lindo. Já tive oportunidade de conhecê-lo. Estou orgulhoso dele. O espaço interior é suficiente para acomodar as delegações completas dos Estados Unidos e da ONU, mas decidi que somente a da ONU tem o direito de usá-lo em seu voo inaugural.

Até que nosso atual Air Force One passe a ser o Air Force Two, batizaremos o novo 757 de Global Community One e o ofereceremos ao secretário-geral Carpathia com nossos votos de sucesso. Já é hora de o mundo se unir em torno deste homem apaixonado pela paz, e estou orgulhoso por ser o autor deste pequeno gesto.

Também convoco meus colegas do mundo inteiro a estudarem seriamente o desarmamento proposto por Carpathia. A firme defesa de nosso país tem sido elogiada por várias gerações, mas estou certo de que todos nós concordamos que o desarmamento em favor da paz já deveria ter acontecido há muito tempo. Espero fazer um pronunciamento em breve sobre nossas decisões a este respeito.

— Papai, isso significa que você...?

Com um gesto, Rayford novamente pediu silêncio à filha enquanto a CNN passava a transmitir de Nova York uma resposta ao vivo de Carpathia.

Com os olhos fixos na câmera, Nicolae parecia penetrarnos olhos de cada telespectador. Sua voz era tranquila e emotiva.

Gostaria de expressar minha gratidão ao presidente Fitzhugh por esse ato de suprema generosidade. Nós, da Organização das Nações Unidas, estamos profundamente sensibilizados, agradecidos e comovidos. Aguardamos ansiosamente a magnífica cerimônia que terá lugar em Jerusalém na próxima segunda-feira.

— Veja que homem astuto — Rayford balançou a cabeça.

— Esse é o emprego do qual você me falou. É você quem vai pilotar este avião, papai?

— Não sei. Acho que sim. Eu não me dei conta de que o velho Air Force One passaria a ser Air Force Two, o avião do vice-presidente. Gostaria de saber se eles vão realmente aposentar o atual piloto. Parece uma dança das cadeiras! Se o atual piloto permanecer com o 747 quando ele se transformar no Air Force Two, o que vai acontecer com o atual piloto do Air Force Two?

Chloe deu de ombros.

— Você tem certeza de que não quer ser piloto do novo avião?

— Nunca tive tanta certeza. Quero ficar longe de tudo que tenha relação com esse tal Carpathia.

***

Buck recebeu um telefonema de Alice, da sucursal de Chicago.

— É melhor você ter duas linhas telefônicas — disse ela — se quiser continuar trabalhando em casa.

— Se for contar o meu celular, eu já tenho duas linhas — disse Buck.

— O sr. Bailey quer falar com você, mas seu telefone só dá ocupado.

— E por que ele ligou para a sucursal? Ele sabe que estou aqui em casa.

— Ele não ligou para cá. Marge Potter estava falando ao telefone com Verna sobre outro assunto e contou a ela.

— Aposto que Verna adorou saber disso.

— Claro que sim. Ela quase pulou de alegria. Acha que você está tendo novamente problemas com o chefão.

— Duvido que esteja.

— Sabe o que ela está pensando?

— O quê?

— Que Bailey não gostou de sua reportagem de capa e irá despedi-lo.

Buck riu.

— Não é verdade? — perguntou Alice.

— É justamente o contrário — respondeu Buck. — Mas, por favor, não conte nada à Verna.

Buck agradeceu a entrega dos equipamentos no dia anterior, poupando-a da história de Chloe ter pensado que Alice era sua noiva, e desligou para, em seguida, poder ligar para Bailey. Quem atendeu foi Marge Potter.

— Buck, já estou com saudade de você — disse ela. — Afinal de contas, o que foi que aconteceu?

— Um dia desses eu conto tudo — disse ele. — Soube que o chefe está tentando falar comigo.

— Bem, ele me pediu que fizesse a ligação. Ele está com o Jim Borland na sala e os ouço falando em tom alterado. Nunca ouvi o Jimmy levantar a voz antes!

— Você já ouviu Bailey levantar a voz alguma vez?

Marge riu.

— Não mais de duas vezes por dia — disse ela. — De qualquer forma, vou pedir para ele retornar sua ligação.

— Seria melhor você interrompê-los, Marge. Essa reunião deve ser o motivo de eles estarem tentando falar comigo.

Stanton Bailey entrou na linha quase imediatamente.

— Williams, você foi muito atrevido ao tentar se passar por editor-executivo.

— Como assim?

— Não é atribuição sua definir as reportagens de capa. Você disse a Borland que eu pretendia passar a ele a matéria sobre o tratado. Depois, começou a bajulá-lo, oferecendo-se para ficar com aquelas porcarias de histórias e depois passou a ele sua reportagem de capa.

— Eu não fiz isso!

— Ele não fez isso! — gritou Borland.

— Não aguento mais vocês dois! — disse Bailey. — Então, o que afinal aconteceu?

***

Depois que Chloe saiu para tratar de seu novo emprego na igreja, Rayford pensou em ligar para seu chefe. Earl Halliday aguardava uma resposta o mais breve possível e provavelmente ligaria para Rayford, se ele não retornasse logo a ligação.

O noticiário do dia apresentou fatos determinantes para a decisão que seria tomada por Rayford. Ele não podia negar o prestígio que acompanharia sua indicação como piloto do presidente, e ser o piloto de Carpathia provocaria mais repercussão ainda. Contudo, os motivos e sonhos de Rayford haviam dado uma guinada de 180 graus. Ser conhecido como o piloto do Air Force One — ou até mesmo do Global Community One — durante sete anos não fazia mais parte da sua lista de desejos.

O tamanho da casa às vezes confundia Rayford, mesmo quando havia quatro pessoas morando ali. Em outros momentos, sentiu orgulho dela. A casa evidenciava seu *status*, sua posição social e seu nível de realizações, mas agora era um lugar vazio e solitário. Rayford estava muito agradecido por ter a companhia de Chloe nela. Apesar de ter resolvido não interferir em sua decisão, caso ela desejasse retornar à universidade, ele não fazia ideia de como seria sua vida durante as horas de folga. Uma coisa era ocupar a mente cuidando de tudo o que era necessário para transportar com segurança centenas de pessoas no céu. Outra coisa bem diferente era não ter nada para fazer em casa a não ser comer e dormir. O lugar se tornaria insuportável.

Cada cômodo, cada bugiganga, cada toque feminino fazia ele se recordar de Irene. De vez em quando, alguma coisa vinha à tona e tomava sua mente também com lembranças de Raymie. Rayford havia encontrado um pedaço do doce favorito do filho debaixo da almofada do sofá. Também encontrou seus livros. Um brinquedo dele estava escondido atrás de um vaso de planta.

Rayford estava se tornando um homem emotivo, mas já não se preocupava muito com isso. Agora sua tristeza provocava mais uma sensação de melancolia do que de sofrimento. Quanto mais se aproximava de Deus, mais ansiava pelo momento de estar na presença dele, junto com Irene e Raymie, após a gloriosa manifestação.

Ele deixava que suas lembranças trouxessem seus entes queridos para mais perto de si, tanto no pensamento quanto no coração. Agora, depois de partilhar da fé deles, Rayford os compreendia e os amava ainda mais. Quando o sentimento de culpa se abatia sobre ele, quando se sentia envergonhado por não ter sido o marido e pai que deveria, simplesmente orava implorando a Deus o perdão por ter sido tão cego.

Rayford decidiu cozinhar para Chloe naquela noite. Prepararia um dos pratos favoritos dela — camarão com massa e outros acompanhamentos. Ele sorriu. Apesar de todos os traços negativos que a filha tinha herdado dele, ela era uma pessoa maravilhosa. Se havia alguém que servia de exemplo para mostrar como Cristo pode mudar a vida de um ser humano, esse alguém era Chloe. Rayford gostaria de dizer isso a ela, e o jantar era uma forma de expressar seus sentimentos. Teria sido mais fácil comprar alguma coisa ou convidá-la para jantar fora, mas queria oferecer algo feito por ele mesmo.

Rayford passou uma hora na mercearia e mais uma hora e meia na cozinha para deixar tudo pronto antes da chegada da filha. Ele sentiu certa identificação com Irene ao se lembrar da sua expressão de expectativa quase todas as noites, antes de servir o jantar. Talvez ele não tivesse agradecido e elogiado a esposa o suficiente, mas somente agora compreendia o quanto ela devia ter se esforçado para agradá-lo com o mesmo amor e devoção que ele sentia por Chloe.

Rayford nunca se deu conta disso, e suas insignificantes tentativas de elogiá-la devem ter sido consideradas tão inúteis quanto verdadeiramente eram. Agora não havia mais condições de se explicar com Irene, a não ser no Reino eterno, tendo Chloe a seu lado.

* * *

Buck desligou o telefone depois de conversar com Stanton Bailey e Jim Borland, perguntando a si mesmo por que não havia aceitado a proposta de Carpathia para dirigir o *Chicago Tribune* e encerrado, de uma vez por todas, aquele assunto. Ele havia convencido a ambos de que estava sendo sincero e finalmente tinha conseguido uma aprovação relutante do chefe, porém estava em dúvida se havia valido a pena ficar novamente em uma situação delicada com ele. Seu objetivo era fazer a ligação entre as reportagens religiosas de forma tão óbvia que Borland aprendesse como fazer o trabalho dele e Bailey percebesse quais características ele precisava em um editor-executivo.

Buck não queria mais esse cargo, assim como também não o quis quando a posição foi oferecida a ele por ocasião da saída de Steve Plank. Mas ele realmente esperava que Bailey encontrasse alguém que tornasse trabalhar lá divertido outra vez.

Digitou algumas anotações em seu computador, fazendo um resumo das incumbências que assumira no acordo com Jimmy Borland. Inicialmente ele havia encarado as coisas da mesma forma que o colega. Contudo, isso foi antes de ter estudado as profecias, antes de saber em que lugar Nicolae Carpathia se enquadrava na história.

Agora, Buck esperava que todos esses fatos fossem acontecer ao mesmo tempo. Ele estava, provavelmente, naquele momento, trabalhando nos acontecimentos relativos ao cumprimento das profecias de séculos e séculos atrás. Quer fossem reportagens de capa ou não, esses acontecimentos causariam tanto impacto no curto período que ainda restava na história da humanidade quanto o tratado com Israel.

Buck telefonou para Steve Plank.

— Você já tem uma resposta? — perguntou Steve. — Alguma notícia que eu possa repassar ao secretário-geral?

— É assim que você o chama agora? — perguntou Buck atônito. — Você não pode nem chamá-lo pelo nome?

— Eu preferi assim. É uma questão de respeito, Buck. Até Hattie o chama de "sr. Secretário-geral" e, se não estou enganado, os dois estão sempre juntos tanto no trabalho quanto fora do expediente.

— Nem precisa me dizer isso, fui eu quem os apresentou.

— E você se arrepende? Apresentou ao líder mundial uma pessoa que ele adora, e você também mudou a vida de Hattie para sempre.

— É disso que tenho medo... — disse Buck, percebendo que estava muito perto de revelar seus verdadeiros sentimentos a um confidente de Carpathia.

— Ela era uma pessoa totalmente desconhecida, Buck, e agora está em evidência.

Não era o que Buck desejava ouvir, mas ele também não planejava dizer isso a Steve.

— Mas, então, o que me diz?

— Ainda não me decidi — respondeu Buck. — Você sabe qual é a minha posição.

— Não entendo você, Buck. Qual é o problema? O que pode dar errado? Isso não é tudo o que você sempre quis?

— Eu sou um jornalista, Steve, não um relações públicas.

— É assim que você me vê?

— É o que você é, Steve. Não o culpo por isso, mas não finja ser algo diferente.

Estava claro que Buck havia ofendido seu velho amigo.

— Muito bem, então, que assim seja — disse ele. — Foi você quem me telefonou. O que deseja?

Buck contou sobre o acordo feito com Borland.

— Foi um grande erro — disse Steve ainda zangado. — Você sabe que eu nunca atribuí a ele nenhuma reportagem de capa.

— Esta não deveria ser a reportagem de capa. As outras matérias, as que ele está me passando, elas sim são histórias bombásticas.

Steve levantou a voz.

— Esta seria a reportagem de capa mais importante que você já teve em mãos! Será o evento de maior cobertura jornalística da história!

— Você me diz isso e alega não ser um mero relações públicas?

— Por quê?

— A ONU assina um tratado de paz com Israel e você acha que esse evento é mais importante do que o desaparecimento de bilhões de pessoas no mundo inteiro?

— Bem, sim, acho. Claro.

— "Bem, sim, acho. Claro" — arremedou Buck. — Pelo amor de Deus, Steve. A notícia é o tratado, e não a cerimônia. Você sabe disso.

— Então você não irá?

— Claro que irei, mas não com vocês.

— Você não quer viajar no novo Air Force One?

— O quê?

— Que é isso, Senhor Jornalista Internacional. Quer dizer que não sabe da última?

* * *

Rayford aguardava ansiosamente a chegada de Chloe, assim como a reunião do grupo-base naquela noite. Chloe havia dito que Buck não queria aceitar o emprego oferecido por Carpathia, da mesma forma que Rayford não queria aceitar o emprego junto à Casa Branca. Mas ninguém ainda havia pedido a opinião de Bruce. Às vezes Bruce tinha um modo diferente de analisar a situação e quase sempre suas opiniões eram sensatas. Rayford não conseguia imaginar de que maneira essas mudanças poderiam se enquadrar em suas vidas de recém-convertidos, mas estava ansioso para conversar e orar sobre o assunto. Ele olhou para seu relógio. O jantar estaria pronto em meia hora, exatamente quando Chloe disse que chegaria.

* * *

— Não — disse Buck —, não tenho o menor interesse de viajar nem no novo, nem no antigo Air Force One. Agradeço o convite para fazer parte da delegação. Mantenho minha palavra de assentar-me à mesa na ocasião da assinatura, mas até mesmo Bailey concorda que devo viajar por conta do *Semanário Global.*

— Você contou a Bailey sobre nossa proposta?!

— Não sobre a proposta de emprego, evidentemente. Mas sobre a viagem em conjunto, sem dúvida.

— Por que você acha que sua viagem a Nova York foi tão sigilosa, Buck? Acha que queríamos que o *Semanário* soubesse?

— Imaginei que vocês não quisessem que fosse de conhecimento deles a proposta de emprego, que ficou em sigilo. Mas como eu poderia explicar meu aparecimento em Israel por ocasião da assinatura do tratado?

— A essa altura, nós achávamos que não faria mais diferença para você seu ex-chefe saber.

— Vocês não deveriam ter feito esse tipo de suposição, Steve — disse Buck.

— E nem você.

— Como assim?

— Não pense que essa proposta irrecusável vai ficar esperando por você pelo resto da vida, principalmente se você fizer pouco caso, como da última vez.

— Então o emprego está condicionado à minha viagem como relações públicas?

— Se quiser colocar nesses termos...

— Essa ideia não me agrada, Steve.

— Sabe, Buck, não tenho certeza se você está lapidado para a política e para o jornalismo neste nível.

— Concordo que isso é querer me rebaixar ainda mais.

— Não foi o que eu quis dizer. De qualquer forma, você se lembra das previsões de seu chefão sobre a nova moeda mundial? Que algo assim nunca aconteceria? Assista ao noticiário amanhã, companheiro. E lembre-se de que foi obra de Nicolae Carpathia, diplomacia nos bastidores.

Buck já conhecia a suposta diplomacia de Carpathia. Com essa mesma diplomacia ele conseguiu que o presidente dos Estados Unidos cedesse a ele um avião novinho em folha, isso sem mencionar as testemunhas de um assassinato que acreditaram ter presenciado um suicídio. Estava na hora de falar com Bruce sobre sua viagem.

* * *

— Rayford, você pode vir até aqui?

— Quando, Earl?

— Agora mesmo. Grande novidade sobre o novo Air Force One. Você já ouviu?

— Sim, está em todos os noticiários.

— Basta uma palavra sua e você logo estará naquele avião para Israel com Nicolae Carpathia a bordo.

— Ainda não estou preparado para tomar uma decisão.

— Ray, preciso de você aqui. Você pode vir ou não?

— Hoje não, Earl. Estou no meio de uma tarefa, então terei que me encontrar com você amanhã.

— O que há de tão importante?

— É assunto pessoal.

— O quê? Não me diga que não está conseguindo terminar a comida de novo!

— Estou cozinhando, mas tudo está correndo bem. Estou preparando o jantar para minha filha.

Rayford não ouviu mais nenhuma palavra do outro lado da linha durante alguns instantes. Finalmente:

— Rayford, sou totalmente a favor de dar prioridade à família. Só Deus sabe quantos dos nossos pilotos são mal casados e têm problemas com os filhos. Mas a sua filha...

— Chloe.

— Certo, ela já tem idade para estar na universidade, né? Ela compreenderia, não é mesmo? Ela não poderia adiar o jantar com o papai por umas duas horas, sabendo que ele está prestes a conseguir o melhor emprego de piloto do mundo?

— Conversaremos amanhã, Earl. Vou para Baltimore no fim da manhã e retornarei no fim da tarde. Podemos nos encontrar antes de eu partir, o que acha?

— Às nove?

— Ótimo.

— Rayford, preciso alertá-lo: os outros sujeitos daquela pequena lista devem estar babando por causa desse emprego. Aposto que estão recorrendo aos conhecidos, pedindo apoio, tentando descobrir quem tem mais influência, essas coisas.

— Ótimo. Talvez um deles consiga e não vou ter de me preocupar mais com isso.

Earl Halliday parecia agitado.

— Ora, Rayford... — ele começou a falar, mas Rayford o interrompeu.

— Earl, é melhor a gente não perder tempo agora. Vamos conversar amanhã cedo, está bem? Você já sabe minha resposta e só não lhe confirmei ainda porque você me pediu para aguardar até amanhã, em nome de nossa amizade. Estou pensando no assunto, orando por ele e conversando com pessoas que se importam comigo. Não vou me atormentar, nem me envergonhar de minha atitude. Se eu recusar um emprego que todos querem, e depois vier a me arrepender, isso será problema meu.

***

Buck estava entrando no estacionamento da Igreja Nova Esperança no exato momento em que Chloe saía. Eles emparelharam os carros e baixaram os vidros.

— Oi, garotinha — disse Buck —, você conhece alguma coisa sobre esta igreja?

Chloe sorriu.

— Só sei que ela lota todos os domingos.

— Ótimo, vou começar a frequentá-la. E, então, aceitou o emprego?

— Eu deveria lhe fazer a mesma pergunta.

— Eu já tenho um emprego.

— Parece que também já tenho um — disse ela. — Aprendi mais hoje do que durante um ano inteiro na faculdade.

— Como foram as coisas com Bruce? Quero dizer, você disse que já sabe que foi ele quem enviou as flores?

Chloe olhou por cima dos ombros, receando que Bruce pudesse ouvir.

— Vou contar tudo a você — disse ela — assim que tivermos tempo.

— Pode ser hoje depois da reunião?

Ela balançou a cabeça.

— Fiquei acordada até altas horas ontem à noite. Estava com um cara, sabe como é...

— Mesmo?

— Pois é, o cara não me largava! Isso acontece comigo toda hora.

— Até mais então, Chloe.

Buck não conseguia culpar Bruce por ele ter demonstrado interesse em Chloe. Só parecia estranho estar disputando a mesma mulher com seu novo amigo e pastor.

* * *

— Pelo cheiro, é o que estou pensando? — disse Chloe entusiasmada ao entrar pela garagem. — Camarões ao molho?

Ela entrou na cozinha e deu um beijo no pai.

— Meu prato predileto! Quem são os convidados?

— A convidada de honra acaba de chegar — disse ele. — Você prefere fazer a refeição na sala de jantar? Poderemos levar tudo para lá rapidamente.

— Não, aqui está ótimo. Qual é o motivo?

— Seu novo emprego. Conte-me sobre ele.

Chloe não conseguiu disfarçar a surpresa:

— Papai! Que bicho mordeu você?

— Acho que liberei o meu lado feminino — disse ele brincando.

— Ora, por favor! — suspirou ela, rindo. — Tudo menos isso!

Durante o jantar, Chloe contou ao pai as tarefas que Bruce lhe passou e todas as pesquisas e estudos que já havia feito.

— Então, é isso que você vai fazer?

— Aprender, estudar e ainda receber por isso? Acho que é uma tarefa fácil, papai.

— E o que há com o Bruce?

Ela balançou a cabeça sem entender.

— O que há com o Bruce?

CAPÍTULO 11

Enquanto lavava louça com Chloe, Rayford ouviu o relato completo que a filha fez sobre seu encontro embaraçoso com Bruce.

— Então quer dizer que, em momento algum, ele confessou ter enviado as flores? — disse Rayford.

— Foi muito estranho, papai — disse ela. — Eu insisti em falar na questão da solidão várias vezes e do quanto nós quatro precisávamos uns dos outros, mas ele pareceu não entender do que eu estava falando. Depois de concordar que todos nós estávamos carentes, ele sempre voltava ao assunto do estudo ou de outra coisa que desejava que eu examinasse. Finalmente eu falei que estava curiosa sobre os relacionamentos amorosos durante este período da história, e ele disse que trataria desse tema hoje à noite. Disse também que outras pessoas o haviam procurado recentemente para falar desse mesmo assunto e, como ele também tinha algumas dúvidas, resolveu aprofundar-se no estudo.

— Talvez ele esclareça tudo hoje à noite.

— Não é uma questão de esclarecer, papai. Eu não acho que Bruce possa se revelar diante de você e de Buck, admitindo ter enviado as flores para mim. Talvez possamos ler nas entrelinhas e descobrir por que ele fez isso.

***

Buck continuava no gabinete de Bruce quando Rayford e Chloe chegaram. Bruce iniciou a reunião do Comando Tribulação naquela noite pedindo a permissão do grupo para que todos contassem o que estava acontecendo na vida deles. Todos concordaram.

Depois de resumir as propostas recebidas por Buck e Rayford, Bruce disse precisar confessar que não se sentia à altura de ser o pastor de uma igreja de novos cristãos convertidos.

— Eu ainda luto com a vergonha todos os dias. Sei que fui perdoado e restaurado, mas ter levado uma vida de mentiras durante 30 anos é desgastante demais para qualquer pessoa. Apesar de Deus ter dito que nossos pecados estão afastados dele assim como o Oriente está distante do Ocidente, para mim é difícil esquecer.

Ele também admitiu sua solidão e fadiga.

— Especialmente — prosseguiu ele — quando penso na tarefa de viajar para tentar unir os pequenos grupos que a Bíblia chama de "santos da tribulação".

Buck desejava ir direto ao assunto e perguntar por que ele não havia simplesmente assinado o cartão das flores de Chloe, mas achou que seria o momento não seria adequado. Bruce passou, então, a falar das novas oportunidades de trabalho recebidas por Rayford e Buck.

— Talvez minha opinião possa chocar a todos vocês por eu não ter me manifestado até o momento, mas acho que vocês dois, Buck e Rayford, deveriam pensar seriamente em aceitar essas propostas.

Essas palavras causaram grande alvoroço nos participantes da reunião. Foi a primeira vez que os quatro falaram com tanta firmeza sobre seus assuntos pessoais. Buck mantinha a opinião de que jamais seria capaz de viver em paz consigo mesmo se abrisse mão de seus princípios jornalísticos, passando a manipular as notícias e ser manipulado por Carpathia. Ele estava impressionado por Rayford não ter se deixado levar pela proposta recebida, mas concordava com Bruce que o amigo deveria estudá-la.

—O fato de você não estar arrumando subterfúgios para aceitar a proposta é um bom sinal. Se você estivesse disposto a dizer sim para o cargo depois de tudo o que sabe, nós ficaríamos preocupados. No entanto, pense na oportunidade de ficar perto dos bastidores do poder.

— Qual seria a vantagem? — perguntou Rayford.

— Talvez pouca no âmbito pessoal — respondeu Buck —, a não ser pela remuneração. Mas você não acha que essa proximidade com o presidente seria uma grande vantagem para todos nós?

Rayford disse a Buck que considerava um erro achar que o piloto oficial da Casa Branca sabia mais sobre a vida do presidente do que qualquer outra pessoa que lesse os jornais diariamente.

— Talvez isso se aplique à situação atual — disse Buck. — Mas se Carpathia realmente adquirir os principais veículos de imprensa, alguém que trabalhe próximo do presidente pode ser um dos poucos a saber o que realmente se passa.

— Então esse pode ser mais um motivo para *você* trabalhar para Carpathia — disse Rayford.

— Talvez eu devesse aceitar o seu emprego e você o meu — disse Buck, finalmente, provocando risos.

— Vejam só o que está acontecendo aqui — disse Bruce. — Nós quatro enxergamos a situação alheia com mais clareza e mais objetividade do que enxergamos a nossa própria.

Rayford deu uma risadinha.

— Você está dizendo que Buck e eu estamos nos recusando a enxergar a verdade?

Bruce sorriu.

— Talvez. É possível que Deus tenha colocado essas coisas no caminho de vocês só para testar sua motivação e lealdade, mas elas parecem grandes demais para serem desprezadas.

Buck estava curioso para saber se Rayford se sentia tão indeciso quanto ele naquele momento. Ele esteve totalmente convicto de que jamais aceitaria a proposta de Carpathia, mas agora já não sabia mais o que pensar.

Chloe rompeu o silêncio.

— Eu acho que vocês dois deveriam aceitar os empregos.

Buck achou estranho Chloe ter esperado os quatro se reunirem para se pronunciar, e era evidente que seu pai pensava o mesmo.

— Você disse antes que eu deveria pensar no assunto, Chloe — disse Rayford —, e agora você acha mesmo que devo aceitar a proposta?

Chloe assentiu com a cabeça.

— Não por causa do presidente, mas por Carpathia. Se ele for tudo o que pensamos, em breve será mais poderoso do que Fitzhugh. Um de vocês, ou os dois, deveria estar o mais próximo possível dele.

— Eu já estive perto dele uma vez — disse Buck — e, para mim, foi o suficiente.

— Parece que vocês dois estão preocupados com a própria segurança e equilíbrio mental — pressionou Chloe. — Eu sei o quanto aquela cena foi horrível para você, Buck. Mas se não houver alguém que possa conhecer o que se passa no universo de Carpathia, ele acabará ludibriando todo mundo.

— Mas assim que eu abrir a boca para dizer o que realmente está acontecendo — disse Buck —, ele dará um jeito de me eliminar.

— Talvez. Mas talvez Deus o proteja. E, talvez, vocês dois consigam nos dizer o que está acontecendo para que possamos transmitir aos outros cristãos.

— Eu teria de abrir mão de todos os meus princípios jornalísticos.

— E esses princípios são mais sagrados do que a sua responsabilidade para com seus irmãos e irmãs em Cristo?

Buck não sabia como responder. Essa era uma das características da personalidade de Chloe que ele tanto admirava. Mas a independência e a integridade sempre estiveram tão enraizadas dentro dele desde o início de sua carreira jornalística que Buck não conseguia sequer pensar em fingir ser o que não era. A ideia de ocupar o cargo de editor e, ao mesmo tempo, fazer parte da folha de pagamento de Carpathia era demais para a sua cabeça.

Bruce virou-se subitamente e passou a se concentrar em Rayford. Buck ficou satisfeito por deixar de ser o centro das atenções, mas entendia como Rayford estava se sentindo.

— Acho que sua decisão é mais fácil de ser tomada, Rayford — disse Bruce. — Basta impor algumas condições, como, por exemplo, morar aqui, se isto for importante para você, e colocar a seriedade deles à prova.

Rayford ficou abalado. Ele olhou para Buck.

— Se colocássemos o assunto em votação, seriam três contra um, Buck?

— Eu poderia perguntar o mesmo — disse Buck. — Aparentemente somos os únicos a achar que não devemos aceitar esses empregos.

— Talvez você deva — disse Rayford em tom de brincadeira.

Buck riu.

— Estou aberto a considerar que estive cego ou pelo menos míope.

Rayford disse a todos que não sabia o que estava aberto a considerar. Bruce sugeriu, então, que se ajoelhassem para orar, algo que eles costumavam fazer reservadamente, não em grupo. Bruce empurrou sua cadeira para o outro lado da escrivaninha e os quatro se ajoelharam. Rayford sempre se comovia ao ouvir outras pessoas orando. Desejava que Deus dissesse a ele de forma audível o que deveria ser feito, mas quando orou, só pediu para que Deus esclarecesse a mente de todos. Enquanto permanecia ajoelhado, Rayford se deu conta de que precisava mais uma vez se render à vontade de Deus. Aparentemente essa deveria ser uma atitude diária: abrir mão de todas as coisas pessoais, racionais e mesquinhas às quais ele se apegava.

Rayford sentia-se tão insignificante, tão imperfeito diante de Deus que não sabia como se humilhar mais diante do Senhor. Curvou-se mais um pouco, apoiou as mãos no chão, encostou o queixo no peito e mesmo assim continuava a sentir-se arrogante e soberbo. Bruce orava em voz alta, mas parou repentinamente. Ao perceber que ele chorava em silêncio, Rayford sentiu um nó na garganta. Apesar de sentir falta de Irene e Raymie, ele estava profundamente grato por Chloe, por sua própria salvação e pelos seus amigos.

Ajoelhado diante de sua cadeira, com as mãos sobre o rosto, Rayford orava silenciosamente. Obedeceria à vontade de Deus, mesmo que não fizesse sentido do ponto de vista humano. A sensação opressiva de ser uma criatura indigna parecia aniquilá-lo, e ele se prostrou no chão sobre o tapete. Por um breve instante, veio à sua mente a posição ridícula em que se encontrava, mas ele afastou rapidamente esse pensamento. Ninguém estava olhando, nem prestando atenção. E se alguém viesse a pensar que aquele orgulhoso piloto havia perdido o juízo, estaria certo.

Rayford estendeu seu longo corpo no chão, colocando as mãos sobre o rosto em cima do tapete áspero. De vez em quando um deles orava alto por alguns instantes, e Rayford percebeu que todos estavam com o rosto encostado no chão.

Ali, perdeu a noção do tempo. Só sabia vagamente que se passaram alguns minutos sem ninguém dizer nada. Ele nunca tinha sentido a presença de Deus de forma tão real. Essa era a verdadeira sensação de pisar em solo sagrado, a mesma que Moisés deve ter sentido quando Deus pediu a ele que tirasse as sandálias dos pés. Rayford desejava afundar-se ainda mais no tapete, cavar um buraco no chão e ocultar-se da pureza e do poder infinito de Deus.

Ele não tinha certeza de quanto tempo permanecera ali orando, ouvindo. Depois de alguns instantes, escutou Bruce se levantar e sentar, cantarolando um hino. Em seguida, os outros três começaram a cantar em voz baixa e voltaram a se sentar. Todos tinham os olhos banhados em lágrimas. Finalmente Bruce falou.

— Tivemos uma experiência pouco comum — disse ele. — Acho que precisamos selar esse acontecimento renovando nosso compromisso com Deus e com cada um de nós. Se houver algo entre a gente que necessite ser confessado ou perdoado, não devemos sair daqui sem fazer isso. Chloe, ontem à noite você abordou alguns assuntos importantes, sem deixar claro o que pretendia.

Rayford olhou de relance para Chloe.

— Peço desculpas — disse ela. — Foi um mal-entendido, mas já está esclarecido.

— Não vamos precisar de uma reunião para discutir a pureza sexual durante a tribulação?

Ela sorriu.

— Não, acho que o assunto está bastante claro para todos nós. No entanto, há uma coisa que eu gostaria de esclarecer e lamento fazer esta pergunta diante de todos...

— Não há problema — disse Bruce. — Pergunte o que quiser.

— Bem, recebi flores de um remetente anônimo e gostaria de saber se esse gesto partiu de alguém desta sala.

Bruce olhou ao redor.

— Buck?

— Eu não — respondeu ele, fazendo uma careta. — Já sofri muito por ser o primeiro suspeito.

Bruce olhou para Rayford, ele apenas sorriu balançando negativamente a cabeça.

— Então, por eliminação, só restei eu? — perguntou Bruce.

— Você? — perguntou Chloe.

— Você limitou suas suspeitas às pessoas que estão aqui nesta sala, não foi?

Chloe fez um movimento afirmativo com a cabeça.

— Então acho que você deveria ampliar sua lista — disse Bruce, corando. — Não fui eu, mas estou lisonjeado por ser considerado um dos suspeitos. Gostaria de ter tido essa ideia.

A surpresa de Rayford e Chloe deve ter sido aparente, porque Bruce imediatamente passou a dar explicações.

— Ah, não é o que vocês estão pensando! — disse Bruce. — Acontece que... bem, eu acho que enviar flores é um gesto maravilhoso e espero que você tenha gostado de recebê-las, Chloe, não importa de quem elas tenham vindo.

Bruce pareceu aliviado ao mudar de assunto e voltar ao tema principal da reunião. Pediu que Chloe falasse de suas pesquisas naquele dia. Às dez, quando todos já estavam prontos para partir, Buck virou-se para Rayford.

— Por mais maravilhosos que tenham sido esses momentos de oração, não recebi nenhuma orientação direta sobre o que fazer.

— Nem eu.

— Vocês devem ser os únicos que não receberam — disse Bruce, olhando de relance para Chloe, que concordou, movendo a cabeça.

— Ficou claro para nós o que vocês devem fazer. E ficou claro para cada um de vocês o que o outro deve fazer. Mas ninguém poderá tomar decisões por vocês.

***

Buck acompanhou Chloe na saída da igreja.

— Foi incrível — disse ela.

Ele concordou.

— Não sei o que seria de mim sem vocês!

— Sem nós? — ela sorriu. — Não seria melhor você dizer só *sem você*?

— Como eu poderia dizer isso a alguém que tem um admirador secreto?

Ela piscou para ele.

— Talvez fosse melhor você dizer assim mesmo, não acha?

— Falando sério, quem você acha que é?

— Não faço ideia.

— As possibilidades são tantas assim?

— São poucas. Para falar a verdade, nenhuma.

* * *

Rayford estava começando a suspeitar que Hattie Durham tinha algo a ver com as flores de Chloe, mas não queria mencionar essa desconfiança à filha. Que espécie de ideia maluca teria passado pela mente dela para planejar algo assim? Estaria Hattie tentando pregar mais uma peça?

Na manhã de quarta-feira, Rayford teve a surpresa de encontrar o próprio presidente da Pancontinental, Leonard Gustafson, no escritório de Earl em O'Hare. Os dois já tinham se visto outras duas vezes. Quando desceu do elevador, no piso inferior, ele deveria ter percebido que havia algo anormal. O lugar parecia diferente. Mesas bem arrumadas, gravatas impecáveis e pessoas parecendo atarefadas. Olhares curiosos eram lançados para Rayford, enquanto ele caminhava em direção ao escritório de Earl.

Gustafson, um ex-militar, era mais baixo do que Rayford e mais magro do que Earl, mas sua mera presença ali parecia preencher por completo o pequeno escritório. Uma cadeira extra foi colocada na sala. Quando Rayford entrou, Gustafson levantou-se rapidamente, com sua capa de chuva ainda pendurada no braço, e apertou firmemente a sua mão.

— Steele, como você está meu amigo? — disse ele, apontando uma cadeira como se estivesse em seu próprio escritório. — Precisei vir a Chicago hoje para tratar de outro assunto e quando soube que você tinha esse encontro com Earl, bem... quis passar por aqui para felicitá-lo, liberá-lo de suas responsabilidades e desejar-lhe muito sucesso.

— Me liberar?

— Bem, não demiti-lo, é claro, mas deixá-lo à vontade. Fique tranquilo porque não haverá nenhum ressentimento de nossa parte. Você teve uma carreira extraordinária, ou melhor, brilhante na Pancontinental. Sentiremos sua falta e estamos orgulhosos de você.

— A notícia já é oficial? — perguntou Rayford.

Gustafson soltou uma sonora gargalhada.

— Pode se tornar oficial imediatamente e então faremos questão de divulgá-la. Será motivo de orgulho tanto para você quanto para nós. Você é dos nossos, e a partir de agora será dele. Mal dá para acreditar, não é mesmo?

— Os outros candidatos desistiram?

— Não, mas temos informações confidenciais de que o emprego será seu se você o aceitar.

— Como isso é possível? Houve algum tipo de troca de favores?

— Não, Rayford, trata-se de uma coisa meio maluca. Você deve ter amigos influentes.

— Para ser franco, não tenho. Não tive nenhum contato com o presidente e não conheço nenhuma pessoa da equipe dele.

— Aparentemente você foi recomendado pela administração de Carpathia. Você o conhece?

— Não! Nunca me encontrei com ele.

— Conhece alguém que o conheça?

A imagem de Hattie Durham logo veio à mente de Rayford.

— Para ser sincero... conheço — murmurou ele.

— Você deu a cartada na hora certa — disse Gustafson, dando um leve tapinha no ombro de Rayford.

— Você é perfeito para a função, Steele. Estaremos torcendo por você.

— Então não posso recusar, se quiser?

Gustafson sentou-se com o corpo inclinado para frente e os cotovelos apoiados nos joelhos.

— Earl me contou que você estava apreensivo. Não cometa o maior erro de sua vida, Rayford. Você quer esse emprego. Sabe que quer. Ele está em suas mãos. Agarre-o. Eu o agarraria. Earl o agarraria. Qualquer outra pessoa da lista daria tudo por ele.

— É tarde demais para eu cometer o maior erro da minha vida — disse Rayford.

— Como é que é? — perguntou Gustafson, mas Rayford viu Earl tocar no braço dele, como se o estivesse lembrando de que ele estava lidando com um fanático religioso que acreditava ter perdido a oportunidade de ir para o céu. — Ah, sim, entendi. Eu quis perguntar desde quando é tarde demais — emendou Gustafson.

— Sr. Gustafson, como é possível Nicolae Carpathia influenciar o presidente dos Estados Unidos sobre quem deveria pilotar seu avião?

— Não sei, mas e daí? Política é política, seja ela da parte dos democratas ou republicanos, como acontece neste país, ou da parte dos trabalhistas ou bolcheviques em qualquer outro lugar.

Rayford achou que aquela analogia não fazia o menor sentido, mas não podia discutir sua lógica.

— Então alguém está fazendo negociatas e eu estou no meio.

— Não é o que acontece com todos nós? — disse Gustafson. — Mas todos amam Carpathia. Ele parece estar acima da política. Se eu tivesse o poder de adivinhar, diria que o presidente está lhe cedendo o novo 757 só porque gosta dele.

"Ah, sim", pensou Rayford, "e eu sou o coelhinho da Páscoa!"

— Então, vai aceitar o emprego?

— Nunca fui pressionado a sair de um emprego para aceitar outro antes.

— Você não está sendo pressionado, Rayford. Gostamos muito de você. Só não teríamos como justificar se um de nossos melhores pilotos recusasse o melhor emprego do mundo.

— E o meu prontuário? Não constava um registro de uma queixa contra mim?

Gustafson sorriu demonstrando compreensão.

— Uma queixa? Não ouvi falar de queixa nenhuma. Você ouviu, Earl?

— Não chegou nada à minha mesa, senhor — disse ele. — E se tivesse chegado, teria sido encaminhada imediatamente.

— A propósito, Rayford — disse Gustafson —, você conhece um tal de Nicholas Edwards?

Rayford fez um movimento afirmativo com a cabeça.

— Ele é seu amigo?

— Foi meu primeiro-piloto duas vezes. Acho que posso considerá-lo assim.

— Você soube que ele foi promovido a comandante?

Rayford balançou negativamente a cabeça. "Política", pensou ele.

— Bom, não? — disse Gustafson.

— Muito bom — respondeu Rayford com a cabeça a mil.

— Existe alguma outra coisa atrapalhando seu caminho? — perguntou Gustafson.

Rayford percebeu que estava ficando sem opção.

— Eu teria que permanecer aqui em Chicago, e mesmo assim não estou afirmando que vou aceitar o emprego.

Gustafson fez uma careta e balançou a cabeça.

— Earl já me falou sobre isso. Eu não entendo. Achei que você gostaria de estar longe daqui, longe das lembranças da sua mulher e da sua filha.

— Filho.

— Sim, o que estava na faculdade.

Rayford não o corrigiu, mas viu Earl se retrair um pouco.

— De qualquer forma — disse Gustafson —, você poderia afastar sua filha de quem a estiver perseguindo e...

— Como é que é?

— ... e arrumar um bom lugar para morar nos arredores de Washington.

— Como assim? Alguém está perseguindo a minha filha?

— Bem, talvez isso não seja tão evidente ainda, Rayford, mas com certeza eu não gostaria que minha filha recebesse presentes anônimos de quem quer que fosse.

— Mas como o senhor...?

— Rayford, você nunca se perdoaria se algo acontecesse à sua filha sabendo que teve a oportunidade de afastá-la dessa ameaça.

— Minha filha não está sendo perseguida nem ameaçada! Do que o senhor está falando?

— Estou falando de umas flores que ela recebeu. Quem poderia estar por trás disso?

— É o que eu gostaria de saber. Até onde sei, apenas três pessoas, além de quem enviou as flores, sabem disso. Como o *senhor* descobriu?

— Não me lembro. Alguém mencionou que, às vezes, uma pessoa tem um bom motivo para se mudar da mesma forma que tem um bom motivo para aceitar uma nova oportunidade.

— Mas se o senhor não estiver me pressionando para sair, não tenho nenhum motivo para sair de onde estou.

— Nem mesmo se sua filha estiver sendo seguida por alguém?

— Qualquer um que queira seguir minha filha poderá encontrá-la tanto aqui, quanto em Washington, com a mesma facilidade — disse Rayford.

— Mesmo assim...

— Não gosto da ideia de que o senhor esteja sabendo de tudo isso.

— Pois bem, não recuse um emprego que vale uma vida inteira só por causa de um mistério insignificante.

— Isso não é insignificante para mim.

Gustafson pôs-se de pé.

— Não estou acostumado a implorar para que façam o que peço, Rayford.

— Então se eu não aceitar o emprego é o fim da linha para mim?

— Deveria ser, mas acho que daí enfrentaríamos um processo seu por termos incentivado você a aceitar o emprego de piloto do presidente.

Rayford não tinha nenhuma intenção de abrir um processo, mas permaneceu calado.

Gustafson sentou-se novamente.

— Faça-me um favor — disse ele. — Vá até Washington. Converse com algumas pessoas, principalmente com os chefes da assessoria do presidente. Diga a eles que concorda em pilotar o avião que voará até Israel para a assinatura do tratado de paz. Depois decida o que fazer. Você me faria esse favor?

Rayford sabia que Gustafson jamais diria quem o informou a respeito das flores de Chloe e achou que o melhor seria perguntar a Hattie.

— Sim — respondeu ele. — Faço isso pelo senhor.

— Ótimo! — disse Gustafson, cumprimentando Rayford e Earl.

— Penso que já temos meio caminho andado. Earl, faça com que o voo de hoje de Rayford para Baltimore seja o último antes de sua viagem a Israel. Ou melhor, como Rayford estará bem perto de Washington, arrume outro piloto para trazer o avião de volta, de modo que ele possa se encontrar com o pessoal da Casa Branca ainda hoje. Podemos providenciar isso?

— Já está providenciado, senhor.

— Earl — disse Gustafson —, se você fosse dez anos mais novo, seria o homem ideal para esse emprego.

Rayford percebeu a expressão de mágoa no rosto de Earl. Gustafson não sabia o quanto Halliday havia desejado aquela posição. No caminho para tomar o avião, Rayford verificou sua caixa de correspondência. Entre pacotes e memorandos internos, havia um bilhete. Ele dizia simplesmente: "Obrigado por ter dado seu aval para minha recente promoção. Agradeço muito. E boa sorte a você. Comandante Nicholas Edwards."

Algumas horas depois, quando saía da cabine do seu 747 em Baltimore, Rayford se encontrou com um funcionário da Pancontinental que entregou as credenciais para entrar na Casa Branca. Tão logo chegou lá, passou com facilidade pelo portão. Um segurança o cumprimentou pelo nome e desejou boa sorte. Quando, finalmente, chegou ao escritório de um assistente do chefe de gabinete, Rayford deixou claro que concordava apenas em ser o piloto do avião que voaria para Israel na segunda-feira da semana seguinte.

— Muito bem — disse o assistente. — Já começamos a providenciar a análise de suas referências, do atestado de idoneidade e do resultado da investigação no FBI; haverá também uma entrevista com o Serviço Secreto. Como esse processo é um pouco demorado, por ora o senhor poderá mostrar suas aptidões para nós e para o presidente, sem ser o piloto responsável, até que as investigações sobre sua vida estejam finalizadas.

— Então os senhores estão me autorizando a transportar o secretário-geral da ONU com menos burocracia do que precisam para o presidente?

— Exatamente. De qualquer forma, o senhor já foi aprovado pela ONU.

— Fui?

— Sim, foi.

— Por quem?

— Pelo próprio secretário-geral.

* * *

Buck estava ao telefone com Marge Potter, do *Semanário Global* em Nova York, quando soube da notícia. O mundo inteiro passaria a usar o dólar como moeda corrente dentro de um ano. O plano seria iniciado e dirigido pela ONU, sendo que 1/10 do imposto de 1% sobre cada dólar seria revertido à ONU.

— Isso não parece razoável, não é mesmo? — perguntou Marge.

— Pergunte ao editor financeiro, Marge — disse Buck. — A arrecadação será de montanhas de dinheiro por ano.

— E quanto isso representa?

— Olha, Marge, com certeza, mais do que eu e você somos capazes de contar — disse Buck com um suspiro. — Você ficou de fazer alguns contatos, a respeito de encontrar alguém que pudesse ajudar a organizar as entrevistas sobre religião.

Ele conseguia ouvi-la revirar papéis sobre a mesa.

— Você poderá se encontrar com o pessoal da Religião Mundial Unificada aqui em Nova York — disse ela. — Eles irão embora na sexta-feira, e poucos estarão em Israel. Tentaremos entrar em contato com aqueles dois malucos do Muro das Lamentações, mas os entendidos daqui aconselham a não contarmos com isso.

— Vou aproveitar as oportunidades que surgirem.

— E para onde você quer que seus restos mortais sejam enviados?

— Eu vou sobreviver.

— Até hoje ninguém conseguiu.

— Não vou ameaçá-los, Marge. Vou ajudá-los a divulgar a mensagem deles.

— Se é que eles têm uma.

— Você entende por que precisamos fazer uma matéria sobre eles?

— A vida é sua, Buck.

— Obrigado.

— E seria melhor você encontrar esse cardeal Mathews enquanto ele estiver por aqui. Ele está viajando constantemente entre as reuniões da Religião Mundial Unificada em Nova York e a arquidiocese de Cincinnati. Depois, seguirá para o Vaticano, para a eleição do papa, logo após a assinatura do tratado na próxima segunda-feira.

— Mas ele estará em Jerusalém?

— Ah, sim. Há boatos circulando de que ele, se eleito o novo papa, fará alguns contatos em Jerusalém para construir lá um santuário ou coisa parecida. Mas os católicos jamais abandonariam o Vaticano, não é mesmo?

— Nunca se sabe, Marge.

— Bem, isso é certo. Mal tenho tempo para pensar nessas coisas, porque estou sempre assessorando você e todo o pessoal daqui que não consegue sequer fazer o próprio trabalho.

— Você é excelente, Marge.

— A bajulação ainda vai prejudicar você, Buck.

— Prejudicar no quê?

— Não sei, mas vai.

— E quanto ao meu rabino?

— O seu rabino declarou que não dará qualquer entrevista antes de apresentar os resultados da pesquisa dele.

— E quando vai ser isso?

— Fiquei sabendo hoje que a CNN está concedendo a ele uma hora ininterrupta de transmissão internacional. Os judeus do mundo inteiro poderão ver o programa ao mesmo tempo, mas evidentemente alguns terão de acordar no meio da noite.

— E quando será esse programa?

— Na segunda-feira à tarde, após a assinatura do tratado, que será às dez da manhã, horário de Jerusalém. O pronunciamento do rabino Ben-Judá irá ao ar durante uma hora, a partir das duas da tarde.

— Um plano muito inteligente. O programa irá ao ar exatamente quando a elite da imprensa mundial estiver se acotovelando em Jerusalém.

— Todos esses religiosos são espertos, Buck. O cara que provavelmente será o novo papa estará presente por ocasião da assinatura do tratado, fazendo média com os israelitas. Esse rabino se considera tão importante que acredita que a assinatura do tratado será ofuscada pela exposição de sua pesquisa. Com certeza, nesse momento eu estarei assistindo ao meu programa de TV favorito. Não quero ver de maneira nenhuma essa baboseira.

— Ora, pare com isso, Marge. Ele vai contar como você poderá identificar o Messias.

— Mas eu não sou judia.

— Eu também não sou judeu, mas gostaria muito de poder reconhecer o Messias. Você não?

— Posso falar sério uma única vez, Buck? Sem brincadeira? Acho que já vi o Messias. Acho que o conheço. Se existe realmente alguém enviado por Deus para salvar o mundo, acredito que seja o novo secretário-geral da ONU.

Buck sentiu um calafrio.

* * *

O nome de Rayford constava na lista de passageiros prioritários da primeira classe para o próximo voo de Baltimore a Chicago. Ele ligou para Chloe do aeroporto informando que chegaria um pouco mais tarde.

— Hattie Durham está à sua procura — disse Chloe.

— Ela poderia ter ligado no meu celular. O que ela quer?

— Acho que está tentando marcar uma reunião entre você e Carpathia antes que você seja o piloto dele.

— Serei seu piloto apenas na viagem de ida e volta a Tel Aviv. Por que eu deveria me encontrar com ele?

— Parece que ele prefere conhecê-lo antes... Hattie contou a Carpathia que você é cristão.

— Que maravilha! Ele jamais confiará em mim.

— Talvez ele queira ficar de olho em você.

— De qualquer forma, quero conversar pessoalmente com Hattie. Quando Carpathia quer se encontrar comigo?

— Amanhã.

— De repente minha vida se tornou muito agitada. E você? Alguma novidade?

— Hoje recebi mais um presente de meu admirador secreto — disse ela. — Desta vez foram bombons.

— Bombons! — exclamou Rayford assustado depois do que ouviu de Leonard Gustafson. — Você não comeu nenhum, né?

— Ainda não. Por quê?

— Não toque nessa coisa antes de saber quem mandou.

— Ora, papai!

— Nunca se sabe, querida. Por favor, não corra riscos.

— Tudo bem, mas saiba que são os meus prediletos! Parecem deliciosos.

— Mesmo assim, não tente abri-los até sabermos de onde vieram, está bem?

— Está bem, mas você vai querer experimentar um. São iguais aos que você sempre me trazia de Nova York, daquela pequena rede de lojas de departamentos.

— Bombons Windmill com recheio de hortelã, comprados na Holman Meadows?

— Isso mesmo.

Esse era o maior dos insultos. Quantas vezes Rayford havia mencionado a Hattie que precisava comprar bombons com recheio de hortelã naquela loja durante suas escalas em Nova York? Ela chegou a acompanhá-lo mais de uma vez. Hattie não estava tentando esconder que os presentes misteriosos partiam dela. Qual seria o objetivo? Não poderia ser vingança, pois ele sempre a tratara com respeito. O que isso tinha a ver com Chloe? Será que Carpathia estava ciente — ou até mesmo, por trás — de algo tão banal? Rayford certamente descobriria isso.

***

Buck se sentia animado outra vez. Depois dos desaparecimentos, sua vida esteve tão tumultuada que ele pensava consigo mesmo se conseguiria voltar à rotina agitada da qual tanto gostava. Sua jornada espiritual não tinha nada a ver com seu rebaixamento de cargo e transferência. Mas agora ele parecia ter voltado a cair nas graças da diretoria do *Semanário Global,* e usou sua sensibilidade para fazer a troca das reportagens consideradas por ele as mais sensacionais do mundo inteiro.

Sentado em seu *home-office* improvisado, voltou a fazer suas tarefas costumeiras, como enviar *e-mails,* trabalhar com Marge e com os repórteres do *Semanário*, além de fazer algumas ligações. Ele precisava entrevistar muitas pessoas num curto espaço de tempo e todos os acontecimentos pareciam estar explodindo na mesma hora.

Embora parte dele estivesse horrorizada com o que tinha acontecido, Buck gostava de seu trabalho agitado. Desejava ardentemente convencer sua família a respeito da verdade, mas seu pai e seu irmão não lhe dariam ouvidos. Se ele não estivesse tão atarefado com seu trabalho empolgante e polêmico, esse fato em si teria sido suficiente para deixá-lo completamente desnorteado.

Buck tinha organizar poucos dias, antes e depois da assinatura do tratado, para organizar seu trabalho. Parecia que sua vida inteira, agora, estava girando em alta velocidade, e ele procurava aproveitar ao máximo esse período de sete anos. Apesar das explicações de Bruce, Buck não sabia como seria o reino celestial na terra. Ele aguardava com ansiedade a gloriosa manifestação e o reinado de Cristo na terra durante mil anos. Porém, pelo que tinha aprendido até o momento, qualquer coisa normal que desejasse fazer — como, por exemplo, reportagens e artigos sobre fatos a serem investigados, a paixão por uma mulher, casamento e, talvez, filhos — teria que acontecer rapidamente.

Chloe era a melhor parte desta nova vida. Mas será que haveria tempo para aprender a lidar com um relacionamento que prometia ir além das experiências que ele já havia tido? Ela era diferente de qualquer outra mulher que ele conhecera e, mesmo assim, não sabia distinguir essa diferença. A nova fé de Chloe a enriquecera e a transformara em outra pessoa, mas ele havia sentido atração por ela antes de ambos se converterem a Jesus.

A ideia de que o encontro dos dois tinha sido obra de um plano divino deixava Buck maravilhado. Como gostaria de tê-la conhecido alguns anos antes para que eles pudessem estar preparados para o arrebatamento! Se quisesse passar algum tempo ao lado dela antes de sua viagem a Israel, teria de ser naquele mesmo dia.

Olhou para o relógio. Ainda dava tempo de ligar para Chloe.

* * *

Rayford cochilava na primeira classe, com os fones de ouvido ligados. As imagens do noticiário enchiam a tela à sua frente, mas ele havia perdido o interesse por reportagens que falavam sobre os índices de criminalidade. Ao ouvir o nome de Carpathia, despertou. O Conselho de Segurança das Nações Unidas estava reunia-se várias horas por dia com o objetivo de finalizar os planos para a moeda universal e o desarmamento em massa que o secretário-geral havia estabelecido. Originalmente, a ideia era destruir 90% das armas e doar a ONU os 10% restantes. Agora, os países aliados teriam que alistar seus soldados nas forças de paz da ONU.

Carpathia pediu ao presidente dos Estados Unidos que encabeçasse o comitê de inspeção, uma atitude altamente controversa. Os países inimigos dos Estados Unidos chamavam Fitzhugh de tendencioso e desleal, considerando-se prejudicados, já que estariam destruindo suas armas enquanto os Estados Unidos aumentavam seu potencial bélico. O próprio Carpathia estava abordando esses assuntos, como sempre, de maneira direta e simpática. Rayford deu de ombros enquanto ouvia. Sem sombra de dúvida, se ele não tivesse se tornado cristão, teria confiado naquele homem e lhe apoiado.

Há muito tempo os Estados Unidos, têm sido um país defensor. Eles abrirão o caminho, eliminando suas armas de destruição em massa e despachando para a Nova Babilônia os 10% restantes. Os povos do mundo inteiro poderão vir até aqui e inspecionar o trabalho feito por eles, para verem com seus próprios olhos o cumprimento total desta determinação e seguirem o exemplo.

Permitam-me fazer um adendo. Esta é uma tarefa importante e grandiosa que talvez leve anos para ser concluída. Cada país poderia retardar mês após mês o processo de remessa, mas não devemos permitir que isso aconteça. Os Estados Unidos da América darão o exemplo, e nenhum outro país deverá demorar mais do que eles para destruir suas armas e doar o restante. Quando a nova sede da ONU estiver instalada na Nova Babilônia, as armas estarão em seu devido lugar. É chegado o tempo da paz, e o mundo, finalmente, estará no limiar de se tornar uma comunidade global.

O pronunciamento de Carpathia foi seguido de aplausos ensurdecedores, até mesmo por parte da imprensa.

Mais tarde, no mesmo noticiário, Rayford viu uma breve edição especial sobre o novo Air Force One, um 777 que pousaria no Aeroporto Internacional Washington Dulles e, em seguida, voaria para Nova York a fim de aguardar seu voo inaugural sob a direção de "um novo comandante a ser anunciado em breve. Esse homem tinha sido selecionado a partir de uma lista que continha os melhores pilotos das principais empresas aéreas".

Em outro noticiário, Carpathia era citado como tendo dito que ele e o conselho ecumênico dos líderes religiosos do mundo inteiro fariam um importante pronunciamento na tarde do dia seguinte.

* * *

Buck conseguiu falar com o assistente do arcebispo Peter Mathews em Cincinnati.

— Sim, ele está aqui, descansando. Partirá amanhã cedo a Nova York para estar presente na reunião de encerramento do conselho ecumênico. De lá, seguirá para Israel e, depois, para o Vaticano.

— Posso me encontrar com ele em qualquer lugar, a qualquer hora, como for melhor para ele — disse Buck.

— Eu retorno a ligação para o senhor com uma resposta em meia hora.

Buck ligou para Chloe.

— Meu tempo está muito escasso e só tenho alguns minutinhos agora — disse ele —, mas será que poderíamos nos encontrar, só nós dois, antes da reunião desta noite?

— Claro que sim, o que está acontecendo?

— Nada de mais — respondeu ele. — Só gostaria de passar um tempo com você, agora que sabe que sou um homem livre.

— Livre? Tem mesmo certeza de que você é livre?

— Sim, madame! E você?

— Acho que também sou livre. Isso significa que temos algo em comum.

— Você tinha algum compromisso para hoje à noite?

— Não. Papai chegará mais tarde. Ele foi entrevistado na Casa Branca hoje.

— Então ele vai aceitar o emprego?

— Vai fazer o voo inaugural e decidir depois.

— Eu poderia estar nesse voo.

— Eu sei.

— Então posso buscá-la às seis? — perguntou Buck.

— Eu adoraria.

CAPÍTULO 12

Conforme prometido, o assistente do cardeal Mathews ligou para Buck, dando boas notícias. O arcebispo havia ficado tão impressionado com a entrevista que Buck fizera com ele — e que em breve seria publicada como reportagem de capa — que mandou o assistente dizer que o convidava para viajar com ele em Nova York na manhã seguinte.

Buck reservou lugar no último voo de O'Hare para Cincinnati naquela noite e surpreendeu Chloe ao aparecer na casa dela às seis horas da tarde com comida chinesa. Contou-lhe sobre seus planos de viajar ainda naquela noite e complementou:

— Eu não quis perder nosso precioso tempo juntos buscando um lugar para jantarmos.

— Meu pai ficará com inveja quando chegar em casa — disse ela. — Ele adora comida chinesa.

Colocando a mão dentro de uma grande sacola, Buck retirou uma refeição extra e disse sorrindo.

— Precisamos manter seu pai feliz!

Buck e Chloe sentaram-se à mesa da cozinha para comer e conversaram por mais de uma hora sobre os mais variados assuntos: a infância dos dois, suas famílias, acontecimentos importantes, esperanças, temores e sonhos. Buck gostava muito de ouvir Chloe falar, não só pelo que ela dizia, mas principalmente pelo som de sua voz. Ele não sabia se ela era a melhor pessoa com quem já tinha conversado ou se simplesmente estava apaixonado.

"Provavelmente as duas coisas", concluiu ele.

Quando Rayford chegou, encontrou Buck e Chloe diante do computador de Raymie, que não havia sido ligado desde a semana dos desaparecimentos. Em poucos minutos, ele havia configurado um novo acesso para Chloe.

— Agora, deste computador, você poderá me encontrar em qualquer parte do mundo — disse ele.

Rayford deixou os dois ali e examinou os bombons da Holman Meadows. Ainda estavam embalados em papel celofane e tinham sido entregues por uma empresa conceituada. Estavam endereçados a Chloe, mas não havia nenhum cartão. Rayford notou que não havia sinal de violação na embalagem. Decidiu que, mesmo que tivessem sido enviados por Hattie Durham por algum motivo inexplicável, não faria sentido deixar de saboreá-los.

— Seja lá quem for que esteja apaixonado por sua filha, com certeza tem bom gosto — disse Buck.

— Obrigada — disse Chloe.

— Eu quis dizer bom gosto por ter escolhido bombons com recheio de hortelã.

Chloe corou de vergonha.

— Ah, sim, entendi o que você quis dizer.

Por insistência de Rayford, Buck concordou em deixar seu carro na garagem da casa da família Steele durante sua viagem. Buck e Chloe saíram mais cedo da reunião do Comando Tribulação direto para o aeroporto. O trânsito estava menos congestionado do que o normal e eles chegaram com mais de uma hora de antecedência.

— Poderíamos ter ficado mais tempo na igreja — disse Buck.

— É melhor chegar com segurança, você não acha? — perguntou ela. — Detesto viver correndo para recuperar tempo perdido no trânsito.

— Eu também — disse ele —, mas é o que sempre acontece comigo. Você pode me deixar na calçada de acesso do aeroporto, não tem problema.

— Não me importo de esperar com você.

— Você acha seguro voltar sozinha até o carro a esta hora da noite?

— Já fiz isso muitas vezes — disse ela. — Há muitos seguranças por aqui.

Chloe estacionou o carro e eles atravessaram juntos o enorme terminal. Ele levava sua mochila de couro a tiracolo, contendo tudo o que havia de mais precioso em sua vida. Chloe parecia incomodada, mas não havia mais nada para ela carregar. Como eles ainda não haviam chegado à fase de andar de mãos dadas, continuaram a caminhar lado a lado. Todas as vezes em que Buck se virava para que ela pudesse ouvi-lo, sua mochila saía do lugar e a tira escorregava do ombro, por isso eles resolveram seguir em silêncio até o portão.

Ao fazer o *check-in,* Buck constatou que havia poucos passageiros em seu voo.

— Gostaria que você fosse comigo — disse ele sussurrando.

— Eu gostaria... — ela começou a falar, mas aparentemente ficou insegura de completar a frase.

— Do quê?

Ela balançou a cabeça.

— Você também gostaria de vir comigo?

Ela assentiu.

— Mas não posso e não vou, então é melhor pararmos por aqui.

— E o que eu faria com você? — perguntou ele. — Colocaria dentro da minha mochila?

Ela riu.

Os dois permaneceram diante das paredes envidraçadas, observando os carregadores de bagagens e os controladores do tráfego na pista. Buck fingia olhar através do vidro, mas fixava-se no reflexo de Chloe a pouca distância dele. Por duas vezes Buck achou ter visto Chloe desviar o olhar da pista para o vidro e imaginou que deveria estar atraindo o olhar dela. "Quisera eu que fosse mesmo verdade", pensou ele.

— O voo atrasará vinte minutos — anunciou a funcionária do balcão.

— Não se sinta obrigada a esperar, Chloe — disse Buck. — Você quer que eu acompanhe você até o carro?

Ela riu novamente.

— Você é mesmo paranoico com esses estacionamentos grandes e antigos, não é? Veja só, nós combinamos que eu traria você até aqui, ficaria a seu lado para que você não se sentisse sozinho e esperaria até você embarcar no avião. No momento da decolagem eu vou acenar para você, fingir que não consigo sair do lugar e só voltarei para o estacionamento quando o rastro das turbinas sumirem.

— O quê? Você sempre faz todo esse ritual quando acompanha alguém?

— Claro. Agora sente-se, relaxe e finja que está acostumado a viajar pelo mundo inteiro.

— Gostaria de fingir pelo menos uma vez que não estou acostumado.

— Então você ficaria nervoso com o voo e precisaria de minha companhia?

— Eu sempre precisarei da sua companhia... em qualquer situação.

Ela desviou o olhar.

"Vá com calma", disse ele a si mesmo. Essa era a parte mais divertida, a fase de defesa mútua, também bastante incerta. Ele não queria dizer coisas a ela que não teria dito se não fosse permanecer longe durante alguns dias.

— Também preciso de você aqui — disse ela sussurrando —, mas você está me abandonando.

— Eu jamais faria isso.

— O quê? Me abandonar?

— Jamais — disse ele em tom de brincadeira para não assustá-la.

— Bem, isso é animador. Não suporto essa história de abandonos.

* * *

Rayford aguardava a chegada de Chloe enquanto arrumava as coisas para sua rápida viagem a Nova York na tarde do dia seguinte. Earl telefonou querendo saber se Rayford recebera algum telefonema do escritório de Carpathia.

— Essa tal de Hattie Durham é a mesma que trabalhou conosco? — perguntou Earl.

— Exatamente.

— Ela é secretária de Carpathia?

— Mais ou menos isso.

— Que mundo pequeno!

* * *

— Acho que seria tolice de minha parte pedir para você tomar cuidado em Cincinnati, Nova York e Israel, considerando tudo o que você já passou — disse Chloe.

Buck sorriu.

— Não comece com suas despedidas antes de estar pronta para ir embora.

— Vou ficar até seu avião desaparecer de vista. Já disse isso.

— Temos tempo para comer um doce — comentou ele, apontando para um balcão no corredor.

— Já comemos a sobremesa — disse ela —, chocolates e um biscoito.

— Biscoitinhos da sorte não valem — retrucou ele. — Ah, pare com isso! Você não se lembra do nosso primeiro doce?

No dia em que se conheceram, Chloe havia comido um doce e ele retirou com o polegar um pedacinho de chocolate que ficara grudado no canto de sua boca. Em seguida, sem saber o que fazer, acabou lambendo o polegar.

— Eu lembro que me lambuzei toda — disse ela.

Buck riu.

— Não estou com fome — disse ela enquanto observavam através do vidro um jovem atendente aguardando o pedido com ar de tédio.

— Eu também não — disse Buck. — É para comermos mais tarde.

— Mais tarde ainda hoje ou mais tarde amanhã? — perguntou ela.

— Quando nossos relógios estiverem sincronizados.

— Vamos comer os doces juntos? Quero dizer, na mesma hora?

— Não seria muito legal?

— A sua criatividade não tem limites mesmo.

Buck pediu dois doces em pacotes separados.

— Não posso fazer isso — disse o jovem atendente.

— Então quero um só — retrucou Buck, com o dinheiro na mão e entregando uns trocados para Chloe.

— E eu também quero um — disse ela, mostrando os trocados.

O atendente fez uma careta, embalou os doces e devolveu o troco.

— Sempre existe outra forma de resolver os problemas — replicou Buck.

Eles caminharam lentamente de volta ao portão. Havia mais alguns passageiros à espera, e a funcionária do balcão avisou que o embarque finalmente iria iniciar. Buck e Chloe se sentaram observando os passageiros que caminhavam em fila, parecendo cansados.

Buck embrulhou cuidadosamente seu doce e o colocou na mochila.

— Embarcarei para Nova York amanhã cedo, às oito — disse ele. — Vou comer este doce no café da manhã, pensando em você.

— Aqui serão sete horas — disse Chloe. — Eu ainda estarei na cama, pensando em meu doce e sonhando com você.

"Ainda estamos nos conhecendo devagar", pensou Buck. "Nós dois estamos levando tudo na brincadeira".

— Então vou esperar você se levantar — disse ele. — Que horas você vai comer seu doce?

Chloe olhou para cima.

— Hummm — ela soltou, pensativa. — Que horas você estará em sua reunião mais importante, a mais formal?

— Provavelmente no final da manhã, em um dos grandes hotéis de Nova York. Carpathia estará lá para fazer um pronunciamento junto com o cardeal Mathews e outros líderes religiosos.

— Então eu vou comer meu doce bem nessa hora — disse Chloe. — E duvido que você também coma o seu.

— Você vai aprender a jamais duvidar de mim — Buck sorriu, mas não estava brincando. — Eu não sei o que é medo.

— Mas olhe só! — disse ela. — Você morre de medo do estacionamento daqui e não é capaz nem de atravessá-lo sozinho!

Buck pegou o pacote de doce da mão dela.

— Ei! O que você está fazendo? — perguntou ela. — Nós não estamos com fome, certo?

— Sinta o cheio saboroso — disse ele. — O aroma ajuda a memória.

Buck abriu o pacote do doce de Chloe e aproximou-o do nariz.

— Hum! Massa de biscoito, chocolate, nozes e manteiga.

Ele aproximou o doce do rosto de Chloe e ela se curvou para sentir o aroma.

— Adoro esse cheiro — disse ela.

Com a outra mão, Buck segurou o queixo de Chloe. Ela não se retraiu e fixou os olhos nos dele.

— Lembre-se deste momento — disse ele. — Estarei pensando em você enquanto estiver longe.

— Eu também — disse ela. — Agora feche o pacote. O doce precisa ficar fresco para que o cheiro me faça lembrar de você.

***

Rayford levantou-se mais cedo do que Chloe e foi até a cozinha. Ele pegou o pacote de doce que estava no balcão. "Sobrou um", pensou ele e teve vontade de comê-lo. Escreveu o seguinte bilhete: "Espero que não se importe. Não consegui resistir." E, no verso, completou: "Brincadeirinha!". E colocou o bilhete em cima do pacote. Tomou café e suco. Depois, trocou de roupa e saiu para sua corrida matinal.

* * *

Buck sentou-se na primeira classe com o cardeal Mathews no voo matinal de Cincinnati para Nova York. Mathews tinha pouco menos de 60 anos e era um homem forte, de rosto largo e cabelos bem aparados, cuja cor parecia natural. Somente sua gola clerical deixava transparecer sua posição eclesiástica. Levava consigo uma maleta fina e um *notebook*. Buck percebeu que ele havia despachado quatro malas.

Mathews tinha um acompanhante, que simplesmente desviava a atenção das pessoas e falava pouco. Ele se mudou para a poltrona da frente para que Buck pudesse sentar-se ao lado do arcebispo.

— Por que o senhor não me contou que era candidato a sucessor do papa? — perguntou Buck.

— É melhor não entrarmos direto nesse assunto — respondeu ele. — Você gosta de tomar champanhe pela manhã?

— Não, obrigado.

— Bem, se não se importar, preciso tomar algo estimulante.

— Fique à vontade. Só me avise quando estiver pronto para conversarmos.

O acompanhante de Mathews ouviu a conversa e fez um sinal para a comissária de bordo, que imediatamente trouxe uma taça de champanhe ao cardeal.

— O de sempre, não é mesmo? — perguntou ela.

— Obrigado, Caryn — disse ele, como se a comissária fosse uma velha amiga. Aparentemente era. Depois que ela foi embora, ele sussurrou:

— Ela é da família Litewski, da minha primeira paróquia. Foi batizada por mim. Trabalha neste voo há anos. Mas sobre o que estávamos falando mesmo?

Buck não respondeu. Sabia que o cardeal se lembrava. Se quisesse que a pergunta fosse repetida somente para satisfazer seu próprio ego, ele que a repetisse.

— Ah, sim, você queria saber por que eu não mencionei que era candidato a sucessor do papa, certo? Pensei que todos soubessem. Carpathia sabia.

"Aposto que sim", pensou Buck, "provavelmente ele mesmo planejou tudo isso".

— Carpathia espera que o senhor seja o próximo papa?

— Só entre nós — sussurrou Mathews. — Já está tudo decidido. Nós já temos os votos necessários.

— *Nós*?

— É só força de expressão. "Nós", eu. Eu tenho os votos, você entende?

— Como o senhor pode ter tanta certeza disso?

— Fui membro do Sacro Colégio de Cardeais por mais de dez anos. O fato de vir a ser papa não me surpreende. Você sabe como Nicolae me chama? Ele me chama de PM.

Buck deu de ombros.

— Ele o chama por suas iniciais? O que significa PM?

O acompanhante de Mathews olhou para trás por entre as poltronas e balançou a cabeça.

"Eu devia saber", conjeturou Buck. Mas ele nunca receou fazer perguntas tolas.

— *Pontifex Maximus* — disse Mathews radiante. — Supremo pontífice.

— Parabéns — disse Buck.

— Obrigado, mas espero que você saiba que Nicolae tem outros planos em mente para o meu pontificado, que vão além de ser simplesmente o líder da Santa Madre Igreja Católica Romana.

— E quais são esses planos?

— Tudo será anunciado no fim desta manhã, e se você não mencionar que fui eu quem disse, lhe darei a notícia em primeira mão.

— Por que o senhor faria isso?

— Porque gosto de você.

— O senhor mal me conhece.

— Mas conheço Nicolae.

Buck afundou-se na poltrona.

— E Nicolae gosta de mim.

— Exato.

— Então esta viagem em sua companhia não aconteceu totalmente por causa dos meus esforços.

— Ah, não — disse Mathews. — Carpathia deu boas referências suas. Quer que eu lhe conte tudo. Só não me julgue um homem mau, nem pense que estou fazendo autopromoção ao lhe contar essas coisas.

— O pronunciamento passará essa ideia do senhor?

— Não, porque o pronunciamento será feito pelo próprio Carpathia.

— Pode falar.

* * *

— Gabinete do secretário-geral Carpathia. Quem fala é a srta. Durham.

— Aqui quem fala é Rayford Steele.

— Oi, Rayford! Como vai...

— Deixe-me ir direto ao assunto, Hattie. Quero chegar um pouco mais cedo esta tarde para poder conversar com você em particular por alguns minutos.

— Seria maravilhoso, comandante Steele, mas devo lhe dizer antecipadamente que já estou comprometida.

— Não achei graça.

— Nem eu quis fazer graça.

— Você tem um tempo disponível?

— Com certeza. Sua reunião com o secretário-geral Carpathia está marcada para às quatro. Posso esperá-lo às três e meia?

Rayford desligou o telefone enquanto Chloe entrava na cozinha, vestida para trabalhar na igreja. Ela leu o bilhete.

— Papai! Não acredito que você fez isso!

Rayford achou que a filha estava prestes a chorar. Ela pegou o pacote e chacoalhou-o. Assim que virou o bilhete do outro lado, fez uma expressão de alívio e riu.

— Seja adulto, papai! Pelo menos uma vez na vida, aja de acordo com a sua idade.

Ele estava prestes a seguir para o aeroporto, e ela para o trabalho, quando a CNN mostrou ao vivo uma entrevista coletiva diretamente da reunião dos líderes religiosos em Nova York.

— Veja isto, papai — disse ela. — Buck está lá.

Rayford colocou sua bagagem de mão no chão e parou ao lado de Chloe, que segurava uma caneca de café com as duas mãos. O correspondente da CNN dava uma explicação do que estava acontecendo.

Estamos aguardando um pronunciamento conjunto da coalizão dos líderes religiosos e da ONU, representada pelo novo secretário-geral, Nicolae Carpathia. Ele parece ser a personalidade do momento. Ajudou a elaborar as proposições e a reunir os representantes de uma gama de crenças. Desde que assumiu o cargo, não passou um dia sequer sem que tivéssemos um acontecimento marcante.

Especula-se por aqui que as religiões do mundo farão uma nova tentativa de lidar com questões de natureza global de uma forma mais coesa e tolerante do que no passado. O ecumenismo fracassou antes, mas veremos em breve que, desta vez, existe a possibilidade de ele ser colocado em prática. No momento, está subindo à tribuna o cardeal arcebispo Peter Mathews, prelado da arquidiocese da Igreja Católica Romana em Cincinnati e considerado por muitos um forte candidato a sucessor do papa João XXIV, cuja atuação polêmica durou apenas cinco meses até ser incluído na lista dos que desapareceram misteriosamente algumas semanas atrás.

A TV exibiu uma imagem panorâmica da plataforma onde ocorria a coletiva de imprensa, na qual mais de duas dúzias de religiosos do mundo inteiro, todos vestidos com trajes de seus países de origem, dirigiam-se para seus respectivos lugares. Assim que o arcebispo Mathews abriu caminho até o lugar destinado aos microfones, Rayford ouviu Chloe dar um grito.

— Lá está o Buck, papai! Olhe! Bem ali!

Ela apontava para um repórter que não se encontrava no meio da multidão de jornalistas, mas que parecia cambalear no fundo da plataforma. Era Buck, tentando manter o equilíbrio. Por duas vezes ele desceu e subiu novamente na plataforma.

Enquanto Mathews discorria em tom monótono sobre a cooperação internacional, Rayford e Chloe olhavam atentamente para um canto no fundo da plataforma onde estava Buck. Ninguém mais teria notado sua presença.

— O que ele tem nas mãos? — perguntou Rayford. — Parece um bloco de anotações ou um gravador.

Chloe se aproximou da TV e respirou fundo. Correu até a cozinha e voltou com o pacote de doce.

— É o doce dele! — exclamou ela. — Vamos comer nossos doces na mesma hora!

Rayford ficou perdido, mas estava muito contente por não ter comido aquele doce.

— O quê...? — ele começou a falar, mas Chloe pediu silêncio.

— Tem o mesmo cheiro de ontem à noite! — disse ela.

Rayford bufou com desdém:

— O que é que tem o mesmo cheiro de ontem à noite?

— Silêncio!

Enquanto ambos olhavam atentamente para a TV, Buck colocou rapidamente a mão dentro do pacote e, muito discretamente, pegou o doce, colocou-o na boca e deu uma mordida. Chloe acompanhou os gestos dele e Rayford notou que ela ria e chorava ao mesmo tempo.

— Você deve estar com algum problema — disse ele, e saiu para o aeroporto.

* * *

Buck não fazia ideia se sua pequena artimanha havia sido notada por alguém, muito menos por Chloe Steele. O que aquela moça estava provocando nele? Algo estranho havia acontecido. Ele, que era um famoso jornalista internacional, de repente passou a ser um homem romântico que cometia tolices para chamar a atenção de uma moça. Não muita atenção, assim ele esperava. Poucas pessoas costumam notar o que se passa nos cantos de uma tela de TV. Chloe poderia estar assistindo ao noticiário sem tê-lo visto.

Mais importante do que seus esforços para não chamar a atenção foi um acontecimento ainda maior que, em outra ocasião, poderia ter sido rotulado de típica teoria da conspiração internacional. Quer fosse pelo fato de prometer apoio ao pontificado de Mathews, quer fosse por sua sinistra habilidade de enfeitiçar as pessoas, Nicolae Carpathia havia conseguido que aqueles líderes religiosos elaborassem uma proposta com um significado importante. Além de anunciarem seus esforços e sua cooperação no sentido de serem mais tolerantes uns com os outros, eles também anunciavam a formação de uma religião totalmente nova, que incorporaria os princípios de todas as religiões já existentes.

— E para que isso não pareça impossível aos seguidores de cada uma das religiões que aqui representamos — disse Mathews —, afirmo que houve unanimidade de nossa parte. Nossas religiões têm sido a causa de muitas divisões e derramamento de sangue no mundo inteiro. A partir de hoje, nos uniremos sob a bandeira da Fé da Comunidade Global. Nosso emblema terá os símbolos sagrados de todas as religiões, e, daqui em diante, abrangerá todos eles. Quer acreditemos em Deus como um ser real ou como um conceito, ele está em tudo, acima de tudo e ao redor de tudo. Deus está em nós. Deus é igual a nós. Nós somos Deus.

Quando a sessão foi aberta para perguntas, muitos editores de religião inteligentes vieram para cima.

— O que vai acontecer com a liderança do, digamos, catolicismo romano? Ainda haverá a necessidade de um papa?

— Elegeremos um papa — respondeu Mathews, e esperamos que as outras principais religiões continuem a nomear seus líderes. Porém, esses líderes prestarão contas à Fé da Comunidade Global e esperamos que eles preservem a lealdade e devoção de seus paroquianos à causa maior.

— Existe algum princípio fundamental que tenha a concordância de todos vocês?

Esta pergunta provocou gargalhadas nos participantes. Mathews chamou um rastafariano[5] para responder. Por meio de um intérprete, ele disse:

— Acreditamos concretamente em duas coisas: primeiro, na bondade fundamental do ser humano; segundo, que os desaparecimentos foram uma purificação de natureza religiosa. Em algumas religiões, muitas pessoas desapareceram; em outras, poucas; em diversas, nenhuma. Mas o fato de muitas pessoas terem sido deixadas para trás, independentemente da religião que professam, prova que nenhuma é melhor que a outra. Seremos tolerantes com todas as pessoas, acreditando que as melhores ficaram.

Buck caminhou ao redor da plataforma, colocou-se na frente dos líderes religiosos e levantou a mão.

---

[5] Membro de uma seita da Jamaica que considera os negros o povo escolhido por Deus para a salvação. [N. do T.]

— Cameron Williams, do *Semanário Global* — disse ele. — Esta pergunta é dirigida ao cavalheiro que está diante do microfone, ao cardeal Mathews ou outro líder religioso que desejar responder. Como esse dogma da bondade fundamental do ser humano se coaduna com a ideia de que as pessoas más foram separadas de nós? Elas não possuíam a bondade fundamental do ser humano?

Nenhum deles se habilitou a responder. O rastafariano olhou para Mathews, que olhava para Buck com desprezo, deixando claro que não desejava demonstrar aborrecimento, mas também que se sentia traído.

Finalmente, Mathews pegou o microfone.

— Não estamos aqui para debater teologia — disse ele. — Eu sou um daqueles que acredita que os desaparecimentos constituíram uma purificação e que a bondade fundamental do ser humano é o denominador comum dos que ficaram. E grande parte dessa bondade fundamental pode ser encontrada no secretário-geral da ONU, Nicolae Carpathia. Vamos saudá-lo, por favor!

Os líderes religiosos posicionados na plataforma se levantaram em louvor efusivo para saudar Carpathia. Alguns jornalistas aplaudiram. Pela primeira vez, Buck notou o enorme público que se aglomerava atrás da equipe de imprensa. Em razão dos holofotes, ele não conseguiu enxergar o público e não ouviu sua manifestação até Carpathia aparecer.

Com sua personalidade tipicamente hábil, Carpathia dirigia todas as honras à liderança do corpo ecumênico e apoiava aquela "ideia histórica, que há muito tempo já deveria ter sido implementada".

Ele respondeu a algumas perguntas, inclusive sobre o que aconteceria com a reconstrução do Templo judaico em Jerusalém.

— Tenho a satisfação de dizer que a reconstrução continuará. Como muitos já sabem, uma grande soma de dinheiro foi doada para esta causa durante décadas e há alguns anos estão sendo preparados blocos pré-moldados em diversos lugares do mundo para a reconstrução do Templo. Assim que ela for iniciada, deverá ser concluída sem demora.

— E o que acontecerá com o Domo da Rocha que hoje é controlado pelos muçulmanos?

— Fico muito feliz por você ter levantado essa questão — disse Carpathia, enquanto Buck perguntava a si mesmo se isso não havia sido planejado. — Nossos irmãos muçulmanos concordaram em mudar o santuário e a parte sagrada do rochedo para a Nova Babilônia, deixando os judeus à vontade para reconstruírem seu templo onde acreditam ser o lugar original dele.

E continuou:

— Agora, peço a permissão dos senhores para me alongar um pouco mais. Gostaria de dizer que estamos vivendo o momento mais decisivo da história da humanidade. Com a consolidação da moeda universal, a cooperação e a tolerância de muitos líderes religiosos, com o desarmamento mundial e o compromisso rumo à paz, o mundo será verdadeiramente unificado. Muitos de vocês me ouviram falar em "comunidade global". Trata-se de um nome digno para a nossa nova causa. Podemos nos comunicar, professar nossa fé e comercializar uns com os outros. Em razão dos avanços nas tecnologias de comunicação e transporte, não somos mais um conglomerado de países e nações, mas uma comunidade global completa, composta de cidadãos iguais. Agradeço aos líderes aqui presentes que compuseram este lindo mosaico e gostaria de fazer um anúncio em homenagem a eles. Com a mudança da sede da ONU para a Nova Babilônia, nossa grande organização receberá um novo nome. A partir de agora, conhecidos como Comunidade Global!

Tão logo os aplausos cessaram, Carpathia concluiu:

— Portanto, o nome da nova religião universal, Fé Mundial Unificada, é muito apropriado.

Carpathia estava sendo conduzido para fora do recinto enquanto as equipes de TV e som começavam a desmontar os equipamentos no local da coletiva de imprensa. Avistou Buck e parou, avisando seus guarda-costas que queria conversar com alguém. Eles formaram uma barreira humana enquanto Carpathia abraçava Buck. Sem poder recuar, Buck só conseguiu sussurrar o seguinte no ouvido de Carpathia:

— Cuidado com o que o senhor está fazendo com a minha independência jornalística.

— Já tem alguma notícia boa para mim? — perguntou Carpathia, segurando no braço de Buck e lançando-lhe um olhar penetrante.

— Ainda não, senhor.

— Nós nos encontraremos em Jerusalém?

— Claro.

— Você manterá contato com Steve?

— Sim.

— Diga a ele o que você precisa e daremos um jeito. É uma promessa.

Buck seguiu até um pequeno grupo onde Peter Mathews estava rodeado de admiradores. Quando o arcebispo notou sua presença, Buck inclinou-se para frente e sussurrou:

— O que foi que eu perdi?

— Como assim? Você esteve presente.

— O senhor disse que Carpathia faria um pronunciamento a respeito de uma função mais abrangente para o novo papa, algo maior e mais importante até mesmo que a Igreja Católica.

Mathews balançou a cabeça negativamente.

— Talvez eu tenha superestimado sua capacidade, amigo. Ainda não sou o papa, mas pela declaração do secretário-geral você não deduziu que haverá necessidade de um chefe para a nova religião? E qual o melhor lugar para sua sede a não ser o Vaticano? E quem estaria mais apto a dirigi-la do que o novo papa?

— Então o senhor será o Papa dos papas.

Mathews sorriu e balançou a cabeça afirmativamente.

— PM — disse ele.

* * *

Duas horas mais tarde, Rayford chegou à sede da ONU. Continuava a orar em silêncio depois de ter ligado para Bruce Barnes pouco antes de embarcar.

— Parece que vou encontrar o diabo em pessoa — confessou. — Não que exista algo nesta vida que me assuste, Bruce. Sempre me orgulhei disso. Mas preciso dizer que essa sensação é horrível.

— Em primeiro lugar, Rayford, se você fosse se encontrar com o anticristo na segunda metade da tribulação, então estaria mesmo lidando com o próprio Satanás.

— Então, quem é Carpathia? Um demônio de segundo escalão?

— Não, mas você precisa orar para ter apoio. Você sabe o que aconteceu bem diante dos olhos de Buck.

— Buck é dez anos mais novo do que eu e está em melhor forma física — disse Rayford. — Eu sinto que vou desmoronar lá.

— Não vai. Fique firme. Deus sabe onde você está e o tempo dele é perfeito. Estarei orando e você sabe que Chloe e Buck também estarão.

Estas palavras foram de grande consolo para Rayford, e ele sentia-se particularmente animado por Buck estar em Nova York. Só de saber que o amigo estava próximo fez Rayford se sentir menos solitário. Mesmo assim, na ansiedade de encarar Carpathia, não queria desconsiderar o suplício que seria confrontar Hattie Durham.

Hattie já estava aguardando quando ele desceu do elevador. Ele esperava ter alguns momentos para fazer o reconhecimento do terreno, beber algo refrescante, respirar fundo. Mas lá estava ela, jovem e linda, mais deslumbrante do que nunca, com sua pele bronzeada e suas roupas caras confeccionadas sob medida para um corpo escultural. Rayford não esperava vê-la tão linda e teve a sensação de estar pecando quando um lampejo de saudade invadiu sua mente.

A velha índole de Rayford imediatamente o fez se lembrar do motivo de ter sentido atração por ela durante um período crítico de seu casamento. Orou em silêncio, agradecendo a Deus por não ter permitido que ele fizesse algo do qual se arrependeria pelo resto da vida. Assim que Hattie abriu a boca, Rayford voltou à realidade. Sua dicção e articulação eram mais refinadas, mas ela continuava sendo uma mulher sem maiores qualidades, e ele percebeu isso em seu tom de voz.

— Comandante Steele — disse ela com empolgação —, que maravilha vê-lo novamente! Como vai todo mundo?

— Todos estão bem.

— Ah, que ótimo.

— Existe um lugar reservado onde possamos conversar?

Ela o levou até o seu local de trabalho, que era demasiadamente exposto. Não havia ninguém por perto para ouvi-los, mas o teto tinha uma altura de no mínimo seis metros. A escrivaninha, as mesas e os arquivos dela estavam instalados em uma área parecida com uma estação ferroviária, sem paredes ao redor. Os passos de ambos ecoavam, e Rayford teve a nítida impressão de que eles estavam muito distantes do escritório do secretário-geral.

— Então, quais são as novidades depois da última vez que nos encontramos, comandante Steele?

— Hattie, não quero ser indelicado, mas peço que você pare com essa de "comandante Steele" e deixe de fingir que não sabe o que está acontecendo. Você e seu novo chefe invadiram meu trabalho e minha família, e parece que estou impotente para fazer algo a respeito.

CAPÍTULO 13

Stanton Bailey segurou firme nos braços de sua enorme poltrona e reclinou-se para trás, analisando Buck Williams.

— Cameron — disse ele —, nunca vou conseguir entender você. Qual o significado daquele pacote?

— Era apenas um doce, e eu estava com fome.

— Eu também sinto fome — disse Bailey com voz exaltada —, mas não costumo comer diante das câmeras!

— Achei que estava sendo discreto.

— Bem, agora você já sabe que foi visto. E se Carpathia e Plank ainda quiserem sua presença durante a assinatura do tratado em Jerusalém, nada de levar lanche.

— Era só um doce.

— Nada de doces também!

***

Depois de anos como comandante de Hattie Durham, Rayford agora sentia como se fosse seu subordinado, sentado do outro lado daquela mesa imensa. De repente ela ficou séria, talvez por ele ter abordado o assunto de forma tão direta.

— Ouça, Rayford — disse ela —, eu continuo a gostar de você apesar de ter me desprezado, está certo? Jamais faria qualquer coisa na intenção de magoá-lo.

— Tentar protocolar uma queixa contra mim na empresa em que trabalho não é uma forma de me magoar?

— Foi só uma brincadeira. Você sabe disso.

— Só sei que me deu uma grande dor de cabeça. E quanto ao bilhete que recebi em Dallas dizendo que o novo Air Force One era um 777?

— Foi a mesma coisa, eu já lhe disse. Uma brincadeira.

— Não achei graça. Foi muita coincidência.

— Bem, Rayford, se você não gosta de brincadeiras, tudo bem, não vou ficar aborrecida. Como somos amigos, achei que um pouco de diversão não faria mal a ninguém.

— Ah, pare com isso, Hattie. Você acha que acredito nessa história? Isso não é do seu feitio. Você não costuma passar trotes em seus amigos.

— Está bem, desculpe-me.

— Só pedir desculpas não é o suficiente.

— Perdoe-me, mas lembre-se de que não sou mais sua subordinada.

De alguma forma, Hattie tinha a capacidade de confundir Rayford mais do que qualquer outra pessoa. Ele deu um suspiro profundo e esforçou-se para não perder o controle.

— Hattie, quero que você me conte o motivo das flores e dos bombons.

Hattie não tinha o mínimo talento para blefar.

— Flores e bombons? — repetiu ela após uma pausa, demonstrando culpa.

— Pare com esse jogo — disse Rayford. — Só admita que foi você e explique-se.

— Eu apenas cumpro ordens, Rayford.

— Você percebe como a coisa vai além das minhas capacidades? Não consigo entender. Será que eu deveria perguntar ao homem mais poderoso do mundo por que ele enviou flores e bombons para a minha filha sem nem ao menos conhecê-la? Ele está perseguindo ela? E se estiver, por que não assinou o cartão dos presentes?

— Ele não está perseguindo sua filha, Rayford! Ele tem alguém em vista.

— Como assim?

— Ele tem interesse em alguém.

— Alguém que conheçamos? — Rayford lançou a ela um olhar de desagrado.

Hattie parecia conter o riso.

— Só posso dizer que temos uma novidade, mas a imprensa ainda não sabe, portanto gostaríamos...

— Vou propor um trato. Você para de mandar presentes anônimos a Chloe, me explica os motivos e eu guardo seu segredinho, que tal?

Hattie inclinou-se para frente, como se estivesse conspirando.

— Tudo bem. Vou dizer o que penso, certo? Quero dizer, não sei. Como já lhe disse, eu só cumpro ordens. Mas existe uma mente brilhante por trás disso.

Rayford não tinha dúvidas. Ele só queria saber por que Carpathia estava perdendo tempo com uma coisa tão trivial.

— Continue.

— Ele realmente deseja que você seja seu piloto.

— Está bem — disse Rayford, relutantemente.

— Você vai aceitar?

— Aceitar o quê? Estou tentando acompanhar o seu raciocínio, apesar de não ter certeza de estar conseguindo. Ele quer que eu seja seu piloto, e daí...?

— Mas ele sabe que você se sente feliz onde está.

— E?

— Ele quer oferecer a você não somente um emprego sedutor, mas também algo que possa forçá-lo a sair de onde você vive.

— Você acha que perseguir minha filha faria com que eu me sentisse tentado a trabalhar com ele?

— Deixe de ser tolo. Para todos os efeitos, você não sabe quem está fazendo essas coisas!

— Entendi. Eu ficaria preocupado que minha filha estivesse sendo perseguida por alguém de Chicago e tentaria procurar outro emprego longe de lá.

— É isso aí! Agora você entendeu.

— Tenho muitas perguntas a fazer, Hattie.

— Pois faça.

— Por que eu iria embora de Chicago só por alguém estar perseguindo minha filha? Ela já tem quase 21 anos. É normal que tenha admiradores.

— Mas nós agimos anonimamente. Deveria ter dado a impressão de algo um pouco perigoso, um pouco preocupante.

— E foi mesmo.

— Então conseguimos o que queríamos.

— Hattie, você não imaginou que eu descobriria tudo quando enviou os bombons favoritos de Chloe, que só eram vendidos na Holman Meadows em Nova York?

— Ops! — disse ela. — Parece que cometi um deslize.

— Está bem, digamos que tivesse funcionado. Eu acharia que a minha filha estava sendo perseguida por alguém sinistro. Se Carpathia é tão íntimo do presidente, ele não saberia que a Casa Branca quer me colocar na posição de piloto do Air Force One?

— Rayford! Entenda! É este o emprego que ele deseja para você.

Rayford afundou-se na cadeira e suspirou.

— Hattie, por tudo o que há de mais sagrado no mundo, diga-me o que está acontecendo. Recebo informações da Casa Branca e da Pancontinental de que Carpathia quer que eu seja piloto do presidente. Sou aprovado sem burocracia para conduzir a delegação da ONU até Israel. Carpathia me quer como seu piloto, mas primeiro quer que eu seja o comandante do Air Force One. É isso?

Hattie dirigiu um sorriso tolerante e condescendente a Rayford, o que o deixou furioso.

— Rayford Steele — disse ela com voz soberba —, você ainda não entendeu nada, né? Ainda não percebeu o que Carpathia realmente é.

Rayford ficou perplexo por alguns instantes. Ele sabia mais do que ela quem Carpathia realmente era. A dúvida era se *ela* suspeitava disso.

— Então conte-me quem ele é — disse Rayford. — Ajude-me a entender.

Hattie olhou para trás, como se estivesse aguardando a chegada de Carpathia a qualquer momento. Rayford sabia que ninguém conseguiria entrar sorrateiramente naquele enorme edifício com piso de mármore sem que o eco de seus passos fosse ouvido.

— Nicolae não vai devolver o avião.

— Como é que é?

— É o que você ouviu. O avião já está em Nova York. Você vai vê-lo hoje. Ele está sendo pintado.

— Pintado?

— Você verá.

A mente de Rayford entrou em parafuso. O avião havia sido pintado em Seattle antes de seguir para Washington. Por que seria pintado novamente?

— Como será possível ele não devolvê-lo?

— Ele vai agradecer ao presidente o presente que recebeu e...

— Ele já agradeceu. Eu ouvi.

— Mas desta vez ele deixará claro que está agradecendo um *presente*, e não um *empréstimo*. Você vai ser contratado pela Casa Branca e vai trazer o avião, recebendo o seu salário como funcionário deles. E o que o presidente poderá fazer? Dizer que foi traído? Dizer que Nicolae está mentindo? A única opção será encontrar uma forma de ser tão generoso quanto Nicolae diz que ele é. Não é uma ideia brilhante?

— Trata-se de uma grosseria, de um roubo. Por que eu iria querer trabalhar para um homem como este? E você, por que trabalharia para uma pessoa assim?

— Vou trabalhar para Nicolae pelo tempo que ele me quiser aqui, Rayford. Nunca aprendi tanto em tão pouco tempo. Não se trata de roubo nenhum. Nicolae diz que os Estados Unidos estão tentando encontrar uma forma de ajudar a ONU, e a forma é esta. Você sabe que o mundo está se unificando e alguém vai precisar ser o líder desse novo governo mundial. A doação do avião é uma prova de que o presidente Fitzhugh tem o secretário-geral Carpathia em alta conta.

Hattie falava como um papagaio. Carpathia a doutrinara bem, talvez não para entender, mas pelo menos para acreditar.

— Está bem — resumiu Rayford. — De alguma forma, Carpathia conseguiu que a Pancontinental e a Casa Branca colocassem meu nome em primeiro lugar na lista de candidatos a piloto do Air Force One. Ele fez você me perturbar a ponto de eu querer mudar de cidade. Eu aceitaria o emprego, ele pegaria o avião e nunca mais o devolveria. Eu continuo sendo o piloto, mas quem vai me pagar é o governo dos Estados Unidos. E tudo isso tem relação com o fato de Carpathia, por fim, tornar-se o líder supremo do mundo.

Hattie apoiou o queixo nos dedos cruzados, com os cotovelos sobre a mesa, e inclinou a cabeça.

— Não foi tão complicado assim, foi?

— Eu só não entendo por que sou tão importante para ele.

— Ele me perguntou qual foi o melhor piloto com quem trabalhei e por quê.

— E eu venci — disse Rayford.

— Sim, você venceu.

— Você contou que quase tivemos um caso?

— Quase tivemos?

— Ah, isso não importa.

— Claro que não contei e nem você vai querer contar, se quiser preservar um bom emprego.

— Mas você disse a ele que eu sou cristão.

— Claro que sim, por que não? Você diz isso para todo mundo. Eu acho que ele também é cristão.

— Nicolae Carpathia?

— Claro! Pelo menos ele leva uma vida segundo princípios cristãos. Está sempre preocupado em fazer o bem. Esta é uma de suas frases prediletas. Assim como o assunto do avião. Ele sabe que os Estados Unidos querem presenteá-lo com o avião, mesmo que ainda não estejam pensando nisso. Talvez eles se sintam um pouco receosos a princípio, mas como é para o bem maior do mundo, acabarão ficando satisfeitos com este gesto. Eles parecerão heróis generosos aos olhos de todos por causa de Carpathia. Isso não é uma atitude cristã?

* * *

Buck estava rabiscando furiosamente suas anotações. Ele havia deixado seu gravador no hotel, dentro da mala, na esperança de pegá-lo quando retornasse do escritório do *Semanário Global* para entrevistar o rabino Marc Feinberg, um dos principais defensores da reconstrução do Templo judaico. Mas, assim que entrou no saguão do hotel, quase esbarrou nele, que arrastava um enorme baú, com rodas na base.

— Sinto muito, meu amigo. Consegui lugar em um voo mais cedo e estou de saída. Venha comigo.

Buck tirou o caderno de anotações de um dos bolsos e uma caneta do outro.

— O que o senhor tem a dizer sobre os pronunciamentos?

— Tenho a dizer o seguinte: hoje eu me transformei numa espécie de político. Se acredito que Deus é um conceito? Não! Acredito que ele é uma pessoa! Se acredito que todas as religiões do mundo podem se unir e se tornarem uma só? Não, provavelmente não. Meu Deus é um Deus zeloso de seus direitos e não compartilhará sua glória com ninguém. Se temos condição de tolerar uns aos outros? Certamente que sim.

E continuou:

— Provavelmente você vai perguntar por que estou dizendo que me tornei um político. Porque vou me empenhar na reconstrução do

Templo. Vou tolerar e cooperar com qualquer pessoa que tenha um bom coração, desde que minha fé no Deus verdadeiro de Abraão, Isaque e Jacó não venha a ser sacrificada. Não concordo com as ideias e os métodos de grande parte dessa gente, mas se eles quiserem prosseguir, vou fazer o mesmo. Acima de tudo, quero que o Templo seja reconstruído em seu local original, e essa ideia será levada adiante a partir de hoje. Tome nota de minhas palavras: o Templo será reconstruído dentro de um ano.

O rabino passou rapidamente pela porta da frente e pediu ao porteiro que chamasse um táxi.

— Mas, senhor — disse Buck —, se o dirigente da Fé Mundial Unificada se considerar um cristão...

Feinberg fez um gesto de irritação com a mão.

— Ora! Todos nós sabemos que o chefe da nova religião será Mathews e que ele provavelmente também será o novo papa! Se podemos considerá-lo um cristão? Ele *é* um cristão do princípio ao fim! Ele acredita que Jesus foi o Messias. E, em breve, acabarei acreditando que Carpathia é o Messias.

— O senhor está falando sério?

— Acredite em mim, já pensei nessa possibilidade. A missão do Messias é trazer justiça e paz duradoura. Veja o que Carpathia fez em questão de semanas! Ele não preenche todos os requisitos? Constataremos isso na segunda-feira. Você sabia que meu colega, o rabino Tsion Ben-Judá, está...

— Sim, vou acompanhar.

Havia inúmeras outras fontes que Buck poderia consultar acerca de Carpathia, mas antes ele precisava conversar pessoalmente com Ben-Judá. De Feinberg, ele só queria extrair a história do Templo, portanto redirecionou o assunto.

— O que há de tão importante a respeito da reconstrução do Templo?

O rabino Feinberg deu um passo à frente e virou o corpo, observando a fila de táxis, visivelmente preocupado com o pouco tempo de que dispunha. Apesar de não olhar Buck nos olhos, continuou a explicar. Fez uma breve preleção, como se estivesse em uma sala de aula, lecionando a um grupo de gentios interessados na história dos judeus.

— O rei Davi desejava construir um templo ao Senhor — disse ele. — Deus, porém, achou que Davi havia provocado muito derramamento de sangue por ser um guerreiro. Portanto, quem construiu o templo foi Salomão, o filho de Davi. O templo era magnífico. Jerusalém era a cidade onde Deus estabeleceria seu nome e onde seu povo se reuniria para adorá-lo. A glória de Deus se fez visível no templo e ele passou a ser um símbolo da mão de Deus protegendo a nação. O povo se sentia tão protegido que, mesmo quando se voltava contra Deus, acreditava que Jerusalém seria uma cidade intocável, enquanto o templo permanecesse ali.

Um táxi se aproximou e o porteiro colocou a maleta dentro do porta-malas.

— Pague o porteiro e acompanhe-me — disse Feinberg. — Buck sorriu, tirou uma nota do bolso e a colocou na mão do porteiro. Mesmo que tivesse de pagar a corrida de táxi, a entrevista em si valeria a pena.

— Kennedy — disse Feinberg ao motorista.

— Você me dá licença para usar meu telefone? — perguntou Buck. — Rabino, deixe-me ver sua conta para pegar o número do hotel.

Buck ligou para a chefe da administração e disse a ela que sua mala deveria ficar guardada ali por mais tempo do que esperava. Ela pediu que ele aguardasse um pouco e logo retornou.

— Senhor, sinto muito, mas alguém já pegou a mala para o senhor.

— Alguém o quê?

— ... pegou a mala para o senhor. Disse que era seu amigo e que a entregaria.

Buck estava perplexo.

— A senhora deixou minha mala ser levada por um estranho que disse ser meu amigo?

— Senhor, acho que o caso não é tão grave assim. Este homem poderá ser localizado facilmente, se necessário. Ele aparece todas as noites nos noticiários.

— O sr. Carpathia?

— Sim, senhor. Um de seus assessores, um tal de sr. Plank, prometeu entregar a mala ao senhor.

Feinberg pareceu satisfeito quando Buck desligou o telefone.

— De volta para o Templo! — gritou ele, e o motorista tirou o pé do acelerador. — Não! Não é para você voltar! — disse Feinberg. — Isso é conosco aqui!

Buck perguntou a si mesmo o que um homem com tanta energia e entusiasmo faria se tivesse outra profissão.

— O senhor seria um exímio jogador de raquetebol.[6]

— Eu sou um exímio jogador de *squash!* — ele retrucou. — Digamos que sou nota 9,5, e você?

— Aposentado.

— Mas você ainda é tão jovem!

— Não tenho tempo para nada.

— Ninguém é atarefado demais para praticar exercícios físicos — disse o rabino, batendo de leve em seu estômago firme e rijo. — Ah, o Templo — continuou ele.

O trânsito estava congestionado e Buck continuou a fazer anotações.

* * *

Quando Hattie pediu licença para atender ao telefone em sua mesa, Rayford tirou do bolso seu Novo Testamento que incluía o livro dos Salmos, dos quais ele havia memorizado alguns versículos. À medida

[6] Esporte semelhante ao *squash.* [N. do T.]

que sua ansiedade sobre a reunião com Carpathia começava a ficar mais intensa, ele passou a tentar localizar seus versículos favoritos.

Encontrou o Salmo 91 e leu para si mesmo o que havia sublinhado: "Aquele que habita no abrigo do Altíssimo e descansa à sombra do Todo-poderoso pode dizer ao SENHOR: 'Tu és o meu refúgio e a minha fortaleza, o meu Deus, em quem confio'. Mil poderão cair ao seu lado, dez mil à sua direita, mas nada o atingirá. Nenhum mal o atingirá, desgraça alguma chegará à sua tenda. Porque a seus anjos ele dará ordens a seu respeito para que o protejam em todos os seus caminhos."

Quando Rayford levantou os olhos, Hattie já tinha desligado o telefone e olhava para ele com ar de expectativa.

— Desculpe — disse ele, fechando a bíblia.

— Tudo bem — disse ela. — O secretário-geral já está pronto para recebê-lo.

* * *

Diante da afirmativa do motorista do táxi de que eles chegariam ao aeroporto a tempo, Feinberg se animou a retomar o assunto.

— O templo e a cidade de Jerusalém foram destruídos pelo rei Nabucodonosor. Setenta anos depois, emitiu-se um decreto para que os dois fossem reconstruídos. Só que o novo templo, sob a direção de Zorobabel e Josué, o sumo sacerdote, era tão inferior ao de Salomão que alguns anciãos choraram quando viram seus alicerces. Mesmo assim, esse templo serviu ao povo de Israel até ser profanado por Antíoco Epífanes, um soberano greco-romano. Por volta do ano 40 a.C., Herodes, o Grande, o derrubou, pedra por pedra, e o reconstruiu. O templo passou a ser conhecido como Templo de Herodes. O resto da história você já sabe."

— Desculpe, mas não sei.

— Você escreve sobre religião e não sabe o que aconteceu com o Templo de Herodes?

— Na verdade, nesta reportagem sou um reserva do jornalista de assuntos religiosos.

— Um reserva?

Buck sorriu.

— O senhor é um jogador de raquetebol, categoria "menos A", e não sabe o que é reserva?

— Bem, essa não é uma palavra usada no *squash* — disse o rabino. — E, com exceção do futebol americano, não me interesso por outros esportes. Deixe-me, então, contar a você o que aconteceu com o Templo de Herodes. Tito, um general romano, sitiou Jerusalém e, apesar de ter dado ordens para que o templo não fosse destruído, os judeus não confiaram nele. Eles, então, resolveram queimar o templo para impedir que caísse nas mãos dos pagãos. Hoje, o Monte do Templo, local do antigo templo judaico, está ocupado por muçulmanos e abriga a mesquita muçulmana chamada de Domo da Rocha.

Buck ficou curioso.

— Como os muçulmanos foram persuadidos a transferir de lugar o Domo da Rocha?

— Esta é uma prova da grandeza de Carpathia — disse Feinberg. — Quem, a não ser o Messias, poderia pedir a muçulmanos devotos que mudassem o santuário que, na religião deles, é o segundo em importância depois de Meca, o local de nascimento de Maomé? Mas veja, o Domo da Rocha, no Monte do Templo, está construído exatamente em cima do Monte Moriá, onde acreditamos que Abraão tenha mostrado sua submissão a Deus, dispondo-se a sacrificar seu filho Isaque. Evidentemente não cremos que Maomé seja divino, portanto acreditamos que nosso local sagrado estará sendo profanado enquanto a mesquita muçulmana estiver ocupando o Monte do Templo.

— Então hoje é um grande dia para Israel.

— Um grande dia! Desde que nossa nação foi estabelecida, temos reunido milhões de pessoas do mundo inteiro para a reconstrução do Templo. A obra já começou. Muitas paredes pré-fabricadas estão terminadas e, em breve, serão enviadas ao local. Quero viver para assistir a reconstrução. Esse Templo será mais espetacular do que o da época de Salomão!

***

— Finalmente nos conhecemos — disse Nicolae Carpathia, levantando-se e caminhando ao redor da mesa para apertar a mão de Rayford Steele. — Obrigado, srta. Durham. Nós nos sentaremos aqui mesmo.

Hattie saiu e fechou a porta. Nicolae apontou para uma cadeira e sentou-se na outra, diante de Rayford.

— E assim fechamos nosso pequeno círculo.

Rayford sentiu-se estranhamente calmo. Ele havia orado por isso e sua mente estava repleta das promessas dos Salmos.

— Como assim, senhor?

— Acho interessante notar como o mundo é pequeno. Talvez seja por isso que acredito tanto que em breve seremos uma verdadeira comunidade global. Você acreditaria que cheguei a conhecê-lo por intermédio de um botânico israelense chamado Chaim Rosenzweig?

— Já ouvi falar do nome, mas não o conheço pessoalmente.

— Eu sei que não o conhece, mas o conhecerá. Se não for hoje, enquanto estiver aqui, será no sábado, no voo para Israel. Chaim me apresentou um jovem jornalista que tinha escrito uma reportagem sobre ele. O jornalista conheceu sua comissária de bordo, a srta. Durham, no avião que você pilotava e a apresentou para mim. Agora ela é a minha assistente e indicou você. Que mundo pequeno!

Earl Halliday havia dito a mesma coisa quando soube que Hattie Durham, uma ex-funcionária da Pancontinental, trabalhava para o homem que queria Rayford como piloto do Air Force One. Rayford não disse nada a Carpathia. Ele não acreditava que esse encontro fosse mera coincidência. O mundo não era tão pequeno assim. Talvez todos eles tivessem sido encaminhados para onde Deus os queria, e por esse motivo Rayford estava ali naquele dia. Não era uma situação que ele havia desejado ou procurado, mas estava, finalmente, aberto à essa possibilidade.

— Então você quer ser o piloto do Air Force One?

— Não, senhor, este não era o meu desejo. Pretendo pilotá-lo, com sua comitiva, até Jerusalém, a pedido da Casa Branca, e depois vou decidir se aceito ou não o convite para o cargo de piloto.

— Você não desejava ocupar essa posição?

— Não, senhor.

— Mas está interessado?

— Quero ver primeiro do que se trata.

— Sr. Steele, vou fazer um prognóstico. Presumo que depois de ver o avião e experimentar sua tecnologia de última geração você jamais desejará pilotar outro equipamento.

— Acredito que é uma possibilidade, sim. — "Mas não por esse motivo", pensou Rayford. "Só se esta for a vontade de Deus."

— Também quero contar a você um pequeno segredo, algo que ainda não foi divulgado. A srta. Durham assegurou-me que você é um homem confiável, de palavra e que recentemente tornou-se também religioso.

Rayford assentiu, não desejando acrescentar nada.

— Então confiarei que você guardará segredo até a notícia ser divulgada. O presidente dos Estados Unidos emprestará o Air Force One à ONU como um gesto de apoio ao nosso trabalho.

— Os noticiários já divulgaram isso, senhor.

— Claro, mas ainda não divulgaram que, depois, o avião será doado para nosso uso exclusivo, junto da tripulação,.

— Quanta bondade do presidente Fitzhugh oferecer-lhe isto.

— Sim, muita bondade — repetiu Carpathia. — E quanta generosidade.

Rayford compreendeu como as pessoas poderiam ser enfeitiçadas por Carpathia, mas, sentado diante daquele homem e sabendo que ele estava mentindo, era fácil resistir aos seus encantos.

— Para quando está marcado seu voo de volta? — perguntou Carpathia.

— Deixei em aberto. Estou à sua disposição. Só preciso estar em casa antes de partirmos no sábado.

— Gosto de seu estilo — disse Carpathia. — Você está à minha disposição. Isso é ótimo. Evidentemente você deve entender que, se aceitar este emprego, e sei que vai aceitá-lo, não deverá fazer dele uma plataforma para proselitismos.

— Não entendi, senhor.

— Estou dizendo que a ONU, que passará a ser conhecida como Comunidade Global, e eu, em particular, somos contra o sectarismo.

— Eu creio em Jesus Cristo — disse Rayford. — Frequento a igreja. Leio minha Bíblia. Digo às pessoas o que acredito.

— Mas não no trabalho.

— Se o senhor vier a ser meu superior e der essa ordem, serei obrigado a obedecê-la.

— Serei seu superior, darei essa ordem e você obedecerá — disse Carpathia. — Só para que tudo fique claro entre nós.

— Certamente, senhor.

— Gosto de você e acredito que podemos trabalhar juntos.

— Eu não o conheço, mas acredito que posso trabalhar com qualquer pessoa.

"De onde partiu essa frase?", Rayford quase sorriu. Se ele podia trabalhar com o anticristo, com quem mais não poderia?

***

Assim que o táxi encostou junto à calçada do Aeroporto Internacional Kennedy, o rabino Marc Feinberg disse:

— Estou certo de que você não se importará de incluir esta corrida de táxi em sua conta, já que eu lhe concedi uma entrevista, não é mesmo?

— Claro que não — disse Buck. — O *Semanário Global* terá prazer em proporcionar ao senhor uma corrida de táxi até o aeroporto, desde que não seja necessário pagar também seu voo até Israel.

— Já que você mencionou isso... — disse o rabino, piscando os olhos, mas achou melhor não completar a frase. Limitou-se a acenar, pegou a bagagem e entrou apressadamente no terminal.

***

Nicolae Carpathia apertou o botão do interfone.

— Srta. Durham, já providenciou o carro para nos levar até o hangar?

— Sim, senhor, na entrada dos fundos.

— Estamos prontos.

— Darei um toque quando a equipe de segurança chegar.

— Obrigado.

Nicolae virou-se para Rayford.

— Quero que você veja o avião.

— Certamente — disse Rayford, embora preferisse estar voltando para casa. Por que cargas d'água ele havia dito que estava à disposição de Carpathia?

***

— Vamos voltar para o hotel, senhor?

— Não — respondeu Buck. — Siga para o edifício da ONU, por favor.

Ele pegou o celular do bolso e ligou para Steve Plank, nas Nações Unidas.

— Que ideia foi essa de surrupiar minha mala?

— Eu só estava tentando lhe fazer um favor, velho amigo. Você está no Plaza? Vou levar a mala aí.

— Sim, estou no Plaza, mas pode deixar que eu vou ao seu encontro. Afinal de contas, era isso que você queria, não?

— Sim!

— Estarei aí em uma hora.

— Carpathia talvez não esteja aqui.

— Não estou indo aí para me encontrar com ele, mas com você.

* * *

Quando Hattie deu o toque, Carpathia levantou-se e sua porta se abriu. Dois seguranças se puseram ao lado de Nicolae e Rayford enquanto eles seguiam pelos corredores até o elevador de serviço. Desceram até o subsolo e caminharam em direção ao estacionamento onde uma limusine aguardava. O motorista levantou-se rapidamente e abriu a porta para Carpathia. Rayford foi escoltado até o outro lado do carro, onde a porta já estava aberta.

Rayford notou algo estranho. Enquanto estiveram no escritório, Carpathia não tinha oferecido nada para beber, mas agora insistia em mostrar tudo o que havia na limusine, desde uísque e vinho até cerveja e refrigerantes. Rayford aceitou um refrigerante.

— Você não bebe?

— Não mais.

— Costumava beber?

— Apenas socialmente, mas abusava de vez em quando. Não bebi mais nada desde que minha família se foi.

— Lamento muito por sua perda.

— Obrigado, mas já superei essa fase. Tenho muita saudade deles, mas...

— É claro, eu entendo.

— Mas hoje estou em paz com tudo isso.

— Sua religião acredita que Jesus Cristo os levou para o céu, não é isso?

— Isso mesmo.

— Não vou fingir que aceito essa crença, mas a respeito pelo consolo que trouxe a você.

Rayford gostaria de argumentar, mas lembrou-se do conselho prudente de Bruce Barnes sobre "testemunhar" ao anticristo.

— Também não bebo — disse Carpathia, tomando um gole de água mineral com gás.

***

— Por que não me deixou levar a mala até você? — perguntou Steve Plank ao receber Buck. — Eu teria ido até lá.

— Preciso de um favor seu.

— Podemos fazer uma troca de favores, então. Diga sim à proposta de Carpathia e jamais precisará pedir favores nesta vida.

— Para lhe dizer a verdade, Steve, neste momento tenho tantas reportagens excelentes nas mãos que sequer tenho tempo de pensar em mudar de emprego.

— Escreva-as para nós.

— De jeito nenhum. Mas me ajude, se puder. Quero me encontrar com aqueles dois indivíduos no Muro das Lamentações.

— Nicolae odeia aqueles dois. Acha que são malucos. E é evidente que são.

— Então ele não vai se importar se eu tentar entrevistá-los.

— Vou ver o que posso fazer. Hoje ele está ocupado, entrevistando um candidato a piloto.

— Puxa vida, não me diga!

***

Carpathia e Rayford desceram da limusine em um imenso hangar no JFK. Carpathia disse ao motorista:

— Diga a Frederick para preparar a apresentação de sempre.

Quando as portas do hangar se abriram, o avião foi magnificamente iluminado por holofotes. Diante de Rayford, de um lado da aeronave, viam-se as palavras *Air Force One* e o brasão da presidência dos Estados Unidos. Mas, quando deram a volta, Rayford viu, do outro lado, uma equipe de pintores em cima de um andaime, trabalhando no avião. O brasão e o nome tinham sido eliminados. No lugar havia o antigo logotipo da Organização das Nações Unidas, mas com os dizeres *Comunidade Global* pintados por cima do nome atual. Onde ficava o nome da aeronave os pintores estavam dando os retoques finais nas palavras *Global Community One*.

— Quanto tempo vai demorar para vocês terminarem de pintar os dois lados? — perguntou Carpathia ao chefe da equipe.

— A tinta estará seca em ambos os lados por volta da meia-noite! Levamos seis horas para pintar esta lateral, mas a outra será mais rápida. O avião estará em perfeitas condições de voar no sábado, tranquilamente!

Carpathia fez um sinal de positivo com o polegar e os funcionários do hangar aplaudiram.

— Gostaríamos de subir a bordo — sussurrou Carpathia. Em poucos minutos os homens instalaram um elevador improvisado para permitir que ele e Rayford entrassem pela porta traseira do brilhante avião.

Rayford já havia conhecido inúmeras aeronaves novas e geralmente ficava impressionado, mas nenhuma se igualava ao que ele estava vendo naquele momento. Cada detalhe tinha sido luxuosamente projetado, sem economia, e tudo era funcional. Na parte traseira havia banheiros completos com chuveiros. Depois vinha a área reservada à imprensa, com tamanho suficiente para instalar divisórias. Cada poltrona tinha um telefone via satélite, *bluetooth* e TV. O restaurante ficava na parte central da aeronave, completamente abastecido e com espaço para os passageiros se movimentarem e socializarem.

Perto da parte frontal estavam os aposentos presidenciais e a sala de entrevistas coletivas. Um dos cômodos continha sofisticados equipamentos de segurança e vigilância, bem como serviço de comunicação de alta tecnologia, permitindo ao avião se comunicar com qualquer parte do mundo. Logo atrás da cabine do piloto estavam as dependências da tripulação, inclusive um aposento privativo para o piloto.

— Pode ser que você não queira permanecer dentro do avião quando pousarmos por alguns dias em algum lugar — disse Nicolae —, mas, com certeza, será difícil encontrar acomodações semelhantes em qualquer outro local.

* * *

Enquanto Buck estava na sala de Steve, Hattie entrou para avisar que Nicolae havia saído por alguns minutos.

— Oh, sr. Williams! — disse ela. — Jamais terei como agradecê-lo por ter me apresentado ao sr. Carpathia.

Buck não sabia o que falar. Não queria dizer que foi uma satisfação. Na verdade, seu sentimento era de arrependimento. Então, apenas fez um sinal afirmativo com a cabeça.

— Você sabe com quem ele está hoje? — perguntou ela.

Ele sabia, mas fingiu desconhecer.

— Com quem?

Buck tinha consciência de que deveria manter-se sempre alerta diante dela, de Steve e, especialmente, de Carpathia. Eles não poderiam saber da sua proximidade com Rayford, e, se tivesse condições de impedir que tomassem conhecimento de seu caso com Chloe, seria melhor ainda.

— Rayford Steele. Ele era o piloto do avião no dia em que conheci você.

— Eu lembro dele — disse Buck.

— Você sabia que ele está sendo avaliado para ser o piloto do Air Force One?

— Seria uma grande honra para ele, não?

— Rayford merece. É o melhor piloto com quem já trabalhei.

Buck sentiu-se incomodado por ter de falar sobre seu novo amigo e irmão em Cristo como se mal o conhecesse.

— O que faz dele um bom piloto? — perguntou Buck.

— Decolagens e aterrissagens suaves. Ele se comunica muito bem com os passageiros. Trata a tripulação como colegas, e não como escravos.

— Impressionante — disse Buck.

— Você gostaria de conhecer o avião? — perguntou Steve.

— Posso?

— Ele está em um hangar suplementar do aeroporto Kennedy.

— Acabei de vir de lá.

— Gostaria de voltar?

Buck deu de ombros.

— Já designaram outra pessoa para fazer a reportagem sobre o novo avião, o piloto e outros assuntos relacionados, mas eu com certeza adoraria conhecer essa aeronave.

— Você poderá viajar nela até Israel.

— Não, não posso — disse Buck. — Meu chefe foi muito claro a esse respeito.

***

Quando Rayford chegou em casa naquela noite, sabia que Chloe seria capaz de adivinhar que ele estava introspectivo.

— Bruce cancelou a reunião desta noite — disse ela.

— Ótimo — respondeu Rayford —, estou exausto.

— Então me conte sobre Carpathia.

Rayford tentou. O que havia para se dizer? O homem era amistoso, charmoso, sereno e, não fosse pela mentira, Rayford poderia até ter pensado que eles o tinham julgado da maneira errada.

— Acho que não há mais dúvidas quanto à sua identidade, né? — deduziu ele.

— Não para mim — disse Chloe. — Mas eu ainda não o vi pessoalmente.

— Conhecendo você, acho que ele não a enganaria nem por um segundo.

— Espero que sim — retrucou ela. — Buck diz que ele é um cara impressionante.

— Você tem notícias do Buck?

— Ele ficou de ligar hoje à meia-noite no horário de Nova York.

— Será que vou precisar ficar acordado para ter certeza de que você não pegou no sono?

— Difícil. Ele ainda não sabe que comemos nossos doces na mesma hora e eu não deixaria de contar isso a ele por nada deste mundo.

CAPÍTULO 14

Buck Williams estava aproveitando ao máximo todos seus dotes jornalísticos. No sábado, depois de tentar descansar um pouco do *jet lag*[7] no Hotel Rei Davi, deixou recados para Chaim Rosenzweig, Marc Feinberg e até mesmo Peter Mathews. De acordo com Steve Plank, Nicolae Carpathia tinha recusado o pedido de Buck para ajudá-lo a se aproximar dos homens que pregavam junto ao Muro das Lamentações.

— Eu já disse a você — explicou Steve. — Ele acha que esses indivíduos são loucos e está chateado por você pensar que eles merecem uma reportagem.

— Então ele não conhece ninguém que possa me ajudar a chegar lá?

— É uma área restrita.

— É exatamente o que quero dizer. Será que, finalmente, descobrimos algo que Nicolae, o Grande, não consegue fazer?

Steve ficou zangado.

— Você sabe tanto quanto eu que Carpathia pode comprar o Muro das Lamentações se quiser — retrucou ele em tom irado. — Mas você não terá a ajuda dele para chegar perto desse lugar. Ele não quer você lá, Buck. Pelo menos uma vez na vida, procure entender e não se meta.

— Ah! Até parece que sou assim.

---

[7] Distúrbio do sono que pode afetar pessoas que viajam em diferentes fusos horários. [N. do R.]

— Buck, deixe-me perguntar uma coisa. Se você afrontar Carpathia e depois recusar sua proposta ou deixá-lo tão irritado a ponto de ele desistir de contratá-lo, onde você irá trabalhar?

— Vou trabalhar.

— Onde? Você não percebe que ele é influente em qualquer lugar? O povo o adora! Fará qualquer coisa por ele. As pessoas saem de uma reunião com ele e passam a fazer coisas que jamais imaginaram.

"Conte-me mais sobre isso", pensou Buck.

— Sempre tenho muito trabalho a fazer — respondeu Buck. — Mesmo assim, obrigado.

— *Neste momento* você tem trabalho, mas nada é para sempre.

Steve jamais proferiu palavras tão verdadeiras, apesar de não saber exatamente disso.

A segunda batalha de Buck foi com Peter Mathews, que estava escondido na cobertura de um hotel cinco estrelas em Tel Aviv. Apesar de ter recebido o recado de Buck, ele não deu a devida atenção.

— Admiro você, Williams — disse ele —, mas acho que já lhe passei tudo que sei, tanto informações confidenciais como não confidenciais. Não tenho nenhuma ligação com os indivíduos do Muro, mas vou dar uma opinião, se é isso que você quer.

— Só preciso encontrar alguém que tenha condições de me colocar próximo dos dois para eu conversar com eles. Se quiserem me matar, queimar ou ignorar minha presença, deixo a critério deles.

— Eu tenho permissão para me aproximar do Muro das Lamentações por causa de minha posição, mas não tenho interesse em ajudá-lo. Sinto muito. Acho que esses indivíduos são dois anciãos estudiosos do Torá fingindo serem Moisés e Elias reencarnados. Seus trajes são horríveis; e suas pregações, piores ainda. Não tenho ideia do motivo pelo qual as pessoas morreram quando tentaram ofendê-los. Talvez esses dois idiotas tenham compatriotas escondidos no meio das massas para tirar do caminho quem os ameaça. Agora preciso ir. Você estará presente na assinatura do tratado segunda-feira?

— É por isso que estou aqui, senhor.

— Então nos vemos lá. Faça um favor a si mesmo e não manche sua reputação escrevendo uma matéria sobre aqueles dois. Se você quiser uma reportagem, acompanhe-me num passeio hoje à tarde, quando visitarei os possíveis locais para as instalações do Vaticano em Jerusalém.

— Mas como o senhor explica não ter chovido em Jerusalém desde que aqueles dois começaram a pregar?

— Eu não dou a mínima importância a isso. Talvez nem as nuvens queiram ouvir o que eles têm a dizer. De qualquer forma, é raro chover por aqui.

* * *

Rayford conheceu a tripulação do Global Community One apenas poucas horas antes da decolagem. Nenhum dos tripulantes havia trabalhado na Pancontinental. Numa breve conversa preliminar com eles, Rayford enfatizou que a segurança era um ponto de suma importância.

— É por isso que cada um de nós está aqui. Os procedimentos corretos e o protocolo são o próximo passo. Devemos fazer tudo de acordo com o regulamento e manter em dia nosso diário de bordo e a conferência de todos os itens da aeronave. Precisamos estar rigorosamente bem vestidos, permanecer nos bastidores e servir aos nossos convidados e passageiros. Embora tenhamos que dar tratamento respeitoso às autoridades e atendê-las, a segurança dessas pessoas é nossa maior preocupação. A tripulação mais eficiente é a tripulação invisível. Os passageiros sentem conforto e segurança quando veem uniformes e bom atendimento, mas não veem pessoas.

O primeiro copiloto de Rayford era mais velho do que ele e, provavelmente, gostaria de ocupar a posição de comandante. No entanto, era simpático e eficiente. O navegador era um jovem que Rayford não teria escolhido, mas que dava conta do recado. A tripulação tinha trabalhado junto no Air Force One e parecia muito impressionada com a nova aeronave. Rayford não poderia culpá-los. O avião era uma maravilha da tecnologia, mas em breve eles já estariam acostumados e tudo seria mais automático.

Pilotar o 777 era, conforme Rayford comentou com o examinador em Dallas, a mesma coisa que sentar-se ao volante de um Jaguar. Mas a empolgação foi desaparecendo durante o voo. Logo depois da decolagem, Rayford deixou a aeronave por conta do copiloto e se dirigiu aos seus aposentos particulares. Esticou-se na cama e, de repente, percebeu que estava sozinho. Como Irene ficaria orgulhosa daquele momento em que ele havia alcançado a posição máxima da aviação mundial! Para ele, no entanto, isso significava muito pouco, apesar de sentir dentro de si que estava cumprindo a vontade de Deus. No fundo, Rayford tinha a certeza de que não voaria mais pela Pancontinental. Ele ligou para Chloe, acordando-a.

— Desculpe, querida — disse.

— Não tem problema, papai. Como você está? Empolgado?

— Ah, sim. Isso não posso negar.

Eles já haviam conversado que as comunicações provavelmente seriam vigiadas, portanto não deveria haver palavras depreciativas a respeito de Carpathia nem de qualquer outra pessoa ao redor dele. Também não mencionariam o nome de Buck.

— Você conhece alguém daí?

— Somente Hattie. Estou sentindo um pouco de solidão.

— Eu também. Não conversei com mais ninguém. Devo receber um telefonema na segunda-feira de manhã, no seu fuso horário. Quando você chegará em Jerusalém?

— Dentro de mais ou menos três horas pousaremos em Tel Aviv e seguiremos para Jerusalém em carros de luxo.

— Você não vai pousar em Jerusalém?

— Não. O aeroporto de lá não tem pista suficiente para receber um 777. Tel Aviv fica a pouco mais de 50 quilômetros de Jerusalém.

— E quando você volta?

— Estávamos programados para sair de Tel Aviv na terça de manhã, mas agora estão dizendo que, na segunda à tarde, voaremos para Bagdá e sairemos de lá na terça de manhã. Isso aumenta o percurso em quase mil quilômetros, o que provavelmente acrescentará mais uma hora no total da viagem.

— E por que Bagdá?

— É o único aeroporto, perto da Babilônia, que comporta uma aeronave deste tamanho. Carpathia quer dar uma volta em Babilônia e contar seus planos ao povo de lá.

— Você vai junto?

— Imagino que sim. Babilônia fica cerca de 80 quilômetros ao sul de Bagdá, de ônibus. Se eu aceitar este emprego, imagino que vou conhecer uma grande parte do Oriente Médio nos próximos anos.

— Já estou com saudade de você. Gostaria de estar aí.

— Sei de quem você está com saudade, Chloe.

— Eu também tenho saudade de você, papai.

— Ah, dentro de um mês serei apenas um zero à esquerda para você. Já consigo imaginar todos os lugares por onde você passeará com esse cara.

— Bruce ligou. Ele recebeu um telefonema estranho de uma senhora chamada Amanda White, que diz ter conhecido a mamãe. Ela contou a Bruce que a viu apenas uma vez em um dos grupos de estudos bíblicos da igreja, mas não se lembra exatamente do nome dela. Ela só se recorda que o nome da mamãe soava como *ferro* e *aço*.[8]

— Hum — disse Rayford —, *Irene Steele*. Nunca pensei nela dessa maneira. O que essa tal senhora queria?

— Ela contou que se tornou cristã, em grande parte, por lembrar-se de certas palavras de mamãe naquele estudo bíblico, e agora está procurando uma igreja. Então, queria saber se a Igreja Nova Esperança ainda está funcionando normalmente.

---

[8] A sonoridade do nome Irene Steele é similar às palavras em inglês *iron* (ferro) e *steel* (aço). [N. do R.]

— Por onde ela tem andado?

— Chorando a perda do marido e de duas filhas adultas, que se foram no arrebatamento.

— Se sua mãe foi tão importante assim na vida dela, como essa senhora não consegue se lembrar do nome dela?

— Sei lá — disse Chloe.

* * *

Buck tirou um cochilo de uma hora e meia antes de receber uma ligação de Chaim Rosenzweig, que acabava de chegar.

— Até eu vou precisar me adaptar ao fuso horário, Cameron — disse Rosenzweig. — Já fiz esta viagem várias vezes, mas ainda sinto os efeitos da mudança de horário. Há quanto tempo você está em nosso país?

— Cheguei ontem de manhã. Preciso de sua ajuda.

Buck contou a Rosenzweig que gostaria de se aproximar do Muro das Lamentações.

— Eu já tentei — disse ele —, mas não consegui me aproximar sequer cem metros. Os dois homens estavam pregando, e a multidão era muito maior do que vi na CNN. Ah, e a multidão, agora, só vem aumentando à medida que nos aproximamos da assinatura do acordo. Talvez, diante disso, os dois intensifiquem suas atividades. Mais e mais pessoas estão chegando para ouvi-los e, aparentemente, judeus ortodoxos estão se convertendo ao cristianismo. Muito estranho. No caminho, Nicolae perguntou sobre os dois e os viu nos noticiários da TV. Ele ficou zangado de um modo que nunca vi antes.

— O que ele disse?

— Esse é o problema. Ele não disse nada. Ficou vermelho e com a expressão carregada. Eu não o conheço tanto assim, sabe como é, mas sei quando ele está incomodado.

— Chaim, preciso de sua ajuda.

— Cameron, eu não sou ortodoxo. Não frequento o Muro das Lamentações e, mesmo que frequentasse, provavelmente não me arriscaria. Também não o aconselho a ir. O fato mais importante aqui é a assinatura do acordo na segunda de manhã. Nicolae, a delegação israelense e eu finalizamos os preparativos em Nova York na sexta-feira. Nicolae foi brilhante. Ele é magnífico, Cameron! Aguardo com muita expectativa o dia em que nós dois estaremos trabalhando para ele.

— Chaim, por favor. Sei que qualquer jornalista do mundo gostaria muito de fazer uma entrevista exclusiva com os dois pregadores, mas eu sou o único que não vai desistir até conseguir ou que vai morrer tentando.

— Isso é o máximo que você vai conseguir fazer.

— Veja, eu, nunca lhe pedi nada a não ser um pouco de seu tempo, e o senhor sempre demonstrou generosidade.

— Não sei como poderia lhe ajudar, Cameron. Eu mesmo o levaria até lá, se pudesse. Mesmo assim, você não vai conseguir.

— Mas o senhor deve conhecer alguém que tenha acesso.

— Claro que conheço! Conheço muitos judeus ortodoxos, muitos rabinos, mas...

— O que o senhor me diz de Ben-Judá?

— Ora, Cameron! Ele está muito atarefado. Sua apresentação ao vivo sobre o projeto de pesquisa irá ao ar na segunda-feira à tarde. Ele deve estar se preparando feito estudante antes das provas finais.

— Talvez não, Chaim. Talvez ele já tenha investido tanto nessa pesquisa que poderia falar sobre ela durante uma hora sem ter nenhuma anotação. Ou talvez ele já esteja pronto e querendo algo para se ocupar, a fim de não exagerar nos preparativos ou não ficar estressado enquanto aguarda o grande momento.

Houve silêncio do outro lado da linha, e Buck orou para que Rosenzweig reconsiderasse.

— Não sei, Cameron. Eu não gostaria de ser incomodado no lugar dele.

— Você só me faria um favor, Chaim? Ligue para ele, deseje-lhe boa sorte e descubra quais são os planos dele para o fim de semana. Eu irei a qualquer lugar, a qualquer hora, se Ben-Judá puder me fazer chegar perto do Muro.

— Só se ele estiver à procura de uma diversão — disse Rosenzweig. — Se eu perceber que ele está mergulhado no trabalho, não vou nem tocar no assunto.

— Obrigado! O senhor me dará um retorno?

— De uma forma ou de outra. Cameron, por favor, não crie muitas expectativas, e nem me culpe se ele não puder lhe receber, está bem?

— Eu jamais faria isso.

— Eu sei. Mas também percebo o quanto isso é importante para você.

***

Buck estava desligado do mundo e não tinha ideia de quanto tempo o telefone estava tocando. Sentou-se na cama e viu o sol da tarde de domingo adquirir uma tonalidade alaranjada. Pela janela entrava um raio de luz, formando um desenho disforme sobre a cama. Quando esticou o braço para atender o telefone, viu sua imagem de relance no espelho. Seu rosto estava vermelho e amassado, seus olhos estavam inchados e o cabelo completamente despenteado. Estava com um gosto horrível na boca e tinha dormido sem trocar de roupa.

— Alô!

— Você é *Chamerown Weeleeums*? — soou a voz do outro lado da linha com forte sotaque hebraico.

— Sim, senhor.

— Aqui é *Dochtor* Tsion Ben-Judá.

Buck levantou-se imediatamente, como se estivesse diante de um mestre na sala de aula.

— Sim, dr. Ben-Judá. É um privilégio falar com o senhor!

— *Obrrigado* — ele disse com dificuldade. — Estou ligando de perto de seu hotel.

Buck esforçava-se para compreendê-lo.

— Sim?

— Tenho um carro e um motorista.

— Um carro e um motorista. Entendi. Sim, senhor.

— Você está pronto para ir lá?

— Ir aonde?

— Ao Muro.

— Oh, sim, senhor... quero dizer, não, senhor. Vou precisar de uns dez minutos. O senhor poderia aguardar dez minutos?

— Eu devia ter ligado antes de chegar. Nosso amigo me deixou com a impressão de que seria um caso de certa urgência para você.

Buck analisou rapidamente aquele estranho modo de falar.

— Um caso de urgência, sim! Só preciso de dez minutos! Obrigado, senhor!

Buck tirou as roupas apressadamente e entrou debaixo do chuveiro. Não esperou a água esquentar. Ensaboou e enxaguou o corpo e, em seguida, barbeou-se o mais rápido que pôde.

Como não tinha tempo a perder procurando o adaptador elétrico para o secador, pegou uma toalha e esfregou os cabelos compridos com tanta força que pensou estar arrancando metade do couro cabeludo. Então, passou um pente nos cabelos rapidamente e escovou os dentes. Que roupa deveria usar para ir ao Muro das Lamentações? Ele sabia que não teria permissão para entrar, mas será que ofenderia seu anfitrião se não usasse paletó e gravata? Ele não tinha trazido terno. Não tinha planejado o que vestir nem para a assinatura do tratado na manhã seguinte.

Escolheu uma camisa comum de algodão grosso, calça jeans, botas de cano curto e jaqueta de couro. Jogou seu gravador e sua câmera dentro de uma pequena sacola de couro e desceu correndo três lances de escada. Quando atravessou rapidamente a porta de saída, parou. Não tinha ideia da fisionomia do rabino. Será que ele era parecido com Rosenzweig, com Feinberg ou com nenhum dos dois?

Não se parecia com nenhum dos dois. Tsion Ben-Judá, trajando terno e chapéu de feltro pretos, desceu do banco de passageiros de um Mercedes branco e acenou timidamente. Buck correu em sua direção.

— Dr. Ben-Judá? — disse ele, apertando sua mão. O rabino era um homem de meia-idade, magro, de fisionomia jovem, forte e com traços pronunciados. Havia apenas alguns fios grisalhos em seu cabelo castanho-escuro.

Esforçando-se para falar em inglês, o rabino explicou:

— Em seu dialeto, meu primeiro nome soa mais ou menos como a cidade, Zion.[9] Você pode me chamar assim.

— Zion? O senhor tem certeza?

— Certeza de meu próprio nome? — O rabino sorriu. — Claro que tenho certeza.

— Não, quero dizer, o senhor tem certeza de que posso chamá-lo pelo primeiro nome?

— Entendi o que o você quis dizer, sr. Williams. Pode me chamar de Zion, sim.

Para Buck, *Zion* não soava muito diferente de *Tsion* no modo de falar do dr. Ben-Judá.

— E o senhor pode me chamar de Buck.

— Buck?

O rabino segurou a porta aberta enquanto Buck entrava e sentava-se ao lado do motorista.

— É só um apelido.

— Está certo, Buck. O motorista não entende nada de inglês.

Buck virou-se e viu o motorista com a mão estendida. Apertou a mão dele e o homem disse algo totalmente incompreensível. Buck limitou-se a sorrir e movimentar a cabeça afirmativamente. Dr. Ben-

[9] Sião. [N. do T.]

Judá dirigiu-se ao motorista em hebraico, e o carro começou a se mover.

— Muito bem, Buck — disse o rabino enquanto Buck se virava no banco para ver o rosto dele —, dr. Rosenzweig disse que você quer ter acesso ao Muro das Lamentações, o que é impossível, você deve compreender. Só posso levar você até perto das duas testemunhas para que possa chamar a atenção delas, se você tiver coragem.

— As duas testemunhas? O senhor chama os dois de testemunhas? É assim que meus amigos e eu...

Dr. Ben-Judá levantou as duas mãos e virou a cabeça, indicando que não responderia nem comentaria aquela pergunta.

— A questão é: você tem mesmo coragem?

— Tenho, vou correr o risco.

— E não vai me culpar por qualquer coisa que venha a acontecer com você?

— Claro que não, mas eu também gostaria de entrevistar o senhor.

O rabino levantou as mãos novamente.

— Deixei claro à imprensa e ao dr. Rosenzweig que não darei entrevistas.

— Só quero algumas informações pessoais. Não vou lhe perguntar sobre a pesquisa, porque estou certo de que após ter resumido três anos de estudos em uma hora de apresentação, o senhor explicará todas as suas conclusões amanhã à tarde.

— Exatamente. Quanto às informações pessoais, tenho 42 anos. Cresci em Haifa, sou filho de rabino ortodoxo. Tenho dois doutorados, um em história judaica e um em línguas antigas. Estudei e lecionei durante a vida inteira e me considero mais um erudito e historiador do que um educador, embora meus alunos sejam generosos quando me avaliam. Penso, oro e leio a maior parte do tempo em hebraico, e fico um tanto envergonhado por falar tão mal o inglês, principalmente num país igualitário como este. Conheço a gramática e a sintaxe inglesas melhor do que muitos ingleses e americanos; você está fora disso, é claro! Mas nunca tive tempo de praticar e melhorar minha dicção. Sou casado há apenas seis anos e tenho dois filhos pequenos, um menino e uma menina. Há pouco mais de três anos, fui convocado por uma instituição estatal para conduzir um estudo completo das passagens messiânicas a fim de que os judeus reconheçam o Messias quando ele vier. Foi o trabalho mais gratificante da minha vida. No processo, incluí o grego e o aramaico na lista dos idiomas antigos que domino, que agora chegam a 22. Estou empolgado por ter completado o trabalho e ansioso para revelar minhas descobertas ao mundo, pela televisão. Sei que o meu estudo não vai competir com qualquer outro programa que inclua sexo, violência ou humor, mas, mesmo assim, espero que gere boas discussões.

— Não sei mais o que perguntar — admitiu Buck.

— Então é melhor pararmos por aqui e passarmos para o assunto da vez.

— Tenho curiosidade de saber por que você está investindo seu tempo nisto.

— Dr. Rosenzweig é um mentor e um dos colegas que mais prezo. Um amigo dele é amigo meu também.

— Obrigado.

— Admiro seu trabalho. Li o artigo que você escreveu sobre o dr. Rosenzweig e muitos outros. Além disso, os homens do Muro também me intrigam. Talvez a minha versatilidade em línguas nos ajude a falar com eles. Até agora, só sei que se comunicam com as multidões que lá se reúnem. Eles falam com as pessoas que os ameaçam, mas, por outro lado, não conheço ninguém que tenha conversado com eles.

O Mercedes estacionou perto de alguns ônibus de turismo, e o motorista aguardou enquanto o dr. Ben-Judá e Buck subiam numa escada para avistar o Muro das Lamentações, o Monte do Templo e tudo o que havia entre um e outro.

— Esta é a maior multidão que eu já vi — disse o rabino.

— Mas todos estão tão quietos — cochichou Buck.

— Os dois pregadores não usam microfones — explicou Ben-Judá. — As pessoas que fazem barulho se arriscam. Há tanta gente querendo ouvir o que os dois homens têm a dizer que sempre tem alguém para ameaçar qualquer um que provoque alguma distração.

— Os dois nunca fazem uma pausa para descanso?

— Ah, sim, fazem. De vez em quando um deles caminha ao redor daquele pequeno edifício ali e se deita no chão, perto da cerca. Geralmente os dois se revezam para descansar e falar. Os homens que há pouco tempo foram consumidos pelo fogo tentaram atacar os dois pelo lado de fora da cerca, enquanto eles descansavam. É por isso que ninguém se aproxima quando eles estão ali.

— Talvez esta seja a minha melhor oportunidade — disse Buck.

— Foi o que eu também pensei.

— O senhor vem comigo?

— Só se concordarmos em não fazer mal a nenhum dos dois. Eles mataram pelo menos seis pessoas e ameaçaram muitas outras. Um amigo meu esteve presente no dia em que quatro agressores foram queimados e ele jura que o fogo saiu da boca dos dois.

— E o senhor acredita nisso?

— Não tenho motivos para duvidar de meu amigo, apesar de ele estar a centenas de metros desses homens, na ocasião.

— Será que existe um momento apropriado para nos aproximarmos deles ou devemos sondar o ambiente?

— Acho melhor nos misturarmos à multidão, antes de mais nada.

Eles desceram a escada e caminharam em direção ao Muro. Buck estava impressionado com a demonstração de respeito por parte do povo. A uma distância de 12 ou 15 metros dos pregadores havia rabinos ortodoxos, curvando-se, orando e introduzindo papéis com orações nas fendas das pedras do Muro. De vez em quando, um dos rabinos se virava para as testemunhas e levantava o braço com a mão fechada, gritando palavras em hebraico. A multidão pedia que se calasse. Às vezes, um dos pregadores respondia diretamente.

Quando Buck e dr. Ben-Judá se aproximaram da multidão, um rabino que estava diante do Muro se ajoelhou, olhou para o céu e proferiu, aos gritos, uma oração de angústia.

— Silêncio! — gritou um dos pregadores, e o rabino caiu num choro convulsivo. O pregador, então, virou-se para a multidão. — Ele implora ao Deus Todo-poderoso que nos destrua por estarmos blasfemando seu nome! Mas ele é igual aos fariseus de antigamente! Ele não reconhece aquele que foi Deus, que é Deus e que será Deus eternamente! Viemos para testemunhar a divindade de Jesus Cristo de Nazaré!

Com isso, o rabino que chorava prostrou-se e escondeu o rosto, tremendo de humilhação diante das palavras cruéis que ouviu.

Dr. Ben-Judá sussurrou para Buck:

— Você gostaria que eu traduzisse?

— Traduzir o quê? A oração do rabino?

— E a resposta do pregador.

— Eu entendi o que o pregador disse.

Ben-Judá parecia perplexo.

— Se eu soubesse que você falava hebraico fluentemente, teria sido muito mais fácil eu me comunicar com você.

— Mas eu não sei falar hebraico. Não entendi a oração do rabino, mas o pregador falou à multidão em inglês.

Ben-Judá meneou a cabeça.

— Eu me enganei. Às vezes esqueço em que língua estou falando ou ouvindo. Mas veja só! Agora! Ele está falando em hebraico novamente. Está dizendo...

— Perdão por interromper o senhor, mas ele está falando em inglês. Existe um sotaque hebraico, mas ele está dizendo: "E ele tem o poder de impedir que você caia..."

— Você está mesmo entendendo?

— Claro.

O rabino demonstrou perturbação.

— Buck — cochichou ele com um tom de voz sinistro —, ele está falando em hebraico.

Buck virou-se e fixou o olhar nos dois pregadores. Eles se revezavam para falar, frase por frase. Buck entendia cada palavra em inglês. Ben-Judá tocou de leve no ombro de Buck, e ambos entraram no meio da multidão.

— Inglês? — perguntou Ben-Judá a um homem com traços hispânicos que estava de pé ao lado da mulher e dos filhos.

— Espanhol — respondeu o homem, como se estivesse se desculpando.

Dr. Ben-Judá imediatamente passou a conversar com ele em espanhol. O homem assentia com a cabeça e respondia afirmativamente. O rabino agradeceu-lhe e continuou a caminhar. Encontrou um norueguês e conversou com ele na língua nativa daquele homem, e, depois, com alguns asiáticos. Segurou firme no braço de Buck e afastou-o da multidão, aproximando-se dos pregadores. Pararam a cerca de dez metros dos dois homens, separados por uma grade de ferro.

— Essas pessoas estão ouvindo os pregadores cada uma em sua própria língua! — disse Ben-Judá com a voz estremecida. — Com certeza isso é algo que só Deus poderia fazer!

— O senhor tem certeza?

— Sem dúvida. Eu ouço os dois falando em hebraico. Você os ouve falando em inglês. A família do México conhece apenas um pouco de inglês e nada de hebraico. O homem da Noruega conhece um pouco de alemão e de inglês, mas nada de hebraico. Ele ouve os dois falando em norueguês. Ó Deus, ó Deus... — complementou o rabino, e Buck percebeu que seu tom era de reverência. Estava com medo de que ele desmaiasse a qualquer momento.

— Ai, ai, ai! — gritou um jovem de botas surradas, calça cáqui e camiseta branca, abrindo caminho por entre a multidão.

As pessoas se deitaram imediatamente no chão quando viram sua arma automática. Ele usava uma corrente dourada e tinha barba e cabelos pretos mal cuidados. Seus olhos escuros estavam arregalados e ele rodava uma espécie de pandeiro no ar, para abrir caminho até os pregadores. O homem gritou alguma coisa num dialeto oriental que Buck não conseguia entender. Mas, enquanto ele estava deitado no chão olhando por baixo do braço, Ben-Judá cochichou:

— Ele disse que está em missão de Alá.

Buck estendeu o braço para pegar sua sacola e ligou o gravador enquanto o jovem corria para frente da multidão. As duas testemunhas pararam de pregar e permaneceram lado a lado, encarando o jovem armado, enquanto ele se aproximava, correndo a toda velocidade e disparando tiros. Os pregadores continuaram firmes como uma rocha, sem falar, sem se mover, com os braços cruzados sobre seus trajes longos e esfarrapados. Quando o jovem chegou a uma distância de um metro e meio dos dois, pareceu chocar-se contra uma parede invisível. Ele caiu e rolou, e sua arma voou para longe. Sua cabeça bateu no chão e ele começou a gemer.

De repente, um dos pregadores gritou:

— Você está proibido de se aproximar dos servos do Deus Altíssimo! Estamos sob sua proteção até o momento devido e causamos desgraça a qualquer um que se aproxime sem a proteção do próprio Jeová.

Enquanto ele terminava de falar, o outro soprou uma coluna de fogo da boca que reduziu a cinzas as roupas daquele jovem, consumiu seu corpo e seus órgãos e, em questão de segundos, deixou no chão um esqueleto carbonizado de onde saía fumaça. A arma derreteu e fundiu-se com o cimento, e o ouro derretido da corrente do jovem penetrou na cavidade de seu peito.

Deitado de bruços e boquiaberto, Buck pôs a mão nas costas do rabino, que tremia incontrolavelmente. As famílias correram gritando em direção a seus carros e ônibus, enquanto os soldados israelenses se aproximavam lentamente do Muro, com as armas engatilhadas.

Um dos pregadores falou.

— Ninguém deve nos temer se vier aqui para ouvir nosso testemunho a respeito do Deus vivo. Muitos creram e ouviram o que dissemos. Somente aqueles que querem nos agredir morrerão! Não tenham medo!

Buck acreditou nele, mas não tinha certeza se o rabino também tinha acreditado. Ambos se levantaram e começaram a se afastar, mas os olhos das testemunhas estavam fixos neles.

Os soldados israelenses gritavam da extremidade daquela praça pública.

— Os soldados estão dizendo que devemos sair daqui lentamente — traduziu dr. Ben-Judá.

— Eu vou ficar — disse Buck. — Quero conversar com esses dois.

— Você não viu o que acabou de acontecer?

— Ouvi, mas ouvi também que eles não fazem nenhum mal aos ouvintes sinceros.

— Você é um ouvinte sincero ou um jornalista à procura de um furo de reportagem?

— Sou as duas coisas — admitiu Buck.

— Deus o abençoe — disse o rabino. A seguir, virou-se e falou em hebraico com as duas testemunhas enquanto os soldados gritavam, pedindo para ele, Buck e as outras pessoas se afastarem dali. Buck e Ben-Judá olharam para as duas testemunhas, que agora permaneciam em silêncio.

— Eu disse a eles que voltaríamos para encontrá-los às dez da noite atrás do edifício onde eles de vez em quando descansam. Você acha que poderá vir comigo?

— Como eu poderia perder esta oportunidade? — disse Buck.

* * *

Depois de terminar um jantar tranquilo com parte da sua nova tripulação, Rayford recebeu um recado urgente de Chloe. Ele precisou de alguns minutos para completar a ligação, ansioso por encontrar alguma indicação do que poderia ter acontecido. Chloe não tinha o hábito de dizer que alguma coisa era urgente se realmente não fosse. Ela atendeu após o primeiro toque.

— Alô! — disse ele.

— Buck? Papai?

— Sim, o que houve?

— Como está o Buck?

— Não sei. Ainda não o encontrei.

— Você vai se encontrar com ele?

— Bem, claro, isto é, acho que sim...

— Você sabe em que hospital ele está?

— O quê?

— Você não viu?

— Vi o quê?

— Papai, a notícia foi divulgada aqui hoje pela manhã. As duas testemunhas que ficam junto ao Muro das Lamentações queimaram um indivíduo até à morte, e todos os que estavam perto caíram no chão. Um dos dois últimos que ficou lá estendido era o Buck.

— Você tem certeza?

— Absoluta.

— Você tem certeza de que ele foi ferido?

— Não! Isso não. Eu só pensei. Ele estava deitado no chão ao lado de um homem de terno preto, cujo chapéu caiu da cabeça.

— Onde ele está hospedado?

— No Hotel Rei Davi. Não consegui falar no celular dele, então deixei um recado no hotel. Disseram que a chave estava na portaria, mas que ele havia saído. O que isso significa?

— Algumas pessoas costumam deixar a chave na portaria sempre que saem do hotel. Não há nada de especial nisso. Tenho certeza de que ele vai ligar para você.

— Existe algum jeito de você descobrir se ele foi ferido?

— Vou tentar. Vamos fazer o seguinte: se eu souber de alguma coisa, ligo para você. Pelo menos, não ter notícias é uma boa notícia.

* * *

Os joelhos de Buck tremiam como gelatina.

— O senhor está bem, rabino?

— Estou — respondeu dr. Ben-Judá —, mas ainda não me recuperei do susto.

— Sei o que o senhor está sentindo.

— Quero acreditar que aqueles homens são de Deus.

— Eu acredito que são — disse Buck.

— Você acredita? Você é um estudioso da Bíblia?

— Comecei a estudá-la recentemente.

— Venha. Quero mostrar uma coisa.

Quando voltaram para o carro, o motorista do rabino estava de pé com a porta de seu lado aberta e o rosto pálido. Tsion Ben-Judá conversou com ele em hebraico, deixando-o tranquilo. O motorista olhou firme para o rabino e, depois, para Buck, que deu um sorriso forçado.

Entraram no carro e Ben-Judá orientou o motorista para estacionar o mais perto possível da Porta de Ouro, no lado oriental do Monte do Templo. Convidou Buck para caminharem juntos até lá, de modo que ele pudesse interpretar as palavras rabiscadas em hebraico.

— Veja. Aqui diz o seguinte: "Venha, Messias". E aqui: "Liberte-nos". E ali: "Venha em triunfo". O meu povo tem ansiado, orado, observado e aguardado a vinda do Messias há séculos. Mas uma parte do judaísmo, até mesmo na Terra Santa, tornou-se secularizada e menos orientada pela Bíblia. Minha pesquisa foi solicitada quase como um fato inevitável. As pessoas perderam a noção exata do que ou de quem estão procurando, e muitas desistiram. E para que você mesmo constate a intensa animosidade entre os muçulmanos e os judeus, veja este cemitério construído pelos muçulmanos junto desta cerca aqui, do lado de fora.

— Qual é o significado?

— A tradição judaica diz que, no fim dos tempos, o Messias e Elias conduzirão os judeus ao templo, em triunfo, através da Porta Oriental. Mas Elias é um sacerdote e, se atravessar um cemitério, será contaminado, portanto os muçulmanos construíram um aqui, justamente para tornar impossível sua entrada triunfal por esta porta.

Buck pegou seu gravador e ia pedir ao rabino para repetir aquele pequeno trecho da história, mas percebeu que ele ainda estava ligado.

— Veja isto — disse Buck. — Gravei todo o ataque daquele jovem no meu gravador.

Ele voltou a gravação até o ponto em que ouviram o tiroteio e os gritos. Depois ouviram o som do jovem caindo e a arma sendo atirada para longe. Em sua mente, Buck reteve a imagem do fogo saindo da boca de um dos pregadores. Na gravação, o som era semelhante ao de uma forte rajada de vento. Mais gritos. Em seguida, os pregadores gritaram numa língua que Buck não conseguiu compreender.

— Isso é hebraico! — disse o rabino Ben-Judá. — Com certeza você ouviu as palavras em hebraico!

— Eles falaram em hebraico — admitiu Buck —, e o gravador captou as palavras exatamente como foram ditas, mas eu as escutei em inglês e disso tenho certeza absoluta.

— Você disse que ouviu os dois prometerem não fazer mal àqueles que estivessem ali para escutar o testemunho deles?

— Eu entendi palavra por palavra.

O rabino fechou os olhos.

— Isso aconteceu em um momento muito importante para minha apresentação.

Buck retornou para o carro ao lado dele.

— Preciso lhe contar uma coisa — disse Buck. — Eu acredito que o seu Messias já veio.

— Sei disso, meu jovem. Estou interessado em saber o que os dois pregadores dirão quando você lhes contar isto.

* * *

Rayford conversou com Steve Plank para confirmar se algum dos seus funcionários tinha notícia de mais uma morte no Muro das Lamentações. Ele não mencionou especificamente o nome de Buck, pois não queria que Plank soubesse da amizade entre eles.

— Sabemos de tudo o que aconteceu — disse Plank zangado. — O secretário-geral acredita que esses dois devem ser presos e julgados por assassinato. Ele só não entende por que o exército israelense parece tão impotente diante deles.

— Talvez eles tenham medo de ser queimados.

— Que chance teriam os dois contra um atirador de elite, com uma arma de precisão e alta potência, atirando de longa distância? Alguém cerca o local, tira fora os inocentes e mata aqueles dois. Pode ser uma granada, ou até um míssil, se preciso.

— Essa ideia é de Carpathia?

— Ouvi isto diretamente dele — disse Plank.

— Estas não são exatamente as palavras de um verdadeiro pacifista, não é mesmo?

CAPÍTULO 15

Rayford assistiu ao noticiário e estava certo de que Chloe tinha razão. Buck Williams era mesmo o homem deitado no chão, aparentemente com o corpo todo chamuscado, a uma distância de pouco menos de dez metros das testemunhas e bem próximo do atirador. Mas a TV de Israel continuou a reproduzir as imagens e, após observar a cena por mais alguns instantes, Rayford conseguiu tirar os olhos da testemunha que soprava fogo e observar as margens da tela. Buck estava se levantando rapidamente e também ajudando o homem de terno preto a fazer o mesmo. Nenhum dos dois parecia ferido. Rayford tentou ligar para o celular de Buck, mas como caiu na caixa postal, ligou para o hotel em que ele estava hospedado. Tomou um táxi até lá e sentou-se no saguão para aguardar a chegada do amigo. Sabendo que não poderia ser visto na companhia de Buck, Rayford planejava correr até uma cabine telefônica assim que o avistasse.

* * *

— Na longa história do judaísmo — contou o rabino Ben-Judá —, existem claras evidências da mão protetora de Deus. Mais durante os tempos bíblicos, é claro; só que Israel ter sido protegida contra todas as guerras modernas, mesmo lutando em condição de inferioridade, é outro exemplo. A destruição da Força Aérea Russa, deixando a Terra Santa incólume, com certeza foi um ato de Deus.

Buck virou para trás no banco do carro.

— Eu estava aqui quando isso aconteceu.

— Li sua reportagem — disse Ben-Judá. — Mas pelo mesmo motivo os judeus aprenderam a ser céticos com relação ao que parece ser uma intervenção divina em suas vidas. Os que conhecem as Escrituras sabem que, apesar de Moisés ter tido o poder de transformar um cajado em serpente, os feiticeiros de Faraó também fizeram o mesmo. Eles também imitaram Moisés ao transformar água em sangue. Daniel não era o único interpretador de sonhos na corte do rei. Só estou lhe contando isto para explicar por que esses dois pregadores estão sendo vistos com tantas suspeitas. Seus atos são poderosos e terríveis, mas a mensagem deles é reprovável para o modo de pensar dos judeus.

— Mas eles estão falando sobre o Messias! — Buck não se conformava.

— E parecem ter o poder de sustentar suas afirmações — disse Ben-Judá —, mas a ideia de Jesus ter sido o Messias judeu é arcaica, tem milhares de anos. O nome de Jesus é tão profano aos judeus como o racismo e as alcunhas são para outras minorias.

— Algumas pessoas se converteram — disse Buck. — Eu acompanhei isto nos noticiários, pessoas se curvando e se ajoelhando diante da cerca e se convertendo a Cristo.

— A duras penas — disse o rabino. — E eles são realmente minoria. Por melhor que seja a impressão que essas testemunhas de Cristo possam causar, você não verá um número significativo de judeus se convertendo ao cristianismo.

— Esta é a segunda vez que o senhor se refere àqueles pregadores como "testemunhas" — disse Buck. — O senhor sabe que isso é o que a Bíblia...

— Sr. Williams — interrompeu o rabino Ben-Judá —, não se engane ao pensar que sou apenas um estudioso da Torá. Você deve entender que meus estudos incluíram as obras sagradas de todas as principais religiões do mundo.

— Então como o senhor explica essas coisas, já que conhece o Novo Testamento?

— Em primeiro lugar, você talvez esteja exagerando ao dizer que "conheço" o Novo Testamento. Não posso afirmar que o conheço tanto quanto minha bíblia. Só comecei a me aprofundar no estudo do Novo Testamento nos últimos três anos. E, em segundo lugar, você está extrapolando os limites da ética jornalística.

— Não estou perguntando como jornalista! — disse Buck. — Estou perguntando como cristão!

— Não confunda gentio com cristão — disse o rabino. — Muitas, muitas pessoas se consideram cristãs só porque não são judias.

— Eu conheço a diferença — disse Buck. — Cá entre nós, peço que falemos de amigo para amigo, ou pelo menos de conhecido para conhecido. Com todo o seu estudo, o senhor deve ter chegado a algumas conclusões a respeito de Jesus como o Messias.

O rabino escolheu as palavras cuidadosamente.

— Meu jovem, em três anos eu não divulguei a ninguém uma letra sequer dos resultados de minhas pesquisas. Mesmo aqueles que me encarregaram deste estudo e o patrocinaram não sabem a que conclusões eu cheguei. Respeito você. Admiro sua coragem. Vou levá-lo novamente até as duas testemunhas hoje à noite, conforme prometi. Mas não vou revelar nada a você do que vou dizer na TV amanhã.

— Tudo bem — disse Buck. — Haverá mais pessoas assistindo do que o senhor imagina.

— Talvez. E talvez eu estivesse usando de falsa modéstia quando disse que minha apresentação provavelmente não competiria com a programação normal. A CNN e a agência estatal que me incumbiu do estudo têm cooperado em âmbito internacional para fazer com que a transmissão do programa chegue aos judeus de todos os continentes. Disseram-me que o índice de audiência em Israel será apenas uma fração dos telespectadores judeus do mundo inteiro.

***

Rayford estava lendo o *International Tribune* quando Buck passou apressado por ele, dirigindo-se à recepção, onde pegou a chave e um recado. Rayford provocou um ruído com as folhas do jornal e, quando Buck olhou em sua direção, fez um sinal de que ligaria para ele. Buck movimentou a cabeça afirmativamente e subiu pela escada.

— É melhor você ligar para Chloe, ela tentou falar com você e não conseguiu — disse Rayford quando ligou da cabine telefônica para Buck alguns minutos depois. — Você está bem?

— Sim. Rayford, eu estava lá!

— Eu vi você.

— O rabino com quem eu estava é amigo de Rosenzweig. É o tal que vai falar na TV amanhã à tarde. Avise a todos que puder para que vejam o programa. Ele é uma pessoa muito interessante.

— Vou avisar. Prometi a Chloe que um de nós ligaria para ela assim que eu tivesse alguma notícia.

— Ela viu a cena?

— Sim, no noticiário da manhã.

— Então vou ligar para ela agora mesmo.

* * *

Como seu celular poderia não ser seguro, Buck pediu à telefonista do hotel que fizesse a ligação e desligou, aguardando a chamada. Nesse ínterim, sentou-se na beira da cama com a cabeça baixa. Sentiu um arrepio ao pensar no que viu. Depois de terem assistido a mesma coisa, ouvido a mesma coisa, como o rabino conseguia insinuar que os dois homens poderiam estar se passando por mágicos ou videntes e não serem homens de Deus?

O telefone tocou.

— Sim?

— Buck!

— Sou eu, Chloe, e estou bem.

— Ah, graças a Deus.

— Obrigado!

Chloe estava com uma voz emotiva na ligação.

— Buck, aquelas testemunhas sabem diferenciar quem é cristão e quem é inimigo, não é mesmo?

— Espero que sim. Vou descobrir isso hoje à noite. O rabino vai me levar de novo até lá para eu me encontrar com eles.

— Quem é o rabino?

Buck contou a ela a história toda.

— Você tem certeza de que isso é prudente?

— Chloe, é a chance de toda a minha vida! Ninguém conseguiu falar em particular com eles.

— Qual é a posição do rabino?

— Ele é um judeu ortodoxo, mas conhece o Novo Testamento, pelo menos intelectualmente. Você e Bruce precisam ver o programa dele amanhã à tarde... bem, estamos seis horas na frente de vocês. Peça a todos na igreja para que assistam. Seria interessante. Se você quiser ver a assinatura do tratado antes, vai precisar levantar bem cedo.

— Buck, estou com saudades de você.

— Eu também. Mais do que você possa imaginar.

***

Rayford retornou ao hotel em que estava hospedado e encontrou um envelope de Hattie Durham. Dentro havia o seguinte bilhete:

> Comandante Steele, isto não é um trote. O secretário-geral está lhe dando o ingresso anexo para você participar da solenidade de amanhã. Quer também manifestar o quão impressionado ficou com seu serviço no Global Community One. Como ele não será capaz de conversar com você pessoalmente até amanhã à tarde, quando estiverem a caminho de Bagdá, ele desde já agradece seu serviço. E eu também. Hattie D.

Rayford colocou o ingresso junto de seu passaporte e jogou o bilhete no lixo.

* * *

Ainda sentindo as consequências da mudança do fuso horário e do trauma da manhã, Buck tentou dormir algumas horas antes do jantar. Jantou sozinho uma comida leve. Enquanto isso, pensava consigo se haveria algum protocolo para se encontrar com os homens de Deus. Seriam eles humanos? Espíritos? Seriam, como Bruce acreditava, Elias e Moisés? Eles chamavam um ao outro de Eli e Moishe. Poderiam ter milhares de anos? Buck estava mais ansioso para conversar com eles do que quando entrevistou um chefe de Estado ou até mesmo Nicolae Carpathia.

A noite seria muito fria. Buck vestiu um casaco esportivo de lã com forro grosso e bolsos grandes o suficiente para não precisar carregar uma sacola. Levou consigo apenas uma caneta, um bloco de anotações e um gravador, e lembrou-se de falar com Jim Borland e outros funcionários do *Semanário* para saber se os fotógrafos estavam conseguindo tirar fotos dos dois enquanto pregavam, mesmo que a distância.

* * *

Às quinze para as dez da noite, Rayford sentou-se na cama. Cochilou diante da TV, com a roupa do corpo, mas algo lhe chamou a atenção. Ele ouviu a palavra *Chicago,* talvez *Chicago Tribune,* e isso o fez despertar. Começou a vestir o pijama enquanto ouvia. O jornalista estava resumindo uma reportagem importante diretamente dos Estados Unidos.

O secretário-geral está fora do país neste fim de semana e sem condições para comentar, mas os principais meios de comunicação do mundo inteiro estão confirmando a notícia. A surpreendente legislação concede a uma autoridade não eleita e a uma organização internacional sem fins lucrativos o domínio irrestrito de todas as formas de veiculação de notícias e abre as portas para a Organização das Nações Unidas, que em breve será conhecida como Comunidade Global, adquirir o controle de empresas de comunicação, como jornais, revistas, rádios, televisões, emissora a cabo e via satélite. A única limitação será o valor do capital disponível à Comunidade Global. Os seguintes meios de comunicação parecem estar entre os mais visados pelo grupo encarregado dessa transação: New York Times, Long Island News Day, USA Today, Boston Globe, Baltimore Sun, Washington Post, Atlanta Journal, Tampa Tribune, Orlando Sentinel, Houston...

Sentado na beira da cama, Rayford parecia não acreditar no que ouvia. Nicolae Carpathia tinha conseguido mesmo se colocar em posição de controlar as notícias e, portanto, controlar as mentes da maioria das pessoas dentro de sua esfera de influência.

O âncora continuava a ler a lista em tom monótono:

... Turner Network News, Cable News Network, Entertainment and Sports Network, Columbia Broadcast System, American Broadcasting Corporation, Fox Television Network, National Broadcasting Corporation, Christian Broadcasting Network, Family Radio Network, Trinity Broadcasting Network, Time-Warner, Disney, U.S. News and World Report, Semanário Global, Newsweek, Reader's Digest *e uma série de outras agências de notícia, periódicos e revistas.*

O mais surpreendente foi a reação inicial dos atuais proprietários. Quase todos pareciam felizes com a nova injeção de capital e diziam acatar a palavra do líder da Comunidade Global, Nicolae Carpathia, quando ele pedia para não haver interferências.

Rayford pensou em ligar para Buck, mas com certeza ele já devia saber da notícia antes de ela ser divulgada na TV. Alguém do *Semanário Global* provavelmente teria contado a ele. Além disso, Buck também já devia ter escutado algum comentário dos muitos jornalistas presentes em Israel para a assinatura do tratado. Por via das dúvidas, Rayford decidiu não arriscar, não queria que ele fosse o último a saber. Pegou o telefone e ligou para ele, mas ninguém atendeu.

* * *

Uma multidão hesitante se movia lentamente na escuridão, a cerca de 50 metros do Muro das Lamentações. O corpo do pretenso assassino havia sido removido, e o comandante militar da região disse à imprensa que eles não tinham como agir "contra duas pessoas que não portavam armas, não tocaram em ninguém e que haviam sido atacadas".

Nenhuma pessoa daquela multidão parecia disposta a chegar mais perto dos pregadores, embora ambos pudessem ser vistos de pé, debaixo da iluminação fraca, perto de uma das extremidades do Muro. Eles não se aproximavam das pessoas e nem falavam.

Assim que o motorista do rabino Tsion Ben-Judá entrou com o carro num estacionamento quase vazio, Buck foi tentado a perguntar se o rabino acreditava em oração. Sabia que ele diria que sim, mas gostaria de orar em voz alta pedindo a proteção de Cristo, e orar a Cristo era algo que ele não deveria pedir a um rabino ortodoxo. Buck, então, resolveu orar silenciosamente.

Buck e Tsion desceram do carro e caminharam a passos lentos e com cuidado, bem distantes da pequena multidão. O rabino caminhava com as mãos cruzadas diante de si. Ao perceber isso de relance, Buck olhou pela segunda vez para confirmar. Parecia um gesto piedoso inusitado e quase revelador... principalmente porque Ben-Judá demonstrava muita humildade para alguém que ocupava uma posição tão elevada no meio acadêmico religioso.

— Estou caminhando na posição tradicional de respeito e conciliação — explicou o rabino. — Não quero erros nem mal-entendidos. Para nossa segurança, é importante esses homens saberem que viemos com espírito de humildade e curiosidade. Devemos deixar claro que não representamos qualquer ameaça a eles.

Buck fitou o rabino nos olhos.

— A verdade é que estamos morrendo de medo e não queremos dar a eles algum motivo para que nos matem.

Buck notou um leve sorriso nos lábios do rabino.

— Você tem um jeito especial de "espetar" com a verdade, não é mesmo? — disse Ben-Judá. — Estou orando para que nós dois voltemos sãos e salvos e também para que possamos contar aos outros a experiência que tivemos aqui.

"Eu também", pensou Buck, sem dizer nada.

Três soldados israelenses interromperam a caminhada de Buck e do rabino, e um deles falou asperamente em hebraico. Buck começou a procurar sua credencial de jornalista, mas percebeu que ela não teria nenhuma serventia naquela hora. Tsion Ben-Judá deu um passo à frente e conversou, também em hebraico, num tom de voz firme e baixo, com o líder dos três soldados. O soldado fez algumas perguntas, parecendo agora menos hostil e curioso. Finalmente, fez um sinal afirmativo com a cabeça, e os dois foram autorizados a passar.

Buck olhou de relance para trás. Os soldados permaneciam no mesmo lugar.

— O que aconteceu? — ele perguntou.

— Eles disseram que apenas os ortodoxos têm permissão para passar de um determinado ponto. Assegurei a eles que você estava comigo. Acho sempre divertido quando o exército secular tenta fazer cumprir as leis religiosas. Ele me advertiu sobre o que aconteceu antes, mas eu disse que tínhamos um encontro marcado e que estávamos dispostos a assumir o risco.

— E será que estamos mesmo? — perguntou Buck sem pensar.

O rabino deu de ombros.

— Talvez não. Mas, de qualquer forma, agora iremos até o fim, não é? Dissemos que iríamos, e nenhum de nós quer perder esta oportunidade.

Enquanto Buck e Ben-Judá prosseguiam, as duas testemunhas mantinham os olhos atentos neles da extremidade do Muro onde estavam, a uma distância de cerca de 15 metros.

— Estamos caminhando em direção àquela cerca — disse Ben-Judá, apontando para o outro lado do pequeno edifício. — Se eles estiverem dispostos a falar conosco, virão até aqui e haverá uma cerca entre nós.

— Depois do que aconteceu ao assassino hoje, a cerca não ajuda muito.

— Não estamos armados.

— Como eles podem saber?

— Eles não sabem.

Quando Buck e Ben-Judá chegaram a menos de cinco metros da cerca, uma das testemunhas levantou a mão, e os dois pararam. Ele não falou em voz alta, como Buck sempre o tinha ouvido falar, mas num tom ainda audível.

— Nós vamos nos aproximar e nos apresentar — falou uma das testemunhas. Os dois homens caminharam lentamente e ficaram bem perto das barras de ferro. — O meu nome é Eli — disse ele. — E este é Moishe.

— Moishe? — sussurrou Buck.

— É hebraico — respondeu Ben-Judá.

— Silêncio! — disse Eli em um sussurro rouco.

Buck se assustou. Naquele mesmo dia um dos dois havia gritado pedindo silêncio ao rabino. Poucos minutos depois o jovem caiu morto e carbonizado.

Eli fez um gesto para que Buck e Tsion se aproximassem. Eles avançaram, ficando a menos de um metro da cerca. Buck ficou surpreso com seus trajes esfarrapados. Um odor de cinzas, como se tivesse havido um incêndio recente, pairava sobre eles. Na penumbra, os braços compridos e fortes dos dois pareciam musculosos e de pele rija. Suas mãos eram grandes e ossudas, e ambos estavam descalços.

Eli disse:

— Não responderemos a nenhuma pergunta sobre nossa origem e identidade. Deus revelará ao mundo essas coisas no tempo devido.

Tsion Ben-Judá fez um movimento afirmativo com a cabeça e curvou levemente o tronco para frente. Buck colocou a mão no bolso e ligou o gravador. De repente, Moishe se aproximou da cerca e pôs o rosto barbado entre as barras.

Ele olhou para o rabino com os olhos semicerrados. O suor corria pelo seu rosto. Então, falou mansamente, com voz firme e pausada, mas Buck entendeu cada palavra. Queria perguntar a Tsion se ele ouvia Moishe falar em inglês ou em hebraico, mas teve medo de que isso os incomodasse.

Moishe falou como se tivesse acabado de pensar em uma história muito interessante, mas suas palavras já eram familiares a Buck.

— Há muitos anos, houve um homem fariseu chamado Nicodemos, uma autoridade entre o povo judeu. Assim como vocês, esse homem foi falar com Jesus à noite.

O rabino Ben-Judá sussurrou:

— Eli e Moishe, sabemos que vocês vieram de Deus, pois ninguém pode realizar sinais miraculosos, se Deus não estiver com ele.

Eli falou:

— Digo-lhe a verdade: ninguém pode ver o Reino de Deus, se não nascer de novo...

— Como alguém pode nascer, sendo velho? — perguntou o rabino Ben-Judá, e Buck percebeu que ele estava citando o Novo Testamento. — É claro que não pode entrar pela segunda vez no ventre de sua mãe e renascer!

Moishe respondeu:

— Digo-lhe a verdade: ninguém pode entrar no Reino de Deus, se não nascer da água e do Espírito. O que nasce da carne é carne, mas o que nasce do Espírito é espírito. Não se surpreenda pelo fato de eu ter dito: "É necessário que vocês nasçam de novo".

Eli falou novamente:

— O vento sopra onde quer. Você o escuta, mas não pode dizer de onde vem, nem para onde vai. Assim acontece com todos os nascidos do Espírito.

Aproveitando a deixa, o rabino disse:

— Como pode ser isso?

Moishe ergueu a cabeça.

— Você é mestre em Israel e não entende essas coisas? Asseguro-lhe que falamos do que conhecemos e testemunhamos o que vimos, mesmo assim vocês não aceitam o nosso testemunho. Eu lhes falei de coisas terrenas e vocês não creram; como crerão se lhes falar de coisas celestiais?

Eli fez um movimento afirmativo com a cabeça.

— Ninguém jamais subiu ao céu, a não ser aquele que veio do céu: o Filho do homem. Da mesma forma como Moisés levantou a serpente no deserto, assim também é necessário que o Filho do homem seja levantado, para que todo o que nele crer tenha a vida eterna. Porque Deus tanto amou o mundo que deu o seu Filho Unigênito, para que todo o que nele crer não pereça, mas tenha a vida eterna.

Buck estava empolgado com a cena. Sentiu como se tivesse voltado no tempo e fosse o espectador da mais famosa conversa noturna. Contudo, em nenhum momento ele se esqueceu de que seu acompanhante não era Nicodemos, nem que os outros dois homens não eram Jesus. Buck conhecia a Bíblia e essa verdade há pouco tempo, mas sabia o que estava acontecendo quando Moishe concluiu:

— Pois Deus enviou seu Filho ao mundo, não para condenar o mundo, mas para que este fosse salvo por meio dele. Quem nele crê não é condenado, mas quem não crê já está condenado por não crer no nome do Filho Unigênito de Deus.

Subitamente, o rabino pareceu ter se animado. Ele abriu os braços e levantou as mãos, afastando uma da outra. Como se estivesse assistindo a uma peça ou a um recital, preparou as testemunhas para darem mais uma resposta.

— E o que significa o julgamento? — perguntou.

Os dois responderam em uníssono.

— Que a luz veio ao mundo.

— E como os homens não a viram?

— Os homens amaram mais as trevas do que a luz.

— Por quê?

— Porque as suas obras eram más.

— Que Deus nos perdoe — disse o rabino.

— Deus os perdoa — responderam as duas testemunhas. — E aqui se encerra a nossa mensagem.

— Vocês não falarão mais conosco? — perguntou Ben-Judá.

— Não falaremos mais — respondeu Eli, porém Buck não viu seus lábios se moverem. Pensou que tivesse se enganado, que talvez tivesse sido Moishe quem respondera. Mas Eli prosseguiu, falando claramente, mas não em voz alta. — Moishe e eu não falaremos novamente até o alvorecer, quando continuaremos a testificar a respeito da vinda do Senhor.

— Mas eu ainda tenho tantas perguntas a fazer — disse Buck.

— Chega de perguntas — disseram em uníssono, sem nenhum deles abrir a boca. — Que a bênção de Deus, a paz de Jesus Cristo e a presença do Espírito Santo estejam com vocês. Amém.

Os joelhos de Buck fraquejaram conforme os homens se afastavam. Enquanto ele e o rabino permaneceram ali, parados e olhando, Eli e Moishe simplesmente seguiram na direção do edifício, depois se sentaram encostados na parede.

— Adeus e obrigado — disse Buck, sentindo-se um tolo.

O rabino Ben-Judá entoou uma linda canção, uma espécie de bênção que Buck não compreendeu. Eli e Moishe pareciam estar orando ou dormindo sentados.

Buck estava sem palavras. Ele acompanhou Ben-Judá, que deu meia-volta e caminhou na direção de uma pequena cerca feita com correntes. Ele pulou a pequena cerca e começou a se afastar do Monte do Templo, atravessando a estrada rumo a um pequeno bosque.

Buck pensou que, talvez, o rabino quisesse ficar sozinho, mas Ben--Judá deu a entender que desejava sua companhia.

Quando chegaram à entrada do bosque, o rabino passou a olhar fixamente para o céu. Cobriu o rosto com as mãos e chorou. Seu choro transformou-se em fortes soluços. Buck também estava emocionado e não conseguiu conter as lágrimas. Ambos haviam pisado em terreno sagrado, disso ele sabia. Buck só não sabia como o rabino interpretava tudo aquilo. Será que ele não havia entendido a conversa entre Nicodemos e Jesus, quando a leu na Bíblia, e não entendeu novamente ao ouvir sua reprodução?

Buck certamente compreendeu. O Comando Tribulação não acreditaria no privilégio que lhe foi concedido. Ele não o guardaria para si, não teria receio de divulgá-lo. Na verdade, desejava que todos pudessem ter estado ali junto com ele.

Como se estivesse sentindo que Buck desejava conversar, Ben--Judá o preveniu.

— Não devemos diminuir esta experiência reduzindo-a a meras palavras — disse ele. — Até amanhã, meu amigo.

O rabino virou-se e avistou seu carro na beira da estrada. Ele caminhou até a porta da frente, do outro lado do motorista, e abriu-a para Buck, que entrou e murmurou palavras de agradecimento. O rabino deu a volta pela frente do carro e cochichou com o motorista; ele deu a partida e acelerou, deixando Ben-Judá na beira da estrada.

— O que está acontecendo? — perguntou Buck, esticando o pescoço, na tentativa de ver o homem de terno preto, que desaparecia na escuridão. — Ele vai saber voltar de lá?

O motorista não disse nada.

— Espero não ter ofendido o rabino.

O motorista lançou um olhar pesaroso para Buck e deu de ombros.

— *Eu não entender inglês* — disse ele, levando Buck de volta para o Hotel Rei Davi.

O recepcionista do hotel entregou a Buck um recado de Rayford, mas como não dizia se era urgente, resolveu deixar para retornar a ligação do amigo na a manhã seguinte. Se não conseguisse falar com Rayford, procuraria por ele na solenidade da assinatura do tratado.

Buck apagou a luz do quarto e saiu pela porta de vidro que dava acesso a uma pequena sacada no meio das árvores. Por entre os galhos, avistou a lua cheia no céu sem nuvens. O vento estava suave, mas a noite começava a esfriar. Levantou a gola do casaco e admirou a beleza da noite. Sentia-se o homem mais privilegiado do mundo. Além de sua charmosa vida profissional e de seu aprimorado talento, havia sido testemunha ocular de uma das obras mais extraordinárias de Deus na história do mundo.

Buck esteve em Israel por ocasião do ataque russo menos de um ano e meio antes. Deus havia destruído a ameaça a seu povo escolhido. Ele estava em pleno voo quando aconteceu o arrebatamento, num avião pilotado por um homem que ele não conhecia. Foi atendido por uma comissária de bordo cujo futuro aparentemente passou a ser de sua responsabilidade. E a filha do piloto? Buck acreditava que estava apaixonado por ela, se soubesse o que era amor.

Curvou os ombros, deixou as mangas do casaco cobrirem suas mãos e, depois, cruzou os braços. Foi poupado da explosão de um carro-bomba em Londres, aceitou a Cristo no ápice do fim do mundo e foi protegido de forma sobrenatural ao testemunhar dois assassinatos cometidos pelo anticristo. Naquele mesmo dia, tinha assistido ao cumprimento das Escrituras quando um assassino foi atingido pelo fogo que saíra da boca de uma das testemunhas e, logo depois, ouviu uma delas recitar as palavras de Jesus a Nicodemos! Buck sentia que devia se humilhar e dizer a seu Criador e Salvador o quanto era indigno, o quanto estava agradecido.

— Tudo o que posso fazer — ele sussurrou com voz rouca na noite fria — é me entregar inteiramente a ti pelo tempo que ainda me restar. Farei o que quiseres, irei aonde me mandares, em tudo te obedecerei.

Em seguida, tirou o gravador do bolso. Ao reproduzir a conversa que teve com as testemunhas naquela noite, ficou surpreso por não ouvir nenhuma palavra em inglês. "Não deveria ser surpresa", pensou ele. Aquilo fazia parte dos acontecimentos do dia. Buck ouviu pelo menos três idiomas. Identificou o hebraico e o grego, embora não os compreendesse, e outro idioma, que estava certo de nunca ter ouvido antes. Ele foi usado quando as testemunhas recitaram as palavras de Jesus. Só podia ser aramaico.

No fim da gravação, Buck ouviu dr. Ben-Judá perguntar algo em hebraico, que ele se lembrava ter ouvido em inglês.

— Vocês não falarão mais conosco? — Porém não ouviu nenhuma resposta.

Em seguida, ouviu sua própria voz:

— Mas eu ainda tenho muitas perguntas a fazer.

E, depois, após uma pausa:

— Adeus e obrigado.

O que havia sido dito pelos homens diretamente ao seu coração não havia sido gravado. Com uma caneta, Buck colocou uma senha de segurança, de modo que ninguém mais pudesse mexer naquela gravação de valor incalculável.

A única coisa que ele poderia fazer para tornar tudo mais perfeito seria compartilhar sua experiência com Chloe. Olhou para o relógio. Passava da meia-noite em Israel, o que significava que era pouco mais de seis horas da tarde em Chicago. Decidiu ligar para ela, mas quando Chloe atendeu, ele mal conseguiu falar. Contou chorando o que se passou naquela noite, e Chloe chorou com ele.

— Buck — concluiu ela finalmente —, desperdiçamos tantos anos de nossas vidas sem Cristo! Vou orar pelo rabino.

* * *

Alguns minutos depois, Rayford foi despertado pelo toque do telefone. Tinha certeza de que era Buck e esperava que ele não tivesse ouvido de outra pessoa os planos de Carpathia a respeito da imprensa.

— Papai, aqui é a Chloe. Acabei de conversar com Buck, mas não tive coragem de contar sobre Carpathia e o que ele fará com os veículos de comunicação. Você soube?

Rayford respondeu que sim e perguntou se ela tinha certeza de que Buck não sabia de nada. Chloe relatou a experiência de Buck naquela noite.

— Vou tentar localizá-lo de manhã — disse Rayford. — Se eu não falar com Buck logo cedo, com certeza ele ouvirá a notícia da boca de alguém.

— Ele estava muito emocionado, papai. A hora não é boa para contar algo assim. Não sei como ele vai reagir. O que você acha que vai acontecer com ele?

— Buck vai superar. Ele precisará engolir boa parte de seu orgulho já que terá de trabalhar para Carpathia aonde quer que for. Mas vai dar tudo certo. Sei quem ele é. Vai encontrar um jeito de levar a verdade às massas, seja camuflando-as nas publicações de Carpathia ou trabalhando por baixo dos panos em publicações que serão vendidas clandestinamente.

— Parece que Carpathia irá controlar tudo.

— Certamente irá.

Rayford ligou para o celular de Buck às seis e meia da manhã seguinte, mas ele não atendeu. Então, ligou para o hotel, e eles também não conseguiram acordá-lo.

***

Fazia muito tempo que Buck não via Steve Plank tão aflito.

— Este trabalho foi divertido e interessante até hoje — disse Steve enquanto um grupo hospedado no mesmo hotel começava a se aglomerar para uma curta excursão até a Cidade Velha. — Carpathia arruma uma pedra no sapato e sou eu quem precisa tirá-la.

— O que houve?

— Nada de especial. Tudo precisa ser perfeito, só isso.

— E você ainda quer me convencer a trabalhar para ele? De jeito nenhum.

— Bem, creio que este assunto será completamente esquecido nas próximas semanas, não é?

— Claro que sim. — Buck sorriu intimamente. Ele já estava decidido a recusar a oferta do *Tribune* e continuar no *Semanário Global.*

— Você irá conosco para Bagdá, certo?

— Estou tentando arrumar uma maneira de ir, mas não com vocês.

— Buck, não haverá muitos modos de chegar lá. Temos lugar e, para todos os efeitos, você trabalha para Carpathia. Venha conosco. Você vai adorar saber o que ele tem em mente para a Nova Babilônia. E se levarmos as notícias a sério, a coisa já começou a acontecer e está correndo bem.

— Eu, trabalhar para Carpathia? Achei que este assunto já estivesse claro e resolvido.

— É apenas uma questão de tempo, meu jovem.

— Você está sonhando — disse Buck, intrigado com o olhar perplexo de Plank.

Buck viu Jim Borland organizando as anotações dele.

— Ei, Jim — disse ele.

Borland mal levantou os olhos.

— Já entrevistou Carpathia?

— Sim — respondeu Borland. — Nada de muito especial. No momento ele só consegue se concentrar na mudança de local da assinatura.

— Mudança de local?

— Ele está com receio daqueles malucos diante do Muro das Lamentações. Os soldados têm condições de manter a área livre de turistas, mas os dois terão como audiência a multidão que vai assistir à assinatura do tratado.

— E é uma multidão bem grande — disse Buck.

— Sem brincadeira, não sei por que eles não mantêm aqueles dois sem-teto longe daqui.

— Não sabe?

— O que, Buck? Você acha que aqueles velhos idiotas vão atear fogo no exército? Seja sincero. Você acredita mesmo nesta história do fogo?

— Eu vi o cara, Jimmy. Ele ficou torrado.

— Aposto um milhão contra um que ele ateou fogo em si mesmo.

— Não foi um ato de imolação, Jim. Ele caiu ao chão, e um daqueles dois o queimou completamente.

— Com o fogo que saiu da boca deles.

— Sim, foi isso o que eu vi.

— Ainda bem que você está fora da reportagem de capa, Buck. Você está perdendo a parada. E como foi? Conseguiu uma entrevista exclusiva com os dois?

— Não foi inteiramente exclusiva nem exatamente uma entrevista.

— Em outras palavras, você só tentou, certo?

— Não. Estive com eles ontem, tarde da noite. Não foi um diálogo, é tudo o que posso dizer.

— Eu diria que você vai escrever uma ficção; devia entrar para o ramo dos romances e seguir em frente. Você ainda vai trabalhar no ramo editorial com Carpathia, mas precisa ter um pouco mais de visão.

— Eu não trabalharia para Carpathia — disse Buck.

— Então você ficará de fora dos meios de comunicação.

— Do que você está falando?

Borland contou a ele sobre o comunicado. Buck ficou pálido.

— O *Semanário Global* está incluído nisso?

— Incluído? Se você me perguntar, creio que seja uma das cerejas do bolo.

Buck balançou a cabeça em sinal de insatisfação. Nesse caso, ele estaria escrevendo suas reportagens para Carpathia, no fim das contas.

— Não é de admirar que todos pareçam tão neuróticos. Então, se a assinatura do tratado não vai ser perto do Muro, onde será?

— No Knesset.

— Dentro?

— Acho que não.

— A parte exterior é viável?

— Acho que não.

— Ouça, Jimmy, você vai assistir à apresentação do rabino Ben-Judá hoje à tarde?

— Só se ela for exibida no avião para Bagdá.

— Você conseguiu lugar em algum voo?

— Vou no Global Community One.

— Você se vendeu?

— Ninguém pode se vender ao seu próprio chefe, Buck.

— Ele ainda não é meu chefe.

— É só uma questão de tempo, companheiro.

Chaim Rosenzweig caminhava apressadamente e parou de repente.

— Cameron! — disse ele. — Venha, venha!

Buck acompanhou aquele homem idoso e de ombros curvados até um canto.

— Fique comigo, por favor! Nicolae está aborrecido esta manhã. Vamos transferir a assinatura para o Knesset, tudo está muito tumultuado. Ele quer que todo mundo vá até Babilônia e alguns estão resistindo. Para lhe dizer a verdade, acho que ele próprio mataria aqueles dois no Muro das Lamentações se tivesse oportunidade. A manhã toda eles gritaram contra a injustiça da assinatura, dizendo que o tratado sinaliza uma aliança profana entre um povo que não aceitou o Messias da primeira vez e um líder que nega a existência de Deus. Mas, Cameron, Nicolae não é ateu. Pode ser um agnóstico... mas eu também sou!

— O senhor deixou de ser agnóstico desde a invasão russa!

— Pode ser, mas aqueles dois dizem palavras duras contra Nicolae.

— Pensei que não fosse permitida a presença de ninguém na área em frente ao Muro esta manhã. Eles estão falando para quem?

— A imprensa está lá com seus microfones de longo alcance, e aqueles homens têm pulmões fortes! Nicolae conversou por telefone com a CNN a manhã toda, insistindo para não darem nenhuma cobertura aos dois, principalmente hoje. Não aceitaram, é claro. Só que, depois, quando ele passar a ser o proprietário da CNN, vão precisar cumprir as ordens dele. Será um alívio.

— Chaim! O senhor quer esse tipo de liderança? O controle total da imprensa?

— Estou cansado da maior parte da imprensa, Cameron. Você sabe que eu o tenho na mais alta conta. Você é um dos poucos em quem confio. Os demais jornalistas são tão tendenciosos, críticos e negativos! Nós precisamos, de uma vez por todas, unir o mundo, e, com a imprensa sendo mantida por uma instituição crível, finalmente vejo isso acontecer.

— Isto é assustador — disse Buck. Intimamente, ele lamentava pelo seu velho amigo que já tinha visto tanta coisa, mas que, agora, estava disposto a submeter-se a um homem em quem não deveria confiar.

CAPÍTULO 16

O dia de Rayford — e, considerava ele, também o seu futuro — estavam selados. Ele compareceria à solenidade de gala e depois voltaria de táxi ao Aeroporto Internacional Ben Gurion, em Lod, a cerca de 15 quilômetros no sudeste de Tel Aviv. Quando chegasse, a tripulação já teria deixado o 777 em ordem e ele começaria a fazer a inspeção dos equipamentos de segurança antes da decolagem. No itinerário constava um voo à tarde para Bagdá e, em seguida, outro sem escalas para Nova York. Naquela hora do dia, um voo rumo a oeste era imprudente e contrariava os itinerários convencionais, mas nessa viagem, e talvez pelo restante da carreira de Rayford, Carpathia era o chefe.

Rayford passaria a noite em Nova York antes de voltar para casa e decidir se seria viável aceitar o emprego morando em Chicago. Talvez ele e Chloe se mudassem para Nova York. A ideia de ele trabalhar como piloto do Air Force One para o presidente não passava de truque. Na verdade, prestaria serviços a Nicolae Carpathia onde quer que fosse. Por algum motivo, Rayford sentia-se compelido a anular seus sonhos, seus desejos, sua vontade e sua lógica, afinal, se Deus tinha dado a ele essa incumbência, desde que não precisasse viver uma mentira, ele a aceitaria, pelo menos momentaneamente.

Ele aprendeu com Bruce e por meio de seus próprios estudos sobre a profecia que chegaria o dia em que o anticristo deixaria de ser um enganador. Ele mostraria suas garras e governaria o mundo com pulso de ferro. Esmagaria os inimigos e mataria qualquer um que fosse infiel ao seu regime. Com isso, todos os seguidores de Cristo correriam o risco de serem martirizados. Rayford previa o dia em que abandonaria o emprego de Carpathia e se tornaria um fugitivo, simplesmente para sobreviver e ajudar os outros cristãos a fazerem o mesmo.

***

Buck viu um agente do Serviço Secreto norte-americano caminhando em sua direção.

— Cameron Williams?

— Quem é você?

— Sou do Serviço Secreto, você sabe disso. Posso ver sua identidade, por favor?

— Já fui inspecionado mais de cem vezes.

Buck apresentou as credenciais.

— Eu sei.

O agente examinou o documento de Buck.

— Fitz quer se encontrar com você, e preciso ter certeza de que estou levando o homem certo até ele.

— O presidente quer falar comigo?

O agente pegou rapidamente a carteira de documentos de Buck e a devolveu, fazendo um movimento afirmativo com a cabeça.

— Venha comigo.

Em um pequeno escritório nos fundos do Edifício Knesset, mais de vinte profissionais da imprensa lutavam para conseguir um lugar perto da porta para assediar o presidente Gerald Fitzhugh assim que ele saísse para a cerimônia. Dois outros agentes, com identificação na lapela, fones de ouvido e braços cruzados na frente do corpo, estavam a postos guardando a porta de entrada do escritório.

— Quando ele vai sair? — as pessoas perguntavam.

Os agentes não responderam. A imprensa não era problema deles; preocupavam-se somente em manter o pessoal afastado quando necessário. Com certeza, os agentes sabiam mais do que o secretário de imprensa sobre os movimentos do presidente, mas isso certamente não era da conta de mais ninguém.

Buck estava ansioso pelo momento de se encontrar com o presidente outra vez. Fazia alguns anos que tinha conseguido fazer a "reportagem do ano" com Fitzhugh, quando ele foi reeleito e homenageado pela segunda vez pelo *Semanário Global*. Buck parecia ter caído nas graças do presidente, que era uma versão mais jovem de Lyndon Johnson. Fitzhugh tinha apenas 52 anos quando foi eleito pela primeira vez e agora estava chegando aos 59. Era um homem forte, de aparência jovem, exuberante e objetivo. Usava linguagem indecorosa liberalmente e, apesar de Buck nunca ter estado em sua presença quando Fitz estava zangado, seus surtos de raiva eram bem conhecidos entre seus assessores. O temperamento explosivo do presidente deixou de ser novidade para Buck naquela manhã de segunda-feira.

O acompanhante de Buck o escoltava por entre a multidão de jornalistas e fotógrafos amontoados frente à porta. Quando os agentes reconheceram seu colega, afastaram-se para que ele pudesse entrar. Os membros da associação de imprensa norte-americana protestaram ao perceberem o livre acesso que Buck tinha obtido.

— Como ele conseguiu isso?

— É sempre assim com ele!

— O que vale não é o que a gente sabe, nem o quanto a gente se mata de trabalhar! O mais importante são os nossos contatos!

— O rico vai ficando cada vez mais rico!

Buck até desejava que eles estivessem certos. Ele queria ter uma conversa exclusiva com o presidente, um furo de reportagem, mas estava completamente sem saber o que fazia ali.

O agente secreto que acompanhava Buck o apresentou a um assessor presidencial, que segurou firme em seu braço e o arrastou até um canto da sala, onde o presidente estava sentado na ponta de uma cadeira enorme. Com o paletó aberto e a gravata afrouxada, ele conversava com dois conselheiros em voz baixa.

— Sr. presidente, Cameron Williams, do *Semanário Global* — anunciou o assessor.

— Me deem alguns minutos — disse Fitzhugh.

O assessor e os dois conselheiros começaram a se dirigir à porta, porém o presidente segurou um dos conselheiros pelo braço.

— Você não, Rob! Você trabalha para mim há tanto tempo e ainda não conseguiu entender? Preciso de você aqui. Quando peço que se afastem por alguns minutos, nunca incluo você.

— Desculpe, senhor.

— E pare de se desculpar.

— Desculpe-me.

Assim que disse isso, Rob se deu conta de que não deveria ter pedido desculpa por ter pedido desculpa.

— Desculpa, bem, está desculpado, tudo certo.

Fitzhugh olhou em outra direção.

— Dá para alguém pegar uma cadeira para Williams? O jeito aqui é gritar. Temos só alguns minutos.

— Onze — disse Rob em tom de pesar.

— Onze minutos. Ótimo!

Buck estendeu a mão.

— Sr. presidente — disse ele.

Fitzhugh apertou a mão de Buck com força, mas sem fitá-lo nos olhos.

— Sente-se aqui, Williams.

O rosto de Fitzhugh estava corado e o suor começava a brotar em sua testa.

— Antes de tudo, esta conversa não deve ser gravada, está certo?

— Como o senhor quiser.

— Não, não é como eu quiser! Já ouvi isso antes e me dei mal.

— Não comigo, senhor.

— Não, não com você, mas lembro quando lhe contei algo e, em seguida, pedi confidencialidade e você veio com uma conversa mole sobre quando o assunto é ou não confidencial, de acordo com a lei.

— Se bem me lembro, senhor, cortei algumas coisas daquela conversa.

— Foi o que você disse.

— Tecnicamente, não se pode dizer que um assunto é confidencial depois de contá-lo. Só antes de o fato ser revelado.

— Ah, sim, penso que já me disseram isso algumas vezes. Então vamos deixar claro desde o início de que tudo isto é confidencial, certo?

— Perfeitamente, senhor.

— Williams, quero saber o que está acontecendo com Carpathia. Você tem passado algum tempo com ele. Já o entrevistou. Dizem que ele está tentando contratá-lo. Você conhece o homem?

— Não muito bem, senhor.

— Para dizer a verdade, estou ficando furioso com ele, mas o sujeito é o mais popular do mundo depois de Jesus Cristo, portanto, quem sou eu para me indispor?

Buck ficou confuso com a verdade contida naquela frase.

— Pensei que o senhor fosse o maior defensor dele; que os Estados Unidos estivessem dando as cartas, essas coisas.

— E sou mesmo seu grande defensor! Quero dizer, era. Convidei-o para vir à Casa Branca! Ele falou na sessão conjunta. Aprecio suas ideias. Eu não era um pacifista até ouvi-lo falar sobre a paz e, pelo amor de Deus, acho que ele tem condições de conseguir. Mas as pesquisas dizem que, se ele concorresse à presidência neste momento, ganharia de mim com o dobro de votos! Mas ele não quer isto. Ele quer que eu continue na presidência e seja seu subalterno!

— Ele disse isso a você?

— Não seja ingênuo, Williams. Eu não o teria trazido aqui se soubesse que você levaria tudo ao pé da letra. Mas, veja, ele me enrolou com o caso do Air Force One; e agora você viu o que aconteceu?

Carpathia pintou as palavras *Global Community One* por cima do nome da aeronave e vai se pronunciar hoje à tarde agradecendo aos cidadãos dos Estados Unidos pelo presente recebido. Pensei em chamá-lo de mentiroso cara a cara e tentar colocar parte da imprensa contra ele.

— Isso jamais daria certo, senhor — interveio o subserviente Rob. — Quero dizer, sei que o senhor não perguntou, mas o pronunciamento que será feito dará a entender que ele tentou recusar, o senhor insistiu e ele aceitou com relutância.

O presidente virou-se para Buck.

— Você entende, Williams? Consegue perceber a forma como ele age? Será que estou me encrencando ainda mais ao contar isso? Você já consta na folha de pagamento dele e vai relatar tudo, não é mesmo?

Buck queria dizer a ele o que viu, o que realmente sabia sobre Carpathia, quem a Bíblia provava que ele era.

— Não posso dizer que sou um admirador de Carpathia — disse Buck.

— E você é um admirador de Fitzhugh? Não vou perguntar em quem você votou...

— Não me importo em dizer. A primeira vez em que o senhor se candidatou, votei em seu oponente. Na segunda vez, votei no senhor.

— Então eu conquistei sua simpatia?

— Sim, o senhor conquistou.

— Então qual é o *seu* problema com Carpathia? Ele é muito tranquilo, muito persuasivo, inspira muita confiança. Acho que ele consegue enganar quase todo mundo na maior parte do tempo.

— Acho que esse é um dos meus problemas — disse Buck. — Não sei ao certo que estratagema ele está usando, mas parece que funciona. Ele consegue o que quer, quando quer e ainda aparenta ser um relutante herói.

— É isso aí! — disse o presidente, batendo no joelho de Buck com tanta força a ponto de ele sentir um pouco de dor. — Este também é o meu problema com ele!

O presidente soltou um palavrão e, em seguida, mais um. Dali em diante, passou a incluir palavras obscenas em cada frase que proferia. Buck temia que ele pudesse sofrer um AVC a qualquer momento.

— Preciso acabar com esse negócio — disse o presidente irado. — Isto está me incomodando muito. Hoje ele vai aparecer como um santo, fazendo-me passar por um grande tolo. Os Estados Unidos sempre foram exemplo de liderança para o mundo, mas agora parecemos um de seus fantoches. Sou um homem forte, um líder forte e decidido, mas, de uma hora para outra, ele me faz parecer um simples bajulador.

O presidente respirou fundo.

— Williams, você sabe a encrenca que arrumamos com o pessoal das Forças Armadas?

— Posso imaginar.

— Vou contar a você. Em parte eles têm razão e, realmente, não posso argumentar! Nosso serviço de informações começou a recolher e a esconder os principais armamentos porque são contra minha aprovação do plano para destruir 90% do arsenal e entregar, nesta semana, os 10% restantes à ONU ou a essa tal Comunidade Global. Eu gostaria de acreditar que os motivos de Carpathia são puros e que este é o último passo rumo à verdadeira paz, mas são as pequenas coisas que me fazem duvidar. Como foi neste caso do avião... adquirimos uma nova aeronave e precisávamos de um piloto. Não me importo com quem vai pilotar, desde que seja uma pessoa qualificada. O caso é que tínhamos uma lista de candidatos em quem confiávamos, mas de repente só sobrou um nome na lista e que foi aceito pelo grande soberano mundial; esse piloto vai conseguir o posto. Sei que eu não deveria me preocupar mais com isso, afinal, cedi o avião e a tripulação a Carpathia, aquele...

Depois disso, o presidente xingou mais um pouco.

— Bem, não sei o que dizer, mas é uma pena o senhor não dispor dos serviços do novo piloto. Eu o conheço e ele é o melhor.

— Ótimo. Você não acha que eu gostaria de ter o melhor piloto do meu próprio país? Claro que sim! E eu não estava exagerando no título que dei a Carpathia. Existe uma resolução na ONU, perdão, Comunidade Global, que deve ser votada em breve pelo Conselho de Segurança. Essa resolução concede um "título mais apropriado" ao secretário-geral, já que, logo, ele será o comandante-chefe das forças militares remanescentes do mundo e o chefe financeiro do Banco Global. O pior é que essa resolução partiu do nosso próprio embaixador e eu não sabia de nada até o fato ser ventilado no comitê. O único recurso de que disponho é insistir para que o embaixador vote contra sua própria proposta, que a retire ou que abandone o cargo. Com que cara eu ficaria se despedisse um indivíduo só porque ele quer dar um título mais sugestivo ao chefe da Comunidade Global, a quem o mundo inteiro adora?

O presidente não estava dando oportunidade de Buck responder, o que não era nada ruim visto que ele não fazia ideia do que dizer.

Fitzhugh inclinou-se para frente e sussurrou:

— E que história é essa dos meios de comunicação?! Concordamos com ele que nossas leis de conflito de interesse eram um pouco restritivas, bem como as de quase todos os países do mundo. Não queríamos impedir a ONU, ou qualquer outro órgão que fosse, de divulgar de maneira mais ampla os fatos, já que estamos tão perto de alcançar a paz mundial. Fizemos um pequeno ajuste para ajudá-lo, mas veja o que recebemos em troca. Ele adquiriu todos os jornais, as revistas e as redes de rádio e TV antes que tivéssemos tempo de mudar de ideia! Onde ele conseguiu tanto dinheiro, Williams? Você saberia me dizer?

Cameron teve uma crise de consciência. Havia dado a entender a Carpathia que não revelaria o caso da herança de Stonagal. Mas desde quando as promessas a um demônio deveriam ser mantidas?

— Eu não posso contar a você — disse Buck. Ele não sentia nenhuma lealdade ao secretário-geral, mas não podia correr o risco de

Carpathia saber que ele havia divulgado um segredo tão importante. Buck teria de contar com sua própria habilidade, pelo menos enquanto lhe fosse possível.

— Você sabe o que nosso serviço de informações diz? — o presidente prosseguiu. — Que agora o plano é fazer os dirigentes dos países representados pelos dez membros do Conselho de Segurança serem subordinados a seus embaixadores. Com isso haverá dez embaixadores, os reis do mundo, sob o domínio de Carpathia.

Buck franziu a testa.

— Em outras palavras: o senhor, o presidente do México e o primeiro-ministro do Canadá seriam subordinados ao embaixador da América do Norte na ONU?

— Isso mesmo, Williams. Mas você precisa esquecer a Organização das Nações Unidas. O nome agora é Comunidade Global.

— Desculpe o meu engano.

— Está certo. É um engano, mas não seu.

— Senhor, existe alguma coisa que eu possa fazer para ajudá-lo?

Fitzhugh olhou para o teto e passou a mão pelo rosto suado.

— Não sei. Eu só queria desabafar, acho, e pensei que talvez você pudesse me dar alguma perspectiva diferente. Qualquer coisa para me ajudar a frear um pouco esse cara. Deve haver um ponto fraco em algum lugar da armadura dele.

— Gostaria de poder ajudar mais — disse Buck, percebendo subitamente que não estava falando a verdade. O que ele não daria para expor Nicolae Carpathia como um assassino mentiroso, o anticristo hipnotizador! Mas apesar de ser contra Carpathia, nenhuma pessoa sem Cristo entenderia ou concordaria. Aparentemente a Bíblia também não mencionava que os seguidores do anticristo poderiam fazer algum mal a ele, a não ser se oporem. Sua trajetória foi predita séculos antes, e o drama seria encenado até o fim.

Nicolae Carpathia acabaria engolindo o presidente dos Estados Unidos e qualquer outra pessoa que atravessasse seu caminho. Ele conquistaria o poder supremo; depois a verdadeira batalha começaria, a guerra entre o céu e o inferno. A suprema guerra fria se transformaria em uma batalha mortal. Buck sentia-se consolado por saber que o fim estava previsto desde o princípio, mesmo que ele só tivesse tomado conhecimento disso há poucas semanas.

O assessor que anunciou Buck ao presidente Fitzhugh interrompeu educadamente.

— Com licença, senhor. O secretário-geral deseja conversar com o senhor cinco minutos antes do início da cerimônia.

Fitzhugh proferiu outro palavrão.

— Vamos parar por aqui, Williams. Foi bom desabafar com você e agradeço o sigilo.

— Com certeza, senhor. Ah, seria muito melhor para todos nós se Carpathia não me visse aqui. Ele vai perguntar sobre o que conversamos.

— Está bem. Ouça, Rob, vá até lá e diga ao pessoal de Carpathia que esta sala não é apropriada e que vou me encontrar com ele em um minuto onde ele determinar. E peça a Pudge para vir até aqui.

Aparentemente, Pudge era o apelido do primeiro agente que acompanhou Buck e definitivamente não combinava com aquele jovem esguio.[10]

— Pudge, arrume um jeito de tirar Williams daqui sem o pessoal de Carpathia ver.

O presidente apertou o laço da gravata e abotoou o paletó. Em seguida, foi conduzido a outra sala para a reunião com Carpathia. Buck foi protegido por Pudge até não correr mais risco de ser visto. Depois, caminhou até o local onde seria apresentado como parte da delegação norte-americana.

***

[10] *Pudge* é uma palavra que remete à uma pessoa corpulenta ou gorducha. [N. do T.]

As credenciais de Rayford permitiam que ele tivesse um assento quase na frente das autoridades norte-americanas. Ele era um dos únicos a saber que as testemunhas diante do Muro das Lamentações estavam certas — que essa era a comemoração de um pacto profano. Ele sabia, mas não podia fazer nada. Ninguém podia desviar o rumo da história. Bruce Barnes tinha ensinado essa lição muito bem.

Rayford já estava começando a sentir falta do amigo. Passou a gostar das reuniões noturnas na igreja e do conhecimento que estava adquirindo. A intuição de Bruce estava certa. A Terra Santa era o lugar ideal para estar naquele momento. Se lá fosse o local onde surgiriam os primeiros 144 mil judeus convertidos, Bruce gostaria de estar ali.

Segundo o que jovem pastor havia ensinado a Rayford, Chloe e Buck a partir da Bíblia, os convertidos viriam de todas as partes do mundo e fariam uma incrível colheita de almas — talvez um bilhão de pessoas. Seriam 144 mil judeus, 12 mil de cada uma das doze tribos de Israel, mesmo aqueles que se dispersaram ao longo da história. "Imagine só", pensava Rayford, "os judeus evangelizando em sua própria terra e em seu próprio idioma, levando milhões de pessoas a Jesus, o Messias".

Apesar de todo o caos e a angústia que estava por vir, haveria muitas vitórias magníficas, e Rayford estava bastante ansioso para vê-las. Mas ele não se sentia nada satisfeito diante de uma provável dispersão do Comando Tribulação. Quem poderia saber para onde Buck iria, se Carpathia tivesse mesmo adquirido todos os meios de comunicação? Se o relacionamento entre Buck e Chloe desse certo, eles provavelmente teriam que viver juntos em algum lugar bem distante.

Rayford virou-se na cadeira e passou os olhos sobre aquela imensa multidão. Centenas de pessoas já estavam tomando seus lugares. A segurança era intensa e rigorosa. Na hora marcada para o início da cerimônia, viu as luzes vermelhas das câmeras de TV se acenderem. O volume da música aumentou. Os jornalistas começaram a falar baixo, bem perto de seus microfones, e os convidados silenciaram. Rayford estava tenso e atento em sua cadeira, com o quepe no colo, se perguntando se Chloe o veria pela TV em sua casa no subúrbio de Chicago. Lá já passava da meia-noite e ela estaria mais ansiosa para ver Buck do que para vê-lo. Buck poderia ser facilmente localizado. Estaria posicionado na plataforma bem atrás da cadeira de um dos signatários do tratado, o dr. Chaim Rosenzweig.

Diante de um aplauso contido, os dignitários foram anunciados — os membros veteranos do Knesset, embaixadores do mundo inteiro, estadistas e ex-presidentes dos Estados Unidos, bem como líderes de Israel.

A seguir, foi a vez da segunda fileira, onde estavam aqueles que ficariam de pé atrás das cadeiras. Buck foi apresentado como "Sr. Cameron 'Buck' Williams, ex-jornalista sênior e atual jornalista para assuntos do Oriente Médio do *Semanário Global,* dos Estados Unidos da América do Norte". Rayford sorriu quando Buck esboçou uma reação de indiferença. Evidentemente todos gostariam de saber quem ele era e por que era considerado um dignitário.

Os aplausos mais calorosos foram reservados para as cinco últimas personalidades: o rabino-chefe de Israel; o botânico israelense Chaim Rosenzweig, vencedor do Prêmio Nobel; o primeiro-ministro de Israel; o presidente dos Estados Unidos; e o secretário-geral da Comunidade Global.

Quando Carpathia foi anunciado e entrou com seu característico ar de falsa modéstia, o público o aplaudiu de pé. Rayford levantou-se com relutância, pôs o quepe debaixo do braço e fingiu aplaudir, sem produzir nenhum som. Para ele, era difícil aparecer diante de tanta gente aplaudindo o inimigo de Cristo.

* * *

Chaim Rosenzweig virou-se e olhou para Buck, que lhe deu um sorriso. Buck gostaria de livrar o amigo de se meter com aquela desgraça, mas o momento não era apropriado. Tudo o que podia fazer era deixá-lo desfrutar o momento, pois dali em diante não haveria muito tempo para a diversão.

— Este é um dia marcante, Cameron — cochichou Chaim, esticando o braço e segurando firme a mão de Buck com as suas. A seguir, deu um tapinha nela como se Buck fosse seu filho.

Por um breve instante, Buck quase chegou a desejar que Deus não pudesse vê-lo. Os *flashes* das máquinas fotográficas surgiram de todos os lados, registrando para a posteridade os dignitários que apoiavam esse tratado histórico. Naquele ambiente, Buck era o único que sabia a verdadeira identidade de Carpathia, bem como que a assinatura do tratado marcaria o início oficial do período da tribulação.

De repente, ele se lembrou do bordado com os dizeres *Semanário Global*, preso por um velcro em seu bolso lateral. No momento em que o pegou para colocá-lo sobre o bolso superior do paletó, o velcro grudou na aba do bolso inferior. Quando Buck tentou puxar com força o crachá, o paletó se prendeu ao cinto. Assim que o soltou, a aba do bolso ficou presa em sua camisa. Quando, finalmente, conseguiu alisar o paletó e desgrudar o bordado com as duas mãos, ele já tinha sido fotografado mais de uma dezena de vezes, parecendo um contorcionista.

Depois que os aplausos cessaram e o público voltou a se acomodar nas cadeiras, Carpathia levantou-se com o microfone na mão.

— Este é um dia histórico — começou a dizer com um sorriso. — Apesar de todas as providências terem sido tomadas em tempo recorde, foi sem dúvida um esforço excepcional conseguir reunir todos os recursos necessários para que tudo isto acontecesse. Hoje estamos homenageando várias pessoas. Em primeiro lugar, meu caro amigo e mentor, a quem considero um pai, o brilhante dr. Chaim Rosenzweig, de Israel!

O público reagiu com entusiasmo, e Chaim levantou-se com dificuldade, fazendo um pequeno aceno e sorrindo como um garoto. Buck gostaria de lhe dar um tapinha nas costas, para cumprimentá-lo, mas lamentava a sorte de seu amigo. Rosenzweig estava sendo manipulado. Ele era uma pequena parte de uma trama maligna que transformaria o mundo em um lugar inseguro para ele e seus entes queridos.

Carpathia exaltou as qualidades do rabino-chefe, do primeiro-ministro de Israel e, por fim, do "Ilustríssimo Senhor Gerald Fitzhugh, presidente dos Estados Unidos da América", o melhor amigo que Israel já teve até hoje.

Mais aplausos ensurdecedores. Fitzhugh levantou-se alguns centímetros da sua cadeira em sinal de agradecimento. Quando as palmas começaram a cessar, Carpathia incentivou o público a aplaudir mais ainda. Colocou o microfone debaixo do braço e recuou para aplaudir o presidente com veemência.

Fitzhugh parecia incomodado, quase atônito. Ele olhou para Carpathia, sem saber o que fazer. Carpathia estampava um sorriso radiante, demonstrando emoção diante de seu amigo presidente. Encolheu os ombros e entregou o microfone a Fitzhugh. A princípio, o presidente não esboçou nenhuma reação, dando a entender que não pegaria o microfone. Finalmente, aceitou-o, para delírio da plateia.

Buck ficou perplexo com a habilidade de Carpathia em controlar aquele enorme número de pessoas. Evidentemente tudo aquilo não passava de um grande teatro ensaiado. E agora? O que faria Fitzhugh?

A única reação apropriada seria agradecer os aplausos e distribuir elogios a seus bons amigos israelenses. Apesar de Fitzhugh estar começando a tomar consciência do plano maligno de Nicolae Carpathia, ele precisava reconhecer o importante papel daquele homem no processo de paz.

A cadeira de Fitzhugh fez um grande ruído quando ele se levantou. Em seguida, empurrou-a desajeitadamente na direção de seu secretário de estado. O presidente teve de esperar o público parar de aplaudir, o que parecia não ter fim. Carpathia aproximou-se rapidamente de Fitzhugh e ergueu a mão do presidente, num gesto semelhante ao que os árbitros fazem com os vencedores de uma luta de boxe. Os aplausos por parte dos israelenses foram ainda mais efusivos.

Finalmente, Carpathia se afastou e deixou Fitzhugh sozinho no centro da plataforma, forçando-o a pronunciar algumas palavras. Assim que ele começou a falar, Buck percebeu que Carpathia estava entrando em ação. Apesar de não esperar ser testemunha de um assassinato, como tinha acontecido em Nova York, Buck imediatamente se convenceu de que ele tinha, de alguma forma, provocado uma situação sinistra. Ao se dirigir à entusiasmada plateia, o presidente Fitzhugh não era nada mais do que o homem frustrado com quem Buck havia se encontrado poucos minutos antes.

Enquanto o presidente falava, Buck começou a sentir um calor no pescoço e seus joelhos fraquejarem. Inclinou-se para frente e segurou firme no encosto da cadeira de Rosenzweig, tentando, em vão, parar de tremer. Sentiu claramente a presença do maligno, e a náusea quase tomou conta dele.

— A última coisa que desejo fazer em um momento como este — dizia o presidente Fitzhugh — é apagar o brilho do acontecimento que estamos presenciando. Contudo, com a permissão dos senhores e de nosso grande líder da Comunidade Global, que substitui acertadamente a antiga ONU, eu só gostaria de abordar, rapidamente, dois pontos importantes. Primeiro, é um privilégio ver o que Nicolae Carpathia realizou em apenas algumas semanas. Estou certo de que todos concordam comigo que, graças a ele, o mundo se tornou um lugar onde existe mais amor e paz.

Carpathia fez o gesto de pegar o microfone de volta, mas o presidente Fitzhugh ofereceu resistência.

— Com licença, senhor, mas agora quem está com a palavra sou eu! — A plateia caiu na gargalhada. — Eu já disse antes e vou repetir, a ideia do secretário-geral para o desarmamento global foi genial. Eu apoio esse projeto sem reservas e estou orgulhoso por estar abrindo caminho para a rápida destruição de 90% de nosso arsenal e para a doação dos 10% restantes à Comunidade Global, que será dirigida pelo sr. Carpathia.

Buck sentiu uma leve tontura e esforçou-se para manter o equilíbrio.

— Como expressão tangível de meu apoio pessoal e de nosso país, também presenteamos a Comunidade Global com o recém-lançado Air Force One. Financiamos sua nova pintura com o novo nome, e ele pode ser visto no Aeroporto Internacional Ben Gurion. Agora, entrego o microfone ao homem do destino, ao líder cujo título atual não faz justiça à abrangência da sua influência, ao meu amigo pessoal e compatriota, Nicolae Carpathia!

Nicolae fingiu aceitar o microfone com relutância e demonstrou embaraço por receber tantas atenções. Parecia confuso, como se não soubesse o que fazer diante de um relutante presidente dos Estados Unidos que exagerava em suas palavras.

Quando os aplausos finalmente cessaram, Carpathia voltou a falar com seu tom de voz humilde.

— Peço desculpas pelos elogios efusivos de meu amigo, que tem sido muito bondoso e generoso, e com quem a Comunidade Global está em grande dívida.

* * *

Rayford mantinha os olhos fixos em Buck, que parecia não estar bem e prestes a perder os sentidos. Perguntou a si mesmo se seria o calor ou os repugnantes discursos de admiração mútua que o estavam deixando pálido e com o estômago embrulhado.

Os dignitários israelenses — com exceção de Rosenzweig, é claro — demonstravam certo desconforto diante de toda aquela conversa sobre desarmamento e destruição de armas. Durante décadas, seu país sempre foi muito bem defendido por um exército poderoso, e se não fosse o tratado com a Comunidade Global, o povo israelense não concordaria com o plano de desarmamento de Carpathia.

O restante da cerimônia tornou-se enfadonho após o veemente — e, na opinião de Rayford, preocupante — discurso do presidente. Fitzhugh parecia mais fascinado por Carpathia a cada novo encontro dos dois, mas seu ponto de vista espelhava a opinião de quase toda a população mundial. No momento mais importante da história, estava cada vez mais fácil acreditar que Nicolae Carpathia era uma dádiva de Deus, exceto para aqueles que estudavam as profecias bíblicas e conseguiam ler nas entrelinhas.

* * *

Buck se recuperou conforme os outros líderes faziam discursos inócuos e matraqueavam sobre a importância e a historicidade do documento que estavam prestes a assinar.

Surgiram várias canetas luxuosas de todos os lados, enquanto máquinas fotográficas e câmeras de TV focalizavam os signatários. As canetas eram passadas de mão em mão; havia uma pausa para foto, e, a seguir, as autoridades assinavam o tratado.

Com apertos de mão, abraços e beijos no rosto, o acordo foi celebrado, e os signatários do tratado — todos, com exceção de um — ignoravam suas consequências, sem saber que tinham tomado parte em uma aliança profana.

Um pacto acabava de ser celebrado. O povo escolhido de Deus, que planejava reconstruir o Templo e restabelecer o sistema de sacrifícios até a volta de seu Messias, tinha assinado um acordo com o diabo.

Apenas dois homens na plataforma sabiam que esse pacto assinalava o início do fim dos tempos. Um era diabolicamente confiante, o outro tremia só em pensar no que estava por acontecer.

* * *

Diante do famoso Muro, as duas testemunhas proferiam a verdade em tom de lamento. O som de seus gritos alcançava o Monte do Templo e mais além, enquanto proclamavam:

— *E assim começa a última terrível semana do Senhor!*

A "semana" dos sete anos havia começado.

A tribulação.

CAPÍTULO 17

Rayford estava sentado em uma cabine telefônica no interior do Aeroporto Ben Gurion. Ele havia chegado muito cedo e teria de aguardar a delegação de Carpathia por mais de uma hora. Sua tripulação estava ocupada, cuidando do Global Community One, então teve tempo de ligar para Chloe.

— Eu vi você, papai! — disse ela, rindo. — A TV tentou mostrar na tela o nome de cada um dos participantes quando eles eram focalizados. O seu nome apareceu quase correto. Escreveram Raymond Steel, sem a letra *e* no fim, e disseram que você era o piloto do Air Force One.

Rayford sorriu, animado ao ouvir a voz da filha.

— Quase. E o pessoal da imprensa ainda não sabe por que ninguém confia neles.

— Eles não sabiam o que fazer com Buck — disse Chloe. — Logo que foi focalizado não apareceu nenhum nome na tela. Depois alguém deve ter ouvido o nome dele durante as apresentações, então apareceu como "Duke Wilson, ex-jornalista da revista *Newsweek*".

— Perfeito — disse Rayford.

— Buck está todo eufórico com esse rabino que vai falar na CNN Internacional dentro de algumas horas. Será que você vai conseguir assistir ao programa?

— Vamos assistir no avião.

— Vocês conseguem receber o sinal tão longe e naquela altitude?

— Você precisa conhecer essa tecnologia, Chloe. A recepção será melhor do que se fosse via cabo, em casa. De qualquer forma, se não for melhor, vai ser igual ao sinal que vocês recebem aí.

***

Buck sentia uma imensa tristeza. Chaim Rosenzweig o abraçou pelo menos três vezes depois da cerimônia, dizendo, exultante, que aquele tinha sido um dos dias mais felizes de sua vida. Ele insistiu para Buck os acompanhar no voo até Bagdá.

— De uma forma ou de outra você estará trabalhando para Nicolae daqui a um mês — disse Chaim. — Ninguém verá isso como conflito de interesses.

— Vou mesmo, principalmente daqui a um mês, quando ele for proprietário de qualquer jornalzinho chinfrim em que eu vier a trabalhar.

— Não seja negativo, Cameron, especialmente hoje — disse Chaim. — Venha conosco. Desfrute o momento e encante-se com ele. Eu conheço os planos. A Nova Babilônia será magnífica.

Buck teve vontade de chorar pelo amigo. Quando tudo isso se abateria sobre Chaim? Será que ele morreria antes de ter percebido que foi enganado e usado? Talvez fosse melhor para ele assim. Porém, Buck também temia pela alma de Chaim.

— O senhor vai assistir ao dr. Ben-Judá ao vivo pela TV hoje?

— Claro! Como eu poderia perder? Ele é meu amigo desde os tempos da Universidade Hebraica. O programa poderá ser visto no avião para Bagdá. Mais um motivo para você vir conosco.

Buck balançou a cabeça negativamente.

— Vou ver daqui mesmo. Logo que seu amigo expuser o que descobriu, o senhor e eu deveríamos conversar sobre as ramificações.

— Ah, não sou um homem religioso, Cameron. Você sabe disso. Creio que não me surpreenderei com o que Tsion vier a revelar. Ele é um estudioso competente e um pesquisador meticuloso, realmente brilhante, além de orador talentoso. Em alguns aspectos, me faz lembrar o próprio Nicolae.

"Ah, por favor", pensou Buck. "Tudo menos isso!"

— O que o senhor acha que ele vai dizer? — perguntou.

— Assim como a maioria dos judeus ortodoxos, ele chegará à conclusão de que o Messias ainda está por vir. Como você sabe, existem alguns poucos grupos marginalizados que acreditam que o Messias já veio, mas os que se apresentaram como Messias não estão mais em Israel. Alguns já morreram. Outros mudaram para diversos países. Nenhum deles trouxe a justiça e a paz que a Torá prediz. Portanto, como todos nós, Tsion vai falar das profecias e nos incentivar a continuar aguardando e observando. Será estimulante e animador, como acredito que tenha sido o ponto principal da pesquisa desde o início.

E continuou:

— Talvez ele explique como apressar a vinda do Messias. Alguns grupos mudaram para as antigas habitações judaicas, acreditando que tinham o sagrado direito de proceder assim e que isso seria importante para o cumprimento de algumas profecias, abrindo o caminho para o retorno do Messias. Outros ficaram tão aborrecidos com a profanação do Monte do Templo pelos muçulmanos, que chegaram a reabrir sinagogas nos arredores, o mais perto possível do local original do Templo.

— O senhor também deve saber que existem gentios que acreditam que o Messias já veio — disse Buck, escolhendo cuidadosamente as palavras.

Chaim estava olhando por cima do ombro de Buck para ter certeza de que não ficaria para trás quando os membros da delegação se dirigissem à *van* que os levaria de volta para seus hotéis e, depois, para o aeroporto Ben Gurion, onde embarcariam no voo a Bagdá.

— Sim, sim, eu sei. Mas quase acredito que o Messias não seja uma pessoa, e sim uma ideologia.

Depois de dizer isso, ele começou a se afastar, e Buck, subitamente, sentiu um desespero. Segurou no braço de Chaim.

— Doutor, o Messias é mais do que uma ideologia!

Rosenzweig parou e olhou firme para o rosto de Buck.

— Cameron, há controvérsias, mas se você quiser levar tudo no sentido literal, deixe-me dizer uma coisa: se o Messias for uma pessoa e vier trazer a paz, a justiça e a esperança ao mundo, concordarei com os que acreditam que ele já está aqui.

— O senhor acredita nisso?

— Sim, e você não?

— O senhor acredita no Messias?

— Eu disse *se*, Cameron. Um grande *se*.

— Mas o que o senhor quis dizer com "se o Messias for real, ele já está aqui"? — perguntou Buck com insistência, enquanto o amigo se afastava.

— Você não entende, Cameron? Nicolae é o cumprimento da maior parte das profecias. Talvez de todas, mas este não é o meu campo de estudos. Agora preciso ir. Vamos nos encontrar na Babilônia?

— Não, eu já lhe disse...

Rosenzweig parou e deu meia-volta.

— Pensei que você quisesse ir por conta a fim de não precisar aceitar favores em troca de uma entrevista.

— Sim, mas mudei de ideia. Não vou mais. Se eu acabar trabalhando em uma das publicações de propriedade do Carpathia, imagino que logo viajarei para a Nova Babilônia.

— E o que você vai fazer agora? Voltar para os Estados Unidos? Vamos nos encontrar lá?

— Não sei. Ainda vou ver.

— Cameron! Alegre-se neste dia histórico!

Buck não conseguia se alegrar. Caminhou de volta para o Hotel Rei Davi, onde o recepcionista perguntou se ele ainda queria informações sobre os voos comerciais para Bagdá.

— Não, obrigado — respondeu ele.

— Tudo bem. Tem um recado para o senhor.

No envelope, o remetente era o dr. Tsion Ben-Judá. Buck subiu, caminhando apressadamente até seu quarto e abriu o envelope. O recado dizia o seguinte:

— Peço desculpas por tê-lo deixado sozinho ontem à noite. Eu não estava em condições de conversar. Você me concederia a honra de almoçar comigo e me acompanhar até o estúdio da CNN? Aguardo o seu telefonema.

Buck olhou para o relógio. Com certeza já era tarde demais. Fez a ligação e foi informado pela governanta de que o rabino havia saído há vinte minutos. Buck bateu com força no guarda-roupa. Que privilégio ele tinha perdido só porque quis voltar para o hotel a pé! Talvez ainda houvesse tempo de pegar um táxi até o estúdio e encontrar Tsion lá depois do almoço. Mas será que o rabino queria falar com ele antes de o programa ir ao ar? Seria isso?

Buck tirou o fone do gancho e o recepcionista atendeu.

— Você poderia me conseguir um táxi, por favor?

— Certamente, mas alguém acabou de ligar para o senhor. Posso transferir?

— Sim, e não chame o táxi até eu voltar a falar com você.

— Sim, senhor. Coloque o fone no gancho, por favor. Vou transferir a ligação.

Era Tsion.

— Dr. Ben-Judá! Que bom que o senhor ligou! Acabei de chegar!

— Eu estive na cerimônia da assinatura, Buck — disse Tsion com seu forte sotaque hebraico —, mas não quis aparecer, nem ficar disponível para entrevistas.

— O seu convite para almoçar ainda está de pé?

— Claro que está.

— Quando e onde devo encontrá-lo?

— Que tal agora, aqui na frente do hotel?

— Já estou indo.

"Obrigado, Senhor", agradeceu Buck enquanto descia correndo as escadas. "Concede-me a oportunidade de dizer a este homem que tu és o Messias".

No carro, o rabino segurou firme a mão de Buck com as suas e o puxou para perto de si.

— Buck, compartilhamos uma experiência incrível. Sinto que somos amigos, mas estou nervoso por ter de revelar minhas descobertas ao mundo. Fiz o convite para o almoço porque preciso conversar com você. Podemos?

O rabino pediu a seu motorista para os levar a um pequeno café numa região movimentada de Jerusalém. Tsion, carregando sob o braço uma enorme pasta preta de três furos, falou baixo em hebraico com o garçom, que os levou até uma mesa perto de uma janela cheia de plantas. Quando o garçom trouxe os cardápios, Ben-Judá olhou para seu relógio, dispensou os cardápios e falou novamente em seu idioma nativo. Buck supôs que ele estivesse pedindo pratos para duas pessoas.

— Você ainda precisa deste bordado para se identificar como repórter da revista?

Buck tirou rapidamente o bordado preso ao bolso.

— Desta vez saiu muito mais fácil, não é mesmo?

Enquanto ambos caíam na gargalhada, o garçom trouxe um pão quente, manteiga, queijo, um molho que lembrava maionese, uma tigela de maçãs verdes e pepinos frescos.

— Você não se importa se eu...? — disse Ben-Judá, apontando para o prato.

— Por favor.

O rabino cortou o pão quente em fatias bem grossas, lambuzou-as com manteiga e molho, adicionou fatias de pepino e queijo. Depois, colocou fatias de maçã ao lado e empurrou o prato na direção de Buck.

Buck aguardou enquanto o rabino preparava a refeição dele.

— Por favor, não espere por mim. Coma enquanto o pão ainda está quente.

Buck curvou levemente a cabeça, orando pela alma de Tsion Ben-Judá. Ergueu os olhos e pegou a iguaria.

— Você é um homem de oração — observou Tsion enquanto continuava a preparar seu prato.

— Sou — Buck continuou a orar silenciosamente, perguntando a si mesmo se aquele era o momento ideal para uma palavra oportuna. Será que esse homem poderia ser influenciado, faltando apenas uma hora para ele revelar ao mundo o resultado de sua pesquisa? Buck sentiu-se um tolo. O rabino estava sorridente.

— O que houve, Tsion?

— Eu estava me lembrando do último americano com quem fiz uma refeição aqui. Ele estava em uma excursão e me pediram para lhe fazer companhia. Ele era uma espécie de líder religioso, e aqui temos o costume de fazer os turistas se sentirem bem recebidos, você sabe.

Buck assentiu com a cabeça.

— Cometi o erro de perguntar se ele gostaria de experimentar um dos meus pratos favoritos, sanduíche de legumes com queijo. Não sei se ele não me entendeu bem por causa de meu sotaque ou se o prato não lhe agradou. Ele recusou educadamente e pediu uma comida mais familiar, pão sírio e camarão, se lembro bem. Mas pedi ao garçom, em meu idioma, que trouxesse uma porção extra do que eu estava comendo, só por uma questão de zelo, como costumo dizer. Não demorou muito, o homem empurrou seu prato e começou a experimentar a comida que eu havia pedido.

Buck riu.

— E agora o senhor já pede para os seus convidados sem consultá-los.

— Exatamente.

Antes de começar a comer, o rabino também orou silenciosamente.

— Não tomei café da manhã — disse Buck, levantando o pão, como se estivesse fazendo um brinde.

Tsion Ben-Judá abriu um sorriso radiante.

— Perfeito! — disse ele. — Há um provérbio internacional que diz que a fome é o melhor tempero.

Buck concordou. Precisou tomar cuidado para não exagerar na comida, algo que raramente lhe acontecia.

— Tsion — perguntou finalmente ele —, você precisa de companhia antes de aparecer na TV ou existe algum assunto específico que queira conversar?

— Quero falar sobre algo específico — disse o rabino, olhando para o relógio. — A propósito, meu cabelo está em ordem?

— Sim. Provavelmente vão eliminar a marca do chapéu na hora da maquiagem.

— Maquiagem? Eu tinha me esquecido dessa parte. Acho que foi por isso que me pediram para chegar com antecedência.

Ben-Judá consultou seu relógio, empurrou o prato para o lado e colocou a pasta sobre a mesa. Ela continha uma pilha de cerca de dez centímetros de páginas manuscritas.

— Tenho muito mais material em meu escritório — disse ele —, mas aqui estão a essência, a conclusão e o resultado de meus três anos de exaustivo (e desgastante!) trabalho com um grupo de jovens estudantes, cuja ajuda foi inestimável para mim.

— O senhor não está imaginando ler tudo isso em voz alta em uma hora, está?

— Não, não! — disse Ben-Judá, rindo. — Isso é o que poderíamos chamar de minha "rede de proteção". Se eu me esquecer, terei material para recorrer. Em qualquer situação, há sempre alguma coisa a dizer. Talvez lhe interesse saber que decorei o que vou falar na TV.

— Uma hora de exposição?

— Há três anos, isso poderia ter parecido assustador. Hoje sei que posso falar por muito mais tempo, sem precisar de anotações. Mas devo me ater ao plano de compensar o tempo. Se eu me desviar do assunto, nunca conseguirei terminar.

— E mesmo assim o senhor leva suas anotações consigo.

— Estou seguro de mim, Buck, mas não sou nenhum tolo. Passei grande parte de minha vida falando em público, mas cerca da metade do tempo em hebraico. Em razão da audiência internacional, a CNN prefere que eu fale em inglês. Isso torna as coisas um pouco mais difíceis para mim e não quero me perder.

— Tenho certeza de que o senhor se sairá bem.

— Você acabou de fazer o que eu esperava de você! — disse o rabino sorridente. — O convite que lhe fiz para o almoço já rendeu frutos.

— Então o senhor só estava precisando de um pequeno incentivo!

O rabino fez uma pausa, como se estivesse pensando no significado da palavra *incentivo.* Apesar de ser algo um tanto banal, aquilo lhe pareceu importante.

— Sim — disse Ben-Judá. — Incentivo, quero dizer, muito obrigado pelo seu apoio. E quero lhe fazer uma pergunta. Se for muito pessoal, não precisa responder.

Buck abriu as mãos com as palmas para cima, indicando que não haveria problema.

— Ontem à noite você quis saber quais eram as minhas conclusões a respeito do Messias, e eu pedi que aguardasse até o mundo inteiro tomar conhecimento. Agora permita-me fazer a mesma pergunta a você.

"Glória a Deus", pensou Buck.

— Quanto tempo ainda temos?

— Cerca de 20 minutos. Se a resposta for muito longa, poderemos continuar a conversa no carro, a caminho do estúdio. Talvez até no camarim de maquiagem.

O rabino achou graça no que disse, mas Buck já estava formulando sua história.

— O senhor já sabe que estive num *kibutz* quando os russos atacaram Israel, não sabe?.

Ben-Judá assentiu.

— Foi nesse dia que você deixou de ser agnóstico.

— Correto. Bem, eu estava dentro de um avião, a caminho de Londres, no dia dos desaparecimentos.

— Não me diga!

Buck prosseguiu contando a história de sua jornada espiritual. Só terminou quando o rabino saiu da sala de maquiagem e sentou-se nervosamente nos bastidores.

— Falei muito? — perguntou Buck. — Entendo que seria exigir demais o senhor prestar atenção ou fingir prestar atenção quando deveria estar concentrado em sua apresentação.

— Não, Buck — disse o rabino com a voz embargada pela emoção. — Eu costumo fazer isso à noite, enquanto descanso. Se eu tentasse forçar a concentração na última hora, poria tudo a perder.

"Só isso?", pensou Buck. "Nenhuma resposta? Nenhum agradecimento? Nenhuma palavra mais áspera?"

Finalmente, após um longo silêncio, Tsion voltou a falar.

— Agradeço do fundo do meu coração o que você me contou.

Uma jovem com um estojo de pilhas preso à cintura, fones de ouvido e microfone aproximou-se.

— Dr. Ben-Judá — disse ela. — O estúdio já está pronto para a checagem de som. Estaremos no ar em 90 segundos.

— Estou pronto. — Ben-Judá não saiu do lugar.

A jovem hesitou, sem saber o que fazer, e saiu do recinto. Aparentemente não estava acostumada com esse tipo de atitude. Em geral os convidados a acompanhavam nervosamente até o estúdio.

Tsion Ben-Judá levantou-se com a pasta debaixo do braço, abriu a porta e ficou segurando a maçaneta com a outra mão.

— Agora, Buck Williams, gostaria que você me fizesse um favor enquanto aguarda aqui.

— Claro.

— Sendo um homem de oração, você poderia orar para que Deus coloque as palavras certas em minha boca?

Buck fez um gesto de incentivo com a mão fechada para seu novo amigo e moveu a cabeça afirmativamente.

***

— Quer assumir o comando? — perguntou Rayford ao seu copiloto. — Eu gostaria de assistir a esse programa especial da CNN.

— Positivo. Você está falando daquele programa de um rabino?

— Isso mesmo.

O copiloto moveu a cabeça expressando desinteresse.

— Isso me faria pegar no sono imediatamente.

Rayford saiu do comando e ficou chateado ao descobrir que a TV da cabine principal não estava ligada. Seguiu, então, para a parte traseira do avião, onde alguns dignitários e a imprensa estavam reunidos ao redor de outra televisão. Mas, antes de atravessar a sala de reuniões do secretário-geral, Carpathia notou sua presença.

— Comandante Steele! Por favor! Fique conosco alguns minutos!

— Obrigado, senhor, mas eu gostaria de ver o...

— O programa do Messias, sim, claro! Liguem a TV! — Alguém ligou o aparelho e o sintonizou na CNN.

— Vocês sabem — anunciou Carpathia em voz alta para todos poderem ouvir — que o nosso comandante acredita que Jesus foi o Messias?

— Francamente! — disse Chaim Rosenzweig. — Como um judeu não religioso que sou, penso que Nicolae está cumprindo muito mais as profecias do que Jesus.

Rayford fez uma expressão de desagrado.

"Que blasfêmia!", pensou ele. Rayford sabia que Buck gostava de Rosenzweig e o admirava, mas que maneira de falar!

— Sem querer ofendê-lo, senhor, duvido que os judeus, em sua maioria, acreditem em um Messias... mesmo os que acham que ele ainda está por vir... que não tenha nascido na Terra Santa.

— Ah, bem, vocês estão vendo? — disse Rosenzweig. — Não sou um estudioso do assunto. No entanto este homem aqui — prosseguiu ele, apontando para a tela da TV no momento em que Tsion Ben-Judá estava sendo apresentado — é um erudito em assuntos religiosos. Após três anos de intensas pesquisas, ele deve ser capaz de descrever as qualificações do Messias.

"Aposto que sim", pensou Rayford de pé num canto da sala e encostado na parede para não impedir a passagem de outras pessoas.

Carpathia tirou o paletó, e uma comissária de bordo imediatamente o pendurou. Ele afrouxou o nó da gravata, enrolou as mangas da camisa e sentou-se diante da TV, segurando um copo de água mineral com gás com uma rodela de limão. "Evidentemente Carpathia está considerando tudo isso uma boa diversão", pensou Rayford.

A voz de um apresentador que não era mostrado na tela deixou claro que "as ideias e os pontos de vista expressos nesta transmissão não refletiam necessariamente as opiniões da CNN, nem de suas retransmissoras afiliadas."

Rayford achou que o dr. Ben-Judá era um excelente comunicador. Ele olhava diretamente para a câmera e, apesar do sotaque pesado, falava de modo pausado e claro o suficiente para ser facilmente compreendido. Acima de tudo, Rayford notou que ele era um homem entusiasmado e apaixonado pelo assunto ao qual se dedicava. Fisicamente, ele não era bem o que Rayford esperava. Ele tinha imaginado um rabino idoso com longa barba branca, debruçado sobre alguns manuscritos embolorados, analisando-os minuciosamente com uma lupa.

Após uma breve apresentação de si mesmo e da metodologia utilizada por sua equipe no preparo da pesquisa, Ben-Judá começou a sua explanação com uma promessa.

— Cheguei à conclusão de que podemos conhecer, sem sombra de dúvida, a identidade de nosso Messias. A Bíblia apresenta profecias claras, pré-requisitos e prognósticos que apenas uma pessoa da raça humana poderia cumprir. Acompanhem meu raciocínio e vejam se os senhores chegam à mesma conclusão que eu, e assim veremos se o Messias é um ser real, se ele já veio ou se ainda está por vir.

O rabino Ben-Judá contou que ele e sua equipe passaram quase todo o primeiro ano da pesquisa confirmando a veracidade dos estudos do falecido Alfred Edersheim, um professor de línguas e conferencista de Grinfield, sobre a Septuaginta.[11] Edersheim postulou que

[11] Tradução do Antigo Testamento do hebraico para o grego feita em Alexandria em 285 a 246 a.C., que recebe o seu nome por ter sido feita por setenta sábios, segundo a tradição hebraica. [N. do T.]

havia 456 passagens messiânicas nas Escrituras, amparadas por mais de 558 referências procedentes dos mais antigos escritos rabínicos.

— Bem — prosseguia o rabino —, prometo não aborrecer os senhores com estatísticas, mas deixem-me dizer a vocês que muitas daquelas passagens proféticas são repetitivas; e algumas, obscuras. Mas, com base em nosso estudo meticuloso, acreditamos que haja pelo menos 109 profecias separadas e distintas, as quais o Messias deve cumprir. Para isso, é necessário que ele seja um homem fora do comum e leve uma vida inusitada, o que elimina todos os impostores. Obviamente, nesta hora de que disponho não terei tempo para explicar cada uma dessas profecias, mas vou abordar algumas mais óbvias e específicas. Consultamos um matemático e perguntamos a ele qual seria a probabilidade de 20 das 109 profecias serem cumpridas por um único homem. A resposta foi a seguinte: uma em um quatrilhão e 125 trilhões!

Em seguida, Ben-Judá forneceu o que Rayford considerou um exemplo brilhante de como identificar facilmente alguém por meio de apenas algumas características.

— Apesar dos bilhões de pessoas que ainda povoam este planeta, os senhores podem me enviar um cartão postal pelo correio, contendo apenas algumas indicações, e eu serei a única pessoa a recebê-lo. Se enviarem o cartão para Israel, os senhores estarão eliminando todos os outros países do mundo. Se o cartão indicar Jerusalém, as possibilidades serão ainda mais restritas. Os senhores estarão reduzindo as possibilidades a uma pequena fração se o cartão for enviado a uma determinada rua, a um determinado número, a um determinado apartamento. E, se o cartão tiver meu nome completo, serei distinguido no meio de bilhões de pessoas. Creio que as profecias a respeito do Messias fazem o mesmo. Elas eliminam, eliminam, eliminam... até que uma única pessoa seja capaz de cumpri-las.

Dr. Ben-Judá falava de maneira tão envolvente que todos os passageiros do avião pararam de falar, de se mover e até de se mexer nas poltronas. Até Nicolae Carpathia, que bebericava sua água mineral fazendo o gelo tilintar no copo, quase não se movia. Para Rayford, parecia que ele estava constrangido diante da atenção que Ben-Judá conseguia atrair.

Tentando não ser motivo de distração para ninguém, Rayford pediu licença e voltou rapidamente à cabine de comando. Colocou a mão no ombro do copiloto e curvou-se para falar com ele. O copiloto retirou o fone do ouvido esquerdo.

— Quero que esta aeronave aterrisse cinco minutos depois do horário marcado.

— Programamos cerca de dois minutos, comandante, e até agora estamos dentro dos limites.

— Faça os ajustes necessários para que minhas ordens sejam cumpridas.

— Positivo.

Em seguida, o copiloto começou a falar pelo rádio.

— Global Community One chamando a torre de Bagdá.

— Torre de Bagdá, prossiga, *One*.

— Estamos reduzindo a velocidade em alguns nós e programando aterrissar cinco minutos após a hora marcada.

— Positivo, *Global*. Algum problema?

— Negativo. Apenas fazendo um teste com a nova aeronave.

O copiloto olhou de relance para Rayford, querendo saber se estava tudo bem. Rayford fez um sinal de positivo com o polegar e voltou rapidamente para assistir ao programa na televisão.

***

Buck orava sem tirar os olhos da TV. Os funcionários estavam reunidos em volta dos monitores. Não havia a costumeira algazarra nos bastidores. Todos estavam com os olhos fixos na tela. Para acalmar o nervosismo, Buck pegou seu bloco e sua caneta e tentou tomar nota de tudo. Era quase impossível acompanhar o rabino, que discorria sobre as profecias, uma atrás da outra.

— O Messias não se restringe a apenas algumas características de identificação — dizia ele. — Nós, os judeus, estamos aguardando por ele, orando por ele, ansiando por sua vinda há séculos e, mesmo assim, paramos de estudar as várias indicações legítimas contidas em nossas Escrituras. Ignoramos muitas delas e escolhemos outras, a ponto de estarmos agora à procura de um líder político que corrija os erros, traga justiça e prometa a paz.

Chaim Rosenzweig aproximou-se de Carpathia, bateu de leve em suas costas e lançou um sorriso para os presentes. Foi ignorado pela maioria das pessoas ali, mas especialmente por Carpathia.

— Alguns acreditam que o Messias restaurará as construções, deixando-as como eram nos dias gloriosos de Salomão — prosseguia o rabino —, outros, que o Messias tornará todas as coisas novas, anunciando um novo reino, diferente dos que já vimos. As próprias profecias nos dizem o que o Messias fará. Passemos, então, a avaliar algumas delas durante o tempo restante.

* * *

Buck estava tendo um vislumbre do que estava por vir. Ou Jesus era o Messias, o escolhido, o cumprimento da Palavra de Deus, ou ele não estaria à altura do que diziam as profecias. Se um único homem era capaz de cumprir as profecias, esse homem tinha que ser ele. Aparentemente, o rabino utilizaria o Novo Testamento para tentar convencer o seu primeiro e principal público: os judeus. Portanto, as profecias de centenas de anos antes do nascimento de Cristo teriam que ser suficientemente claras para atingirem seu objetivo — se este fosse, verdadeiramente, o caminho que Tsion decidira percorrer.

Ben-Judá estava sentado na extremidade da mesa onde espalhou as centenas de páginas de sua pesquisa. A câmera focalizava, ora de longe, ora de perto, seus traços de expressão.

— A primeira e genuína qualificação do Messias aceita pelos nossos estudiosos desde o início é que ele deveria nascer da semente de uma mulher, e não da semente de um homem, como todos os outros seres humanos. Sabemos agora que as mulheres não possuem "semente". O homem fornece a semente para fertilizar o óvulo da mulher. Portanto, trata-se de um nascimento sobrenatural, conforme predito em Isaías 7:14: "Por isso o Senhor mesmo lhes dará um sinal: a virgem ficará grávida e dará à luz um filho, e o chamará Emanuel". O nosso Messias deve nascer de uma mulher, e não de um homem, porque ele deve ser íntegro. Todos os outros seres humanos nascem da semente de seu pai, e a semente pecaminosa de Adão é passada a eles. O mesmo não acontece com o Messias, pois ele é nascido de uma virgem.

E disse mais:

— O nosso Messias deve pertencer a uma linhagem extremamente rara. E mesmo nascido de uma mulher, ela precisa ser de uma linhagem que inclua muitos dos pais de Israel. O próprio Deus eliminou bilhões de pessoas dessa linhagem seleta para que a identidade do Messias fosse inquestionável. Primeiramente, Deus eliminou dois terços da população mundial ao escolher Abraão, que era da linhagem de Sem, um dos três filhos de Noé. Dos dois filhos de Abraão, Deus escolheu somente Isaque, eliminando metade dos descendentes de Abraão. Um dos dois filhos de Isaque, Jacó, recebeu a bênção, mas a passou somente para um dos seus doze filhos, Judá. Isso eliminou milhões de outros filhos de Israel. O profeta Isaías, posteriormente, separou o rei Davi como outro que cederia sua linhagem para o Messias futuro, profetizando que ele seria uma "raiz de Jessé". O pai de Davi, Jessé, era filho de Judá.

E continuou:

— Segundo o profeta Miqueias, o Messias deve nascer em Belém. — O rabino consultou suas anotações e leu: — "'Mas tu, Belém-Efrata, embora pequena entre os clãs de Judá, de ti virá para mim aquele que será o governante sobre Israel. Suas origens estão no passado distante, em tempos antigos.'" [12]

[12] Miqueias 5:2. [N. do T.]

***

Chaim Rosenzweig andava de um lado para o outro e era o único no avião que não conseguia se acalmar. Rayford percebeu que aquele homem idoso estava sendo ridículo e esperava que ele não ficasse ainda pior. Só que ele não se conteve.

— Nicolae — disse Chaim —, você nasceu em Belém e se mudou para Cluj, não é isso? — e soltou uma gargalhada.

Os outros pediram para que ele ficasse quieto, mas Carpathia finalmente endireitou-se na cadeira, como se acabasse de perceber algo.

— Eu sei onde este homem quer chegar! — disse ele. — Vocês não estão entendendo? Está tão na cara como o próprio nariz dele.

"Eu entendo", pensou Rayford. "E, a esta altura, isso já devia estar claro para outras pessoas, além de Carpathia."

— Ele vai dizer que o Messias é ele próprio! — gritou Carpathia. — Ele provavelmente nasceu em Belém e sabe-se lá a que linhagem pertence. É raro uma pessoa aceitar ser filho ilegítimo, mas talvez sua história seja esta. Esse indivíduo pode dizer que sua mãe nunca esteve com um homem antes de ele nascer e, vejam só, os judeus terão um Messias!

— Ora! — disse Rosenzweig. — Você está falando de um amigo meu a quem prezo muito. Ele jamais falaria tal coisa.

— Preste atenção e veja — disse Carpathia.

Uma comissária de bordo curvou-se e sussurrou no ouvido de Carpathia.

— Temos uma ligação para o senhor.

— Quem é?

— Sua assistente ligando de Nova York.

— Quem?

— A srta. Durham.

— Anote o recado.

Carpathia virou-se para a TV enquanto o Ben-Judá prosseguia.

— Quando criança, o Messias seguirá para o Egito porque, segundo o profeta Oseias,[13] Deus o chamará. Isaías 9:1,2 menciona que ele evangelizará a maior parte do tempo na Galileia. Uma das profecias que nós, judeus, não gostamos e tendemos a ignorar é que o Messias será rejeitado pelo seu próprio povo. Isaías profetizou: "Foi desprezado e rejeitado pelos homens, um homem de dores e experimentado no sofrimento. Como alguém de quem os homens escondem o rosto, foi desprezado, e nós não o tínhamos em estima."[14]

O rabino olhou para o seu relógio.

— Meu tempo está acabando — explicou ele —, portanto, desejo abordar rapidamente mais algumas profecias e contar a vocês a que conclusão cheguei. Isaías e Malaquias predisseram que ele seria precedido por um mensageiro. O salmista disse que ele seria traído por um amigo. Zacarias afirmou que ele seria traído por trinta moedas de prata e complementou dizendo que o povo veria aquele a quem eles perfuraram. O salmista profetizou que eles "me encaram com desprezo. Dividiram as minhas roupas entre si e lançaram sortes pelas minhas vestes".[15] E posteriormente concluiu que "ele protege todos os seus ossos; nenhum deles será quebrado".[16] Isaías disse que "Foi-lhe dado um túmulo com os ímpios e com os ricos em sua morte, embora não tivesse cometido nenhuma violência nem houvesse nenhuma mentira em sua boca".[17] Os Salmos dizem que ele ressuscitaria.

Dr. Ben-Judá queria dizer, mas precisava se ater ao tempo que lhe restava.

— Se eu tivesse mais tempo, poderia falar de outras dezenas de profecias das Escrituras hebraicas que indicam as qualificações do

[13] Oseias 11:1. [N. do T.]

[14] Isaías 53:3. [N. do T.]

[15] Salmo 22:17,18. [N. do T.]

[16] Salmo 34.:20. [N. do T.]

[17] Isaías 53.:9. [N. do T.]

Messias. No fim deste programa, deixarei um número de telefone para que os senhores possam solicitar o material impresso deste nosso estudo. Com ele, creio que ficarão plenamente convencidos de que apenas uma única pessoa poderia ter a qualificação para ser o Ungido de Jeová.

Então, finalizou:

— Permitam-me encerrar dizendo que esses três anos de pesquisas sobre os escritos sagrados de Moisés e dos profetas foram os mais gratificantes de minha vida. Recorri a livros históricos e a outros textos sagrados, inclusive ao Novo Testamento dos gentios, vasculhando cada registro para saber se alguém chegou a preencher todos os requisitos messiânicos. Será que houve alguém nascido de uma virgem em Belém, descendente do rei Davi e vindo da linhagem de Abraão, levado para o Egito, chamado de volta para evangelizar na Galileia, precedido de um mensageiro, rejeitado pelo próprio povo de Deus, traído por trinta moedas de prata, perfurado sem que nenhum osso fosse quebrado, enterrado com o rico e que tenha ressuscitado? De acordo com Daniel, o maior de todos os profetas hebreus, decorreriam exatamente 483 anos entre o decreto para a reconstrução do muro e da cidade de Jerusalém em "tempos difíceis" antes que o Messias removesse os pecados do povo.

Ben-Judá olhava diretamente para a câmera.

— Exatamente 483 anos após a reconstrução de Jerusalém e de seus muros, Jesus Cristo de Nazaré se ofereceu à nação de Israel. Para regozijo do povo, ele entrou na cidade montado num jumentinho, como o profeta Zacarias havia predito: "Alegre-se muito, cidade de Sião! Exulte, Jerusalém! Eis que o seu rei vem a você, justo e vitorioso, humilde e montado num jumento, um *jumentinho*, cria de *jumenta*."[18]

* * *

[18] Zacarias 9:9. [N. do T.]

Buck levantou-se rapidamente do sofá nos bastidores e ficou de pé olhando para o monitor. Havia outras pessoas reunidas ali, mas ele não se conteve e gritou:

— Sim! Prossiga, Tsion! Amém!

Buck ouviu os telefones tocando lá embaixo no saguão antes mesmo de o rabino informar o número.

— Jesus Cristo é o Messias! — concluiu o rabino. — Não pode haver outra opção. Cheguei a esta resposta, mas tive receio de me posicionar, e quase perdi a oportunidade. Jesus veio para arrebatar sua igreja, para levar seus escolhidos ao céu, conforme ele disse que faria. Eu não estava entre eles porque vacilei. Mas, desde então, eu o aceitei como meu Salvador. Ele vai voltar dentro de sete anos! Estejam preparados!

Repentinamente o estúdio da TV começou a fervilhar. Rabinos ortodoxos telefonavam, israelenses irados esmurravam as portas e os técnicos do estúdio aguardavam um sinal para tirar o programa do ar.

— Este é o número do telefone para os senhores obterem mais informações! — disse o rabino. — Se eles não mostrarem o número na tela, vou repeti-lo para os senhores! — E foi o que ele fez, enquanto os diretores gesticulavam para os operadores de câmera interromperem a transmissão.

— *Yeshua ben Yosef*; Jesus, filho de José, é *Yeshua Hamashiac*! — gritou o rabino rapidamente. — Jesus é o Messias! — E a imagem sumiu da tela.

Ben-Judá recolheu suas anotações e procurou freneticamente por Buck.

— Estou aqui, irmão! — disse Buck, entrando correndo no estúdio. — Onde está o carro?

— Escondido lá nos fundos, e até agora meu motorista não sabe por quê!

Os executivos invadiram o estúdio.

— Espere! As pessoas precisam falar com o senhor!

O rabino hesitou, olhando para Buck.

— E se estiverem em busca de Cristo?

— Elas poderão ligar! — disse Buck. — Agora vou tirar o senhor daqui.

Os dois atravessaram a porta dos fundos correndo e deram de cara com o funcionário do estacionamento. Nenhum sinal do Mercedes. De repente, do outro lado da rua, o motorista pulou para fora do carro, acenando e gritando. Buck e Tsion correram em sua direção.

* * *

— O final foi desanimador — concluiu Carpathia. — Eu preferia que o rabino tivesse dito que *ele* era o Messias. Não ouvi nenhuma novidade. Muita gente acredita nesse mito. A única coisa que ocorreu foi a conversão de um rabino importante. Grande coisa!

"Grande coisa, sim!", pensou Rayford, caminhando em direção à cabine de comando para assumir a aterrissagem do avião.

* * *

Buck sentia-se pouco à vontade na pequena casa de Tsion Ben-Judá. A esposa dele abraçou Buck, chorando, e depois sentou-se em outra sala com as crianças, soluçando alto.

— Eu apoio você, Tsion — gritou ela —, mas nossa vida está arruinada!

Tsion atendeu o telefone e fez um sinal a Buck para que ele pegasse a extensão no outro cômodo. A sra. Ben-Judá tentava se acalmar enquanto Buck ouvia a conversa.

— Sim, sou eu, o rabino Ben-Judá.

— Aqui fala Eli. Conversei com você ontem à noite.

— Ah, sim! Como você conseguiu o meu número?

— Eu liguei para o telefone que o senhor falou no programa e a aluna que atendeu informou o número da sua residência. Acabei conseguindo convencê-la de quem eu era.

— Agradeço a sua ligação.

— Quero me alegrar com o senhor, rabino Tsion, meu irmão em Jesus Cristo. Muitas pessoas o aceitaram depois de ouvir nossa pregação aqui em Jerusalém. Organizamos uma reunião de novos cristãos no Estádio Teddy Kollek. O senhor não gostaria de comparecer e fazer uso da palavra?

— Sinceramente, irmão Eli, temo por minha segurança e a de minha família.

— Não tenha medo. Moishe e eu deixaremos claro que qualquer pessoa que o ameaçar acertará as contas conosco. E acho que não deixamos dúvidas quanto ao que pode acontecer.

CAPÍTULO 18

Dezoito meses depois

Fazia muito frio em Chicago. Rayford Steele pegou um casaco pesado de seu guarda-roupa. Ele detestava ter de carregá-lo pelo aeroporto, mas precisava dele para ir de casa até o carro e do carro até o terminal. Havia meses que ele não se olhava no espelho enquanto se vestia para trabalhar. Rayford costumava colocar na mala seu uniforme de comandante do Global Community One, com seus belos galões e botões dourados, que se destacavam sobre o tecido azul-marinho. Na verdade, o uniforme seria elegante, ligeiramente formal e pomposo, se não fizesse Rayford se lembrar de que ele estava trabalhando para o próprio Diabo.

O cansaço por morar em Chicago e precisar assumir o voo em Nova York era visível em seu rosto.

— Estou preocupada com você, papai — disse Chloe mais de uma vez. Ela chegou a se oferecer para morar com o pai em Nova York, principalmente após a transferência de Buck para lá alguns meses antes. Rayford sabia que Chloe e Buck sentiam muita falta um do outro, mas tinha seus próprios motivos para prolongar ao máximo sua permanência em Chicago. Um dos motivos mais prementes era Amanda White.

— Eu acabarei me casando antes de você se Buck não se apressar. Ele já pegou na sua mão?

Chloe corou.

— Por que você quer saber? Isso tudo é novidade para ele, papai. Ele nunca se apaixonou antes.

— E você já?

— Eu achava que sim, até conhecer Buck. Temos conversado sobre o futuro e muitas outras coisas. Só que ele ainda não me pediu em casamento.

Rayford colocou o quepe e ficou de pé diante do espelho com o casaco jogado sobre o ombro. Fez uma careta, suspirou e balançou a cabeça negativamente.

— Em duas semanas nós não estaremos mais nesta casa — disse ele. — Então ou você virá comigo para a Nova Babilônia ou viverá por conta própria. Buck bem que podia facilitar nossa vida e ser um pouco mais decidido.

— Não vou pressioná-lo, papai. O fato de vivermos longe um do outro tem sido um bom teste. E detesto a ideia de deixar Bruce sozinho na Igreja Nova Esperança.

— Bruce não tem tido tempo para isso. A igreja está cada vez mais cheia e o abrigo subterrâneo logo deixará de ser segredo. Ele precisará ser até maior do que o templo.

Bruce Barnes também estava viajando muito. Ele havia organizado um programa de igrejas nas casas, pequenos grupos que se reuniam em todos os bairros e por todo o país, antes que tais reuniões fossem declaradas ilegais, o que não demoraria muito. Ele viajava pelo mundo todo, multiplicando seu ministério. Começou em Israel e viu o trabalho das duas testemunhas e do rabino Tsion Ben-Judá se expandir a ponto de lotar os maiores estádios do mundo.

Os 144 mil evangelistas judeus tinham representantes em todos os países, geralmente infiltrados em faculdades e universidades. Milhões e milhões haviam se convertido, mas assim como a fé cresceu também aumentou o índice de criminalidade e violência.

Já havia uma pressão dos dirigentes da Comunidade Global americana em Washington para transformar todas as igrejas em ramificações oficiais daquilo que agora se chamava Fé Mundial Unificada

do Mistério de Babilônia. A religião mundial era dirigida pelo novo papa Pedro, o antigo Peter Mathews, dos Estados Unidos, que tinha introduzido um sistema que ele chamava de "uma nova era de tolerância e unidade" entre as principais religiões. Os maiores inimigos do Mistério de Babilônia, que havia se apossado do Vaticano e de suas instalações, eram os milhões de pessoas que acreditavam em Jesus como o único caminho até Deus. Em uma bula oficial do Mistério de Babilônia, o supremo pontífice escreveu:

> Declarar arbitrariamente que a Bíblia judaica e protestante, a qual contém apenas o Antigo e o Novo Testamentos, é a única regra de fé e prática representa o ponto mais alto da intolerância e da desunião. Isso é um insulto a tudo o que temos realizado, e os seguidores dessa falsa doutrina serão considerados hereges.

Nesta mesma categoria foram inclusos os judeus ortodoxos e os cristãos recém-convertidos. Pedro enfrentou problemas tanto com o templo recém-construído e com a volta do sistema de sacrifícios quanto com os milhões e milhões de convertidos a Cristo. E, ironicamente, o supremo pontífice também tinha companheiros estranhos que se opunham ao Novo Templo. Eli e Moishe, as duas testemunhas que agora eram conhecidas mundialmente e a quem ninguém ousava contrariar, geralmente falavam contra o Templo. Sua lógica, porém, era uma afronta ao Mistério de Babilônia.

— Israel reconstruiu o templo para apressar a volta do Messias do povo judeu — diziam eles — sem se dar conta de que o templo foi destruído pelo verdadeiro Messias, que já veio! Israel construiu o templo da rejeição! Não causa espanto que um número tão pequeno dos 144 mil evangelistas judeus venha de Israel! Israel continua, em sua maior parte, um povo incrédulo e, em breve, sofrerá por causa disso!

As testemunhas ficaram furiosas no dia em que o templo foi consagrado e apresentado ao mundo. Centenas de milhares de pessoas começaram a vir para Jerusalém a fim de conhecê-lo; quase o mes-

mo número de pessoas iniciou peregrinações rumo à Nova Babilônia para visitar a nova e exuberante sede da Comunidade Global que Nicolae Carpathia projetou.

Eli e Moishe provocaram indignação em muita gente, inclusive em Carpathia, no dia de comemoração da reabertura do templo. Pela primeira vez eles não pregaram no Muro das Lamentações, nem em um estádio gigantesco. Eles aguardaram até o local estar cheio. Milhares de pessoas, que não conseguiram entrar, permaneceram de pé, lado a lado, no Monte do Templo. Moishe e Eli abriram o caminho à força para chegar à Porta de Ouro, provocando temor na multidão, e foram ridicularizados, vaiados e achincalhados, mas ninguém se atreveu a se aproximar deles e, muito menos, a tentar agredi-los.

Nicolae Carpathia ficou ao lado dos dignitários naquele dia. Ele insultou os intrusos, mas Eli e Moishe o obrigaram a se calar. Sem a ajuda de microfones, as duas testemunhas gritaram bem alto no pátio do templo, para que todos pudessem ouvir:

— Nicolae! Um dia você mesmo vai contaminar e profanar este templo!

— Que absurdo! — respondeu Carpathia. — Será que não existe uma autoridade militar em Israel com poderes para calar esses dois?

O primeiro-ministro israelense, que agora era subordinado ao embaixador da Comunidade Global para os Estados Unidos da Ásia, foi pego de surpresa diante de um microfone.

— Senhor, nós fomos transformados em uma sociedade desarmada graças aos seus próprios esforços.

— Esses dois homens também estão desarmados! — esbravejou Carpathia. —Contenham-nos!

Mas Eli e Moishe continuaram a gritar.

— Deus não habita em templos construídos por mãos humanas! O corpo dos cristãos é o templo do Espírito Santo!

Carpathia, que havia visitado Israel apenas para dar apoio a seus amigos e homenageá-los pelo novo templo, perguntou à multidão:

— Vocês querem ouvir a mim ou a esses dois?

A multidão respondeu aos gritos:

— Queremos ouvir ao senhor, soberano! Ao senhor!

— Não existe outro soberano, a não ser o próprio Deus! — exclamou Eli.

E Moishe complementou:

— Seus sacrifícios de sangue se transformarão em água, e a água que vocês recolherem se transformará em sangue.

Naquele dia, Buck esteve lá como editor do renomado *Semanário Comunidade Global*, o novo nome do *Semanário Global*. Ele recusou o pedido de Carpathia para publicar um editorial sobre as duas testemunhas, às quais Nicolae chamava de intrusos, e convenceu o soberano da Comunidade Global de que a imprensa toda daria cobertura aos fatos da atualidade. O sangue derramado de uma novilha sacrificada transformou-se em água. E a água recolhida em outra cerimônia transformou-se em sangue dentro do balde. Os israelenses culpavam as duas testemunhas de denegrirem suas celebrações.

Buck detestava o dinheiro que estava ganhando. Nem mesmo um salário tão alto como aquele teve o poder de facilitar sua vida. Tinha sido forçado a se mudar novamente para Nova York. Muitos dos antigos funcionários do *Semanário Global* haviam sido demitidos, inclusive Stanton Bailey, Marge Potter e até Jim Borland. Steve Plank agora era o editor do *Global Community East Coast Daily Times*, um jornal formado pela fusão do *New York Times*, do *Washington Post* e do *Boston Globe*. Apesar de Steve não admitir, Buck acreditava que o brilho do relacionamento entre Steve e o soberano já havia se apagado.

Se havia um fator positivo na nova posição ocupada por Buck era que agora ele tinha condições de se isolar da terrível onda de criminalidade que havia batido todos os recordes na América do Norte. Carpathia usou isso para desviar a atenção pública e influenciar o povo a aceitar a ideia de que o embaixador norte-americano para a Comunidade Global deveria derrubar o atual presidente. Gerald Fitzhugh e seu vice-presidente ocupavam agora o antigo edifício do

Poder Executivo em Washington, incumbidos de fazer cumprir nos Estados Unidos o plano do soberano Carpathia para o desarmamento mundial.

O único ato de resistência de Buck a Carpathia era ignorar os boatos sobre Fitzhugh ter se unido ao exército para tramar uma oposição ao regime da Comunidade Global utilizando força bruta. Buck era inteiramente a favor disso e havia estudado secretamente a possibilidade de criar um *site* que combatesse a Comunidade Global na internet. Ele levaria a ideia adiante tão logo encontrasse uma forma de criar o *site* sem que rastreassem seu apartamento de cobertura na Quinta Avenida.

Buck, ao menos, tinha conseguido convencer o soberano Carpathia de que sua mudança para a Nova Babilônia seria um erro. Afinal de contas, Nova York ainda era a capital do mundo editorial. Contudo estava sofrendo porque o pai de Chloe não teve a mesma sorte e havia sido forçado a se mudar para lá. A nova cidade era suntuosa, mas o clima do Iraque era insuportável, salvo se a pessoa não saísse de casa durante as 24 horas do dia. A despeito da popularidade incomparável de Carpathia e de sua ênfase ao novo governo e à nova religião mundiais, o Oriente Médio ainda não havia se livrado de grande parte de sua antiga cultura, e uma mulher ocidental se sentiria completamente deslocada naquela região do mundo.

Buck ficou surpreso ao ver a afinidade que existia entre Rayford e Amanda. Isso havia eliminado a pressão sobre ele e Chloe, sobre o futuro de ambos, que se preocupavam por ter de deixar Rayford sozinho, caso resolvessem se casar. Mas será que Rayford achava que uma mulher norte-americana poderia viver na Nova Babilônia? E por quanto tempo eles morariam lá antes que o soberano começasse a desferir seus ataques contra os cristãos? De acordo com Bruce Barnes, os dias de perseguição estavam próximos.

Buck sentia muito mais falta de Bruce do que podia imaginar. Tentou vê-lo todas as vezes que esteve em Chicago para se encontrar com Chloe. Quando Bruce viajava para Nova York ou se ambos estavam por acaso na mesma cidade do exterior, Bruce arrumava tempo para uma sessão particular de estudos. Ele estava, rapidamente, tornando-se um dos principais estudiosos das profecias entre os novos convertidos. Bruce dizia que o ano ou o ano e meio de paz que viviam estava prestes a terminar. Tão logo os próximos três cavaleiros do Apocalipse aparecessem, os outros 17 juízos aconteceriam em rápida sucessão, o que levaria à gloriosa manifestação de Cristo sete anos após a assinatura do tratado entre Israel e o anticristo. Bruce se tornou famoso, até mesmo popular. Mas um grande número de cristãos estava se cansando das suas advertências sinistras.

* * *

Rayford iria se ausentar da cidade até a véspera do dia em que ele, Chloe e os compradores fechassem o negócio da venda da casa. Ele se divertia com a ideia que os compradores tiveram de hipotecá-la por trinta anos. Alguém sairia perdendo naquela negociação. Após sua partida, Chloe ficou encarregada de vender os objetos supérfluos, armazenar os móveis e providenciar uma empresa de mudanças para levar seus pertences a um apartamento na mesma cidade e os pertences do pai até o longínquo Iraque.

Nos dois últimos meses, Amanda sempre levava Rayford de carro até O'Hare para essas longas viagens, mas, por ter assumido um novo cargo, ela não poderia mais fazer isso. Naquele dia, Chloe levaria Rayford até o novo escritório de Amanda, onde ela era a chefe de compras de uma loja de confecções. Depois que ambos se despedissem, Chloe conduziria Rayford até o aeroporto e traria o carro de volta para casa.

— E, então, como vão as coisas entre vocês? — perguntou Chloe no carro.

— Estamos perto.

— Sei que vocês estão perto. Está óbvio para todo mundo. Mas perto do quê? Esta é a questão.

— Perto — ele respondeu.

***

No trajeto até o aeroporto, os pensamentos de Rayford se voltaram para Amanda. A princípio, nem ele, nem Chloe sabiam como agir com ela. Amanda, uma mulher alta e bonita, dois anos mais velha que Rayford, usava cabelos com mechas mais claras e se vestia de modo impecável. Uma semana após Rayford ter retornado de sua primeira viagem ao Oriente Médio como piloto do Global Community One, Bruce apresentou Amanda à família Steele após um culto matinal de domingo. Rayford estava cansado e nada feliz com sua decisão de sair da Pancontinental e aceitar ser empregado de Nicolae Carpathia, por isso não sentia nenhuma disposição de conversar.

A sra. White, por sua vez, parecia não ver Rayford e Chloe como pessoas reais. Para ela, os dois não passavam de nomes relacionados a uma antiga conhecida, Irene Steele, que lhe causou uma impressão muito marcante. Naquele domingo, Amanda insistiu em levá-los para almoçar e fez questão de pagar a conta. Rayford não estava muito disposto a conversar, mas ela não fez caso disso, pois tinha muita coisa para contar.

— Eu tinha vontade de conhecê-lo, comandante Steele, porque...

— Rayford, por favor.

— Bem, se *comandante* for um tratamento muito formal, por enquanto vou chamá-lo de sr. Steele. Rayford soa muito familiar para mim, embora Irene se referisse assim ao senhor. Ela era uma mulher encantadora, afável, dedicada e muito apaixonada pelo marido. Ela foi a responsável por eu ter me aproximado de Cristo antes do arrebatamento e foi também por causa dela — e dos desaparecimentos, é claro — que, finalmente, o aceitei como meu Salvador. Depois, esqueci completamente o nome dela, e não vi mais nenhuma das outras senhoras que frequentavam o estudo bíblico. Isso fez com que eu me sentisse solitária. Eu também perdi a minha família, e tenho certeza de que Bruce falou a vocês sobre isso. E, como vocês podem imaginar, a minha vida não tem sido fácil desde então. Bruce tem sido um presente de Deus. Será que vocês aprenderam com ele tanto quanto eu? Imagino que sim. Vocês têm participado de encontros com ele há algumas semanas...

Amanda, a partir de certo momento, passou a falar com mais tranquilidade e a contar a história da perda de sua família.

— Durante toda a nossa vida, nós frequentamos uma igreja apática. Um dia, meu marido foi convidado a visitar a igreja de um amigo. Ele voltou para casa e insistiu que fôssemos conhecer pelo menos os cultos de domingo. Não me importo em contar que senti certo desconforto ali. Eles falavam o tempo todo a respeito da salvação. Bem, eu não dei importância ao assunto e fui a única que não foi salva na minha família. Para ser franca, para mim aquilo tudo parecia coisa de gente pobre. Eu não sabia que era tão orgulhosa. As pessoas que não conhecem a Deus nunca se dão conta disso, não é mesmo? Eu fingia gostar de frequentar a igreja com minha família, mas não convencia ninguém. Eles continuaram a me incentivar a participar do estudo bíblico do grupo de mulheres e, finalmente, concordei. Eu tinha certeza de que encontraria senhoras de meia-idade, mal vestidas, dizendo-se pecadoras que foram salvas pela graça de Deus.

De algum modo, Amanda White conseguiu terminar sua refeição enquanto falava. Mas, ao chegar nesta parte da história, seu semblante se fechou e ela pediu licença para se ausentar por alguns minutos. Chloe olhou para o lado.

— Papai! — disse ela. — De que planeta você acha que ela veio?

Rayford deu uma risadinha.

— Quero muito ouvir as impressões dela sobre sua mãe — disse ele. — Ela, com certeza, fala como uma pessoa "salva", não é mesmo?

— Sim, mas ela não se parece nada com gente pobre.

Amanda retornou e desculpou-se dizendo que "estava determinada a desabafar". Rayford deu um sorriso de incentivo para ela enquanto Chloe fazia caretas atrás de Amanda, tentando brincar com o pai.

— Não vou mais importunar vocês com a minha história — disse ela. — Sou uma executiva e não gosto de me intrometer na vida dos outros. Eu só queria passar alguns momentos com vocês para falar sobre o que a sra. Steele representou em minha vida. Conversei apenas uma vez com ela, muito rapidamente, após uma reunião. Fiquei satisfeita por ter tido a oportunidade de contar a ela a boa impressão que me causou. Se vocês estiverem interessados, poderei falar sobre isso. Mas, se acham que já falei demais, digam-me também, e eu os deixarei partir sabendo que a Sra. Steele foi uma mulher maravilhosa.

Rayford, na verdade, chegou a pensar em dizer que eles tinham tido uma semana exaustiva e precisavam voltar para casa, mas jamais seria grosseiro a este ponto. Nem mesmo Chloe concordaria com uma atitude dessas, portanto, respondeu:

— Ah, sem dúvida gostaríamos muito de ouvir. — E complementou: — A verdade é que adoro falar sobre Irene.

— Pois bem, não sei como pude me esquecer do nome dela porque ela me causou uma forte impressão, inicialmente. Além de nome soar como *ferro* e *aço,* eu me recordo que ela tinha cerca de 40 anos, é isso?

Rayford assentiu.

— Seja lá como for, eu tirei uma manhã de folga e fui até a casa onde as senhoras da igreja estavam se reunindo naquela semana. Todas me pareceram normais e foram maravilhosas comigo. A sua esposa chamou minha atenção imediatamente. Ela era uma pessoa radiante. Sorria e conversava com todo mundo. Cumprimentou-me e perguntou quem eu era. Durante o estudo bíblico, a oração e as discussões em grupo, ela me causou muito boa impressão. O que mais posso dizer?

"Muita coisa", pensou Rayford, mas ele não queria fazer muitas perguntas àquela mulher. Qual seria o motivo desta impressão tão positiva? Ele gostou quando Chloe também entrou na conversa.

— Fico contente por ouvir isso, sra. White, porque só passei a enxergar minha mãe assim depois que saí de casa. Eu achava que ela era muito religiosa, muito austera, muito rigorosa. Só depois que nos distanciamos é que me dei conta do quanto eu a amava. Ela se preocupava muito comigo.

— Bem — disse Amanda —, a história dela me comoveu, mas o que mais me impressionou foi seu modo de ser, o seu semblante. Não sei se vocês sabiam, mas ela nem sempre foi cristã. A história dela era igual à minha. Ela disse que sua família frequentou a igreja durante anos, mas de maneira superficial. Só quando ela veio para a Igreja Nova Esperança foi que, de fato, encontrou a Cristo. Ela tinha uma paz, bondade e serenidade que eu jamais tinha visto em outra pessoa. Demonstrava segurança, sem deixar de ser humilde. Era bem falante, sem ser agressiva ou presunçosa. Gostei dela imediatamente. Irene se emocionou ao falar de sua família, e disse que o marido e a filha estavam em primeiro lugar em sua lista de orações. Ela amava muito vocês. Confessou que seu maior medo era que vocês não fossem para o céu junto dela e de seu filho. Não me recordo o nome dele.

— Rayford Júnior — disse Chloe. — Ela o chamava de Raymie.

— No fim da reunião, eu a procurei e disse a ela que minha família era o oposto. Todos eles estavam preocupados por irem para o céu sem mim. Ela, então, me ensinou como aceitar a Cristo. Eu lhe disse que não estava preparada. Irene me advertiu para não adiar minha decisão e disse que oraria por mim. Naquela noite minha família desapareceu enquanto estávamos dormindo. Quase todas as pessoas de nossa nova igreja desapareceram, inclusive todas as senhoras do estudo bíblico. Finalmente localizei Bruce e perguntei se ele conhecia Irene Steele.

Rayford e Chloe voltaram para casa decepcionados e um pouco envergonhados de si mesmos.

— Foi bom — disse Rayford. — Estou satisfeito por termos passado esse momento juntos.

— Eu só não deveria ter agido de modo tão deselegante — disse Chloe. — Apesar de ter conversado muito pouco com a mamãe, aquela mulher parecia conhecê-la muito bem.

Depois daquele dia, ao longo de quase um ano Rayford só se encontrava com Amanda White aos domingos e, de vez em quando, numa reunião no meio da semana, na qual participavam várias pessoas, além das quatro que compunham o círculo fechado de estudos bíblicos. Ela era sempre cordial e meiga, porém o que mais impressionava Rayford era sua humildade. Amanda orava incessantemente pelas pessoas e trabalhava na igreja o tempo todo. Estudava, aprendia e conversava com todos sobre sua posição em relação a Deus. Enquanto Rayford a observava de longe, ela passou a chamar cada vez mais sua atenção. Num domingo, ele disse a Chloe:

— Nunca retribuímos o convite de Amanda White para almoçar conosco.

— Você quer convidá-la para vir até a nossa casa? — perguntou Chloe.

— Gostaria de convidá-la para sair.

— Como é que é?

— Ah, você ouviu o que eu disse.

— Papai! Você está falando em marcar um encontro?

— Um encontro de casais. Junto com você e Buck.

Chloe riu e depois se desculpou.

— Não tem nada de engraçado, eu apenas fiquei surpresa.

— Não fique criando caso com isso — disse ele. — Eu só gostaria de convidá-la.

— Eu acho que você é que não deveria criar caso com isso.

***

Buck ficou surpreso quando Chloe contou a ele que seu pai queria marcar um encontro duplo: com Amanda White e eles dois.

— Eu gostaria de saber quando foi que ele teve essa ideia.

— De marcar um encontro? — perguntou Chloe.

— De marcar um encontro com Amanda White.

— Você percebeu alguma coisa? Por que nunca me disse nada?

— Eu não quis correr o risco de você plantar na cabeça de seu pai uma ideia que não tivesse partido dele.

— Isso raramente acontece.

— De qualquer forma, acho que será bom para os dois — disse Buck. — Ele precisa de uma companheira que tenha a idade dele e, se algo acontecer depois, melhor ainda.

— Por quê?

— Porque ele não vai querer ficar sozinho se decidirmos levar a sério o nosso relacionamento.

— Parece que já decidimos — disse Chloe, segurando a mão de Buck.

— Eu só não sei quando vai ser e em que lugar, depois de tudo o que está acontecendo.

Buck esperava que Chloe lhe desse uma pista demonstrando que estava disposta a acompanhá-lo a qualquer lugar e preparada para o casamento ou que precisava de um pouco mais de tempo. No entanto, o tempo estava se esgotando para eles.

* * *

— Estarei pronta quando ele estiver — disse Chloe a Rayford. — Mas não vou dizer nem uma palavra.

— Por que não? — perguntou Rayford. — Os homens precisam que as mulheres deem algum sinal.

— Ele já recebeu todos os sinais de que precisa.

— Então, a essa altura, você já pegou na mão dele?

— Papai!

— Aposto que deu um beijo nele.

— Sem comentários.

— Para mim isso significa um *sim*.

— Como eu disse, ele já recebeu todos os sinais de que precisa.

***

Na verdade, Buck jamais se esqueceria da primeira vez em que beijou Chloe. Aconteceu na noite em que ele viajou para Nova York de carro, cerca de um ano antes. Carpathia adquiriu o *Semanário* e todos os demais meios de comunicação importantes, e Buck tinha um número cada vez mais reduzido de opções em sua carreira. Ele poderia tentar escrever clandestinamente via *internet,* mas continuaria precisando ganhar dinheiro para sobreviver. Bruce, que passava cada vez menos tempo na igreja em razão de seu trabalho de evangelização pelo mundo inteiro, havia incentivado Buck a permanecer no *Semanário Global,* mesmo depois de o nome ter mudado para para *Semanário Comunidade Global.*

— Do jeito que as coisas andam, eu preferiria ter trocado a palavra *Semanário* por *Cemitério* — retrucou Buck.

Buck se resignou a fazer o melhor que podia para o reino de Deus, da mesma forma que o pai de Chloe. Contudo, ele ainda escondia o fato de ser cristão. Sua liberdade de ação e de expressar opiniões cairia por terra se a verdade fosse conhecida por Carpathia.

Naquela última noite em Chicago, Buck e Chloe estavam no apartamento dele encaixotando seus objetos pessoais. O plano era partir de carro às nove horas daquela mesma noite e seguir direto para Nova York, numa viagem sem paradas. Enquanto trabalhavam, falaram do quanto detestavam viver afastados e da saudade que sentiam e combinaram como fariam para manter contato.

— Eu gostaria que você viesse comigo — disse Buck num determinado momento.

— Ah, isso seria o mais adequado — disse ela.

— Algum dia — disse ele.

— Algum dia quando?

Só que Buck não mordeu a isca. Ele carregou uma caixa até o carro e voltou, passando por Chloe enquanto ela fechava outra caixa com fita adesiva. Lágrimas corriam por seu rosto.

— O que houve? — ele perguntou, parando para limpar suas lágrimas com os dedos.

— Me deixe quieta aqui. Você nunca sentirá a minha falta como eu sinto a sua — disse ela, tentando dar continuidade ao trabalho, enquanto enxugava as lágrimas do rosto.

— Pare com isso — sussurrou ele. — Venha aqui.

Chloe passou a fita na caixa, levantou-se e olhou nos olhos dele. Buck a abraçou e puxou para perto de si. Ela encostou a cabeça em seu peito, sem abraçá-lo. Eles já haviam se abraçado antes, caminhado de mãos dadas e, às vezes, de braço dado. Já haviam manifestado seus sentimentos um para o outro sem mencionar amor. E haviam concordado que não chorariam nem diriam palavras tristes no momento da partida.

— Nós vamos nos ver com frequência — disse ele. — Você vai se encontrar com o seu pai quando ele aterrissar em Nova York. E eu terei motivos para vir até aqui.

— Que motivos? O escritório de Chicago está sendo fechado.

— Este motivo — disse ele, abraçando-a com mais força. — E ela começou a chorar.

— Sinto muito — disse ele.

— Vai ser muito difícil para mim.

— Eu sei.

— Não, não sabe, Buck. Você não pode dizer que se importa comigo tanto quanto eu gosto de você.

Buck já tinha planejado o primeiro beijo. Em uma de suas despedidas à noite, ele simplesmente encostaria seus lábios nos dela, diria adeus e iria embora sem dizer mais nada. Ele não queria ver a reação dela, nem beijá-la novamente em seguida. Teria que ser um gesto significativo e especial, porém rápido e simples, algo que eles pudessem consolidar posteriormente. Só que, agora, Buck queria que ela soubesse o que ele sentia. Ele estava zangado consigo mesmo por ser um escritor tão talentoso, mas tão inepto para dizer frente a frente o que ela significava para ele.

Buck afastou-se um pouco e segurou o rosto de Chloe. A princípio, ela resistiu e tentou novamente esconder o rosto em seu peito, mas ele insistiu em erguer a cabeça dela.

— Não quero que você repita isso nunca mais — disse ele.

— Mas, Buck, é verdade.

Ele abaixou a cabeça até seus olhos chegarem bem perto dos dela.

— Você escutou o que eu disse? Não quero que você repita isso nunca mais. Não chegue a essa conclusão e nem pense nisso. Não é possível que você goste mais de mim do que eu de você. Você é a minha vida. Eu amo você, Chloe. Você não sabe?

Ele percebeu que ela recuou um pouco ao ouvir sua primeira declaração de amor. As lágrimas que rolavam em seu rosto pingaram nas mãos dele, e ela começou a dizer:

— Como eu poderia...?

Mas ele se curvou e encostou os lábios nos dela, abafando as suas palavras. Desta vez não foi um simples toque de lábios. Ela levantou os braços, passou-os ao redor do pescoço dele e segurou-o firme enquanto se beijavam.

Por um breve instante, ela se afastou um pouco e sussurrou:

— Será que você só disse isso porque está partindo e...

Mas ele a fez calar novamente com outro beijo.

Alguns momentos depois, ele encostou a ponta de seu nariz na ponta do dela e disse:

— Nunca mais duvide de meu amor por você. Me prometa isso.

— Mas, Buck...

— Prometa.

— Prometo. Eu também amo você, Buck.

***

Rayford não sabia ao certo quando o respeito e a admiração que sentia por Amanda se transformaram em amor. Gostava cada vez mais dela e amava estar na sua companhia. Eles se sentiam tão descontraídos quando estavam juntos que tocavam um no outro enquanto conversavam e se abraçavam. Rayford percebeu que a amizade estava se transformando em algo mais sério quando começou a sentir falta dela depois de um único dia e ter vontade de lhe telefonar sempre que se ausentava por mais tempo.

Foi ela quem tomou a iniciativa de beijá-lo. Duas vezes após ele ter estado fora de Chicago durante vários dias, Amanda o cumprimentou com um abraço e um beijo de leve no rosto. Ele gostou, mas ficou envergonhado. Na terceira vez que ele retornou de outra viagem semelhante, ela simplesmente o abraçou sem beijá-lo.

Sua paciência havia sido perfeita. Rayford decidiu que se ela voltasse a tentar lhe beijar no rosto, ele o viraria e a beijaria na boca. Ele havia trazido um presente para ela de Paris, um colar muito caro. Ao ver que ela não tentou beijá-lo, ele a abraçou longamente e disse:

— Chegue um pouquinho mais perto.

Rayford e Amanda sentaram-se lado a lado na sala de espera, enquanto os passageiros e a tripulação passavam por eles no corredor. Um incômodo braço de poltrona estava entre os dois. Ambos estavam com roupas pesadas, ela com um casaco de pele e ele com o paletó do uniforme sobre o braço. Ele tirou um estojo de joia de um pacote que estava dentro de sua maleta de viagem e disse:

— Isto é para você.

Sabendo onde ele havia estado, Amanda vibrou quando viu o pacote, o nome da loja e o estojo. Finalmente, ela resolveu abri-lo, prendendo a respiração. Era um colar maravilhoso de ouro com brilhantes.

— Rayford! — exclamou. — Não sei o que dizer.

— Não diga nada. — Ele a tomou pelos braços e a beijou. O pacote que estava na mão dela quase foi esmagado.

— Continuo sem saber o que dizer — Amanda prosseguiu com um brilho nos olhos. Ele a beijou novamente.

* * *

Duas semanas antes de mudar-se para a Nova Babilônia, Rayford falou com Buck pelo telefone mais vezes do que com sua própria filha. Enquanto ela estava esquentando o carro, ele aproveitou para dar o último telefonema ao amigo.

— Está tudo pronto? — perguntou ele a Buck.

— Tudo. Estarei lá.

— Ótimo.

No carro, Rayford perguntou a Chloe:

— Em que pé está o seu apartamento?

— Prometeram que ele logo será liberado — disse ela —, mas estou um pouco preocupada porque estão me enrolando com a papelada.

— Você vai ficar bem aqui, sabendo que estarei na Nova Babilônia e Buck em Nova York?

— Admito que não foi a minha primeira opção, mas não quero morar em nenhum lugar que seja perto de Carpathia, muito menos no Iraque.

— O que Buck pensa sobre isso?

— Não conseguimos nos falar hoje. Ele deve ter sido enviado para fazer alguma matéria em algum lugar. Sei que ele quer se encontrar com Fitzhugh em Washington o mais breve possível.

— Ah, sim, talvez ele esteja lá mesmo.

Chloe parou o carro em frente à loja de roupas onde Amanda trabalhava, a Des Plaines, e aguardou enquanto Rayford entrava apressadamente para despedir-se dela.

— Ele está aqui? — perguntou Rayford à secretária de Amanda.

— Sim, ele está, e ela também— respondeu a secretária. — Ela está no escritório, e ele naquela sala ali.

A secretária apontou para uma pequena sala perto da de Amanda.

— Assim que eu entrar lá, você poderia fazer o favor de correr até o carro e avisar a minha filha que há uma ligação para ela?

— Claro.

Rayford bateu na porta e entrou no escritório de Amanda.

— Espero que você não ache que estou animada hoje, Ray — disse ela. — Tenho tentado parecer alegre o dia todo, mas não está funcionando.

— Deixe-me ver se posso fazê-la sorrir — disse ele, erguendo-a da cadeira e beijando-a.

— Você sabia que Buck está aqui? — perguntou ela.

— Sim, eu sei. Será uma ótima surpresa para Chloe.

— Será que algum dia você também me fará uma surpresa como esta?

— Talvez eu lhe faça uma surpresa agora mesmo — disse ele. — Você está gostando do seu novo trabalho?

— Estou detestando. Eu o abandonaria imediatamente se o homem que eu amo me pedisse para acompanhá-lo.

— Então informo que o homem que você ama acabou de chegar — disse Rayford, retirando uma pequena caixa do bolso do paletó e encostando-a nas costas de Amanda.

Ela levou um susto.

— O que é isto?

— O quê? Isto? Não sei. Por que você não me diz o que é?

***

Buck ouviu a voz de Rayford e sabia que Chloe não demoraria a chegar. Apagou a luz e voltou a sentar-se na cadeira atrás da mesa. Dali a alguns minutos ouviu a voz dela.

— Aqui dentro? — perguntou ela.

— Sim, madame — disse a secretária. — Linha um.

A porta se abriu lentamente, e Chloe acendeu a luz, dando um pulo ao se deparar com Buck. Ela gritou e correu até ele. Assim que ele se pôs de pé, ela se lançou em seus braços. Buck a abraçou, girando-a no ar.

— Silêncio! — disse ele. — Estamos num estabelecimento comercial!

— O papai sabia disto? Claro que sim! Ele tinha de saber.

— Ele sabia — respondeu Buck. — Você está surpresa?

— Claro! O que você está fazendo aqui na cidade? Quanto tempo vai poder ficar aqui? O que nós vamos fazer?

— Vim aqui só para vê-la. Parto hoje à noite para Washington, e nós vamos jantar depois de deixarmos seu pai no aeroporto.

— Claro, então você veio mesmo só para me ver?

— Eu lhe disse há muito tempo para nunca duvidar do amor que eu sinto por você.

— Eu sei.

Ele se virou, sentou-a na cadeira, ajoelhou-se diante dela e tirou uma caixa de alianças do bolso.

* * *

— Oh, Ray! — disse Amanda, olhando para a aliança em seu dedo. Eu amo você. E amarei ser sua durante os poucos anos que ainda nos restam.

— Ah, tem mais uma coisa — disse ele.

— O quê?

— Eu e Buck estivemos conversando. Neste momento ele está ali na sala ao lado, pedindo Chloe em casamento, e gostaríamos de saber se vocês duas aceitariam uma cerimônia dupla oficializada por Bruce.

Rayford estava curioso para saber a reação de Amanda. Ela e Chloe eram amigas, mas não íntimas.

— Seria maravilhoso! Mas Chloe poderá não gostar, então é melhor deixar a critério dela para não haver ressentimentos. Se ela preferir uma cerimônia individual, tudo bem. Mas eu adorei a ideia. Quando seria?

— Na véspera do dia em que vendermos a casa. Você dá duas semanas de aviso prévio e se muda comigo para a Nova Babilônia.

— Rayford Steele! — disse ela. — Você demora um pouco para esquentar, mas não para ferver. Farei a minha carta de demissão antes mesmo do seu avião levantar voo.

***

— Você nunca desconfiou por que a papelada do seu apartamento nunca ficou pronta? — perguntou Buck.

Chloe assentiu.

— Porque o negócio não seria fechado. Se você me aceitar como marido, quero que se mude comigo para Nova York.

***

— Rayford — disse Amanda. — Nunca pensei que voltaria a ser feliz novamente. Mas estou me sentindo assim!

***

— Uma cerimônia dupla? — perguntou Chloe com lágrimas no rosto. — Eu adoraria! Mas você acha que Amanda concordaria?

CAPÍTULO 19

Algo bombástico estava para acontecer. Numa reunião clandestina, Buck foi se encontrar com o presidente norte-americano, Gerald Fitzhugh. Ele havia se transformado em uma figura trágica, reduzido a uma simples peça decorativa. Depois de ter sido útil a seu país por quase dois mandatos na presidência, agora estava relegado a uma suíte no edifício do Poder Executivo e tinha perdido a maior parte de seus privilégios como presidente. Seu Serviço Secreto, agora, consistia em somente três guarda-costas, financiados pela Comunidade Global, que se revezavam a cada 24 horas.

Buck encontrou-se com ele logo após ter pedido Chloe em casamento, duas semanas antes da data marcada para a cerimônia. O presidente se queixou de que seus guarda-costas só estavam ali para Carpathia tomar conhecimento de todos os seus movimentos. Mas, na mente de Fitzhugh, o fato mais desolador era o povo norte-americano ter aceitado seu rebaixamento com tanta facilidade. Todos estavam fascinados por Nicolae Carpathia e não davam importância a mais ninguém.

Fitzhugh levou Buck até uma sala segura onde seu Serviço Secreto não poderia ouvir a conversa. Uma rebelião estava prestes a eclodir, contou Fitzhugh a Buck. Pelo menos dois outros chefes de Estado acreditavam que havia chegado a hora de romper os grilhões que os prendiam à Comunidade Global.

— Estou arriscando minha vida ao contar isso a um empregado de Carpathia — disse Fitzhugh.

— Ora, *todos nós* somos empregados de Carpathia — retrucou Buck.

Fitzhugh confidenciou a Buck que o Egito, a Inglaterra e as forças militares patrióticas dos Estados Unidos estavam determinados a tomar uma atitude "antes que fosse tarde demais".

— O que isso significa? — perguntou Buck.

— Significa logo — respondeu Fitzhugh. — Significa permanecer longe das principais cidades da costa leste.

— Nova York? Washington? — perguntou Buck, e Fitzhugh assentiu.

— Principalmente Washington.

— Isso não vai ser fácil — disse Buck. - Minha noiva e eu vamos morar em Nova York depois de nos casarmos.

— Não morarão por muito tempo.

— O senhor poderia me dar uma ideia de quando será?

— Não posso — disse Fitzhugh. — Digamos que eu deva estar de volta ao Salão Oval daqui a dois meses.

Buck queria desesperadamente dizer a Fitzhugh que ele não passava de um peão nas mãos de Carpathia. Tudo isso fazia parte do futuro já profetizado. O levante contra o anticristo seria esmagado e daria início à Terceira Guerra Mundial, que acarretaria fome e pragas em todo o planeta e o extermínio de um quarto da população do mundo.

* * *

A dupla cerimônia de casamento no gabinete de Bruce, realizada duas semanas depois, foi a mais discreta possível, contando com a presença de apenas cinco pessoas — os dois casais e o pastor. Bruce Barnes encerrou a cerimônia agradecendo a Deus por todos os sorrisos, abraços e beijos e com uma oração.

Buck perguntou se poderia conhecer o abrigo subterrâneo que Bruce havia construído.

— A construção estava bem no começo quando me mudei para Nova York — disse Buck.

— É o segredo mais bem guardado da nossa igreja — explicou Bruce enquanto passavam pela sala da fornalha, que seria usada para aquecimento, e depois pela passagem secreta.

— Você não quer que os membros da igreja usem o abrigo? — perguntou Buck.

— Você vai ver como o espaço é reduzido — respondeu Bruce. — Estou incentivando as famílias a construírem seus próprios abrigos subterrâneos. Seria um caos se todos os membros da igreja viessem para cá num momento de perigo.

Buck ficou surpreso ao ver como o abrigo era pequeno, mas aparentemente ele continha tudo de que eles precisavam para sobreviver ali por algumas semanas. O Comando Tribulação não era composto de pessoas que permaneceriam escondidas por muito tempo.

O grupo, agora composto de cinco pessoas, se reuniu para comparar as agendas pessoais e discutir quando seria o próximo encontro. Carpathia tinha planejado um programa minucioso para as próximas seis semanas. Nesse programa, seria seu piloto em uma viagem pelo mundo inteiro, que terminaria em Washington. Em seguida, Rayford teria alguns dias de folga antes de voltar para Nova Babilônia.

— Amanda e eu podemos sair de Washington e vir para cá nesse período — emendou ele.

Buck disse que ele e Chloe também voltariam para Chicago nessa mesma época. Bruce estaria de volta de uma viagem pela Austrália e Indonésia. O encontro foi marcado para dali a seis semanas, às quatro da tarde. Eles teriam um estudo bíblico intensivo de duas horas no gabinete de Bruce e, depois, sairiam para jantar em algum restaurante agradável.

Antes de partirem, deram as mãos, fazendo um círculo, e oraram mais uma vez.

— Pai — sussurrou Bruce —, nós te agradecemos por este breve momento de alegria em um mundo à beira de um desastre, e suplicamos tua bênção e proteção sobre todos nós até o momento de nos encontrarmos novamente neste mesmo local. Que nossos corações estejam unidos como irmãos e irmãs em Cristo durante o tempo em que estivermos separados.

* * *

Nicolae Carpathia pareceu surpreso ao saber do casamento de Rayford e insistiu em conhecer sua nova esposa. No momento da apresentação, ele a cumprimentou segurando suas duas mãos, e conduziu o casal até seu magnífico escritório, que ocupava o último andar inteiro da sede da Comunidade Global em Nova Babilônia. O conjunto também incluía salas de conferência, aposentos particulares e um elevador até o heliporto. Dali, um dos integrantes da tripulação de Rayford poderia transportar o soberano até a nova pista de pouso.

Rayford podia ver o coração de Amanda pulsando na sua jugular. Ela falou pouco e deu um sorriso forçado. Seu encontro com o homem mais maligno da face da Terra era uma experiência totalmente nova, embora ela tivesse dito a Rayford que conhecia alguns atacadistas de confecções que também se pareciam com ele.

Após algumas amenidades, Nicolae aprovou imediatamente o pedido de Rayford para que Amanda os acompanhasse na próxima viagem aos Estados Unidos para uma visita à sua filha e seu esposo. Rayford não disse quem era seu genro, nem mencionou que os recém-casados estavam morando em Nova York. Disse apenas que ele e Amanda visitariam o casal em Chicago, o que era verdade.

— Ficarei em Washington pelo menos quatro dias — disse Carpathia. — Aproveitem esse tempo da melhor maneira que puderem. E agora eu tenho uma novidade para você e sua esposa.

Carpathia retirou um controle remoto pequenino do bolso e o apontou para o interfone sobre a sua mesa, do outro lado da sala.

— Querida, você poderia vir até aqui, por gentileza?

"Querida?", pensou Rayford. "Já nem fingem mais."

Hattie Durham bateu na porta e entrou.

— Sim, meu bem? — disse ela.

Rayford sentiu-se enojado.

Carpathia correu ao encontro dela e a abraçou delicadamente como se ela fosse uma boneca de porcelana. Hattie virou-se para Rayford.

— Estou muito feliz por você e Amélia — disse ela.

— Amanda — corrigiu Rayford, observando como a esposa tinha ficado visivelmente tensa. Ele havia contado à Amanda tudo sobre Hattie Durham e aparentemente as duas nunca seriam melhores amigas.

— Também temos um comunicado a fazer — disse Carpathia. — Hattie vai se demitir da Comunidade Global para aguardar a chegada de nosso bebê.

Carpathia estava radiante, esperando uma reação de alegria de Rayford e Amanda. Rayford fez o que pode para não deixar transparecer seu nojo e sua repulsa.

— Um bebê? — disse ele. — E quando ele deve chegar?

— Acabamos de saber da novidade — disse Nicolae, piscando para Rayford.

— Bem, isso é uma grande notícia! — retrucou Rayford.

— Eu não sabia que vocês eram casados — disse Amanda docemente. Rayford esforçou-se para manter a compostura. Amanda sabia muito bem que eles não eram casados.

— Ah, em breve seremos — disse Hattie radiante. — Ele ainda vai fazer com que eu me torne uma mulher honesta.

***

Chloe ficou estarrecida ao saber sobre Hattie.

— Buck, falhamos com aquela mulher. Todos nós falhamos com ela.

— E você acha que eu não sei disso? — disse Buck. — Eu mesmo a apresentei a ele.

— Mas eu a conheço e sei que ela conhece a verdade. Quando papai contou a você a história dele, eu estava junto e ela também estava naquela mesa. Ele tentou, mas precisamos fazer mais do que tentar. De algum modo, precisamos conversar com ela.

— E deixá-la saber que também sou um cristão, como seu pai? Para Nicolae, parece que o piloto dele ser cristão não faz nenhuma diferença, mas você consegue imaginar por quanto tempo eu continuaria trabalhando como editor da revista dele se ele soubesse disso?

— Num dia desses teremos de falar com Hattie, mesmo que isso signifique viajar à Nova Babilônia.

— O que você pretende fazer, Chloe? Dizer que ela está está carregando no ventre o filho do anticristo e que deve abandonar Carpathia?

— Talvez seja isso mesmo o que eu deva fazer.

Buck estava de pé, atrás de Chloe, olhando por cima de seus ombros, enquanto ela enviava uma mensagem para o pai e Amanda. Os dois casais haviam combinado de sempre escrever as mensagens de forma codificada e sem mencionar nomes.

"Alguma chance de que ela o acompanhe na sua próxima viagem à capital? ", Chloe escreveu. Por conta da diferença de horário de sete horas com a Nova Babilônia, a resposta só veio no dia seguinte: "Nenhuma".

— Um dia desses, de algum modo — Chloe comentou com Buck. — E antes de o bebê nascer.

* * *

Para Rayford, foi difícil entender a incrível mudança ocorrida na Nova Babilônia desde a primeira vez que a visitou, logo após a assinatura do tratado em Israel. Ele atribuiu essa mudança a Carpathia e ao incrível montante de dinheiro à sua disposição. Das ruínas, surgiu uma magnífica cidade, a capital do mundo, que agora fervilhava em matéria de comércio, indústria e transporte. O centro da atividade mundial estava se mudando para o leste, e a terra natal de Rayford parecia destinada à obsolescência.

Uma semana antes de Rayford e Amanda voarem para Washington, junto de Nicolae e sua delegação, Rayford mandou uma mensagem para Bruce na Igreja Nova Esperança, dando a ele as boas-vindas por seu regresso e fazendo algumas perguntas.

"Algumas coisas, ou melhor, muitas, ainda me intrigam a respeito do futuro. Você poderia nos explicar o quinto e o sétimo?", ele escreveu. Rayford não mencionou a palavra *selos* para que a comunicação não fosse detectada por algum interceptador. Bruce entenderia o que ele queria dizer. "Quero dizer: o segundo, o terceiro, o quarto e o sexto são autoexplicativos, mas ainda tenho dúvidas quanto ao quinto e ao sétimo. Estamos ansiosos para revê-lo. "A" está lhe mandando lembranças."

***

Buck e Chloe já haviam se instalado na linda cobertura de Buck na Quinta Avenida, mas a alegria que um casal em lua-de-mel normalmente deveria sentir por estar morando em um lugar como aquele não existia para eles. Chloe continuava com suas pesquisas e estudos pela *internet*, e ela e Buck trocavam mensagens diariamente com Bruce. O jovem pastor escreveu se queixando de solidão e da dor cada vez maior pela falta que sentia de sua família, mas estava feliz por saber que seus quatro amigos haviam encontrado amor e companhia. Todos eles mencionaram que aguardavam ansiosamente o grande momento de estarem juntos na próxima reunião.

Buck esteve orando e pedindo a orientação de Deus para saber se devia contar a Chloe o alerta que tinha ouvido do presidente sobre Nova York e Washington. Fitzhugh estava bem assessorado e recebia informações de fontes confiáveis, mas Buck não podia passar a vida inteira fugindo do perigo. A vida era arriscada naqueles dias, e a guerra e a destruição poderiam irromper em qualquer lugar. Seu trabalho o levou a visitar os locais mais perigosos e arriscados do mundo. Ele não queria colocar a vida de sua esposa em jogo por negligência ou tolice, mas todos os membros do Comando Tribulação sabiam dos riscos que corriam.

* * *

Rayford estava grato por Chloe ter passado a conhecer Amanda melhor. Quando começaram a namorar, ele havia monopolizado a maior parte do tempo dela e, embora as duas demonstrassem gostar uma da outra, não tinham outros vínculos, exceto o fato de serem cristãs. Agora, com a comunicação diária, Amanda estava ampliando seus conhecimentos sobre a Bíblia com a ajuda de Chloe, que repassava a ela tudo o que estava estudando.

Com a ajuda de Bruce e Chloe, Rayford encontrou as respostas que queria sobre o quinto e o sétimo selos. As notícias não eram muito agradáveis, mas ele não esperava algo muito diferente. O quinto selo se referia ao martírio que os santos da tribulação sofreriam. Dentro de um pacote seguro, remetido pelo correio, Bruce havia enviado a Chloe — que o repassou a Rayford — seu estudo criterioso e explicações do trecho extraído do Apocalipse que se referia ao quinto selo.

João vê debaixo do altar as almas dos que foram mortos por causa da Palavra de Deus e pelo testemunho que sustentavam. Eles perguntam a Deus até quando demorará seu juízo e sua vingança pela morte deles. O Senhor lhes dá vestes brancas e responde que antes alguns de seus servos e irmãos também serão martirizados. Portanto o quinto selo representa o preço que pagarão as pessoas que se converteram depois do arrebatamento, ou seja, elas pagarão com a própria vida. Isso pode incluir qualquer um de nós ou todos nós. Declaro perante Deus que consideraria um privilégio dar minha vida por meu Deus e Salvador.

A explicação de Bruce sobre o sétimo selo deixou claro que ele ainda era um mistério, até mesmo para o pastor.

O sétimo selo é tão terrível que, quando for revelado no céu, trará silêncio de meia hora. Parece ser uma continuação do sexto selo, o maior terremoto da história, e tem a finalidade de iniciar os sete juízos das trombetas, que evidentemente se tornam cada vez piores do que os juízos selados.

Amanda tentou resumir as explicações para Rayford:

— Vamos enfrentar guerra mundial, fome, pragas, morte, martírio dos santos, terremoto e, depois, silêncio no céu, enquanto o mundo é preparado para os próximos sete juízos.

Rayford balançou a cabeça e olhou para baixo.

— Bruce vem nos alertando sobre isso o tempo todo. Há momentos em que penso que estou preparado para qualquer coisa, em outros desejo que o fim chegue logo.

— Este é o preço que devemos pagar por termos desprezado as advertências quando ainda era tempo. — disse ela. — Você e eu fomos alertados pela mesma mulher.

Rayford concordou.

— Olhe aqui — disse Amanda. — A última linha da mensagem de Bruce diz o seguinte: "Segunda-feira à meia-noite enviarei uma nova mensagem. Mas, para que vocês não fiquem tão deprimidos quanto eu, envio um versículo para confortar seus corações."

Bruce enviou o versículo para que os dois casais pudessem lê-lo antes de viajarem para encontrar com ele em Chicago. O versículo dizia o seguinte: "*Aquele que habita* no abrigo do Altíssimo e descansa à sombra do Todo-poderoso".[19]

Rayford virou-se na poltrona do piloto, ansioso para conversar com a esposa para saber o que ela estava achando do cansativo voo sem escalas de Nova Babilônia até o Aeroporto Internacional Dulles. Durante a viagem, Amanda passou a maior parte do tempo nos aposentos particulares de Rayford, localizados atrás da cabine, mas havia conversado bastante com o resto da delegação somente para não parecer rude. Rayford sabia que aquelas conversas não tinham nenhum conteúdo.

Perguntaram a Amanda sobre o negócio de importação/exportação que ela estava começando, mas, de repente, o clima dentro do Global Community One pareceu mudar. Numa das poucas pausas para descansar que Rayford desfrutou na companhia de sua esposa, ela comentou:

— Tem alguma coisa no ar. Alguém tem enviado informações a Carpathia pelo computador. Ele as analisa, franze a testa e convoca reuniões privadas acaloradas.

— Hum! — disse Rayford. — Pode ser alguma coisa ou pode não ser nada.

Amanda deu um sorriso desconfiado.

— Não duvide de minha intuição.

— Já sei disso — respondeu ele.

* * *

Buck e Chloe chegaram a Chicago no dia anterior ao encontro programado pelos membros do Comando Tribulação. Eles se hospe-

---

[19] Salmos 91:1. [N. do T.]

daram no Drake Hotel e telefonaram para a Igreja Nova Esperança, deixando um recado para Bruce em que diziam ter chegado e que se encontrariam com ele às quatro horas da tarde do dia seguinte. Pelas mensagens trocadas com Bruce, Buck e Chloe sabiam que ele havia regressado de sua viagem à Austrália e à Indonésia, mas dali em diante não haviam recebido mais nenhuma notícia.

Também escreveram para Bruce contando que Rayford e Amanda almoçariam no Drake Hotel no dia seguinte e que, naquela tarde, os quatro viajariam juntos para Mount Prospect. "Ficaríamos felizes se você pudesse almoçar conosco no Cape Cod Room", Buck enviou.

Duas horas depois, enquanto eles ainda aguardavam um retorno de Bruce, Chloe disse:

— O que você acha que isso significa?

— Acho que ele vai fazer uma surpresa e almoçar conosco amanhã.

— Espero que você esteja certo.

— Pode apostar! — disse Buck.

— Então não será uma grande surpresa, não é mesmo?

O telefone tocou.

— Acabou a surpresa — disse Buck. — Deve ser ele.

Mas não era.

***

Rayford havia acendido o aviso luminoso para que os passageiros apertassem os cintos de segurança. Faltavam cinco minutos para a aeronave pousar em Dulles quando ele recebeu uma mensagem através dos fones de ouvido de um dos engenheiros de comunicação de Carpathia.

— O soberano quer conversar com você.

— Agora? Estamos prestes a entrar na aproximação final da pista.

— Vou perguntar a ele.

Alguns segundos depois, o engenheiro voltou a falar.

— A conversa vai ser na cabine, só com você, depois que as turbinas forem desligadas.

— Há uma lista de equipamentos que preciso verificar após o voo junto do copiloto e do navegador.

— Aguarde um momento! — disse o engenheiro, demonstrando irritação na voz. Em seguida, voltou a falar:

— Assim que você desligar as turbinas, dispense os dois e faça as verificações após a reunião com o soberano.

— Positivo — resmungou Rayford.

* * *

— Se você reconhecer minha voz e quiser conversar comigo, ligue para este telefone público e cuide para que sua chamada também seja feita a partir de um telefone público.

— Afirmativo — disse Buck, desligando o telefone e virando-se para Chloe. — Preciso sair por alguns minutos.

— Por quê? Quem era?

— Gerald Fitzhugh.

* * *

— Obrigado, cavalheiros, e me perdoem pela intromissão — disse Carpathia enquanto passava pelo copiloto e pelo navegador, entrando na cabine. Rayford sabia que os dois estavam tão aborrecidos quanto ele pela quebra dos procedimentos após o voo, mas era Carpathia quem mandava. Ele era o chefe.

Carpathia acomodou-se com tanta intimidade na poltrona do copiloto que Rayford imaginou que, além de todos os seus outros dotes, ele provavelmente também sabia pilotar um avião a jato só por diversão.

— Comandante, achei necessário trazer um assunto confidencial ao seu conhecimento. Nosso serviço secreto descobriu uma conspiração e estamos sendo forçados a divulgar um falso itinerário durante minha estadia nos Estados Unidos.

Rayford assentiu e Carpathia continuou.

— Suspeitamos de envolvimento do exército e até mesmo de um conluio entre facções norte-americanas descontentes e, pelo menos, dois outros países. Para maior segurança, estamos confundindo nossas comunicações via rádio e transmitindo notícias conflitantes à imprensa sobre a minha rota.

— Isso me parece acertado — disse Rayford.

— A maioria das pessoas pensa que estarei em Washington por, no mínimo, quatro dias, mas agora estamos comunicando que nos próximos três dias também viajarei a Chicago, Nova York, Boston e talvez Los Angeles.

— Pelo que vejo, então as minhas curtas férias irão por água abaixo? — perguntou Rayford.

— Ao contrário. Mas posso precisar de você a qualquer momento.

— Vou mantê-lo informado sobre os locais onde o senhor poderá me encontrar.

— Eu gostaria que você conduzisse o avião até Chicago e conseguisse um piloto em quem confia para trazê-lo de volta a Nova York no mesmo dia.

— Conheço a pessoa certa — disse Rayford.

— Vou chegar a Nova York de um jeito ou de outro, e poderemos sair do país de lá. Estamos apenas tentando confundir os conspiradores.

***

— Ei — disse Buck quando o presidente Fitzhugh atendeu após o primeiro toque. — Sou eu.

— Estou contente por você não estar em casa — disse Fitzhugh.

— Pode me dar mais detalhes?

— Apenas que estou feliz por você não estar em casa.

— Ah, entendi. E quando posso voltar para casa?

— Isso pode ser problemático, mas você saberá antes de seguir para lá. Quanto tempo você ficará fora?

— Quatro dias.

— Perfeito.

Clique. O fone foi desligado.

* * *

— Alô! Sra. Halliday?

— Sim. Quem é...?

— Aqui quem fala é Rayford Steele. Gostaria de falar com Earl, mas por favor não diga a ele que sou eu. Tenho uma surpresa para ele.

* * *

Na manhã seguinte, Buck recebeu uma ligação de uma das senhoras que trabalhavam no escritório da Igreja Nova Esperança.

— Estamos um pouco preocupadas com o pastor Barnes — disse ela.

— Como assim, senhora?

— Ele queria fazer uma surpresa, indo até lá para almoçar com vocês.

— Era o que estávamos esperando.

— Mas ele pegou uma espécie de virose na Indonésia e tivemos de levá-lo para o pronto-socorro. Ele não queria que contássemos a ninguém porque tinha certeza de que seria uma coisa simples e ainda poderia almoçar com vocês, mas ele entrou em coma.

— Em coma!?

— Como eu disse, estamos um pouco preocupadas com ele.

— Assim que os Steeles chegarem, vamos vê-lo. Onde ele está?

— No Hospital Comunitário de Northwest, em Arlington Heights.

— Vamos descobrir onde fica — disse Buck.

* * *

Rayford e Amanda encontraram Earl Halliday em O'Hare às dez horas daquela manhã.

— Nunca me esquecerei disto, Ray — disse Earl. — Quero dizer, não estarei transportando o soberano nem o presidente, mas posso fingir que estou levando um dos dois.

— Eles estão aguardando por você no Kennedy — disse Rayford. — Eu ligo para você mais tarde para saber o que achou de pilotar a aeronave.

Rayford alugou um carro, e Amanda respondeu a uma chamada de Chloe.

— Temos de buscá-los e ir direto para Arlington Heights.

— Por quê? O que houve?

* * *

Buck e Chloe estavam aguardando na calçada em frente ao Drake quando Rayford e Amanda chegaram. Depois de se abraçarem rapidamente, entraram no carro.

— O Hospital Comunitário de Northwest fica no centro da cidade, não é isso, Chloe? — perguntou Rayford.

— Correto. Vamos depressa.

Apesar de sua preocupação com Bruce, Rayford sentia-se um pouco mais completo. Ele tinha voltado a ter uma família de quatro pessoas, com uma nova esposa e um novo genro. Eles conversaram sobre a situação de Bruce e contaram as novidades. Apesar de saberem que passavam por uma época de grande perigo, naquele momento tudo o que queriam era se alegrarem por estarem novamente juntos.

* * *

Buck estava sentado no banco traseiro, ao lado de Chloe, ouvindo. Como era bom estar junto de pessoas com as quais ele tinha afinidade; pessoas que se amavam, preocupavam-se e respeitavam-se mutuamente. Ele não queria sequer pensar em sua família de mente bitolada. Algum dia, talvez, fosse capaz de convencer seus familiares de que eles não eram os cristãos que pensavam ser. Se fossem, não teriam sido deixados para trás, como ele.

Chloe recostou-se em Buck e segurou sua mão. Ele estava agradecido por ela ser tão despreocupada, tão sincera em sua dedicação a ele. Ela era a maior dádiva que Deus podia ter lhe concedido, depois da sua salvação.

— O que foi isso? — Buck ouviu Rayford dizer. — O trânsito estava fluindo tão bem.

Rayford queria acessar a saída para a estrada de Arlington Heights a noroeste de Tollway. Chloe disse que os guiaria até próximo do Hospital Comunitário de Northwest, mas agora, as guardas municipal e estadual, bem como um grupo de pacificadores da Comunidade Global, estavam causando congestionamento que ia além das saídas. Tudo estava parado.

Depois de alguns minutos, conseguiram avançar um pouco. Rayford abriu o vidro e perguntou a um policial o que estava acontecendo.

— Por onde você tem andado, meu amigo? Não pare, siga em frente.

— O que ele quis dizer? — perguntou Amanda, ligando o rádio. — Quais são as emissoras que transmitem notícias, Chloe?

Chloe afastou-se de Buck e inclinou-se para frente.

— Ligue na AM e tente 1, 2 e 3 — disse ela. — Uma destas deve ser a Rádio WGN ou a MAQ.

Eles pararam novamente. Dessa vez havia um pacificador da Comunidade Global bem perto da janela de Buck. Ele abaixou o vidro e exibiu sua credencial do *Semanário Comunidade Global.*

— Que confusão é esta?

— A milícia tomou uma antiga base de mísseis Nike, que estava sendo usada para armazenar armas contrabandeadas. Depois do ataque em Washington, o nosso pessoal acabou com todos eles.

— Ataque em Washington? — disse Rayford, esticando o pescoço para falar com um policial. — Washington, D.C.?

— Não pare, siga em frente — instruiu o policial. — Se você precisar voltar por esta pista, saia na Rota 53 e tente as rodovias marginais, mas não queira se aproximar daquela velha base.

Rayford continuou a dirigir o carro. No caminho, Buck e ele faziam perguntas a cada policial, enquanto Amanda procurava sintonizar alguma emissora local. Todas as que ela encontrava emitiam o som do Sistema Transmissor de Emergência.

— Coloque na sintonia automática — sugeriu Chloe. Finalmente o rádio sintonizou uma emissora da EBS, e Amanda travou o botão.

Um correspondente de rádio da CNN/Rede de Notícias Comunidade Global estava transmitindo ao vivo dos arredores de Washington.

O destino do soberano da Comunidade Global, Nicolae Carpathia, ainda é desconhecido, enquanto Washington se encontra em ruínas.O ataque em massa partiu da milícia da costa leste, com a ajuda dos Estados Unidos da Grã-Bretanha e do antigo estado soberano do Egito, que agora faz parte da Comunidade de Nações do Oriente Médio. O soberano Carpathia chegou aqui ontem à noite e deveria ter se hospedado na suíte presidencial do Capital Noir, mas testemunhas dizem que o luxuoso hotel desabou nesta manhã. As Forças de Paz da Comunidade Global imediatamente revidaram, destruindo uma antiga base de mísseis Nike na região suburbana de Chicago. Notícias vindas de lá dão conta de que há milhares de mortos e feridos civis na periferia, e que um gigantesco congestionamento está dificultando a chegada do socorro.

— Ah, meu Deus! — exclamou Amanda em oração.

Outros ataques de que temos conhecimento incluem uma incursão das forças de infantaria egípcias em direção ao Iraque com a finalidade evidente de sitiar a Nova Babilônia. O plano foi rapidamente debelado pelas forças aéreas da Comunidade Global, que, agora, estão avançando sobre a Inglaterra. Isso talvez seja uma retaliação contra a Inglaterra por ter participado da ação da milícia norte-americana contra Washington. Por favor, continuem conosco. Ah, aguardem... o soberano Carpathia está seguro e a salvo! Ele vai falar à nação por sinal de rádio. Aguardaremos e seu pronunciamento será transmitido assim que recebermos o sinal.

— Precisamos chegar até Bruce — disse Chloe, enquanto Rayford avançava lentamente no congestionamento.

— Todos vão pegar a saída 53 norte, papai. É melhor irmos para o sul e tentar o retorno.

Dentro de alguns minutos o soberano Carpathia fará um pronunciamento à nação. Aparentemente a Rede de Notícias Comunidade Global está tomando providências para que sua transmissão não seja rastreada. Enquanto isso, notícias recebidas de Chicago sobre o ataque à antiga base de mísseis Nike parecem confirmar se tratar de retaliação. O serviço secreto da Comunidade Global descobriu hoje um levante para destruir o avião Global Community One, que decolou rumo a O'Hare Internacional esta manhã. Não sabemos se o soberano Carpathia está ou não nele. O avião ainda permanece no ar, com destino ignorado, embora as forças da Comunidade Global estejam reunidas em Nova York.

Amanda segurou com força o braço de Rayford.

— Poderíamos ter sido mortos!

Quando Rayford falou, Buck pensou que ele ia sucumbir.

— Só espero não ter conseguido realizar o sonho de Earl enviando-o para a morte — disse ele.

— Você quer que eu dirija o carro? — perguntou Buck.

— Não, estou bem.

Estamos à espera de um pronunciamento sem vergonha... Perdão, um pronunciamento sem demora do soberano da Comunidade Global, Nicolae Carpathia...

— Pela primeira vez ele falou uma coisa certa — disse Chloe.

... Enquanto isso, temos uma notícia vinda de Chicago. Os porta-vozes das Forças de Paz da Comunidade Global dizem que a destruição da antiga base de mísseis Nike foi feita sem o uso de armas nucleares. Apesar de lamentarem o grande número de civis mortos na periferia, eles emitiram o seguinte pronunciamento: "As mortes devem ser creditadas ao movimento de resistência da milícia. Forças militares subversivas são ilegais, e a insensatez de armazenar armas numa área civil explodiu literalmente na cara deles". Não há, repetimos, não há perigo de precipitação radioativa na região de Chicago, mas as Forças de Paz não estão permitindo o tráfego de automóveis perto da área destruída. Por favor, ouçam agora o pronunciamento ao vivo do soberano Nicolae Carpathia.

Enquanto isso, Carpathia fazia seu pronunciamento.

Finalmente Rayford conseguiu encontrar uma saída em direção ao sul na Rota 53. Fez um retorno passando por uma área restrita apenas a veículos autorizados e seguiu para o norte rumo a Rolling Meadows.

Leais cidadãos da Comunidade Global, dirijo-me a vocês neste dia com o coração partido, sem ao menos poder dizer-lhes de onde falo. Temos trabalhado há mais de um ano para congregar esta Comunidade Global sob a bandeira da paz e da harmonia. Hoje, lamentavelmente, soubemos outra vez que ainda existem pessoas que desejam nossa desunião.

Não é segredo que sou, tenho sido e sempre serei um pacifista. Não acredito em guerra. Não acredito em armamentos. Não acredito em derramamento de sangue. Por outro lado, sinto-me responsável por você, meu irmão ou minha irmã desta comunidade global.

As Forças de Paz da Comunidade Global já subjugaram a resistência. Lamento muito a morte de civis inocentes, mas prometo solenemente que todos os inimigos da paz terão julgamento imediato. A bela capital dos Estados Unidos da América do Norte foi devastada e vocês ouvirão mais notícias de destruição e morte. Nosso objetivo continua sendo a paz e a reconstrução. Em breve, voltarei à nossa segura sede em Nova Babilônia e me manterei em contato com vocês com frequência. Acima de tudo, não tenham medo. Confiem que nenhuma ameaça à tranquilidade mundial será tolerada. Nenhum inimigo da paz sobreviverá.

Enquanto Rayford procurava um caminho que o levasse para perto do Hospital Comunitário de Northwest, o correspondente da CNN/RNCG voltou a falar.

Notícia de última hora: as milícias contrárias à Comunidade ameaçaram iniciar uma guerra nuclear cujo alvo é Nova York, principalmente o Aeroporto Internacional John F. Kennedy. Os civis estão fugindo daquela área e causando um dos piores congestionamentos da história de Nova York. As Forças de Paz dizem que têm condições e tecnologia para interceptar mísseis, mas estão preocupadas com os danos que serão causados às áreas mais afastadas.

Agora uma notícia de Londres: uma bomba de cem megatons destruiu o Aeroporto de Heathrow, e a precipitação radioativa ameaça a população que vive em um raio de vários quilômetros de distância. Aparentemente a bomba foi atirada pelas Forças de Paz após descobrirem um contrabando de bombardeiros egípcios e ingleses agrupados em uma pista aérea militar perto de Heathrow. As notícias dão conta de que os navios de guerra, que foram abatidos pelo ar, estavam equipados com armamentos nucleares e a caminho de Bagdá e da Nova Babilônia.

— É o fim do mundo — murmurou Chloe. — Que Deus nos ajude.

— Talvez fosse melhor tentarmos chegar à igreja — sugeriu Amanda.

— Não antes de sabermos como Bruce está — disse Rayford. Ele perguntou aos pedestres assustados se seria possível chegar a pé ao Hospital Comunitário de Northwest.

— Sim, é possível — disse uma mulher. — Fica logo depois daquele campo, naquela elevação. Mas não sei se vocês vão conseguir chegar perto do que restou dele.

— O hospital foi atingido?

— Se foi atingido? Senhor, ele fica perto da estrada e na frente da antiga base de mísseis Nike. Quase todos acreditam que ele foi o primeiro a ser atingido.

— Eu vou até lá — disse Rayford.

— Eu também — concordou Buck.

— Todos nós vamos — insistiu Chloe, mas Rayford levantou a mão.

— Todos nós, não. Já vai ser difícil demais um de nós passar pela segurança. Buck ou eu poderemos passar com mais facilidade por termos credenciais da Comunidade Global. Penso que um de nós dois deve ir, e o outro ficar aqui com vocês duas. Todos nós temos de estar com alguém capaz de passar pelo cordão de isolamento, se for necessário.

— Eu quero ir — disse Buck —, mas você é quem dá as ordens.

— Fique aqui e posicione o carro de modo que possamos sair facilmente e ir para Mount Prospect. Se eu não voltar em meia hora, arrisque-se e venha atrás de mim.

— Papai, se Bruce estiver melhor, tente trazê-lo para cá.

— Não se preocupe, Chloe — disse Rayford. — Cuidarei disso.

Assim que viu Rayford atravessar com dificuldade o capim enlameado e sumir de vista, Buck se arrependeu de não ter ido. Ele sempre foi uma pessoa de ação e, ao ver os cidadãos traumatizados, andando de um lado para o outro e lamentando a perda de entes queridos, mal conseguia ficar parado no lugar.

***

O coração de Rayford desfaleceu quando ele chegou à elevação e viu o hospital. Parte da estrutura mais alta ainda estava intacta, porém a maior parte não passava de escombros. Veículos de emergência cercavam o local, e as equipes de socorro, trajando uniformes brancos, corriam de um lado para o outro. A polícia colocou uma longa faixa de bloqueio de trânsito ao redor do terreno do hospital. Assim que Rayford levantou a faixa para passar por baixo, um segurança, com uma arma na mão, correu em sua direção.

— Alto lá! — gritou ele. — Esta é uma área restrita!

— Tenho autorização para passar! — gritou Rayford, exibindo sua carteira com a credencial.

— Fique onde está! — gritou o segurança. Ao chegar perto de Rayford, ele pegou a carteira e analisou a credencial, comparando a foto com o rosto de Rayford.

— Puxa! Autorização nível 2-A. Você trabalha diretamente para Carpathia?

Rayford assentiu.

— Qual é a sua função?

— Confidencial.

— Ele está aqui?

— Não, e se estivesse eu não lhe diria.

— Você está livre para passar — disse o guarda.

Rayford caminhou em direção ao que havia sido a frente do hospital. Quase todos ignoraram sua presença, porque as pessoas estavam muito atarefadas, sem tempo de prestar atenção em quem tinha ou não autorização para estar ali. Os corpos eram colocados um ao lado do outro e cobertos.

— Há sobreviventes? — perguntou Rayford a um atendente do pronto-socorro.

— Até agora, só três — respondeu o homem. — Todas mulheres. Duas enfermeiras e uma médica. Elas haviam saído para fumar.

— Ninguém que estava dentro do prédio?

— Estamos ouvindo gritos — respondeu o homem. — Mas ainda não conseguimos resgatar ninguém.

Sussurrando uma oração, Rayford dobrou sua carteira de modo que a credencial ficasse do lado de fora e a colocou no bolso da camisa. Caminhou até o necrotério improvisado ao ar livre, onde vários atendentes do pronto-socorro andavam por entre os corpos, levantando os lençóis e fazendo anotações na tentativa de localizar pacientes e funcionários por meio dos braceletes de identificação.

— Ajude ou saia do caminho — disse asperamente uma mulher corpulenta ao passar esbarrando em Rayford.

— Estou procurando Bruce Barnes — disse Rayford.

A mulher, com um crachá onde se lia *Patrícia Devlin*, parou, olhou para ele desconfiada, levantou a cabeça e consultou uma prancheta com várias folhas contendo uma lista de nomes. Ela folheou as três primeiras e balançou a cabeça.

— Funcionário ou paciente? — perguntou ela.

— Paciente. Foi trazido para o pronto-socorro. A última notícia foi que ele estava em coma. Deve ter ido para a UTI — disse ele.

— Dê uma olhada ali.

Patrícia apontou para seis corpos mais adiante.

— Espere um momento — complementou ela, virando mais uma folha. — Barnes, UTI. Sim, era lá que ele estava. Há mais pacientes lá dentro, mas a UTI quase desapareceu.

— Então quer dizer que ele tanto pode estar aqui como lá dentro?

— Se ele estiver aqui, meu querido, está morto. Se estiver lá dentro, nunca será encontrado.

— Há chances de haver algum sobrevivente na UTI?

— Até o momento, nenhuma. Ele era seu parente?

— Mais que um irmão.

— O senhor quer que eu verifique?

O rosto de Rayford contorceu-se, e ele mal conseguiu falar:

— Ficaria muito agradecido.

Patrícia Devlin era uma mulher bastante ágil para seu porte e se movimentava com rapidez. Seus sapatos grossos de sola branca estavam enlameados. Ela se ajoelhou ao lado de cada corpo para verificar, enquanto Rayford permanecia a cerca de três metros de distância, com a mão cobrindo a boca e um soluço brotando na garganta.

No quarto corpo, a srta. Devlin começou a levantar o lençol, mas hesitou e verificou o nome inscrito no bracelete, ainda intacto. Ela olhou para Rayford, e ele entendeu. Lágrimas começaram a rolar do seu rosto. Ela se levantou e aproximou-se dele.

— Seu amigo continua apresentável — disse. — Eu não me atreveria a lhe mostrar alguns desses corpos, mas o senhor pode ver seu amigo.

Rayford se esforçou para dar alguns passos. A mulher se abaixou e afastou lentamente o lençol, mostrando Bruce, de olhos abertos, sem vida e imóvel. Rayford tentou manter a calma, sentindo um aperto no peito. Ele estendeu a mão para fechar os olhos de Bruce, mas a enfermeira o impediu.

— Não posso permitir que o senhor faça isso. — Estendendo a mão com luva, ela disse: — Deixe que eu faça.

— Você poderia confirmar a pulsação? — Rayford conseguiu falar.

— Oh, senhor — disse ela com voz comovida —, eles só trazem aqui para fora os que são declarados mortos.

— Por favor — murmurou Rayford, agora em prantos. — Faça isso por mim.

Enquanto Rayford permanecia de pé e com as mãos no rosto, no burburinho do início de tarde daquele subúrbio de Chicago, uma mulher que ele nunca viu antes, nem veria novamente, colocou o polegar e o indicador sob a mandíbula de seu pastor.

Sem olhar para Rayford, ela tirou a mão, cobriu novamente a cabeça de Bruce Barnes com o lençol e voltou ao seu trabalho. Rayford abaixou-se, ajoelhando-se no chão enlameado. O som das sirenes ecoava ao longe, luzes de emergência cintilavam à volta dele e sua família o aguardava a meio quilômetro de distância. Agora só tinha sobrado ele e os outros três. O mestre se fora. Não havia mais o mentor. Somente eles.

Enquanto se levantava e descia penosamente a elevação para dar a terrível notícia, Rayford ouviu o Sistema de Transmissão de Emergência ligado a todo volume em todos os carros pelos quais passava. Washington foi arrasada. Heathrow não mais existia. Houve mortes no deserto egípcio e nos céus de Londres. Nova York estava em estado de alerta.

* * *

Buck estava quase pronto para ir atrás de Rayford quando avistou o vulto de um homem alto no horizonte. Ele o reconheceu pelo seu modo de andar e pelos ombros caídos.

— Ah, não — sussurrou ele, enquanto Chloe e Amanda desabaram a chorar. Os três correram ao encontro de Rayford e voltaram com ele até o carro.

O cavalo vermelho do Apocalipse estava só começando a despejar sua fúria.

EPÍLOGO

"Cuidado, que ninguém os engane. Pois muitos virão em meu nome, dizendo: 'Eu sou o Cristo!' e enganarão a muitos. Vocês ouvirão falar de guerras e rumores de guerras, mas não tenham medo. É necessário que tais coisas aconteçam, mas ainda não é o fim. Nação se levantará contra nação, e reino contra reino. Haverá fomes e terremotos em vários lugares. Tudo isso será o início das dores." (Mateus 24:4-8)

A VERDADE POR TRÁS DA FICÇÃO

A profecia por trás das cenas

Entre o arrebatamento no livro 1 e a gloriosa manifestação no livro 12, a maior parte da série *Deixados para prás* trata da tribulação. Tim LaHaye e Jerry B. Jenkins creem que a Bíblia ensina que este período compreenderá sete anos, como eles explicam no capítulo 12 do livro não ficcional *Are We Living in the End Times? [Estamos vivendo os últimos dias?]*.

TESTE SEU QI PROFÉTICO*

1. Quem são os dois únicos personagens da Bíblia chamados de "o filho da perdição"?
2. Quem são as duas únicas pessoas da Bíblia consideradas possuídas pelo próprio Satanás?

* Veja a resposta no final desta seção.

A Tribulação

Jesus alertou os discípulos de que nos últimos dias, pouco antes da sua segunda vinda, "haveria então grande tribulação, como nunca houve desde o princípio do mundo até agora, nem jamais haverá" (cf. Mateus 24:21). O nosso Senhor estava se referindo a um acontecimento profético breve — mas extremamente dramático —, determinado para o futuro da humanidade.

Um flagelo, a despeito de como se queira chamar

Os discípulos estavam familiarizados com o período de angústia profetizado. O profeta Jeremias o havia chamado de "tempo de angústia de Jacó" (Jeremias 30:7). Um período que certamente será muito pior do que a Inquisição Espanhola ou o Holocausto de Hitler no século XX. Outros profetas o chamaram de "o dia da sua ira" ou "o dia da ira de Yahweh" e, em uma ocasião, Isaías se referiu ao período como "o dia da vingança de nosso Deus" (Isaías 61:2). O mais interessante é que, quando Jesus citou o livro de Isaías 61, ele parou de ler pouco antes de alcançar esta expressão, pois como havia chegado o dia da graça, o da vingança ainda era algo futuro. (Leia o relato de Lucas em Lc 4:16-20.)

O profeta Daniel especificou um período de tempo para o "dia de vingança," assim como João no livro do Apocalipse. Daniel 9:24-27 afirma que ele durará "uma semana". Nesse contexto, a referência é anos, o que indica que a tribulação durará sete anos. O versículo 27 nos informa que o príncipe do mal (o Aanticristo) "fará uma aliança" com Israel, que marcará o início do período de sete anos, para depois rompê-la na metade do tempo ao profanar a reconstrução do Templo de Jerusalém. João dividiu esses sete anos em dois períodos de três anos e meio, traçando um paralelo nítido com a distinção que o nosso Senhor fez no sermão do Monte das Oliveiras entre "tribulação" e "grande tribulação" (Mateus 24:15-21).

Ninguém quer pensar no futuro — mesmo que seja por um período de apenas sete anos — que será a maior época de sofrimento e terror de toda a história da humanidade. Apesar do espaço de tempo ser curto, os juízos parecerão intermináveis para os atingidos por eles.

Uma tragédia após a outra

Nenhum acontecimento na Bíblia, a não ser, talvez, a própria Segunda Vinda, é mencionado com mais frequência que a tribulação. Ela é tão importante que mesmo os doze livros da série *Deixados para trás* jamais poderiam abrangê-la em sua totalidade. Considere os pontos a seguir claramente descritos nas Sagradas Escrituras:

- Os quatro cavaleiros do Apocalipse (inclusive uma guerra mundial que exterminará 25% da população mundial).
- As duas testemunhas que têm o poder de parar um trem e invocar o fogo dos céus.
- Os 144 mil servos de Deus que pregam o evangelho.
- Uma colheita tão grande de almas que ninguém conseguirá enumerar.
- Um martírio sem precedentes.

- Outra guerra mundial que exterminará um terço da população que restar no mundo.
- Um número incontável de mortes e assassinatos.
- Atos sobrenaturais que não poderão ser descritos.

Não é surpresa Jesus ter dito que a tribulação seria diferente de qualquer coisa que já tenha acontecido ou que viria a acontecer.

Juízo e misericórdia

A tribulação é um período terrível de sete anos no qual Deus derrama sua ira sobre uma humanidade rebelde e incrédula. Ela também é "o tempo da angústia de Jacó", no qual o Senhor voltará a tratar especificamente com a nação de Israel, levando o povo judeu à fé em Jesus Cristo, o Messias que eles rejeitaram quase dois mil anos atrás.

Todavia, apesar de este período ser fundamentalmente um tempo de ira e juízo, ele também apresentará um traço muito evidente de misericórdia e graça — um traço que costuma ser desconsiderado.

Os juízos divinos na tribulação têm um duplo propósito: castigar os pecadores endurecidos e levar os outros ao arrependimento e à fé. A tribulação será a última demonstração que Deus fará da verdade, encontrada em Romanos 11:22: "Portanto, considere a bondade e a severidade de Deus".

O profeta Joel, do Antigo Testamento, viu claramente estes dois aspectos da natureza de Deus operando lado a lado na tribulação (vide Joel 2:28-32).

Esses versículos ensinam que haverá uma grande "colheita de almas" durante a tribulação. Um número incontável de homens e mulheres, meninos e meninas, reconhecerá que, mesmo tendo perdido o arrebatamento, e precisando enfrentar os horrores da tribulação, Deus continuará lhes chamando, atraindo-lhes para o seu lado. É por isso que o apóstolo João pode escrever:

Depois disso olhei, e diante de mim estava uma grande multidão que ninguém podia contar, de todas as nações, tribos, povos e línguas, em pé, diante do trono e do Cordeiro, com vestes brancas e segurando palmas.

— Apocalipse 7:9

Esses santos da tribulação poderiam, muito bem, chegar à casa dos bilhões. E não devemos esquecer: cada um desses novos convertidos terá sido deixado para trás depois do arrebatamento exatamente porque, até ali, haviam rejeitado a oferta de salvação feita por Deus. Todavia, mesmo assim, o Senhor não desistirá deles!

Sim, a tribulação é um período de fúria e ira e de juízos terríveis, mas também é um período de graça e misericórdia longânimes. Somente Deus poderia levar estes dois extremos ao perfeito equilíbrio.

E é exatamente isso o que Ele faz na tribulação.

ENQUANTO ISSO...

... desde a primeira publicação da série Deixados para trás.

Os quatro cavaleiros do Apocalipse são uma referência aos quatro primeiros dos sete juízos selados em Apocalipse 6. Nós vimos a apresentação do primeiro juízo no livro anterior — o cavalo branco, que representa o anticristo, e que aparece como um pacificador, representado na série pelo personagem Nicolae Carpathia. Neste segundo livro, *Comando Tribulação,* vimos os outros dois dos quatro cavaleiros: o cavalo vermelho, que representa a guerra e o derramamento de sangue; e o cavalo negro, que representa a fome e a peste.

A crise alimentar por vir

Em um artigo escrito para a edição de 30 de abril de 2008 do boletim *Left Behind Prophecy* (2003-2009), o especialista em profecias Mark Hitchcock escreveu sobre o cavalo negro.

No Museu de Arte Moderna de Nova York, o quadro *The City Rises* [A cidade se levanta], de Umberto Boccioni, retrata os quatro cavaleiros do Apocalipse em um contexto urbano e moderno. A pintura a óleo ocupa uma tela enorme de 2 × 3 m. Ela expressa o horror do terceiro cavalo e do seu cavaleiro. Boccioni representa o cavalo negro como um tornado, girando poderosamente sobre os outros cavaleiros.

O cavaleiro do cavalo negro tem, em suas mãos, uma balança de pesagem. Isso revela que a comida é escassa. O consumo de alimento em porções cuidadosamente pesadas é um sinal de fome (Ezequiel 4:16,17).

Pela primeira vez, durante meu tempo de vida, o mundo está sofrendo uma séria escassez alimentar e vivenciando um aumento vertiginoso dos preços dos alimentos. A crise alimentar crescente está na primeira página dos jornais. O principal motivo dessa crise é o uso de grandes quantidades de milho como biocombustível e o aumento crescente da demanda de alimento na China e na Índia. Apesar de os Estados Unidos parecerem imunes, há quem preveja uma "tempestade". Seria isso um breve prenúncio do que está por vir no fim dos tempos?

De acordo com Apocalipse 6:5,6, durante a fome do período da tribulação, será necessário um denário para se comprar uma medida de trigo ou três medidas de cevada. Um denário, no século I, era uma moeda de prata equivalente ao valor médio do trabalho de um dia de um trabalhador... O preço dos alimentos se elevará tanto que será necessário gastar tudo o que uma pessoa ganha somente para comprar uma única refeição.

O trigo era o principal alimento do mundo antigo. A cevada era um grão de qualidade inferior, com menor valor nutritivo, normalmente usada para alimentar animais. Durante a fome que ocorrerá no fim dos tempos, as pessoas deixarão de comprar os alimentos normais, que sempre utilizaram, e passarão a consumir comidas mais baratas. Ao usar comida de qualidade muito inferior, uma família com três pessoas conseguiria fazer três refeições diárias de cevada, em vez de somente uma com trigo.

Em algum momento, o mundo será consumido pelo cavaleiro montado no cavalo negro. A Terra se contorcerá com uma fome terrível. O que vemos hoje pode ser um presságio de que ele está se preparando para a montaria.

Apesar de Mark Hitchcock sugerir em seu artigo de 2008 que os Estados Unidos "parecem, no momento, imunes à crise global" e que há soluções para ela, a realidade é que, mesmo na melhor das hipóteses, a fome impactará em regiões do mundo — e servirá como um "aperitivo" do que será o cavalo negro.

TESTE SEU QI PROFÉTICO – RESPOSTA

Judas Iscariotes e o anticristo foram os dois personagens bíblicos chamados de "o filho da perdição" e as únicas pessoas, na Bíblia, consideradas possuídas pelo próprio Satanás.[20] Na série *Deixados para trás*, Nicolae não será totalmente possuído por Satanás até a metade da tribulação (livro *O possuído*), mas, a essa altura, já estará claro que ele é o anticristo. O livro seguinte, *Nicolae*, falará mais sobre a natureza do anticristo.

[20] Are We Living in the End Times? [Estamos Vivendo nos Fim dos Tempos?] p. 272.

Este livro foi impresso pela Geográfica, em 2020, para a Thomas Nelson Brasil. O papel do miolo é avena 70 g/m², e o da capa, cartão 250 g/m².